IMME ANNA RUPPRECHT
HIER KÖLN HBF

IMME ANNA RUPPRECHT

HIER KÖLN HBF

ROMAN

edition ebersbach

Diese Publikation wurde von der „Stiftung Kunst und Kultur des Landes Nordrhein-Westfalen" gefördert.

Die Deutsche Bibliothek – CIP-Einheitsaufnahme

Rupprecht, Imme Anna:
Hier Köln Hbf. : Roman / Imme Anna Rupprecht. – 1. Aufl. –
Dortmund : Ed. Ebersbach, 1996
ISBN 3-931782-05-0

1. Auflage 1996

Bornstr. 68, 44145 Dortmund

Lektorat: Beate Hoffmann
Titelbild: Imme Anna Rupprecht
Satz: Verlagsservice Wilfried Niederland, Königstein
Druck: Fuldaer Verlagsanstalt, Fulda

… trügerische, leuchtende Sinn-Spur Hoffnungs-Spur …

HINWEIS

Literatur ist eine Menschheitsanstrengung. Erfahrungen und Leseerfahrungen schwingen mit, inspirieren, schlagen sich nieder (hartnäckige Niederschläge ...) als halbe und ganze Zitate.

Walsers *Halbzeit* z. B. dürfte mich zu der Friseurszene inspiriert haben; Bachmanns *Guter Gott von Manhattan* lieferte die Idee zu den Eichhörnern. Bei der Flucht aus dem Irrenhaus (im Eichhorn-Kapitel) ließ ich mich anregen von Döblins *Berlin Alexanderplatz.* Das AraukarieGewächs entnahm ich Hesses *Steppenwolf.* Die Informationen über die Kassiererinnentätigkeit fand ich in einem STERN-Heft. Schiller lieferte gleich zwei Zitate, eines aus den *Räubern*, eines aus den *Kranichen des Ibykus.* Achsel zitiert gerne aus Patchens *Schläfer erwacht.* Herbert erinnert sich von seinem GriechischUnterricht an die erste Zeile der *Odyssee.* Brechts *Mutter Courage* spielt eine Rolle im „Badewannentango".

Die Zeile „Wird welken wie Gras" (letztes Kapitel) ist der 'Refrain' eines bekannten Mayröcker-Gedichts. Die „Flügel Flügel"-Verse (letztes Kapitel) entstammen einem Meckel-Gedicht.

Literatur ein TextGewebe, an dem viele beteiligt sind. Ich hoffe, ich habe meine roten Fäden gekennzeichnet.

Imme Anna Rupprecht
Cape Cod, Juli 1996

Inhaltsverzeichnis

TEIL I
AUF
TAKT
ZUM
ATTENTAT

1
ZORRO

1 dead
2 dead
3 dead
4 dead
5 dead
6 dead
7 dead
Ist Praxis ein Produkt der Phantasie?

Selbstverständlich hatte MariAnn den Mann gleich beim ersten Mal erspäht, handelte es sich doch bei ihren Augen um gewissermaßen optimale Sehschlitze, mandelförmig tiefblau-funkelnd – jedenfalls entging ihnen so leicht nichts, und schon gar nicht an diesem Tag der MaximalGefährdung der Schneider-Pieter-Menage. Wenn Rosa zum Beispiel noch träge blinzelte und Sylvester im Geist die Strukturen des DavorGesehenen rekapitulierte, wenn Herbert sich halb resignierend immer noch die Augen rieb und Achsel eine leichte Verzögerung benötigte, um nicht allzu schutzlos ausgeliefert zu sein – hatte MariAnn längst schon alle Neuigkeiten registriert, ihr Gesicht hellwach im Wind der Gelegenheiten, die Nasenflügel leise bebend, das kupferne Haar voller Schwung: Es könnte sich etwas ergeben …

Kein Wunder, daß sie Transusen nicht ausstehen konnte. Es sei denn, es war die Chefin, die war schon in Ordnung, die durfte sich das erlauben, im Gegenteil, wenn die nicht so vive war … vielleicht war das sogar – Na ja, MariAnn hoffte, daß ihr das zugute käme. Jedoch ansonsten und allgemein rümpfte sie die Nase über all diese MümmelGreise und -Greisinnen in zartestem Alter und aufwärts, die alle keine Chuzpe hatten, sich das Leben nicht griffen, mit dem, was sie hatten, nichts anfangen konnten. Konnten sich ja gleich in die Grube legen!

MariAnn fing etwas an mit sich und ihrem Leben, das erzählte sie jedem. Manchmal stimmte es in jeder Hinsicht, dann glänzte es in ihr, rieselte quecksilbrig-geschmeidig. Sich den Spaß selbst vom Himmel pflücken – oho! sie hatte da fast keine Probleme. Klar konntest du – zack! – einen auf die Pfoten bekommen, aber wenn's danach ging … Ihrer Erfahrung nach bekamen die Untätigen noch weit mehr ab.

Na klar, daß sie den Mann schon beim ersten Mal erspäht hatte. Nur einen Moment, aber definitiv. Sie hatte gerade den Apotheker in Bearbeitung, der silberhaarige Lustmolch ließ sich nur von ihr die Haare waschen und versuchte dann immer, in ihren Busen hineinzuschnüffeln. In manchen Situationen war das ganz schön lästig, diese halberotische Atmosphäre, die Männer glaubten verlangen zu müssen. Als wär' ein Coiffeursessel ein Krankenbett und sie legte den Katheter an den Pimmel – anstatt Dauerwellen aufzudrehen.

Aber im ganzen mochte sie es, liebte es sogar, wenn sie gutgelaunt war – „für Ihnen tu ich doch alles, Herr HankGeigy" – und sie kniff die Augen zu und riß sie wieder auf und spitzte den Mund und schüttelte wie eine Großkokotte die Haare, ganz so, wie sie es gelernt hatte im Kino der Fünfziger Jahre. Und nach allem, was Sylvester geruhte beim Abendbrot von sich zu geben – ihre kleinen Ein-Minuten-Lektionen zur Hebung des Schneider-Pieter-Kommunen-Talk-Niveaus – nach all dem waren die Fünfziger wieder powerful im Kommen.

„Für Ihnen tu ich doch alles!"

Der Typ schmachtete natürlich sofort: „Ich wollte, das wäre so. Passen Sie auf, ich nehm' Sie glatt beim Wort!"

Und er grabschte nach ihrem Arm und drückte seine feuchte Schnauze drauf. Das hielt er wahrscheinlich auch noch für unwiderstehlich. MariAnn entzog sich ihm, war immer noch in den schrägen Fünfzigern, Maria Schell – wie hätte? und schon schimmerten ihre Augen größer und feuchter, und sie ließ rosarot die Zunge über die Lippen gleiten und drohte neckisch mit dem Zeigefinger, der viel schlanker und wahrscheinlich auch besser manikürt war als der von der Schell, denn auf ihr Äußeres verwendete MariAnn jede Menge Energie.

„Meine Liegenschaften ..."

„Du meinst: Lügenschaften!", verbesserte Herbert grummelig.

„Nein, ich meine mein bares Vermögen, meine nackten Tatsachen, wenn du so willst, mein ..."

Nun ja. Sie verbrachte Stunden im Badezimmer „zur täglichen Pflege und Wartung (Lieferung von Ersatzteilen in- und exclusive etc.)". Diese Sprüche stammten übrigens aus der Bodo-UnternehmerZeit, wie überhaupt einige der frecheren ihrer Kalauer. Na klar, diese Typen wurden ja dafür bezahlt, sich verbal was einfallen zu lassen, im Gegensatz zu so einem Apotheker-Heinrich ... Schließlich war es ein Verlag gewesen – ihr Bodo ein Verleger – das fand sie immer noch ganz schön witzig, ein Kalauer per se, wie Herbert in seinen lichteren Momenten sich auszudrücken beliebte. Der war auch Apotheker gewesen. Hatte auch die Chose in den Sand gesetzt. Wie Bodo. An was für Männer sie immer geriet! Dabei sagte ihr jeder Blick in den Spiegel, daß sie alles erreichen konnte. Die blauen Augen im weißen Gesicht mit dem kupfernen Haar drumherum, der gutgetrimmte Körper, der fast noch in Größe 38 paßte. Na?? War das etwa nichts?! Viele Frauen gab es jedenfalls nicht – zumal in ihrem Alter –, die es mit ihr aufnehmen konnten. Mit ihren 39 Jahren war sie immerhin schon Großmutter, wenn auch im Embryonalzustand, denn – nun ja – weiter war der Enkel nicht gediehen.

„Wie kannst du – was bist du für eine RABENTOCHTER!"

Die Entsetzliche. Nicht einmal geweint hatte sie, wie sie selbst es immer getan hatte nach einer Abtreibung. Nein, ihre Miss Cool von Tochter hatte nur erwidert:

„Hätte ich ihn bei dir abgeben können, hättest du ihn mir abgenommen?"

„Wieso ich, ich hör' immer ich – es ist doch *dein* Balg, nicht meines! Wer hat denn dich mir abgenommen!"

Diese Pänz wurden immer unerträglicher. Gut, daß sie aus dem Haus war. Gestern hatte sie übrigens im Treppenhaus bei Schneider Pieter Sylvesters Tochter gesehen. Die schien ihr eine bemerkenswert ähnlich taube Nuß. Na, bei der Mutter …

Andererseits, der Apotheker hier, den sie gerade einschäumte – einseifen klang irgendwie billig, und die neue Chefin legte Wert auf Wind um die Wörter. „Sagen Sie doch bitte 'Coiffeur-Salon' am Telefon, MariAnn, wir sind hier Coiffeusen und coiffieren". Das war eine ihrer ersten Anordnungen gewesen. Ich coiffe du coiffst-quakst QuaakKaffKaak-Quatsch. Aber MariAnn machte schon mit, verstand irgendwie sogar: Fremdwörter blitzten wie Lack auf Nägeln. Chez Cologne hieß jetzt der Salon. Name und Einrichtung neu, neo-neu, so im Stil der roaring fifties, mit geschwungenen Neonröhren auf himbeerroten Wänden und seegrünen Porzellanlandschaften. Mußte irgendwie zur Chefin durchgedrungen sein, daß das gerade wieder von – wie hieß das: von stupender Aktualität (Sylvester im O-Ton!) – daß das also schon wieder stupend war – anscheinend eher das Gegenteil von stupid, ganz schön stupend stupid …

Freilich – andererseits – wenn man sich die Einzelheiten betrachtete … Resopal und Niere und dieses blöde Plastikzeug für die Frisierumhänge mit diesem widerlich schmelzenden Touch, das von Anfang an gerochen hatte, als schiene hier die pralle Sonne. Lauter

Zeugs, das sie zu Hause – wenn es denn ein Zuhause gegeben hätte! – wenn ihr Dritt- oder Viertzuhause nicht eben jetzt = am selbigen Tag von der Rückkunft der Schneider-Pieter-Generalin bedroht gewesen wäre – MariAnn kippelig, fast schon rutschend auf Obdachlosen-Schiene. Unvorstellbar. Im eigenen Heim – ebenso unvorstellbar … Jedenfalls jedoch hätte sie dort das Zeugs höchstpersönlich zum Sperrmüll getragen … Aber vielleicht – sie warf der Chefin einen Blick zu – einen ihrer optimaleren Radar-Blicke. Stupend/stupid: Vielleicht hatte die Dame auch einfach 30 Jahre lang die Guckerchen dichtgemacht, und nun zog sie ihren Malkasten von anno dazumal aus dem Brustbeutel und wählte – o Wunder – die gleichen Farben wie damals: himbeerrot, cremefarben, seegrün …

MariAnn rümpfte die Nase. Wenn sie zusätzlich bedachte, daß sie indirekt und ganz massiv die Einrichtung mitfinanzierte …

Tja! die Chefin hatte sich anzunehmenderweise ein wenig übernommen – Abfindung der Vorgängerin, Salonmiete und Einrichtung – Eins draufgesetzt auf ihren Schuldenberg. Nun kuckte hier alles nietnagelneu.

Nur die Kunden waren alt. Was heißt alt, gemischtgut erhalten. Einige waren auch weggeblieben, hielten Frau Clavera für eine Ausländerin. Obwohl Frau Clavera jedem Kunden – und wenn MariAnn sagte: jedem, dann meinte sie auch: jedem – obwohl sie jedem Kunden erzählte, sie sei keine Ausländerin, Gastarbeiterin, Gott behüte, das seien ja – diese Türkinnen – die sind doch einfach nicht wie wir. Frau Clavera war wie wir. Wenn möglich sogar noch mehr wie wir als wir es selbst waren, da im deutschstämmigen Osten weniger Kombinationen den Zuchtmarkt undurchsichtig machten, das gewachsene Traditionsprofil verwischten mit diesen internationalen Nivellierungen (Richtung anonyme Nasen und Schulterblätter), und so war Frau Clavera eine Deutsche von echterem Schrot und Korn und reinstem Wasser – also Blut, deutschem Blut chez Cologne. Da MariAnn als Friseuse Autodidaktin war und im Moment nichts anderes über ihren Erwerbshorizont tuckerte, konnte sie froh sein, bleiben zu dürfen, sich abrackern zu dürfen für die Chefin.

„Sie müssen mir eine Chance geben, Frau Clavera, schließlich – viele Kunden kommen nur zu mir. Allein meinetwegen!"

So hatte sie sich gleich beim ersten Gespräch ins rechte Licht gerückt. Die Chefin hatte nichts gesagt – nur die Augenbrauen gehoben und wieder gesenkt.

„Nun nun, wir werden sehen", hatte sie schließlich gemurmelt. Seit sechs Wochen 'sah' sie scheinbar unauffällig zu MariAnn herüber, eine weiche sanfte Frau mit ab und an auftauchenden Härten, die MariAnn jedesmal den Atem nahmen – Sie hatte ihr den Lohn um glatte zehn Prozent gekürzt in einer sanft hartnäckigen Art, der MariAnn erstaunlicherweise nichts entgegensetzen konnte vor lauter ungläubiger Überraschung.

Zehn Prozent! Ihr Beitrag zur Neo-Einrichtung! Sie versuchte besitzerisch im Salon rundum zu blicken! Nur – sie fühlte sich nicht besitzerisch. Sie fühlte sich kipplig auf dem Prüfstand. Sie konnte es sich nicht leisten, die Stelle zu verlieren, sie wollte auch nicht weiter zusammengestrichen werden (d.h. auf Wunsch der Chefin arbeitete sie nur noch an vier Tagen die Woche, das war nicht von ihr gewollt, aber schon noch o.k. Allerdings – wenn diese Kürzungen einmal angefangen wurden, gab es oft kein Halten mehr. Wie bei den berühmten Zwetschgen aus dem Glas. Sie war schon dabei, sich etwas anderes aufzubauen, knüpfte Kontakte, liebäugelte mit Schneider Pieter, spähte in alle Richtungen – aber noch war sie auf diesen Coiff-Job angewiesen ...)

Munter und maidenhaft massierte sie dem Apotheker den zierlichen Schopf auf dem Kopf (wieso er für die paar Strähnen noch 'ne Dauerwelle wollte, würde ihr freilich ewig ein Rätsel bleiben, aber es hob natürlich den Umsatz. Konnte es sein, daß er ihretwegen? Das hätte er doch einfacher haben können, sie war schließlich nicht unansprechbar. Meine Frau, bei den Versagern, die bei ihr schon untergekrochen waren, wäre so einer, der es echt und tatsächlich, wirklich und wahrhaftig g e s c h a f f t hatte – zumindest bislang, zumindest hörte man nichts Gegenteiliges – und selbstverständlich erkundigte frau sich jedesmal wie nebenbei, hatte ein Auge auf den Kundenstrom, beim Passieren der Theke Apo, der Apotheke, hatte nachgerade eine Rührung in der Magengrube, wenn durch die geöffnete Tür das gesunde Klingeln der Kasse zu hören war, dachte schon mal: er wird doch dies Jahr ein paar Hunderttausend Gewinn machen ... und seufzte, wenn schon wieder eine neue Apotheke in der Nähe gegründet wurde. Wie soll er denn das auch noch verkraften. So intensiv beschäftigte frau sich also längst schon mit dem Herrn HankGeigy.

Da wäre es doch nur ein kleiner Schritt gewesen. In seine Liebeslauhaube. Ach, ein Sieger wäre mal 'ne richtige Abwechslung in ihrem Leben gewesen. Einer, der ihr die Wünsche von den sternenblauen Augen abläse, der nicht gleich wie von der Tarantel gestochen zurückführe, wenn sie beim Liebesspiel Wörter wie BabyBenz heiß über sein Brustbein flüster-flattern ließe. Einen süßen kleinen BabyBenz für eine süße klitzekleine MariAnn – aaaaaah! Und und uuuuund – aaaaaaaah! Ein Aphrodisiakum. Sie stellte sich vor, in dem Bett des Apothekers zu liegen genau über der Apotheke und in des Apothekers Armen – mochten sie ein wenig silbergrau sein – dennoch: in des Apothekers Armen an Herbert zu denken, den Luschen, den mit den wenigen erleuchteten Momenten, den, der immer noch die Nase viel zu hoch trug für ihr Verlangen nach Gerechtigkeit. Herbert, der die Apotheke hatte verramschen müssen, dem sie also einstmals gehört hatte und jetzt nicht mehr. Das allein war unglaublich erotisierend. Kräftiger, intensiver, nahezu liebevoll schob sie ihre Finger auf dem HankGeigy-Kopf hin und her, kniff die Kopfhaut, hob sie leicht an, knetete sie innig, mit einer Spur zu viel Know-how, einem Hauch Verruchtheit, während ihre Gedanken unternehmerisch hin und her schwangen, und ihre Augen per Spiegel die Szene im Griff hatten, draußen und hier im Salon. (Die Chefin saß schon wieder ohne Kunden.) HankGeigy stöhnte, als täte sie ihm wer weiß was an – bei geschlossenen Lidern, versteht sich. Das hatte sie schon oft gewundert, daß auch Erwachsene irgendwie glaubten, sogar wenn sie potentielle Zeitungsleser waren, was bei einem Apotheker ja vielleicht doch unterstellt werden könnte – also auch wenn es sich beileibe nicht um direkte Analphabeten handelte –, hatten die anscheinend trotzdem den Eindruck, sie brauchten nur die Augen zu schließen, dann wären sie gewissermaßen unhörbar. Und kaum saßen sie unter der Haube und hörten selber schlecht, brüllten sie los in der Annahme, ihre Schwerhörigkeit sei allgemein. Ihr wäre das nie passiert.

Ja, und da ging dieser Mann vorbei.

Er fiel ihr sofort auf, weil er so ein echter Schrank war. Ein schmaler Schrank, aber immerhin. MariAnn hatte Respekt vor

Größe, auch vor physischer. Mannomann. Wenn sie an Bodo dachte – der hier legte glatte 20 Zentimeter drauf. Und richtig yuppimäßig gekleidet. Nicht so wie Herbert, bei dem sie staunend gelernt hatte – von weitem, versteht sich –, was alles möglich war. Was alles – es verschlug ihr immer einmal wieder die Sprache. Herbert war zum Beispiel vollkommen imstande, aus Versehen mit Pantoffeln loszuziehen. Oder mit zwei verschiedenfarbigen Schuhen. Von den Socken schon gleich ganz abgesehen, die darüber hinaus einfach nie ohne Löcher waren. Das gibt's doch nicht, irgendwann mußten die doch ohne Löcher sein. Hör mal, beißt du da rein oder wie? Es blieb sein Geheimnis. Schuhe putzte er grundsätzlich nicht, und zu den Absätzen durfte sie gar nicht hinschauen. Die Hosen schlotterten. Der Gürtel verdünnisierte sich sofort, und dann hingen sie eben. Wenn er so unselig gewesen war, sich etwas mit Knöpfen zu kaufen – wobei allein die Vorstellung: Herbert vor den Anprobespiegeln im Kaufhof oder bei C&A – sie zu Heiterkeitsstürmen hinreißen konnte ... Also Knöpfe jedenfalls lösten sich von seinem Habit wie Blätter von den Bäumen im Wind – wenn es Herbst ist – auf eine unglaublich natürlich-notwendige Art. Pullover schien er grundsätzlich falsch herum anzuziehen ... Ihm auch nur aus der Ferne zuzuschauen, ließ sie erschauern, ließ sie lustvoll-hilflos mit klopfendem Herzen zurück, gegen die Wand gelehnt oder wenigstens eine Hand gegen eine Stuhllehne gepreßt, wie nach einer großen physischen Anstrengung. Und jetzt, wo er unter die Computer-Menschen gegangen war, sich Lehrgängen unterzog für Computer-Textverarbeitungssysteme – jetzt sollte er auf einmal picobello aus der Wäsche schauen, hatte prompt gestern Annäherungsversuche gemacht, ob sie nicht vielleicht ein oder zwei Augen auf ihn haben könne – die bloße Vorstellung ließ sie am ganzen Leibe beben – Sie war schließlich immer – und wenn MariAnn immer sagte, dann meinte sie: immer – sie war immer wie frisch aus dem Ei gepellt. O.k., dann stand man eben ein zwei Stunden früher auf. Dann war man sich eben nicht zu schade, Energie ins Äußere zu investieren, anstatt immer nur Witze zu reißen aus dem Stand der Schmuddeligkeit heraus ...

Dieser Mann da draußen teilte offensichtlich ihre Philosophie. Hochgewachsen, blonde Tolle. Rassige Backenknochen. Markant.

Toller Typ. Klassisch schmaler Dreiteiler mit Uhrenkette quer über. Toller Sitz, gemeißelte Falten. Sie roch schon beinahe sein männlich-herbsüßes Aftershave, da war er um die Ecke. Minuten später (MariAnn schätzte: eineinhalb Minuten, sie war beim zweiten Einschäumen des HankGeigy-Kopfes) – da tauchte er allerdings wieder auf, blieb stehen, näherte sein Gesicht dem Schaufenster. Die Chefin lachte durch das Schaufenster hindurch, gestikulierte charmant, einladend, rief MariAnn zu: „Sehen Sie, MariAnn, wie der uns begutachtet, der fällt gleich ins Schaufenster, so geht er ran ...” Die Chefin lachte. MariAnn hatte ein kribbeliges Gefühl, ihre Radar-Antennen sirrten, sie drehte sich um – der Typ hatte sein Gesicht dem Schaufenster noch mehr angenähert, preßte jetzt die Nase direktemang platt. Der hatte ja nicht alle, wie sah das aus!

Und jetzt löste er sich, die Chefin lachte immer noch, entblößte lachend ihre Zähne. Da war er mit einem Sprung im Laden.

„Geld her – oder!!”

Die ersten zwei Silben waren eher leise, schön moduliert, zivilisiert, MariAnn hätte ihm gern länger zugehört. So hörte sich also ein Verbrecher an, so sah er aus, das rückte doch einiges an Erwartung zurecht. Die Chefin hatte sich halb vom Sitz erhoben, ihr zitterten die Knie, mein Gott, die verlor ja Farbe wie nichts – so ein paar Situationen dieser Art brauchte man anscheinend schon im Leben, um endlich zu erfahren, was ‘käsweiß’ bedeutet, beispielsweise. MariAnn trocknete sich die Hände ab für alle Fälle, die Frau wäre imstande und fiele in Ohnmacht, wer weiß. Der Apotheker hob und wendete nun ebenfalls seinen mit Schaum betürmten Kopf, hatte vor lauter Stöhnen unter den geschlossenen Lidern bislang nichts mitgekriegt, riß nun schnaubend den Mund auf – wenn auch freilich wortlos. Unsere besten Kunden abknallen – so weit kommt's noch! MariAnn trocknete immer noch die Hände, unklare Gefühle wogten in ihr. Anscheinend hatte dieser Yuppi nur der Form halber „Geld her oder” von sich gegeben, gewissermaßen aus kommunikativen Gründen, denn er wartete keineswegs ab, daß ihm geholfen würde, er ging mit einem weiteren kantigen Sprung-Schritt nach vorn zur Kasse und hatte offensichtlich die Absicht, sie mit einem einzigen Ruck hochzureißen und an sich zu nehmen. Das Widrige war, es ging nicht. Die Kasse war – aus Sicherheitsgründen? oho!

ganz nietnagelneu! – jedenfalls war die Kasse im schweren Tisch verankert, er hätte den ganzen Tisch hochhieven und nach draußen schleifen müssen, und der Tisch wäre – das hätte ihm MariAnn gleich sagen können – er wäre nicht durch die Tür gegangen, es wäre einfach nicht gegangen, er war mindestens 10-15 Zentimeter zu breit. Der Yuppi rüttelte, sah wild um sich, in seinem Gesicht zuckte es, unkontrollierte Rötungen hierhin und dorthin, Schweißflaum – MariAnn war fasziniert – und nun griff er tatsächlich – das ist ja wie im Kino, wer schreibt ab bei wem – er griff zügig ins Innere seines Jacketts, und schon lag silberschwarz-aalglatt auf seiner Hand: „Ein Schießgewehr!" Die Chefin ächzte, verbesserte sich geisterbleich, röchelnd, mit fast schon totenstarren Lippen: „Eine Pistole." Und sank ohnmächtig zu Boden, die Luft aus ihr pfeifend entweichend.

MariAnn war voller Verachtung – frau konnte das Transusenhafte auch übertreiben. Sie machte eine täuschend sanfte Bewegung auf den Typ zu – auf diesen Buffalo Bill – ach nein, das sollte wohl Zorro sein – und sie war Mata Hari mit kupfern-gefärbten Haaren – um sich der Kwafför-Atmosphäre besser einzupaß-heucheln. Etwas glänzte in ihr, rieselte quecksilbrig, ihre Lider flatterten schräg wie in den Fünfzigern.

Die Ohnmächtige blieb weiter ohnmächtig, rührte sich nicht, der Kerl hielt sie, MariAnn, eh für die Chefin, jetzt machte er so eine ruckartige Kopfbewegung, so eine herrische: Rüber zur Kasse! – Aufschließen! – Geld her! – Wird's bald! pronto vite vite!!

Hilflos-eifrig simulierte sie gewünschte Demut, krümmte den Rücken, buckelte zu ihm hinüber und – zack! – hatte er einen Handkantenschlag weg, mittenmang ins Schwarze, perfekte Lähmung von Bizeps und Brachialis gleichermaßen, die Waffe entglitt ihm, schlitterte über den Boden, MariAnn war auf der Spur, setzte hinterher, d.h. vorher rammte sie ihm eben noch ein spitzes Knie in die Weichteile. PLING! Seine Augen kippten weg für einen Moment – gleich würde sie zwei Ohnmächtige im Salon haben. Das Lehrmädchen stand auch schon völlig abgewrackt in der Ecke herum – wie ging's dem Apotheker? Hoi-oi! der hatte ja eher mehr Farbe bekommen. Sie hob die Pistole, entsicherte. Merkwürdiges Gefühl – wenn sie diesen Zorro hier abknallte – peng peng – wäre die ganze Society auf ihrer Seite – MariAnn, der Racheengel. (Wenn das die Generalin sähe!) Ihre optimalen Sehschlitze verengten sich, ihre Finger schlossen sich fest um das Ding, kraftvoll berührte sie den Abzugshahn und PENG! glatt daneben, der Kerl hüpfte zur Tür – PENG – PENG – zwei weitere Schüsse daneben – zu wenig Praxis, MariAnn! – PENG! – der Kerl entwischte ihr, duckte sich durch die Tür – –

Jetzt stand sie auf der Schwelle – der Kerl bereits auf der Straße – PENG! – sie ließ ihn auf und ab hüpfen wie einen Wassertropfen auf heißer Herdplatte – PENG!PENG!PENGENGENG!!

Wie viele Schuß sind da eigentlich drin – oder knatterte es nur noch in ihrem eigenen Ohr – PENG!PENG!PENGENGENG!!

Ihre Hand mit der Waffe senkte sich, zuckte dann wieder hoch: „Der Nächste, bitte!" Sie war längst über sich hinaus gewachsen, MariAnn der Leuchtturm, das also spielten die kleinen Jungs, Allmachtsgefühle per AbzugFinger. Mannomann! Wenn sie verglich, wieviel Feinmotorik beim FrisiCoiffieren vonnöten war. „Der Nächste, bitte!" Ihr Finger lauerte. Die feigen Hunde verkrochen sich allesamt, krümmten sich weg in die Hauseingänge.

Sie tat einen kleinen Schnaufer, ließ endgültig die Waffe sinken, nein, hob sie noch einmal erstaunt hoch, als ob sie Schießpulver röche. Und Rauch stieg auf, Dunst von Vergossenem etc. Der hatte sich vor Angst in die Hosen gemacht. (Pfui, MariAnn. Schweig stille, mein Herze.)

Sie drehte sich um, hocherhobenen Hauptes, wenn auch die LeuchtturmLuft aus ihr herausfuhr – quietschend? – nein nein nein – das war ein absolut sinnliches Mißverständnis – Die Luft dröhnte knatterte HeulSchleifen im Karacho und vier Motorräder donnerten um die Ecke und bremsquietschten-iiietschten jaulende Zentimeter vor ihr zu einem jähen Halt. Vier Bullen in Bewegung auf sie eindringend – uniformierte Sturzwellen – bewaffnet. Vier Pistolen in angespannten Fäusten, drohende Mündungen, da konnte ja wer weiß was passieren.

„Ergeben Sie sich!", belferte der eine.

„Waffe weg!", rülpste der andere.

Die hatten ihren Text wirklich drauf! Angesichts der Übermacht – MariAnn kannte die Histörchen von unschuldig Erschossenen – und überhaupt, wo kamen die Bullen so quick daher – ach der Apotheker! – ein Blick nach schräg hinten genügte. Das Telefon hatte er eingeschäumt – auf Männer war doch immer Verlaß! Und die Polypen hatten eh nichts zu tun, drehten Däumchen und gierten nach Action. Eine echte Mata Hari ertappten sie ja selbst in Köln nicht jeden Nachmittag. Also hob sie unschuldsvoll die Arme. Machte man das so? Etwas störte. Um Himmels willen: die Waffe! Sie schickte einen Blick in die Runde, und dann die Waffe still behutsam still die Waffe mit zarten spitzen nach oben gebogenen Fingern zart entboten. Meine Frau, wie jung die waren, steckten die neuerdings schon 15jährige in Uniform. Und die Gesichter knallrot und völlig verspannt. Relaxen, meine Herrschaften, zuerst einmal bitte relaxen. MariAnn lächelte, fand sich jedoch im nächsten Moment brutal in Knebelgriffen, bis der Apotheker rettend heranschäumte – beim nächsten Mal würde sie weniger Shampoo verwenden ...

Erklärungen wurden abgegeben, die Handschellen wieder zurückgenommen, und vom Sturmwind bewegt hinwegknatterten die Jugendlichen. Ohne Uniform hätten sie, nicht gerade als Skinheads, aber durchaus als Rocker der roaring fifties passieren können. Jedoch sie waren im Dienst des Guten, nicht wahr. Sie rieb sich die Handgelenke.

Jetzt wurde es aber wirklich Zeit, die Chefin wieder zum Leben zu erwecken. So lange Ohnmachten sollen gar nicht zuträglich sein. Der Apotheker stand kopfschäumend in der Mitte des Salons Chez Cologne und intonierte mit nahezu geschlossenen Augen:

Bei der gewöhnlichen Ohnmacht (ordinäre vagovasale Synkope) handelt es sich um ein Abhandenkommen des seelischen Geschehens bei gleichzeitiger Erhaltung der körperlichen Funktionen. Die genauen Zusammenhänge sind noch nicht bekannt. Seele im schwarzen Loch. Puls unfühlbar. Falsch ist es, den Ohnmächtigen wieder aufrichten zu wollen. Man lege ihn flach auf den Boden –

„Da liegt sie ja schon!"

- man öffne beengende Kleidung und sorge für frische Luft.

„Wir haben immer kalte Aufschläge gemacht."

„Genau!"

Der Apotheker öffnete die Augen, blinzelte sich aus der Trance zurück. „Kalte Aufschläge auf Stirn und Brust."

Sie lächelten einander an.

„Sie waren wundervoll, MariAnn!"

Sie strahlte wie eine Gangsterbraut, fühlte sich großartig. Außerdem – er war ja auch nicht übel gewesen. Wie tapfer er den Schaum auf seinem Kopf ignoriert, ihn großzügig dem ganzen Salon zur Verfügung gestellt hatte. Andere hätten sich aus Angst vor einem Schnupfen nicht vom Sitz gerührt!

Zu zweit belebten sie die Chefin, pitsch-patsch! auf die Backen. MariAnn konnte das sehr gut, – wirst du mir noch mal 10 Prozent vom Gehalt kürzen – du ausbeuterische Transuse, du – pitsch-patsch! – und liebevoll beruhigend. Da riffelten auch schon wieder die Augenlider – Ja jaaa, Frau Clavera, es ist gar nichts passiert – es ist alles vorbei – wir leben noch – ja ja, wir leben noch.

Die Polypen kehrten zurück, jedoch sie bestand darauf, erst einmal HankGeigy die Haare zu waschen –

„Meine Herren, jetzt brauchen Sie einen Moment Geduld." (Polypen-Bollwerk Geduld.) „Ich bin mir nicht sicher, aber einen Moment dachte ich, er hätte mir das Leben (Sanft-Vorwurf, Wimpern-Flattern) – das Leben – gerettet!"

„Aber Frau Sachs, das war doch nur ein Mißverständnis! Wir schützen unsere Mitbürger – ich bitte Sie!"

... (notfalls bis in den Sarg – na, das sag ich jetzt besser nicht, cool, MariAnn, keine unnötigen Emotionen ...)

„Na ja, na ja. Ist schon gut. Aber der Herr HankGeigy hier hat jetzt erst einmal Vorfahrt, nicht wahr, sonst bekommt er noch wer weiß was für 'ne Lungenentzündung ..."

Auf die Dauerwelle verzichteten sie allerdings, im sogenannten gegenseitigen Einvernehmen, von dem überhaupt eine bemerkenswerte Menge plötzlich vorhanden war. Er köchelte silbrig von innen. Zwanzig Jahre fielen von ihm ab mindestens, zehn von ihr, da waren sie gleichaltrig jungejung. Im Sausewind. Sie fönte ihn, richtete ihn mit maidenhafter lieblicher Fürsorge. Schade, daß die Chefin nicht kuckte. Die zitterte immer noch unter Schock, im Abseits. Gut, daß der Apotheker als Zeuge blieb. Meine Frau, das Behördendeutsch, der langlange FormalitätenKram. Die platten Pirsch-Pürschchen von der Polizei.

Der Apotheker und sie dagegen zunehmend aufgekratzt, zwei Abenteurer, zwei Verschwörer. AugenPirouetten wechselseitig, winzige StolzSchmachtungen. MariAnns Kopf zurückgeworfen. Die Körper wie gurrend im CarnevalBoogieWoogie. Annäherungen im lockenden Rhythmus „wir zwei". Sie waren Held und Heldin des Tages, ach was, des Jahres, nicht wahr, das müssen wir feiern, aber phänomenal! Versteht sich, versteht sich.

Und das Frauchen?

Ist heute eh beim Aktzeichnen – immer dienstags, das dauert bis fast um Mitternacht.

MariAnn erinnerte sich, da stand doch Sylvester Modell, ihr unbegreiflich, sie würde nie – jedoch Sylvester behauptete, nirgends sei sie so unsichtbar wie dort, das könne sie notfalls beweisen, die Zeichnungen gäben's ihr schriftlich! MariAnn schüttelte Erinnerungen ins Off, keinen Funken Energie hatte sie zu verschenken an Sylvester und/oder andere aus der Schneider-Pieter-RisikoWohnung. Sie mußte sich konzentrieren, immerhin stand ihr hier die erste große Chance seit langem gegenüber, ein echter Apotheker mit Schmachtfetzen-Stimme!

„Glänzende Organisation!", rief sie (Aufblickendes, schmeichelnd Höhendes).

„Selbstredend!", rief er zurück (Männliches, herb-Gediegenes).

Sie reagierte mit MataHari-TollKirschenMund, ließ SanftGlut-Blicke zu ihm hinsäuseln – ob sie ihn zur Scheidu – ts! erst mal abwarten, erst mal sehen, welche Macken (im Bett ... uaaaha! pscht! ... ja, im Bett zum Beispiel) –

Sie spähte aus nach allen Seiten – Selbst wenn die Generalin – ach was die Generalin – pfeif' auf die Generalin – Selbst wenn sie, MariAnn, aus der SchneiderPieterWohnung fliegen sollte –

Sie GRIFF sich das Leben. Und sie ließ ihre Kupferhaare schwingen mit neuem SchwingSchwung.

2
DAS ATTENTAT (I)

... die gotische, emporstrebende Architektur, die eigentlich nirgends ein Ende hat, da auf dem spitzesten Spitzchen des höchsten Turms immer noch ein höheres, spitzeres denkbar und möglich ist, hat gerade dadurch, daß sie nicht in sich abschließt, sondern in den Himmel, in das Unerreichbare strebt, etwas Unruhiges, und all die Zinnen und Zakken, Kreuzchen, Heilige und Tierfratzen sehen doch zuletzt nur wie festgefrorene Einfälle aus ...

Fanny Lewald

Die zwei Irren kicherten lautlos. Jetzt dem zweiten Pfleger auch noch eine – Boing! über den Schädel – und noch einmal, damit er's nicht vergißt – Boing! – und ein drittes Mal – Woinnk! Oinkk! Boinkk! – nur keine Faulheit vorschützen. Sie schleiften den zweiten Pfleger über den durchgetretenen Linoleumboden (fahlgelb mit grauen Einsprengseln, an einigen Stellen rissig, nahezu rutschfest, ein Relikt aus der Gründerzeit), hievten ihn schweratmend über den ersten; schnauften.

EXPERIMENTUM ET OBSERVATIO. Sie versuchten eifrig, die zwei PflegerKöpfe musikalisch aufeinanderzuklirren – tsching! – wie Topfdeckel – es klappte nicht so recht, der Resonanzboden irgendwie falsch, zu viel Blut, keine Musik im Schädel – Boinkk! den beiden noch einmal eins übergebraten, dann jedoch, eingedenk des weisen Spruches des Lateiners – wie hatte der weise Lateiner immer gesagt: „Ne, Nimis! Ne!" – und deshalb mitten im Schönsten abbrechen und also bald wieder geil drauf sein, gnothi sauton – einverstanden? Sie grinsten sich glühend einverständnisvoll an, alle Hausaufgaben gemacht – im wäßrigen Neonlicht – brave Kinder – ay sassa – und jetzt also auf zur Kür.

Die beiden faßten sich an den Händen und sprangen und sangen:

Ach wie gut, daß niemand weiß,
Wie ich bin, wie ich heiß –
Rumpel Pumpel
Bock und Kumpel –

Veronika Ratz – sei ein Schatz!
Mach Kröte Alfons Platz!
Al-
Still-
Stich!
Die Welt tu was ich
Will!

Äck!
Wie meine Zehen jucken
Wie sie – äck! – nach Bösem zucken –
Auf! Auf!
Haut ihnen eins drauf!

Alle Feinde durch den Reif
Bis sie liegen starr und steif
Starr und steif
Durch den Reif

Immer vorn
Eichhorn Dorn Zorn
Lauf und spring
Eichhorn Ding Sing –

> Die dicke Schneidrin saß und saß
> Und aß und aß und aß
> Gib gib! flötete ich
> Sanftestiglich
> Schieb schieb ein Nüßlein mir
> Für meine leere Wampe –
>
> Hau ab! du Schlampampe!

Büßen büßen anders grüßen –
Gift ins Herz!
Zunder untern Sterz!
Goldwasser ins Gesicht hinein –
So soll es sein!
Herein! Herein!
Miaow wiaow popada oop-popadah!
Ay-sassa yassa …

Sie sprangen mit flinken Sätzen zu Tür und Fenster, legten die rosaroten Ohren um, witterten nach allen Seiten, spähten – nein nein –

die anderen hatten nichts gemerkt. Keiner horchte. Keiner kuckte. Keiner kam.

„Zu mir schon eh nicht, keiner", sagte Hildeburg. Sie litt unter plötzlichen Stimmungsumschwüngen. Am liebsten hätte sie geheult.

„Zu mir auch nicht. Das ist ein Vorteil", belehrte sie Jonathan.

Sie nickte automatisch.

Was meinte er nur.

Sie fragte lieber nicht. Sie vergaß leicht. Sie war eine törichte, vergeßliche Person. Gut, daß es Jonathan gab, der sie belehrte, wenn sie ihn fragte. Und auch, wenn sie ihn nicht fragte. Der sich alles merken konnte, wenn er wollte. Der immer Bescheid wußte – fast immer. Jonathan war ihr widerlich. Jetzt wußte sie es wieder. Und eben noch war alles so schön gewesen. Sie schlug die Lider nieder, lächelte. Sie durfte es ihn nicht wissen lassen, das wäre nicht artig, er war – pfui! – er war wie Dreck, der beseitigt werden mußte. Das zu denken war ... unartig ...

Sie lächelte höflich, schielte zu ihm hinüber, blinkerte nervös.

„Hör auf damit! Hilde-Katz! Wird's bald!"

Sie erkannte den DrängeTon, die ZuchtRute in den Unterschleifen, verwässerte Erinnerung an all die MarterInstrumente. Sie gab sich wirklich wirklich viel Mühe, blinkerte genauer hin. Noch einmal. Jetzt sah sie erst wieder, daß er und sie sich in Eichhörnchen verwandelt hatten – das hatte sie beinahe vergessen. Zwei putzige, niedliche, süße Eichhörnchen von fast zwei Meter Größe – zwei riesige weiße Eichhörner, denen das Fell ausgefallen war, so daß sie wie EichhornGeister aussahen, große, bleiche Eichkatzen, um die das Licht staunend einen Bogen machte. Das war doch sonst nicht LichtRevier ...

Hilde fiepte vor neuer Überraschung, deutete, kicherte lautlos, Jonathan kicherte stolz zurück; sie stupfte übertrieben vorsichtig an seine Vorderpfoten aus zartem Zelluloid, vier Zehen für die Vorder-, fünf für die Hinterpfoten, wie es Brehms Tierleben befahl. Sie piepste aufgeregt, verschluckte sich, er klopfte ihr auf den bleichen Rücken, landete dabei überraschend in ihren Weichteilen –

„Wo sind wir, Jonathan?"

„Im Himmel."

„Schon, aber – welche Sektion?"

„Sektion PSI – der OpernHimmel der Psychiatrie."

Und er schnappte sich eine KanülenTrompete und tremolierte ein perfektes Solo, warf die Töne in den Raum wie süße Nüsse, daß es nur so knackte. Seine unteren Nagezähne standen hervor wie klassische, phosphoreszierende Hauer, was daran lag, daß er immer noch zu wenig nagte, trotz Hildburgs Belehrungen. Da, schon belehrte sie ihn wieder: „Du nagst zu wenig, Jonathan". Er hörte ihr nicht zu, tremolierte, als wäre er ein Caruso (etwas rührte sich in Hildeburgs Gedächtnis) – Er nahm Anlauf zu einem enormen Finish – „Whinniiiih-iiiih-iiiih" – Kein Caruso, sondern ein Roß, ein vergleichsweise kleines; und er warf die RoßTrompete von sich und riß Hildburg mit sich, die eben schon wieder ihren Kopf hatte hängen lassen wollen.

Warum hatten ihre Feinde sie ausgerechnet mit Jonathan zusammengesteckt, er war bekannt für seine Unsauberkeit, sie brauchte nur nach seinen Nägeln zu sehen – sie machte einen jähen kleinen Schiel-Ausfall, Bittesehr! – Fast einen Zentimeter lang und nikotinbraun geätzt, das waren Krallen wie bei Tiiieren – iiiieh – und sein Kopf war so schmutzig, daß sich kein einziges Haar hielt, aus seinen Füßen quollen stinkende Pilze, und seine Unterhose – dort lag sie … Konnte jeder selbst sehen und tasten und riiiiechen, ein Drecksmensch, eine Besudelung, er hatte sich an sie herangeschlichen, als wäre er ihr Freund, als wäre er eingesperrt wie sie, als würde er einsehen, daß Herbert Braatsche – der Unaussprechliche – VERNICHTET werden mußte – Nein, natürlich waren ALLE ihre Feinde – sonst wären sie doch nicht hinter ihr her ununterbrochen – Das muß man sich mal vorstellen, sie war doch theoretisch eine ganz unwichtige Person, das sagten alle – und trotzdem – ihr Gedächtnis blitzte, hielt die vielen Beweise aus der Vergangenheit hoch – 'I have seen what I have seen!' – so viele Verfolgungen über die Jahre hinweg – so viel Mühe, nur um sie zu quälen – also konnte sie gar nicht so unwichtig sein! Nur, daß sie nicht wußte, wer sie war, daß ihr Inneres ihr mißtraute, daß sie angefangen hatte zu glauben, der Feind treibe sich schon herum in ihrem eigenen Inneren ---: WO?? WO???!

Taube Blicke Zungen-Leim, dennoch raschelnde Panik atemlos am Hundehalsband. Gehalten. Oh Saviour. Noch einmal davon gerettet.

Imaginiert? Nein. Rettung, griffiger Krückstock traditionsverkalkt rieselnd, 'das machen wir immer so'. AllStraße Schuld, SeligRutsche: (jetzt wußte sie es wieder) Ihr Mann, ihr persönlicher Verbrecher, keuchende Asche ihres Traums. Er war ihr AllFeind! (Erlösung und Übersicht) [huschende Schatten, dennoch huschende, quälend nagende Schatten – heller Schmerz; weißglühende Nadeln in ihrem Bewußtsein. Nach außen gestülpt. „Ich bin ein Eichhorn". Alle waren ihre Feinde, aber Herbert der Ober- und Unter-, der Drumherum- und Ganzinnendrin-Feind Numero Eins. Ihm eins auswischen, eins reinwürgen, ihn ebenfalls quälen, erledigen, niedermähen …

Sie kauerte in der Ecke –

Jonathan –

Was war das wieder für ein neuer Trick – sie grübelte verhangen, sie sollte wohl eingelullt werden, immer dasselbe Spiel, simpler Roßtäuschertrick, aber mit ihr nicht, sie senkte die Lider, lächelte, lächelte –

„Hilde-Katz!"

Wie aus einer Trance.

Und aufatmen.

Sie hatte sich getäuscht!

Und also zu zweit: „Wir sind die Eichkatzen!" Gestänge Leibs Geweide – Her damit! In den Siedekessel! Sie faßten sich an den Händen:

Dreimal hat's die Katz miaut
dreimal hat's das Schwein gekaut
dreimal hat's im Kessel geschreit –
„istdawer?"

„uuuuuuuuuuuuuuuuuuuuuuuuiiiiiiiiiiiiiiiiiiiiiiiiiiiiiiiiiiiiiiiiiiiiiiiiiiiiiiiiiiiiiiiiiiiiiiiiiiiiiiiiiiiiiiiiiiiiiiiiiiiiii – – – bfffffffffffff- ……"

„Die reden mit uns, Hilde-Katz: Katz, siehst du – ich hab' es dir versprochen!"

Weiterrühren alles aufstüren
weiterrühren alles aufstüren

Alfons schreit: Es ist Zeit, es ist Zeit!
Dem Jammer der Welt unter die Röcke kucken – wofür? –
weiß nicht – auch egal – (iiiiiii iiiiiieh -) –
Riffel Raffel
Eichhorn-Gaffel
Schwur-
BUND
Säure in den Schlund
Dreimal hat's die Katz miaut
dreimal hat's das Schwein gekaut
dreimal hat's im Kessel geschreit

„bffffffffffffffffffffffffffffffffffffffffffffffffffff- ....“

Exitus.

Sie hüpften auf die Wärter – die sich inzwischen vermehrt hatten. „Kuckma, Hilde – vorhin waren das erst zwei – ist das nicht ekelhaft?? Wie die Karnickel!“ Da lagen sie übereinander, ein richtiger schwappender Haufen, sagen wir grob ein halbes Dutzend – Jonathan sprang hinauf und darauf herum und Hildchen-Hinter-Ihm-Her half ihm, daß die Luft fauchend aus den Leibern fuhr, als handele es sich um einen einzigen riesigen, riechenden – „Riechma, Thanatos, Menschenfleisch!“ – um einen sechslungigen OpernBlasebalg –

Als sie fast schon – ne nimis – genug hatten, sprangen sie herunter und arrangierten das große PsychoPanikOrchester.

Sie schleppten blitzende, blecherne Badewannen, schwangen sie wie unförmig gebogene Schilde über den hohen EichhornHäuptern, schüttelten sie nach ererbter Art der Teutonen –

TRONNG
TRONNG
ZHONNGH
ZHINNGH
TRIOINNNNNK!

Jonathan liefen dabei rosa Speichelfäden aus dem linken Mundwinkel, er merkte es nicht, leises Begleitgeräusch, TropftropfUntermalung, rhythmische Lasur –

Und sie knallten die Wannen metallisch klingk klangk klongk auf den Boden –

„Komm hier rüber, Jonathan, das FliesenEcho, hörst du, klongkongk!"

Blutdurstige Eimer DauerTrommel ein Loch in den Kopp – SCHREIE – *klingk-ingk* abrupte Stille AltSaxoGrummeln, die Jalousie knallt RUNTER WUMM umm-humm-umm Trepanation, ein Riß eine Finsternis *zhirr-irr-irr* truonnngg wurr-urrh, gewaltige Schaumbesen WindRäder in meinem Hirn LichtDolche, schwanke Lichtorgel Sägeblätter KotzEinlagen SchmerzTriller KlagJauler

ANGST-
SCHWELLEN
STUFEN
TÜRME
P A N I K

Dauerton. Menschlich kaum leistbar, das Nervenmaterial ans Äußerste gebracht, schaudermechanische Schocks/elektro- My Saviour (hinter der Maske) – Von dir angeschnallt (ins >Freie<) Lederstraps. SchmerzLaboratorium. QualFundus. Durch die Jahrhunderte zunehmende Feinheit, eine äußerste Sensibilität, äußerste Augen der Empfindung, SchmerzKoloratursopran, überzüchtet – 'hier ein besonders seltenes Exemplar' – Jonathan dreht durch, kreischt, changiert, der ganze EichhornKörper flutet Farben. Hildeburg gerät außer sich, springt ihn an, will ihn zwingen, er ist ein Abgesandter, er ist Dreck!! Da wird jedoch durchgegriffen – ein anderer Kanal – sie beruhigt sich –

– „Stellen Sie sich nicht so an, Mann!" –

Tschinellen, Piano, Vibraphon, Vokale, Vokale (vocal), genormter Schmerz im SSV-Meterpreis, SchmerzStempel ein Kultur-Merkmal, das Zeichen mit der untrüglichen Spur, ein Kinder- und JugendPensum (DIN A5): Jedoch das Alter soll nicht ganz leer ausgehen: Hier Opa, etwas Besonderes: PFUMM!! –

AAUUUUU!

DAS RÄTSEL DES SCHMERZES IST UNGELÖST.

Lederstrapse, Zwangsjacken, ein paar Kanülen, Gummibeutel, Spritzen, gewalttätige Holzstühle, (wie eine sterbende reiche Verwandte eine liebe Erinnerung), Wirbelbetten, RotationsTrommeln, Zwangsjacken, Exstirpation des ANDEREN ... ohoho-

PANIK – ein virtuoses Solo – un géant de son instrument –

(Ist das Gott? ein SchmerzRiese? oder du meinst, er hat in Wirklichkeit keine Ahnung, löffelt sich die Erfahrung Schmerz nie selbst rein, sondern immer nur durch FremdBeobachtung. Woll'n wir wetten, auf die Art kommt er nie drauf, da kann er noch so viele Söhne und Töchter ans Kreuz nageln –

Aber was bedeutet eigentlich Schmerz – Daß es dann nicht mehr so gemütlich ist in unserer althergebrachten Erfahrung? Oh Lord, wenn das alles ist.)

- Paukenwirbel, Flöte, bukolischer Rhythmus –

„Komm, Thanatos! auf auf! Herbi wartet!"

„Ja, GurgelBurgl! – Action! Action! – TAT! Atten Tat!"

Sie ließen sich an den traditionellen BettuchSeilen hinunter, kamen beide unglücklich auf. Zwei Schrammen. Sie humpelten. Plötzlich unsicher aneinandergeklammert; schamhaft, mickrig. Sollten sie – zu-rü-kk? – ach was! und drauflosss! GeschwindigkeitsRäusche. SiebenmeilenStiefel. EichhornWahnsinnsTempo. Rush hour in die City.

Die fahlgelbe IrrenMauer sauste weg, Straßen hoben und senkten sich in rasantem Rhythmus, StepTanzDurchblicke, VexierBilder, BaumGerippe, LagerhallenSkelette. Tote Gleise. Häuser Häuser Häuser. HochHäuser, NiederHäuser, KatalogHäuser, NachkriegsHäuser, VorkriegsHäuser. TelegrafenMasten, FlugzeugSchlieren; AsphaltSchlingen – AchtUNG! Motorräder Räder Autos Autos Autos, Bahnen, U-Bahnen, wirbelnde BahnEbenen, ruckartig Details ins Hirn hineingerieben, geribbelt.

Netze Netze Netze. Oh Fisherman ... Zwei EichhornFische schwänzelten unholfen-unziel-unrichtet über Asphalt. (Poisson'sche

Verteilung). Zorniges Hupen. Noch einmal davongeschwommen. Hatschi! Hick! Ick!

Klingeln der Straßenbahn. Endlose, sich stotternd voranwälzende Glitzerschlange Auto, abrupt-abgehackt-ampelmäßig gelb-rotgrün, steile AuspuffSchwaden in Serie, enger gesteuerte Lungenschnallen. Lunge tailliert. Hildburg hustete. Dröhnende Motoren rechts und links Straßen; Straßen; voller Häuser; Häuser; voller Menschen; vom Keller bis zum Boden vollgestopft mit diesen – SchmutzExistenzen voller Löcher, aus denen der Dreck fiel. Herbert war der schlimmste. Hildeburg lief rot an vor hoffnungsfroher Gewißheit, sobald sie daran dachte – und sie hörte einfach nicht mehr auf, daran zu denken. Ein zornrotes Eichhorn und ein käsweißes, düsterbleiches gingen in die City, bereit zu ALLEM.

Menschen Menschen Menschen. Häuser, unten die Geschäfte. Ich geschäfte, du geschäftest, er sie es geschäftet. Schuft. Abgeheftet. Mutig und miteinander. Die beiden schufteten geschäftig schuftige schaft-hohe SchiftSprünge – „Oh Jonathan!" Sie lispelten lautlos aufgeregt, bis sie am Neumarkt die Augen aufrissen, unter holden Wimpern erschrockene ZyankaliBlitze hervorblitzend. Sie hatten es geschafft.

City-Center

Da standen sie. „Und nu??" Zwei hohe, bleiche, partiell gerötete Eichhörner. Einsam am Neumarkt im Gewühl. Und keiner kuckte.

Die Röte verlor sich, nackt und bleich und bläulich schimmernd sprangen sie zwischen Apostelkirche, Zentralbibliothek und Richmodstraße, Hupton und Klingeling und Menschengebrüll, diverse Signale und einmalig! und Sonderangebot! und noch nie! schon immer! Fahrpläne, Schaffner, Walkie-Talkies und was'n Lärm auch – und Gleise, Automaten, Linien, Holpriges – „Au, meine EichZehen!" – bis nach Junkersdorf im SiebenMinuten-Takt und Sülz und Ostheim und drüber die Hubschrauber und JumboJets und die Tauben mit einer einzelnen Möwe zwischendurch, und im Underground ein Stockwerk tiefer ging es zum Königsforst und zum

DOM – Da wollten sie hin – zumindest Hildeburg war sich sicher – und Jonathan war alles andere als ein partypooper ooper – oop popadah! – genau! – Wenn es der Dom sein mußte, dann mußte es der Dom eben sein – Aber vorher noch pflichtbewußt die Gosse entlanghüpfend – von Obstständen Nüsse klauen, Kiffzigaretten, Bierdosen, paar Junkies die Schau stehlen. Zwei Dealern das Gruseln lehren. Und dann rasch über Kioske und umglaste überdachte Wartebänke und versteinerte Blumenkübel, und Tausende Einkaufstüten – ausgekippt wie im Spiel – Fang! Jonathan! – all die Chancen – pralle und flachbrüstige und zitternd vor Gier – Hild'Höher! – all die Schnäppchen – vom Winde verweht – von Baum zu Baum gewirbelt – Tauben und Menschen – „Wie Jesus, Jonathan, wir entschänden den Neumarkt" –

Und schrilles Geschrei, „Einsperren sollte man sie, einsperren!" - „Kriminell!" – „Anzeigen müßte man das, anzeigen!" – „Lassen Sie doch, Mann, jeder nach seiner Fasson! Jeder Jeck ist anners ... " – „Na, sogar für 'nen ANDEREN Jeck schauen diese zwei Typen ziemlich merkwürdig außer Wäsche ..."

Und dann ran! Rin in die Straßenbahn und Sausewind automatisch-elektrisch mit Stoppschwellen und raus im Sauseschritt rauf auf den Dom gehetzt – puuh, die Stufen die ausgetretenen Stufen Menschheits-Ich im Drehwurm Spiralen im Hirn knarrend und quietschend, das hört ja nie auf, warte, Jonathan (Ich bin eine müde MickyMaus ...). Dem Himmel so eifernd hoch entgegengesprungen – Aber was sollen die Gitter, Jonathan – plötzliche ZornBallungen Hildburgs. Die halten uns wohl für Meerschweine, Jonathan. Oder für Raubtiere ??

Visionen! Aaaaah! Sie waren oben. Nicht oben genug. Hildburg schwang sich hinaus zu den Türmchen und Giebelchen und Rosetten. Warum hören die hier schon auf, Thanatos, erst die Unendlichkeit wie im Visier, und dann auch wieder nur Endstation! Hildburg rüttelte zornig an bröckelnden Haltegriffen, beinahe stürzte sie hinunter, jedoch Jonathan griff rechtzeitig zu, packte erfolgreich den bleichen Eichkatzenschwanz und wirbelte – Zündschnur gerettet – Hildburg retour. Das munterte beide auf, sie kicherten, faßten Mut.

EichkatzenTanz um den Dom, Hupfer von Türmchen zu Turm,

und dann endlich wie auf Samtpfoten tastende Lauerschritte den Dachfirst entlang – würde es geschehen – würde sich das Wunder ereignen? – das Fest des Blauen MondDoms – und tatsächlich – aaah! – die Nüsse (Walnüsse, Para-, Salzerdnüsse, Kürbis- und Sonnenblumenkerne vom Haselnußbusch) hatten sich versilbert, phantasiemäßig feuerwerksmäßig vermehrt – 5000 Eichhörner oder nur zwei – schwankende Lichtverhältnisse, schwankende, jedoch fruchtbare Größenverhältnisse –

Und die beiden bleich wie Titanzink schimmernden Eichkatzen standen einen Moment aufrecht und regungslos auf dem DomDach und schaukelten sodann – während WolkenFetzen zischelnd wild&weiß über den Mond – schaukelten sie gereckt und geduckt vor und zurück, zurück und vor und seitwärts und seitwärts gehüpfter Rhythmus HOCH und RUNTER Trommelwirbel (Zelluloid auf Stanniol) Energie! daß das DomDach vibrierte und der Dom selbst im Schlaf das Tanzbein streckte – lächelnd – BoogieWoogie auf dem Kölner Dom – daß im nächsten Moment auch der Mond aus den WolkenFetzen wild&bleich&bläulich hervor wißbegierig wirbelnd auf SinnSPUR HoffnungsSPUR! – und mit rollendem Auge rasant auf und unter ging der Mond in den Rhein und wieder hoch und zittrig zappelnd Richtung DOM und noch einmal zwei Eichkatzen tanzten tänzelnd auf den DomDächern auf dem DomDachfirst über der Vierung balancierten sie pirouettierten sie: Jetzt! symmetrisch auf den DomTurmspitzen eins zwei – und hüpften zurück und schaukelten – bleich und entschlossen – zwei Figuren mit Mond auf dem Dom –

BoogieWoog!

Und warfen ihre glitzernden StanniolNüsse – warfen ihre harten KopfNüsse auf Bahnhof und Museum Ludwig und die Intercities, die über die Hohenzollernbrücke heran schwänzelten und zurück und noch einmal; hagelten ihre Nüsse wie Stecknadelköpfe, wie Eiskörner, wie SilberErbsen auf Trommelkörper, Klangkörper, rhythmisierendes – im Fluxus! – Metall – allüberall – daß es knackte und aufgespießt knatterte, prasselte, und Rheinfontänen schossen empor und Farbfontänen aus dem Museum Ludwig, und der Mond vom Himmel in Köln tanzte im Rhythmus zweier Eichkatzen, und der HeinrichBöll-Platz summte, daß es klang wie Bölls Tabakspfeifen gegeneinander, wie präparierte Klaviere, wie OberlippenZungenspitzen-Tänze vor und zurück zurück und – auf der SinnSPUR HoffnungsSPUR! – während die Domplatte – in Schwingungen – taumelnd bläuliches Licht, lallende Liturgien und UnterdrückungsMotoren weithin weithin entbrannt …

Diesmal wären beide beinahe abgestürzt; um ein Haar – ausgefallen! Pupillenerweiterungen, kurzfristige HechelGeräusche; UngläubigkeitsSeufzer.

Stille.

Sie krauchten lahm zurück, schwindelig, abgebrochene Flügel, nie gewesene. Fliegende Eichkatzen, soweit käm's noch. Also wie NormalTouristen, durch erlaubte Luken spähend. Paar Nüsse hatten sie immer noch. Her damit? Knacken und zielen? Kleiner Eichhorn-Wettbewerb? Wer trifft wen wo? Aber so viele Meter heruntergekommen, tiefer, flacher, ebener, fast schon ebenerdig, vergleichsweise. Und ohne BlauMond. Lustlos – mindestens. Ins dünnlippige O des Kardinals im DomHotel. Ins Gebiß der zwei RichmodisPferde! Um so viele Ecken – das glaubt uns keiner. Wenn auch – beinahe abgefallene Aufmüpfigkeit versuchsweise wiederbelebt – Vielleicht war es doch wahr, und Hildeburg zog einen SonnenSplitter aus Jonathans Aug. „Indizienbeweise gelten nicht." Hildeburg verlor alles Interesse. Was hatten sie eigentlich auf dem Dom zu suchen, wo doch ihr Tagwerk noch unerledigt –

Und jähes BösFunkeln. WutEbbenEnde.

„Eichhorn Dorn Zorn, Jonathan!"

„Gift ins Herz!"

„Und Zunder – im Sauseschritt!! …"

Zwei Irre näherten sich seltsam hüpfend Schneider Pieters Haus. Die Haustür war verschlossen. Sie schnitten mit ihren Zähnen – jeder Biber wäre stolz auf diese Leistung gewesen – sie schnitten eine Fensterscheibe glatt heraus in der Parterre-Wohnung, die von einer gewissen Frau Möllendipp, einer Postbeamtenwitwe, seit 17 Jahren allein bewohnt wurde. Die Scheibe fiel sauber, aber dann eben doch klirrend zu Boden, was die bejahrte Beamtenwitwe unverzüglich auf den Plan rief. Sie näherte sich halbfesten Schrittes. Sie bemerkte zwei riesige, nackte Eichkatzen, die kichernd durchs Fenster hüpften. Sie scheuchte. Sie schnauzte. Sie stellte sich in den Weg. Sie ging zu Boden. Schädelfraktur. Magenblutungen. Hirnriß.

Die beiden Irren sprangen aufgeregt durch Frau Möllendipps Wohnung, öffneten Kisten und Kästen, wirbelten Deckchen und Plätzchen und Trockenblumen und Photos und Weihnachtssterne vom letzten Jahr zornig in die Luft, fegten einen gravitätischen Blumenkübel von seinem bürgerlichen Ständerchen neben dem FernsehSessel am WohnzimmerFenster, daß die Erdkrumen und Porzellansplitter nur so flogen mitsamt der wohlgepflegten Araukarie, die beim Fallen auseinanderbrach und wie ein Weltmeister zu duften begann. „Ich rieche rieche ..." Sie fanden die Eingangstür, schmetterten sie hinter sich zu. „Ich rieche riiieche Menschenfleisch -"

Sie flinkflankten die Treppen hoch übers Geländer hinauf bis zu Schneider Pieters Wohnung, wo sie außer Atem und insbesondere mit den Hinterpfoten wütend gegen die Tür sprangen.

„Komm heraus, du Ekel, komm bloß heraus, du altes Ekel!"

?

TEIL II
KOMM HERAUS!
(INNENANSICHTEN)

Du mußt ausreißen, sagte sie, aus der Wirklichkeit, aber sie mit dir hinunterreißen, in den Abgrund während du fällst …
Ein Gefühl deckungsgleichen Einsseins mit aller Kreatur …

Friederike Mayröcker

3
HALLELUJA!

Und es erschien mir, so wie wohl erscheint
ganz unerwartet etwas, das verdrängt
– dem Wunder gleich – ein jedes andre Denken,

Einsam dahin lustwandelnd eine Frau,
die singend wählt' und pflückte Blum' um Blume
mit denen rings ihr Weg war bunt bemalt.

So wie sie sich kreisend dreht, die Sohlen dicht
am Boden gleitend nur und eng geschlossen,
die Tänzerin, und Fuß vor Fuß nur setzt,
So wandte sie sich durch die rot und gelbenBlümlein –

Als sie dahin gelangt war, wo das Gras
bespülten schon des schönen Baches Wellen,
schlug sie die Augen auf –

Vom andern Ufer lachte sie herüber,
noch andre Farben in den Händen sammelnd,
die, nicht gesät, auf jener Höhe sprießen …

Hier war der Menschheit schuldlos reine Wurzel
hier ew'ger Lenz und aller Früchte Fülle
und Nektar dieses Naß, das jeder preist.

Dante

Kleine Wellen von Lust das Rückgrat hinauf und hinunter. Rosa seufzte träge, schaukelte ihren großen weißen Körper sanft hin und her. Sie lag in ihrem Bett, auf dem Rücken. Angenehm. Wenn auch schmales Bett. Üppig geht es nicht zu bei Schneider Pieter. Aber immerhin ein eigenes Zimmer. Und außerdem: Ihr Sohn erwachsen. Ihre Ehe kaputt. Ihr Beruf abgedankt. Sie lachte leise. Das Wichtigste in meinem Leben habe ich bereits hinter mir. Den Rest weihe ich der Lust.

Feierlich berührte sie ihre Schamhaare, teilte sie. Der kleine Nachteil an der Sache war, daß es bestimmte Widrigkeiten des Alltags ... Nein, darüber würde sie ein anderes, ein ganz anderes Mal ... Jetzt war sie sich selbst auf der Spur, ihrer Lust hinterher, sanft bewegte sie sich, wechselte kühn das Tempo, peilte das Zentrum an, high noon, zerstiebende Binnensonne. Hitze in Kopf und Unterleib.

Hitze.

Plötzlicher Alptraum.

Sie versteifte sich, schnüffelte. Diesen obszön viereckigen Geruch kannte sie. Der deckte das Mittelalter genauso ab wie die Zukunft. Laserquerstrahlen. Stinketier. Blöd aufgeblasener Sensenwicht, der die Spielwiese scheinbar freigab. Morgen und übermorgen und nächstes Jahr. Wir bauen ein Häuschen. Wir pflanzen einen Urwald. Wir buchen Unsterblichkeit in der Karibik. Und dann der Ruck an der Leine. Hinter jedem von uns, hinter einem jeden von uns ist er her. Lauerndes Hascherprogramm: „Ich krieg' dich irgendwann." Seelenlose Mechanik des Zupackenshackens. Sine ira et studio. Die Basisdemokratie des Endes. Der Menschheitskill. Früher ereilt es jeden oder später. Vielleicht später. Vielleicht viel viel viel viel später in 30, 40, 50, 60 Jahren. In einer Ewigkeit. Nur Mut. Fasse Mut. Die Jahre auf die Waagschale gelegt, die Minuten Sekunden. Jede goldene Sekunde ist es wert.

Sie richtete sich auf, starrte auf das dicke Ende, seine fürchterliche Vorderfront, seine pechschimmernden Greifklauen, seine tunnelrußschwarzen Augen, und nun öffnete es sich und hervorschoß der Schwefelzahn und war drauf und dran ...

Sie wehrte sich, dreschflegelte drauflos ... Hau ab! altes Ferkel! Schon wieder den Lieferschein falsch buchstabiert. Ich werde mich beschweren. Sie ließ nicht locker, verteidigte jeden möglichen Ein- und Ausgang, hörte endlich das Surren fremder Empfindungen, das Quietschen, das ZischStakkato einer Entschuldigung. Auch Computer können irren. Aber worauf ist denn überhaupt noch Verlaß. Sie spürte den Rückzug, atmete auf. Mitten im Leben usw.

Sie lag ganz still. Hatte sie es sich eingebildet – vielleicht hatte sie es sich eingebildet? Eine zu rasante Abkürzung, und daraufhin eine Fata Morgana? Irgend so etwas?

Vielleicht sollte sie vorsichtiger sein. Blödsinn. Rosa, die Vorsichtige. So weit käm's noch.

Sie überließ sich von neuem der Lust. Weide meine Lämmer – meine Pferdchen – meine Rösser. Und nieder mit allen Zäunen. Neulich hatte sie allerdings gehört, daß eine Frau einen Herzschlag bekommen hatte. Tödliche Selbstliebe. Na wenn schon. Wobei bekam man eigentlich keinen Herzschlag. D.h. andersherum hatte sie's noch nie gehört. Also am Beischlaf ist noch nie eine Frau gestorben.

Immer noch liegen die Frauen wie Steine im Bett des Patriarchats. Finde ich das zum Lachen? Irgend etwas lachgluckst. Vielleicht ist es ein wenig übertrieben. Vielleicht doch. Noch nicht einmal im Bett von Luy bin ich ein Stein gewesen – obwohl – manchmal ging es grauenhaft schief – am schlimmsten, wenn ich vorher zuviel Pornos gelesen hatte und geil war wie – na eben stramm und geil. Und dann kam Ritter Luy mit einem Körper wie aus Plastik ...

Was nicht heißt, daß ich nicht jedesmal meinen Orgasmus gehabt hab', gelernt ist gelernt ... Mamma mia, das ist bestimmt ihr Werk. Kreuzige, bekreuzige dich – (sie bekreuzigte sich) – Sie hat mich nicht nur geboren, sie hat mich auch verwunschen: Rosa Rosa Rosa soll es gut haben. Rosa Rosa Rosa hat es gut. (Leises Lachen.) Dompteuse hätte ich werden sollen, wenn es nach ihr gegangen wäre. Rosa, die Löwenbändigerin. Oder Tomatenzüchterin. Jede neue Art hätte einen ihrer Vornamen verpaßt gekriegt, von denen hatte sie schließlich genug: Rosa Maria Lucia Gina Sarah Esther Rahel Sophia. Mamma mia. Eine italienische Jüdin. In den kalten Norden gekommen, um sich von einem deutschen Pinocchio unterdrücken zu lassen. Arme Mamma. Ich wollte, ich könnte die tollsten Tomaten erfinden, ihr zulieb. Karierte gestreifte getüpfelte. Unmögliche. Gelbe blaue rosane. Und ockerfarbene, alizarin-, auberginefarbene zu ihren schwarzen Haaren. Immer trug sie schwarz, alles schwarz. Stein im Bett des Patriarchats – wahrhaftig! Eher umgekehrt: Mühlstein um ihren Hals – mein Papa. Das ist schon glaubhafter. Nicht, daß sie an Herzinfarkt gestorben wäre. Etwa gar im Ehebett. Sie nicht und keine Frau. (Sie schaukelte langsam hin und her.)

Merkwürdig ist das schon: An Selbstliebe zu sterben, aber nie an Liebe. Vielleicht sind wir im Ehebett einfach nicht enthemmt genug. Sie lachte leise. Ich fordere die enthemmte Ehefrau. Sie schloß die Augen. Schemen tauchten auf, wurden zu Frauen, versammelten sich, gründeten eine Liga: Das Recht auf weiblichen Herzinfarkt bei ehelicher Liebe. Eingeklagt am europäischen Gerichtshof für Menschinnenrechte. Sie sah die Frauen mit schön wehenden Bannern die Stufen hinaufstürmen. Wellende Wellen von Lust. HitzeWellen. Stop! Schon wieder zu schnell! Sie sollte erst einmal Kühles denken, Kühleres, killer-kühl cool, Sylvestercool zum Beispiel.

Sylvester mag's nicht, wenn ich von wehenden Bannern rede. Wann war das? Neulich beim Abendessen. Ich hatte meine Zähne gerade in ein Schmalzbrot gesenkt. Brav apportiert, Gedächtnis! Darfst bleiben, sitz nieder, so ist's gut! Zwiebelschmalz und Malventee. Und das Rot des Tees nicht gerade geeignet für die Farbe von wehenden Bannern. Hab' ich gesagt. Und sie in der Gegenrede voll Aufruhr neben mir (Rosa ging ins Allegro): Verkappter Faschismus sei das. Die Sache würde verdrängt, die Symbole dafür feierten fröhliche Wiederauferstehung.

Wahrscheinlich denkt sie, ich wäre dem Mussolini mit fliegenden Fahnen hinterher gelaufen, mit flatternden flappenden – Wenn du 10 Jahre älter bist, glauben manche, es hätte dich immer schon gegeben (wedel wedel wedel). Mich gab's aber damals noch gar nicht. Höchstens später als Baby auf dem Arm meiner Mamma. Da hätte ich seinen Untergang bekrähen können. Aber zu dem Zeitpunkt knatterten sie nicht mehr mit Bannern herum. Da war alles schon ziemlich ka-puuut-t ttt … (Sie trommelte Takt.) Eigentlich könnte ich sagen: Die haben den 2. Weltkrieg mir zuliebe geführt, damit Papa nach Italien einmarschieren konnte als Soldat. Das hört sich doch nach etwas an. So werden Legenden gebastelt. Schwingungen an der Peripherie des Kollektivschicksals als Trompetenstöße „O solo IO". Komisch, daß ich mich immer um's Italienischlernen gedrückt habe. Teleologisches Denken hab ich dafür gebimst: Welt ward meinetwegen, starb meinetwegen – pfui Deibel! Weihrauch und Zimbeln und Teutonen. Pscht! Wenn mir der Zorn ins Blut schießt, ist es auch nicht sachdienlich. Das endet in einer PartialSonne. Lustsplitter anstelle des full circle. Round around the mulberry bush. Das MußenMuß der Lust, die schöne lange Weile der Liebe. O liebe Liebe, was ich jetzt bräuchte, wären abstrakte Gedanken in schön konkretem Leib. Weißbäuchig. Oh mens. In corpore. O Ata unsar, dona nobis Vim. Dor. Und den General. Phalanx der Putz- und Schmutzmittel. Und mein Papa. Cool cooler geht's nicht, nicht sehr.

Ich hab ihn mir übrigens nie vorstellen können – nicht w i r k l i c h – Papa mit einer Flinte in Rom. Muß wahnsinnig komisch ausgesehen haben. Stell dir vor – wie heißt das? nein, anders: Der Krieg springt auf die Bühne, und alle brüllen vor Gelächter beim Anblick dieser Flunder in Uniform. Na ja, sobald es losgeht mit dem Herumballern ist es wohl aus mit der Fröhlichkeit. Mamma muß es die Sprache verschlagen haben. Und schon war ich geschehen. Die Leute denken sich immer nichts dabei, selbst die besten. In einen Körper gelegt für 100 Jahre. Maximal. Kann allerlei dazwischen kommen. Sagen wir: 80. Die Halbzeit liegt schon hinter mir. Wie gesagt: Jetzt führe ich nur noch mein arbeitsloses Lotterleben. Wenn du verstehst, was ich meine. Sie verstand, lächelte Verstehen, belächelte rundum rhythmisches Verstehenehen ja ja ja. Herbert sagt, ich halte Sex für ein Allerweltsheilmittel. Tu ich n i c h t, tu ich wirklich nicht. O.k., damals mit Anatol – aber das ist ja wirklich schon ein Weilchen her – ganze Weltzeitalter – damals im Paläolithikum oder so – vor mindestens 20 Jahren ... Und seither – so berühmt war's nun auch wieder nicht, das bißchen nebenher. Neben Luy. Wenn das alles gewesen ist. Ein Häufchen Spaß neben dem Elendsgebirge. Ach was. Durchhalten und aus. Herbert kritisiert mich gern. Barde mit LockenHaar. Musikalischem Haar. Das weht er gern kritisch in meine Richtung – quer durch alle Tonleitern und Fugen. Und geht die Wände hoch, wenn andere es tun. Mich kritisieren. Sylvester hat er wegen der Banner quer über den Tisch hinweg angeschnauzt: Sie sei auch nur so eine verkniffene Negativdenkerin. Das kann sie wiederum nicht vertragen. Sie blitzt dann nur noch ganz ausgebleichte Blitze. Weißflammig schwach. Arme Sylvester. Oller Herbert. Wahrscheinlich müßten sich die beiden mal in den Arm nehmen. Ein Allerweltsheilmittel ist es trotzdem nicht. Politiker knutschen sich ständig ab, und du siehst, was dabei herauskommt. Ins Bett gehen sie allerdings nicht miteinander. Meistenteils. Also, das darf ich mir jetzt nicht in allen Einzelheiten vorstellen. Nicht plastisch konkret – puuuuh. Igittogott.

Was anderes denken, was ganz ganz anderes –

Ich könnte Sylvester fragen, ob Frauen miteinander – in der Statistik stand nichts davon drin, ob die – wie heißt das – miteinander herzinfarkten können. Ganz hinauf – noch höher … Ihre Knie fielen auseinander wie von selbst. Sie seufzte tief. Angenehm. Wohlig. Die dunklen Machenschaften der Lust. Alle scharfen Ecken verlieren sich. Lichtströme, Fließendes. Wahrscheinlich so eine Art Rückkehr ins Anorganische. Heimkehr ins Verlorene Paradies für eine einzige Sekunde. Und dann wieder ab in den Korpus. Ins kalte Verlies. Individuation. Lauter abgehackte Organismen, die sich einreden, daß sie unabhängig sind. Ich bild' es mir ja auch ein. Immer wieder. Und vor dem Tod hatte ich eben noch echte Pinkelangst, obwohl ich diese eine Sekunde immer verlängern möchte. Wenn das Tod ist – soo ist's gut jaha – verweile doch du bist so – langsam langsam – Wär ja'n echt romantischer Abgang. Miteinander abschwirren können. Sex und ex.

Nichts für mich allerdings. Ich werd' lieber 80. Außerdem könnte ich am Schluß wahrscheinlich doch nicht durchhalten. Stell dir vor, du machst einen Rückzieher in den letzten Sekunden, es fällt dir wie Schuppen von den Augen. „Was, das soll die große Liebe sein?! Ich pfeif' drauf!" Und dann pfeifst du auch schon, auf dem letzten Loch. Wuawuawuakrchkrch. Röchelgeräusche. Der kleine große Tod.

Männer können in jedem Fall. Herzinfarkten. Mit Frauen. Vergessen vielleicht einfach, daß wir da sind. Die Frau, das unsichtbare Wesen. Wenn Luy in meinen Armen gestorben wäre – ich glaube, das wäre auch nichts für mich. Bestimmte Erlebnisse müssen nicht unbedingt sein. Rosa, die Verweigerin. Muß auch mal nein sagen können. Hör mal, Kumpel, sag rechtzeitig vorher Bescheid! Keine Leichen in meinem Bett – verstanden?

Wie die armen Huren jetzt immer verweigern können sollen müßten. Wenn das so weitergeht, wird's Zeit, daß ich mir einen festen – daran denk ich jetzt nicht, das macht mich schon wieder cool, dabei bin ich jetzt schön dabei, schöne Tempi, Beschleunigung andante zu allegro con moto – ich brause über die Landstraße. Oder ist es schon die Autobahn. Sonnige Aussicht jedenfalls. Auge und Landschaft ineinander übergehend, äugelnde Landschaft. So eine Art MetaOrdnung. Ein einziges Pulsieren für Milliarden Zellen. Stell dir mal vor, alle Menschen gleichzeitig – auf die Sekunde genau – das gäb' ne Elektrizität – könnte man ne ganze Großstadt mit heizen – Köln zum Beispiel – sexgeheizt – Aaaah, jetzt ist es so weit. Soooo ist's gut guuuut seeeehr gutguut AchTUNG:

Ein Klopfen an der Tür. Banausen. Sie würde nichts hören. Widriger Alltag. Sie schwebte höher drüber.

„Rosa!"

Sie antwortete nicht.

„Es ist Zeit!"

Sie antwortete nicht.

„Rosa! Deine Putzstelle! Hast du's vergessen?"

Sie hatte. Ogottogott. War es wirklich schon so spät? Es war. Sie richtete sich stöhnend auf. Schlaffschlappschlaftrunken. Vielleicht hätte sie doch herzinfarkten sollen. Zu spät. Sie brummelte Beruhigendes nach draußen. Schneider Pieter – der Sanfte, fast schon Unsichtbare mit der Riesenseele – er ist immer dem Heulen nah, weil sie putzen geht. Herbert stellt sich ähnlich an. Als ob – Na ja, na jau …

Sie suchte schon nach ihren Putzklamotten. Stöhnend. Dann aber: Aufgemerkt! Rosa Baumeister, arbeitslose Biologin, frisch geschieden, Mutter eines 22jährigen Sohnes, machte sich auf den Weg zu ihrer Putzstelle.

Die Schritte aus der Wohnung hinaus waren erfahrungsgemäß die schwierigsten; unter Aufsicht gestellt.

Oder war diesmal etwa die Bahn frei? Waren sie ausnahmsweise zu beschäftigt? Immerhin hing die Drohung der Generalin seit Tagen wie ein unausweichlicher nasser Feudel in der Luft: zurückzukehren, an diesem heutigen Tag, präziser: Nachmittag – und das hieß doch wohl, noch präziser: die Wohngemeinschaft Schneider Pieter platzen lassen! – in Nullkommanix! – in Seifenblasenschnelle! – oder etwa nicht? Sie sah sich schon durch's Fenster stieben, generalinnenmäßig befördert – Ts!

Sie schluckte ihren Grimm hinunter, daß er ihr grimmig im Magen landete. Ein GrimmQuader. Dann seufzte sie einmal kräftig durch, alles an seinem Mehr-oder-weniger-Platz, und so betätigte sie die Klinke in alter Hochform, nur leicht eingedellt schaukelte Rosa in den Flur.

Zu beschäftigt? Nein nein nein, da warteten sie schon: Herbert und Schneider Pieter – der schwarzlockige Barde und der Scheue, Zierliche – sitzend nebeneinander wie einst Pat und Patachon – auf steifem Wohnzimmerkanapee, versteht sich – bei weit geöffneter Tür, versteht sich ... Die hatten das schwere Mordstrumm von Kanapee so lange hin und her geschoben, bis sich der optimale Einblick in den Flur „von selbst" ergab. Rosa sah scheinbar nichts und sah doch alles; rümpfte die Nase. Da saßen sie wie unter BeerdigungsHüten – die konnten sie heute gleich aufbehalten! – ho! – herausgeputzt mit sämtlichen FetzResten aus Würde und Entrüstung, daß ihr männliches RitterRückgrat metallisch knisterte. Lächerlich. Zwei Kanonengeschütze in die vorgeschrieben vorgeneigte Stellung gebracht, und nun nahmen sie Maß – hui! – nun feuerten sie auf sie ab ihre aus Mitleid gefertigten, mittelschweren Kanonenkugeln.

Oder waren sie heute besonders schwer, paar dicke Brocken Selbstmitleid klammheimlich einmontiert – da sollte sie wohl zu Boden gehen! Sie spitzte die Lippen, lächelte vage, jajaja, natürlich war alles eine entsetzliche atemberaubende Schande, zum Beispiel, daß sie keine qualifizierte Arbeit fand, einverstanden und zugegeben, alles zugegeben und eingeräumt, jajaja. Sie wedelte vage mit der Linken – wie eine verhinderte Königin – wenn auch nicht gerade eine Victoria oder Luise. Aber vielleicht eine Letzte Königin von Saba, gelandet in dieser schäbig kalten Metropole des Nordens.

Staatsschatz und Entourage zusammengeschrumpelt auf Null. Also eine bemerkenswert eingeschränkte Ausgabe einer Letzten Königin. Sie versuchte einen Seufzer, wäre beinahe zu Boden gegangen, tastete eben noch rechtzeitig nach ihrem Rückgrat, prompt fiel ihr ein: ihre DNS-Schleifen konnten sich durchaus mit königlichen messen – ha! wahrscheinlich schimmerten sie viel schöner und waren längst nicht so eingerostet in der Beweglichkeit! *Und die kleine Gehirnmaschine tuckert in mir wie in dir wie in jedem auf ziemlich dieselbe Art, und der End-Mörder hascht hinter allen her. Uff.* Sie hüllte sich in ihre basisdemokratischen Überzeugungen wie in einen todsicheren Umhang, wedelte noch einmal, ein wenig steifer, königlicher, was soll's. Wenn schon, denn schon. Uff uff. Schon schaukelte sie ihren großen weißen Körper durch die Tür hinaus die Treppe die Straße hinunter, schwand aus dem Blickfeld.

4
KÖLN HBF

Im Durchgangsverkehr! /
Die Nordseite des Hbf kann gewissermaßen als seine Afterseite bezeichnet werden / DOM-BIERE hin und her mit 3 Hotels am Platze (Breslauer Platz) und blinkend Sicht auf Domtürme jenseits vom grauen gläsern eisernen Buckel / zwischen Kneipe und Kiosk (plötzliche bahnamtliche Polypen) /
Gemischtes Reise- und Straßenpublikum zusammengeführt (öffentlicher Durchstich) / Neonnischen Einzelhandel Fliesenkeller Wartesäle Empfangshalle (glasstirniger Halbbogen) BedürfnisAnlage /
Im Durchgangsverkehr! /
Kurzwegig kanalisierte Bewegung zwischen Vorplatz Hbf Hinterplatz / Streufeld unbestimmte Abzweigungen Aufenthaltsspuren Nebenkanäle Zielrichtungen Beschäftigungswege Riesenglas Fassade ein Stück Himmel Klumpen von Koffern „immer wenn ich durchzog" / ziemlicher Betrieb / rasche Schübe /
schlängeln / sickern / stehen / Standbeinwechsel /
Im Durchgangsverkehr! /
Halle von eigener Anwesenheit übervoll (Zischlaute Redestummel):
Heih-------------!
Jaaaaah-------------!
(Machorka-Kippe...) (Hans im Glück) (WO??)

nach Jürgen Becker

Hier Köln Hauptbahnhof – Hier Köln Hauptbahnhof ...

Bodo Oboe verschränkte die Arme, stand wie ein Stier im Strom, den Kopf leicht hierhin, leicht dahin wendend, die Nüstern beweglich, witternd. Einen wie ihn konnte das Schicksal ducken wie jeden, nun gut, das wollte er gar nicht bestreiten. Aber im nächsten Moment schüttelte er die Niederlagen schon wieder von sich ab, daß es nur so sprühte – waren sie ihm – wie hieß es noch: 'Tore zur Erkenntnis' – genau! – und schon stampfte er wieder flußaufwärts der Sonnenseite entgegen, schnaubend vor Erfolg. Und hungrig nach den Fleischtöpfen der Nation – warte nur balde ...

Er horchte in den Lärm hinein. Eine Stimme löste sich plötzlich aus dem AllSchwall, wurde deutlich vernehmbar hinter ihm, zischte metallisch-weich-intim, daß sich Oboes Ohren leise röteten:

„Knallhart mußte sein, Heinerich, knallhart! ich sach dir: –" (die Stimme hob sich) –

Oboe drehte sich vorsichtig um, aber die Blicke des anderen krallten ihn sich dennoch sofort, versuchsweise tödliche kleine BlickFangzahnAggressionen schnappten zu. Aus eiskalten, bläulich schimmernden MetallicAugen, oho!

Oboe beherrschte sich kolossalisch, zuckte nicht, blinzelte nicht, ließ seine eigenen Blicke abgleiten, weitergleiten, scheinbar suchend →→→ „Abfahrt der Zü--" – aaaah ja ...

Zuerst nur aus dem Augenwinkel beobachtete er, wie die beiden sich entfernten. Fahler, schwammiger Typ der eine. Aber der, der gesprochen hatte – Oboe spürte, wie ihn eine ganze Existenz bedeutungsvoll anwehte: There but for the disgrace of God ... – Ein Schrank von einem Mann, untersetzt – wie jeder Erfolgsmensch, dachte Bodo sofort, er hatte selbst nur einen Meter achtundsechzig – jedenfalls in jeder Hinsicht ein echter Kölner Kelte, cool bis zu den Stiefelspitzen – ach was! ein eiskalter CarraraHengst! Mit einer Brust, als ob er schon jahrelang in Erfolg gebadet hätte. In LindwurmBlut. Gehärtet eben. Eisenkantig. Über den spröden Lippen ein Keil von Nase, flankiert von azurnen KillerAugen. Silberflaumbesetzte Glatze darüber. Metallisch geschnittener Mantel darunter. Goldfinger-Gefunkel ziemlich allgegenwärtig. Uhr? Ring? Kette? Bei so einem Typ lag das Gold einfach spürbar in der Luft, in diversen Aggregatzuständen – und blitzend – und umweht von modisch überlangem, hochkarätigem Schal. Marke Victory.

Oboe machte sich so unsichtbar, wie das einem Stier möglich ist, und folgte den beiden in einiger Entfernung aus dem Bahnhof hinaus in die Parkkurve, beobachtete, wie sie in ein Auto stiegen – BabyBenz der 190er Reihe. Sicher nur einer von etlichen Zweitwagen. Er sah ihnen nach, aufgeregt, enttäuscht auch; es geschah so selten, daß man der Macht ins Auge blickte, und dann gar noch in solches. Er fuhr sich mit der Hand über die Braue. Aus dem Augenwinkel sah er unwillkürlich einen anderen, einen zweiten Kelten, er erschrak fast, seine eigene Spiegelung im Schaufensterglas, für den Bruchteil einer Sekunde sein eigenes Spiegelbild, er sog die Luft scharf ein, mußte zugeben: Imposant. Das Untersetzte gab so einen Touch von – massiv! gedrungen! gefährlich? – auf alle Fälle potentiell explosiv; eben eindrucksvoll! Er studierte sein Halbprofil, die polarblauen Augen, die starke Nase, die glatt zurückgekämmte Goldmähne, den einen Goldzahn – er trat näher, zog die Oberlippe hoch: Bittesehr! – und dann drehte er den Kopf hin und her: sein bestes Stück wurde sichtbar: der markante Stiernacken. Er war ein Kelte! Jetzt kapierte er es erst, jetzt wurde es ihm erst so richtig bewußt! In Köln wimmelte es von Kelten! Und er gehörte dazu.

Oboe stand breitbeinig, blähte die Nüstern: Er war auf der richtigen Spur. Der Journalist in ihm witterte es. Dieser Bahnhof war eine Fundgrube, eine GoldfingerGrube … Der Dschungel direkt vor der Haustür von Herrn und Frau Jedermann. Die fauchenden Raubtiere.

Er atmete tief durch, ging zurück. Durchmaß die Vorhalle mit Schritten, als wäre sie sein nächstes Büro, und er müsse sofort entscheiden, wo der Chefsessel hingestellt werden solle. Hier oder – da drüben?

Ein ganzer Schwarm Sekretärinnen schwirrte hinter ihm her, er hörte deutlich ihre hohen Vogelstimmen: Das ist doch viel zu klein für Sie, Herr Oboe, viel zu klein, Sie müßten nach Düsseldorf – ja genau, Sie gehören nach Düsseldorf – ein Mann Ihres Formats – Ihrer Substanz – Ihrer Statur – oh Bodo – die Düsseldorfer würden sich glücklich preisen, sie würden … Er drehte sich abrupt um, schoß ihnen unter zornfinsterer Braue einen drohenden Blick zu, vor dem sie sofort entflohen wie nichts. Was zu weit ging, ging zu weit. Nie ginge er nach Düsseldorf. Und wenn der dortige Bürger- oder gar Oberbürgermeister höchstpersönlich – wie hieß der Mensch überhaupt? – egal wie – auch wenn diese namenlose Existenz höchstpersönlich ihn bäte – er würde dennoch bei seinem harten Nein bleiben. Sorry, Mister. Oboe hat Prinzipien. Düsseldorf – out of the question. Er reckte die Schultern.

Dieses lächerlich-bombastische Monstrum von Düsseldorfer HaBeEf, dieser chromglitzernde Alptraum für Roboter und angedellte Humanoide –

Köln – war – ANDERS.

Noch!

Er sah schon die Anzeichen künftigen Übels – dennoch NOCH:

Köln – war – ANDERS.

Eine nahezu zutrauliche Metropole mit Wiedererkennungswert. Er blickte um sich. Sentimentalität hatte einer wie er nicht zu verschenken. Es ging um Fakten. Diese Fliesen zum Beispiel waren sicher genauso alt wie er selbst. Er besah sie sich fast mit Besitzerstolz: Die Risse, den Schmutz, die Unregelmäßigkeiten. Millionen hatten auf ihnen herumgetreten und Spuren hinterlassen. Zeugnisse. Köln wie es weint und lacht. Und der Bahnhof als Inbegriff Kölns. Daß ihm das nie vorher eingefallen war. Daß es ihm eigentlich auch jetzt nicht eingefallen wäre, wenn nicht Sylvester – mit der er übrigens verabredet war seit über – er wollte ja nicht pingelig sein, aber diese Frau ließ ihn schon seit über acht Minuten warten.

Trotzdem hatte sie ihn auf eine ganz passable Idee gebracht. Ach was, auf eine hinreißend steile EchtWahnsinnsIdee. Das wollte er gar nicht bestreiten.

Er nahm seinen Inspektionsgang wieder auf.

Natürlich wäre er früher oder später selbst darauf gekommen. Der reine Zufall, daß sie zuerst davon angefangen hatte. Schließlich war er wahrscheinlich schon als Baby hier durchgerobbt, hatte die Baustelle pinkelnderweise gekennzeichnet: M e i n Revier! und profitierte erst jetzt davon. Oder hatte es zumindest fest vor. Seine Augen bekamen den berühmt-berüchtigt-metallischen Oboe-Schimmer.

Er brauchte sie nur einmal noch in die Runde schweifen lassen, schon wußte er, wo sein Chefsessel hingehörte: Hierher in die Vorhalle, auf die Treppe zum Intercity-Restaurant, auf diese kleine Plattform. Die Leute sollten sich gefälligst dünnemachen. Platz für Oboe. Oder sie könnten den Aufzug benutzen, was kümmerte es ihn.

Er stieg die Treppen hoch mit mühsam gebändigter Kraft. Unglaublich, was für einen Überblick auf einmal – Er tat einen Aufschnaufer, dehnte seinen Brustkorb – prächtig mächtig – das spürte er jetzt wieder so richtig – und also gleich das Ganze noch einmal. Er schritt nach unten ---

„Een jroßet Ding und ick wär raus aus dem Schlamassel!"

Eine weinerlich hohe, krächzende Stimme schräg hinter der Treppe. Oboe blieb stehen, spitzte die Ohren, spähte unauffällig. Tatsächlich, hier fast neben ihm ein alter Penner: eisgraue Bartsträhnen und eine Million Fältchen und sogar ein glitzernder Ohrring. Der schaute gerade noch hervor unter dem großen schwarzflappenden Speckhut. Phantastisch! Den würde er sich auch irgendwann vorknöpfen. Und all die anderen. Lauter Originale. Er mußte sie nur erwischen, 'in flagranti' sozusagen. Wenn sie ihr Innerstes auspackten im Glauben, er sei ihr Freund, wenn sie es ausbreiteten, für ihn zum Betrachten, für sein Mikro zum Mithören, vielleicht könnte er eine versteckte Kamera installieren. Vertrauensselig schamlos, all diese Penner und Zocker, Loddel und BabyNutten, die alten Huren, die Trickser und Ausgerissenen, die heimwehkranken Luschen und, nicht zu vergessen, die Biederen, die so oft auch etwas auf der Juppe hatten. Irgend paar flotte Historchen waren da auf alle Fälle drin – und er würde sie hervorschürfen, daß es einen Knall gäbe, nicht bloß ein Gewimmere, einen Knall – oho!

Köln im O-Ton.

„Hauptsache, du weeßt, wat Sache is, Kalle."

Das war der andere Penner, der daneben stand, 'n Pülleken Bier in der Hand, die er merkwürdig hoch hielt, fast vaterländisch zum Gruß erhoben. Woher die immer noch diese dicken Anzugsjacken aus der Nachkriegszeit hatten, wie wattiert, so 'nen Stoff findste heute gar nicht mehr. O.k., vielleicht hatten sie sie einfach nie ausgezogen. Was für ein Gefühl, in 'nem Anzug rumzulaufen, der so alt war wie der Bahnhof selbst. Zwei Renommierstücke der Fünfziger Jahre, gewissermaßen. Kleiner OboeScherz. Waren übrigens wieder mächtig 'in', die Fünfziger.

„Hauptsache, du weeßt, wat Sache is, Kalle."

Diese Typen kannte er, die brabbelten gern. Fühlten sich einfach besser mit Wörtern im Mund. Nur die Anstrengung, sich was auszudenken, schlauchte sie. Also machten sie das meiste aus ihren kleinen Einfällen, wiederholten sich, manchmal pur, manchmal mit kleinen Variationen. Auf die Weise hatten sie öfter was im Mund und verbesserten überdies noch ihre Chancen, gehört zu werden. Ihm fielen Arbeitskollegen ein, Rundfunkkommentare, Zeitungsgewäsch ... Aber bei diesen Pennern konnte es auch reine Gewohnheit sein, eingeübt als Schlüsselkind bei der schwerhörigen Omma. „Sag das nochmal, Kind, deine Omma hört ein bissel schwer." Hatte seine auch immer gesagt.

Zu blöd, daß er nicht gleich das Mikro mitgebracht hatte, diesen alles durchdringenden, krächzenden Penner-Ton bräuchte er absolut original. So ein naiver Ton unter all den Ablagerungen. Das bekam kein Schauspieler hin.

„Hauptsache, du weeßt, wat Sache is, Kalle."

Junge, jetzt war es aber dennoch genug.

Er schritt wieder hinunter hinüber ins Getümmel, durchquerte zielstrebig die Halle. Köln bei Nacht – und dies war der einzig überdachte Platz der City – und nun schlossen sie ihn auch noch von eins bis vier, hatte er gehört. Wo bitteschön sollten denn die Penner hin im eisigen Frost zum Beispiel, um ein Uhr waren sie doch längst blau, da konnten sie nicht mehr zur Annostraße ins Obdachlosenheim tippeln, das außerdem eh schon um neun Uhr zumachte, nee, das war einfach nicht drin. War ja schließlich schon bei Taglicht eine kleine Weltreise. Umsonst. Die blieben einfach liegen, draußen auf der Domplatte, blieben locker liegen auf dem Eis, daß ihnen ihre diversen Körperteile erfroren – und diese blaurot-erfrorenen Glieder würde er den Stadtvätern ins Gesicht recken. UNMENSCHLICH! würde er ...

Oder vielleicht doch nicht. Der Angriff müßte mit viel Eleganz gestartet werden. Immerhin war er seit fast einem halben Jahr schon wieder arbeitslos. Klar, daß ihn diese Penner anzogen. Here but for the grace of God … Wenn nicht bald ein kleines Wunder geschah, würde er unter ihnen sitzen als einer von ihnen – ohne jeden Vorbehalt. Ohne Mikro. Oder könnte sich sogar selbst aufnehmen. Wie wär's mit Bodo kurz vor seinem melodramatischen Ende auf vereister Domplatte. Er griente: Sein Leben beenden mit einer Super-Reportage: Bodos authentische Röchelgeräusche usw. Als ob er nicht der Typ wäre, der einfach immer wieder auf die Füße fiel. Ein echter StehaufMann. Mein Gott, vor drei Jahren lebte er noch in Saus und Braus, Verleger von eigenen Gnaden; oder jedenfalls Mit-Verleger. Nur hatten sie dann Pleite gemacht. Die Achterbahn des Lebens. Und kaum war das Geld weg, war MariAnn auch weg. Mit 35 hatte er die Binsenweisheiten des Lebens sämtlich durchbuchstabiert. Untreue dein Name ist Weib. Hatten schon seine Lehrer versucht, ihm beizubringen. Allerdings auf Lateinisch. Oder zumindest Alt-Englisch oder so. Shakespeare im Original! Kein Mensch verstand 'nen Ton. Und auf deutsch – glaubte er es einfach nicht, nicht für sich, schließlich war er ein Stier, was Frauen anging. Die flogen auf ihn. Und so wäre es auch weitergegangen, wenn nicht MariAnn – verflixte MariAnn …

Hauptsache, du weißt, was Hauptsache ist.

Er wußte es.

So eine neue Idee brauchte Bewegung und Weite. Wüstenphantasien und Ozeanische BrauseGefühle. Sonst schrumpfte sein Selbstvertrauen gleich wieder auf Normalmaß. Nachlässig zog er einen Notizblock aus der Manteltasche, stopfte ihn wieder hinein. Ein Taschentuch fiel herunter, er hob es auf. Griente. Das stammte immer noch von Lisi, seiner zweiten Frau. Die Frau hatte er längst schon vergessen, die Taschentücher blieben. Sie hatte den absoluten Tick gehabt in dieser Hinsicht. Wann immer es um Sauberkeit ging – alles wie frisch aus dem Ei gepellt. Er hatte fast nichts tun müssen. Sie hätte ihm am liebsten noch die Zähne geputzt. Jeden Samstag manikürte sie ihn. Alle vier Pfoten. Und wusch ihm die Haare. Zweimal, dreimal. Ganz egal wie oft – am Ende war sie immer noch spürbar enttäuscht, wenn die Prozedur vorüber war.

Zuerst dachte er, ihr fehle bloß ein Kind, und beeilte sich. Aber das Kind vernachlässigte sie eher. Und im Bett war sie ein hölzerner Fisch. Während wenn sie unter der Dusche seinen Schwanz einseifte …

Er hatte sie verlassen um MariAnn willen …

Trotzdem. Auch wenn's ihm schwer fiel: Er wechselte immer noch jede Woche die Unterwäsche. Merke: Erfolg stinkt nicht, Erfolg duftet. Nach Eau de Cologne, Schaum und Deospray. Und nach Geld. Bodo spürte ein Zucken, einen heißen Stich Richtung Unterleib: Aha! der Eros des Goldes.

Er griente bernhardinerisch-bescheiden, stopfte das Taschentuch zurück, setzte sich in Bewegung, lief durch die Schließfächergänge. Riesige Dinger, echte Kästen, daß sogar Bernhardiner hineinpaßten. Wenn er sie nur sah, hatte er gleich genug. Als ob sie insgeheim Roboter wären mit Zeugungskraft, kaum drehte er sich einmal um, hatten sie sich vermehrt. War natürlich Blödsinn. Aber er brauchte seine trainierte JournalistenPhantasie fast gar nicht anzuwerfen – schon sah er, wie diese aggressiven Kästen, diese Zombies den Bahnhof eroberten, wie es plötzlich scharfkantig metallisch wimmelte von ihnen, daß sie hinaus auf die Domplatte schoben und hechteten, immer wieder außerhalb der Reihe hopp hopp sprangen sie aufeinander hopp hopp und kippten und fielen – wrumms! – in die Innenstadt, zerschlugen das neue Museum, den Heinzelmann-Brunnen und all die Prachtgeschäfte in der Hohen Straße, zerschmetterten die Studios im WDR – ließen Mikros auf die schnelle mitgehen, nein, eine ganze Anlage – Dutzende – und nun buckelten sie über den Neumarkt – „Ich rieche rieche Menschenfleisch" – und sendeten prompt ihr eigenes pseudo-silbrig glitzerndes dünnquietschendes sirr-hohes Gekichere, fingen es auf in überdimensionalen SchallSpiegeln, die es verstärkt zurückwarfen, bis die ganze Stadt kichernd vibrierte.

Warum?

Weil ununterbrochen Menschen sich in die einen Kästen hineinflüchteten, um sich vor den anstürmenden anderen zu retten – woraufhin jedesmal ihre Türen endgültig zuschnappten. Ein Spiegel-Trick, ein ZombieSport, ein Endspurt: Jeder in seinem SchließfachBunker, bis ihm die Luft ausging. Na und wenn schon.

Das einzig Wichtige war: Nicht selber in die miesen Kästen hineinzukriechen. Du mußtest einfach 'n bißken viver sein als die anderen. Bodo spitzte die Lippen zu unhörbarem Pfeifen, Marke Victory. Ein Kelte wie er war einfach anders.

Sein Blick fiel auf einen dürren Alten, einen angegrauten ABMler, ein hutzliges Zwergenmännchen, das einen riesigen blauen Mop durch die Halle schob wie eine gigantische Büroklammer mit streichholzdünnem Stiel. Ein groteskes Bild. À la PicassoMännchen mit ausgedünntem Pflug. Nee, Pflüge hatten den ollen Picasso nicht – überhaupt, hieß der mit den Männchen nicht eher Peng – Penck? Auch egal, sollten die sich erst einmal etablieren, bevor er ihnen die Ehre antat, sie in sein Gedächtnis zu ätzen ... Bodo studierte den Vorher/Nachher-Effekt, konnte nichts erkennen. Jedenfalls nicht viel. Und jetzt kam ein zweiter mit einer Supermaschine, saß darauf, wenn möglich noch kleiner, noch spindeldürrer. Köln war angetreten zum Kampf gegen den Schmutz. Wie Roms Gladiatoren einst gegen die Langeweile. Gigantisch.

Sympathie wallte in ihm auf: Wie tapfer diese Sisyphosse!

Mutlosigkeit überkam ihn: Wenn er gleichfalls so enden würde. Blödsinn. SchwachDünnFlachsinn! Ein Stier wie er fand immer etwas, für jemanden wie ihn tat sich immer eine Tür auf.

Schließlich war er bereit zu TUN. Mann.

Was ihm übrigens Ärger einbrachte, gestern noch in seiner Stammkneipe in der Altstadt hatten sie ihn in die Mangel genommen deswegen. „Mensch, haste Kacke im Hirn oder was – willste echt malochen? Die bescheppern dir doch man bloß, dat weeßte doch janz genau. Wennde so lange am Zocken warst wie ich, läuft in der Hinsicht nischt mehr. Ich werd' den Teufel tun, mich schräg von hinnen ficken lassen. Mensch Kerl, da könnt' ich eher noch'n Loddel wern – und dat sinn doch schon Scheißtypen." Oboe hatte sein StierGesicht aufgesetzt. Klar, daß die anderen nicht mithalten konnten bei dem, was er vorhatte. Er würde sich von jetzt an von ihnen trennen müssen. Ein Blick auf diese trüben Typen genügte. Kein einziger drunter, dem er auch nur einen Tausender anvertrauen wollte.

Er dagegen war gut vorbereitet. Wenn er es recht bedachte – und das tat er jetzt –, schien sein ganzes Leben eine einzige Hinarbeit auf ein Riesenprojekt. Sein gesammelter Erfahrungsmüll plötzlich golden glitzernd. Einmal zum Beispiel war er Lokalreporter bei der Kölner ALLGEMEINEN gewesen. Ein Blatt, das noch heimeliger war als der Kölsche Bahnhof, nachgerade unheimlich heimelig.

„Muffmuff" sagte er heute, wenn er das Titelblatt nur von weitem sah. Er hatte denen von Anfang an nicht gepaßt. Viel zu viel Schliff einerseits, andererseits harte Kanten. Na ja, das alte Lied: Er wollte die Wahrheit mit Pep, die Zeitung wollte die Anzeigen. Und schlabbriges Gelaber drumherum, weil nach außen hin die Chose so ein bißchen verschleiert werden sollte. Mann, dieses Gefälligkeitsblättchen! Niemandem weh tun, es sei denn den Kleinen! Und für jeden etwas aus dem weiten Gemüsegarten. „Nein", schwärmte die tapfere Hausfrau, „ich wollte es einfach nicht glauben – einfach nicht glauben wollte ich, was für ein leckeres MetropolenBlättchen diese City-ALLGEMEINE ist, eine richtige Supersoße äh ... Schaum-Püree SeelenWeh p.p. ...", und sie lächelte lächelte ...

Leute mit Profil in Köln – nicht, daß es da jede Menge – schon gar nicht jemanden wie ihn selbst – bei aller Bescheidenheit wußte er um seine einsame Klasse – aber immerhin G A B es Typen wie – sagen wir mal – na Schriftstellertypen eben, Großkritiker mit PROFIL – ach, die waren unerwünscht, wären nach paar Monaten geschaßt worden so wie er, Bodo; da war er sich ganz sicher. Er hatte seinen Leib hingehalten, gewissermaßen stellvertretend ...

Qualität unerwünscht – der Chef vom Dienst muß immer glauben können, er könne das genauso gut – (gut! hoho!) – und also um der Lieben Jungfrau willen lauter Amateure im Feuilleton. Seit er weg war. Die besten Artikel nach dem Motto: Unser Herr Lehrer schreibt einen Sonntagsaufsatz. Anmutung am Anfang, Anödung in der Mitte und ein neckisch abrundendes Anekdötchen zum Schluß.

WAOAU!

Uff Knirsch knirch. Wua wua!

Ganz leicht war es schon damals nicht, wieder etwas zu finden.

Aber ein Stier wie er ...

Er war schließlich in einem der rechtskatholischen Verlage untergekommen, hatte sich einen Namen gemacht mit seinen launigen Büchlein über die frommen Scherze der Kölner Erzbischöfe im allgemeinen und den Humor des jeweils lebenden Kardinals im besonderen (Humor! des jetzigen!!). Na ja, er hatte die Klappe nicht gerade sehr weit aufgemacht, hatte sich mächtig an die Kandare genommen. Bodo, der unsichtbare Stier; sein Stier-Sein zwar unbefleckt, jedoch im KOMA. Ein weggesteckter Stier gewissermaßen, mit immer leutseligerem BernhardinerLächeln. Sogar seine Zentralhaare ließen ihn im Stich, freiwillig bekam er eine Tonsur, an der er heute noch trug. Seine abstehenden Ohren fingen traurig an zu flappen.

Und dann hatten sie ihn doch erwischt. Es ging um den Gewerkschaftsbeitritt eines Kollegen. Um den ersten Kollegen in diesem Verlag, der der Gewerkschaft beigetreten war. Prompte Feuerung durch den Boß als Konsequenz. Oboe hatte sich – aus nachgerade mystischen Gründen, die er hinterher nie ganz genau rekonstruieren konnte –, er hatte sich empört. Es war über ihn gekommen, er hatte alle Warnsignale, ihn selbst betreffend, beiseite gefegt. Dabei konnte er den Kerl nicht einmal leiden. Überhaupt war der Typ selbst schuld. Opposition war bei ihm systembedingt, er hatte O-Beine und Polypen in der Nase, da kam er nicht mit klar, mußte an allem rumstänkern. Oboe hatte nie gut mit ihm zusammenarbeiten können. Dem lief das Wasser im Mund zusammen, wenn er Fehler bei anderen entdeckte, während er seine eigenen verbissen kaschierte. Ziemlich unter aller Kanone. Beim bloßen Gedanken an ihn fühlte Oboe intensiv seine eigene, bessere Natur. Die ihn dann prompt ins Schlamassel brachte. Hirnrissig. Bei der Protestversammlung ans Mikro zu gehen und diesen Typ zu verteidigen mit einer Inbrunst, wie sie eigentlich nur Liebeserklärungen zukam. Wenn überhaupt. Also seine Liebeserklärungen hatte er immer auf kleinerer Flamme – . Aber damals am Mikro – „Kolleginnen und Kollegen!" hatte er verschwörerisch ins Mikro geröhrt, „wenn wir dieses eine Mal zusammenhalten, dieses eine Mal ...!" Mystisch.

Ein halbes Jahr später stand er selbst auf der Straße. Rationalisierungsmaßnahme. D.h. vorher noch der Gang über den Schaumteppich zu dem unbequemen Stuhl dem Chef gegenüber. Früher verwendeten sie Daumenschrauben und andere blutrünstige Marterinstrumente. Heute klappte man ganz zivilisiert nur den Schädel ein wenig auf und kippte eine kleine Anzahl ätzender Wörter ins Gedächtnis, die dann wieder und wieder in Träumen und Phantasien abreagiert werden mußten. Daß er sich nicht gewehrt hatte. Daß er zugelassen hatte, auf die Art eingemacht zu werden. Und das Schlimmste: Daß der Chef – graumelierter Typ mit Seidenstreifen,

Silberschläfen – daß der das genossen hatte. Mann, das war für den wie Whisky mit Sahne zum Seelenschlabbern. Die Stimme so schaumig wie nie, salböl-seifige Modulation:

„Uns sind interessante Äußerungen von Ihnen zu Ohren gekommen, Herr Oboe. Wie Sie wissen, freuen wir uns in diesem Verlag immer über aufstrebendes Potential. Ihre Kündigung bedauern wir selbst am meisten. Jedoch Sie verstehen: Wir sitzen alle im gleichen Boot, und dieses Boot muß nun einmal erst wieder flottgemacht werden. Opfer, junger Mann, Opfer müssen gebracht werden. Irgendeinen trifft es immer. Ich bin sicher, Sie freuen sich mit uns, daß Ihr Kollege verschont bleibt, zumal er Familienvater ist. Denken Sie: Drei kleine Mäulchen zusätzlich, die gefüttert werden wollen. So unmenschlich können Sie nicht sein, daß Sie sich da nicht freuen über unsere Entscheidung. Nein nein nein, da können Sie noch so grimmig dreinschauen, so unmenschlich sind Sie nicht. Und selbst wenn Sie auf der Kündigung Ihres Kollegen bestehen, müßte ich Ihnen sagen: Tut mir leid, junger Mann, in diesem Verlag zählt noch das Menschliche. Noch zählt das Menschliche. Aufwiederschaun.

(Pause)

Sie können jetzt gehen.

(Bodo saß wie angeleimt.)

Dort ist die Tür, nicht wahr."

Bodo ging, schloß die Tür hinter sich, hörte hinter der geschlossenen Tür ein Gelächter, in Alpträumen hörte er es heute noch. Nur, daß er sich Alpträume nicht leistete. Er war ein Kelte und Stier. Dennoch. Die Wut in den Monaten danach. Aber zwei Jahre später saß er im eigenen Verlag – nun gut: Miteigentümer war er, der Laden gehörte ihm nicht allein. Überhaupt war alles auf Pump. Immerhin. Es war ein Bombenleben. Saus und Braus. Die besten Jahre seines Lebens. Und MariAnn gehörte ihm. Und eines Tages hatte er den Kollegen auf der Straße getroffen, und der war tatsächlich in jeder Hinsicht auf der Straße. Hinausgesetzt. Mit all den lieben Kinderchen, den süßen, zu fütternden Mäulchen. Rationalisierung? Nein, ein anderer war an seiner Stelle eingestellt worden, irgend etwas hatte denen nicht gepaßt. Entweder wußte es der Mann echt nicht, oder er wollte es nicht zugeben. Bodo hatte dennoch gegrient, als hätte man ihm einen Orden verliehen. Sylvester dagegen mochte die Geschichte nicht. (In schwachen Momenten neigte er dazu, sie zu erzählen.) Sie mochte sie nicht. „Zu einschichtig, Bodo. Wie ‘ne fairy-story. Irgendwie fehlt das Anarchische.” Sie war immer auf der Suche nach dem Anarchischem, ließ ihre Hände hoffnungslos-ausdrucksvoll flattern und fuhr sich wie ein Wind durch die Haare. Er gab zu – ach was.

Auf alle Fälle würden ihm all seine Erfahrungen hier zugute kommen. Er ließ sich nicht mehr aufs Kreuz legen, er legte höchstens selbst …

Er fing an, wieder auf und ab zu gehen. Diesen Bahnhof würde er in den Griff bekommen – er würde Worte finden – er spürte es: Worte mit Schliff! MetroPOL, ja ja die Metropolen-Station – der global berühmte Kölner HaBeEf – Englisch Französisch Italienisch Spanisch – Na und wenn schon, Fremdsprachen gingen ihm ein wie nichts, seine Taxifahrerzeiten hatten dafür gesorgt. Sogar ein paar Brocken Türkisch – wie hatte das noch geheißen? „Allahaismarladek” oder so ähnlich, er mußte noch einmal nachfragen. „Aufwiedersehen”, „allahaismarladek”. Und „bitte” hieß „lutfen”. Das würde den türkischen Kumpels Spaß machen. Und seinen eigenen Kumpels? Die manchmal ganz schön blöde Sprüche rissen? „Nehmen uns die Arbeitsplätze weg!” So jaulten sie in der Mitte der Nacht – und es half gar nichts, wenn Sylvester laut lachte – das war das einzige Mal, wo sie so richtig irdisch gewiehert hatte: „Was für Dösköppe – im Gegenteil – die sichern unsre Renten!” SEINE Rente sicherten die nicht – wenn er doch keine Arbeit hatte … Seine Arbeitslosenunterstützung? Auch egal. Es war ja so und so nur ein Script, ein Filmdrehbuch – es würde ein Film werden. Und klar, auch der letzte seiner Kumpel wußte, daß Film anders war als Leben. Film konnte ohne weiteres edel sein, echt lieb, voller rührender SuperMoral. Hatte keiner was gegen. Perfekte Moral! Die für’s Leben viel zu schade war. Wie früher das Gute Wohnzimmer. Da ging ja auch niemand hinein.

Das hatte er gut gesagt! Und apropos Arbeitsplatz und überhaupt: Notfalls schuf er sich seinen Arbeitsplatz selbst. Genau. Wie jetzt. Bodo Oboe. Ein Stier, ein Sieger. Selbst dann, wenn er auf eigenes Risiko arbeiten mußte. Wie jetzt. Die Erinnerung, daß er schon einmal Unternehmer gewesen war. Eine schöne Erinnerung.

Zwar dann die Pleite. Oboe, der Mitpleitenmacher. Aber ohne Niederlage keine Weisheit.

Ihm fiel ein: Ein paar Andeutungen östlicher Weisheit würden sich auch gut machen. Dieser Junge, dieser Li Fung, den er neulich kennengelernt hatte – irgendwo hatte er die Adresse noch. Der war zwar Kambodschaner, aber das lief wohl alles auf dasselbe hinaus. Vielleicht könnte er den in die Bahnhofsgeschichte mit einbauen. Dem war doch die halbe Familie ermordet worden, das war doch eine zu Herzen gehende Geschichte. Man müßte ihm vorher ein paar saftige deutsche Vokabeln beibringen, damit das auch voll rüber kam. Die Rührung. Und umgekehrt konnte er sich vielleicht mit ein paar chinesischen Sprichwörtern revanchieren. Das gäbe einen authentischen Touch. Die Assoziation: Köln, der internationale Knotenpunkt …

Ankunft / Abfahrt. Nun ja.

Das bekannte eiserne Drehkreuz.

Ende der Hoffnungen. Anfang.

Das hatte Sylvester ihm aufgeschrieben, das machte sich vielleicht auch ganz gut, irgendwo hatte er es noch. Er setzte sich auf die Treppe zum IntercityRestaurant, kramte den etwas zerfledderten Notizblock aus früheren Zeiten aus der Jackentasche hervor, tauchte ein in dieses Feeling von Professionalität. Ein einzelnes Blatt fiel heraus, da hatte sie ihm ein Gedicht untergejubelt. Sie konnte es nicht lassen.

Dabei hatte er ihr glatt ins Gesicht gesagt „Sorry, Lady" – Moment, wann war das – stimmt, gleich am allerersten Abend war das gewesen, er hatte ihr einen seiner besseren MarlonBrando-Blicke gegeben (eiskalt, aber mit höllischer Unterfeuerung, versteht sich), „Sorry, Lady", hatte er also lässig genuschelt – es war schon spät und, anstatt sich auszuziehen, hatte diese unglaubliche Frau angefangen, Lyrisches zu brabbeln, zuerst auswendig in sein Ohr, da war er noch friedlich geblieben, hatte noch geglaubt, er käme auf die Art schneller zum Zug. Aber kaum hatte er sich siegreich durch ihre Wäsche gefummelt – die Frau hatte nicht nur einen klemmenden Reißverschluß, sie hatte auch eine unendlich hohe und tiefe Unterhose und in selbiger ein langes Unterhemd bis zum Gehtnicht-mehr – die Maloche muß man sich mal en détail vorstellen!

Und kaum hatte er sich durch all diese Widernisse zu ihrer weichen Fotze vorgearbeitet – noch ganz eingefaltet und verklebt, er sah schon ein weiteres, schweißtreibendes Stück GipfelBestürmung vor sich … – kaum hatte er sich dennoch mächtig ein- bzw. aufgestellt, da hatte sie sachlich wie eine Kneifzange seine Hand entfernt, sich erhoben auf der Suche nach – nach LYRIK! Mannomann.

Und er half ihr auch noch, fündig zu werden, weil er frustriert mit den Füßen resp. Stier-Hufen trommelte und auf die Art dranstieß. Das Zeug lag auf dem Fußboden. Schon beim Hinsetzen war er halb draufgetreten, hatte nur noch keine Ahnung gehabt, worum es sich dabei handelte, sonst hätte er dem Ding einen kräftigen Kick gegeben, beflügelnd weit ins Unsichtbare unter Sofa oder Bett. Es war übrigens kein zartes Röllchen mit poetischen Schleifchen gewesen. Es war eine immens dicke Schwarte, der Einband hausmacherisch bunt, so daß er kaum auffiel zwischen all diesen herumliegenden CollageSchnipseln und heftig bemalten Sitzkissen, den Steinen und monochrom besprühten Fotos. Er atmete jedesmal auf, wenn er aus Sylvesters kreativer DachHöhle wieder heraus war, sie war ihm Lust- und Alptraum in einem.

Fakt blieb: Die Frau hatte sich benommen, als ob sie ihn überhaupt nicht gespürt hätte. Als Mann. „Tut mir leid", hatte sie gesagt, „ich brauch' jetzt wirklich deinen Intellekt, Bodo, dein Hirn, wenn du verstehst, was ich meine." Das kannte er, das sollte ihn wohl kitzeln. Na gut, er ließ sie zwei Minuten ihr lyrisches Pathos versprühen, aber dann rutschte die volle Wahrheit auch schon aus ihm raus: „Lady – für eine, die in Ihrem Alter immer noch Poeme zusammenkleistert, gibt es nur – Irrenhaus oder Klapsmühle." Sie hatte ihn einen Moment unter weiß flatternden Lidern angesehen und dann – mit Weibern war es doch immer dasselbe …

Seit MariAnn hatte er in dieser Hinsicht nur noch Zynismen auf Lager.

Eine lachende Bande Lolitas drängelte an ihm vorbei, überdimensionale Reisetaschen wie Rucksäcke übergeschnallt, so daß die Brüste unter den dünnen Blusen gequetscht wurden. „He! Paß doch auf!" Die eine schleifte das Ding rücksichtslos über die Stufen hoch, rempelte ihn an, kicherte los, als er sie anfunkelte. Das waren ja noch echte Kinder, 14 oder 15. Er wollte sich wieder konzentrieren, da drängelten sich zwei Nachkömmlinge in sein Blickfeld, stürmten auf ihn zu: Die hatten ja nicht nur fast durchsichtige Blusen an, die trugen auch noch Hotpants! Dralle kleine Ärsche und drüber die kürzesten Pants aus Mamis Schrank von vorgestern, der Jeansstoff schön grausam ins PoFleisch schneidend. Arme kleine Fotzen. Beinahe streiften ihn die Oberschenkel. Er roch den Schweiß, sah die weiße, rotgeschundene, fleckige Haut zentimeternah vor sich ... das helle Grübchenlächeln ein paar Meter über ihm, so schien es – Er schielte nach oben. Wie merkwürdig, Anfang der Siebziger hatte ihn die ganze FleischSchau ziemlich kalt gelassen, während jetzt – Er spürte sein steigendes Interesse zwischen den Beinen. Er war ansprechbarer geworden. Beinahe hätte er – nix da! nix mit Grabschen und Fummeln. Bodo, der Unbeirrbare! Seine Stirn warf entschlossene Denkfalten. Seine Hand faßte weiß-knöchelig nach dem Notizblock, erst mußte der Weiße Hai gefangen sein. Allmählich legte sich sein InnenVibrato. Da kam die allerletzte süße Leiblichkeit, rinnende Schweißbächlein, nasse Flecken. Blieb stehen, wippend, schwirrend, kühn aufgelöst, wischte Haar aus Augen, fixierte Bodo erwartungsvoll „Haste Feuer, Mann?" Jetzt bemerkte er erst den Halbstummel in dieser Kinderhand. Automatisch griff er nach seinem Feuerzeug, ließ die Flamme aufzischen, hielt sie ihr hin. Sie kam ganz nah ran, bückte sich – er starrte auf diese Fast-Nicht-Brüste – versengte ihr um's Haar die Haare. Sie inhalierte tief, musterte ihn mit übergroßen Pupillen, nuschelte heiser: „Naaaa, Mister, wie isset?" Er ließ das Feuerzeug zuschnappen, musterte sie kalt und gnadenlos, bis sie aufgab, schmollmundig schulterzuckend den anderen hinterher schwirrte, die schon Ausschau hielten. Lachend. Deutend. Blicke werfend. Seufzend.

Die Vorstellung: Daß sie es nur auf ihn abgesehen hatten. Aber er war nun mal nicht zu vergeben. Sorry, Ladies. Mit einer Handbewegung schüttelte er das helle Mädchenlachen aus seinen StierOhren. Verworfene Unschuldslämmer, verführerische. Ihm war klar, daß er ihnen den Tag vermasselt hatte. Kein Ersatz weit und breit. Ungetröstete Mädchenleiber, Dutzende von ihnen.

Er hob die Hand, um über seine nachdenkliche KeltenStirn zu streichen, da fiel Sylvesters Gedicht herunter. Er bückte sich. Die Frau sollte ihre Abhängigkeit noch zu spüren bekommen! Ihn hier asketisch sitzen zu lassen! Was fiel dieser Person überhaupt ein! Mit ihm nicht! Nicht mit ihm!

Wenn ein Buch bei dem Ganzen heraussprang, bei diesem BahnhofsProjekt, würde er beiläufig erwähnen, daß er so ein Gedicht als Fußnote einfügen könnte. Wenn er wollte. Dann würde sie endlich mal merken, wo's langging. Daß außer ihm kein Mensch sie druckte.

Und für sein Image wär' das vielleicht gar nicht so schlecht – kleingedruckt und elitär und bereichernd. Bodo, der Avantgardist. Nein, Bodo, der Mäzen der Avantgarde. Fast ein neuer Ludwig II. Na ja. So ungefähr. Hingabe an die schönen Künste. Sehnsucht nach Absolutem. Ohne den Wahnsinn, versteht sich. Und das Schwulsein und das Unglück streichen wir auch, das hatten wir schon. Man muß neue Ideen bieten. Zwischendurch allerdings sich nicht scheuen, auf das AltBewährte zurückzugreifen. Zum Beispiel die Legende von der Großzügigkeit – die verkauft sich immer noch am besten. Edel sei mein Mitmensch – das ist und bleibt ein Dauerbrenner, ein Klassiker im wahrsten Sinn. Also Bodo, der schenkende, schützende Ritter, der noch dazu die Nase im Wind hat. Ein Hauch von Landesvater. Ein kühner Landesvater. Das stünde ihm gar nicht schlecht, damit könnte er sogar im Fernsehen landen. Er reckte die Seele. Allerdings: Eine Widmung mußte schon her, da durfte er sich nicht auf Sylvester verlassen – selbst ist der Mann. In seinem Alter watete man nicht mehr bis zur Herzkehle in Vertrauen. Da hatte man die Weisheit schon mit unterschiedlichsten Blech- und Silberlöffeln gefressen. Mehr oder minder. Gekostet. Wenn du ihn fragtest: Augen zu, Kopf einziehen und stier-stur mit dem Strom. Das war immer richtig. Und im Moment anscheinend ganz besonders. Zumindest hatte Sylvester ihn aufgeklärt, daß in der Postmoderne Erfolg wieder 'in' sei. Wenn alles eh nichts wert war, war es besser, unwerten Geldwert als unwerten Geldunwert vorweisen zu können. Das leuchtete ihm spontan ein, er wollte ja auch an die Mäuse, das war durchaus seine eigene Philosophie. Er lächelte unauffällig, verzog gewissermaßen nur seinen Stiernacken. Man kann wirklich nie wissen, wohin das Leben einen treibt. Vielleicht landete er eines Tages noch auf dem Kardinalsstuhl im Dom, mit mildem Lächeln und einer Seele drunter knallhart wie Kruppstahl. Deshalb also zwischendurch Feinsinniges.

Motto: Im Windfang des Lebens – sich immer wieder offen machen. Ein Ohr heraushängen, wenigstens ein ViertelOhr, für Fußnoten à la Sylvester …

****
****
****
tiefenschürfende Fußnote
****
****
****

DAS KÖLN HBF POEM

(für bodo, den hecht in der pfütze)

auf den brenn- und brausepunkten der zeit
hier köln hbf hier köln hbf
jäher impuls / himmelsanfälle
hier fliegen die vögel hier in der bahnhofsvorhalle
in einem einzigen guß anno '57
eine kolossalische anstrengung – in halbniere – aus totem schoß

hier köln hbf hier köln hbf
windzug in mehreren sprachen bewußtseinsflecken transistorradios traum-
schwerpunkte traumkot pariser zwei goldgefleckte doggen ein kölsch
hier fliegen die vögel alle altersstufen auf einmal
ein händeringen knirschen und zungenbrechen wie nirgends sonst auf
der welt –
ton aus der ferne das quietschen der einfahrt das brausen der lok im wind
dem herzen beine machen wehendes taschentuch
engel mit nasenflügel:

frey!
flüge ins freye!
flamingofarben!
güldene software kunstwerk köln gebenedeit
unter den städten!
knatternd im pfauenrad!
schöner als wunderwerk!

klang
wolke
laser
strahl –
aufbrüche AUF

KLATSCH!
spitz!
sturz!
schwarz!
rhein-
ruch
farben scherben delirien blindes bruch menschliches repertoire:

willkommen und abschied
– seit jahrtausenden auf dem plan –
brennender dornbusch
vorher/nachher
gefühle im zoom im gazellen-look

goldflüssiges köln
eine stadt wie nirgends sonst auf der welt –
ein musenpuff –

hier köln hbf hier köln hbf
flügelauto art domplatte oktophonie
LEUCHTEND
aus messegelände hervor
gürzenich rathaus alter wartesaal KUNST-BLITZE
leuchtchampagner raketen dunkelkugeln
nilgrüner phantom strom rhein elfenbeinschwarz feuerwerk ultra
im regenbogen
über und unter der brück'
HOHENZOLLERNBRÜCK'DOMGOLDGLORIA
auf dem langen rücken der nacht
kommt die liebe liebe geschwommen

mondblaue pupille
bitter-süße fülle
verwunschene stille

unter der bogenlaterne
ton
aus der ferne

FußnotenEnde.
D.h. nein, die Widmung hätte er jetzt beinahe verge- „Für Bodo – il maestro – ich verdanke dir alles." Das klänge gar nicht so übel. Oder? Na ja, er konnte ja noch überlegen. Hobeln zuerst, Feilen hinterher. Er knallte ein paarmal mit der rechten Hand gegen die linke Handinnenfläche. Das hatte den richtigen Handwerkers-Touch. Dem Volk auf Maul und Hände geschaut. Moment, die Fuß-Note mußte noch deutlich abgegrenzt werden –

****

****

So!

Eiskalt mußte er rangehen.

Oboe kramte nach seinem Block – alles abheften, säuberlich –, da war ja ihre Krakelschrift.

Er lehnte sich an das Schaufenster des Tabakwarenladens an der Ecke. Jetzt eine schmauchen – wär gar nicht übel …

Er ließ Blicke schweifen, beinahe seufzend, bis er sie dann doch entschlossen senkte Richtung schwarze Sturmschrift:

nachts abfahren in den urlaub, tags zurückkommen zu den verlusten, den beschädigungen, den trauerfällen. die menschheit als komparserie im ewigen bahnhofs-kintopp. der schließmuskel des himmels. verzweifelte abschiedsgesten, jauchzende begrüßungsszenen. und dann wieder alltag. herumstehen. wie jetzt. zugverspätung, personenverspätung, leere im hirn, im magen. graue spinne der bahnhofsUnwirklichkeit. eben war er noch hier. wer? nun, er; sie; wir. im nächsten moment ist sie auch weg. du; ich; wir. ist irgendeiner in diesem moment wirklich unwirklich-wirklich da? pokerface, kleine haubacke, noch'n kölsch.

Furchtbare Krakelschrift. Und sie verstand absolut nichts von der Journaille, er konnte es vergessen. Das mit dem Pokerface – o.k. Aber auch das war ja noch ohne Zusammenhang. Tu Fische bei die Butter, Mädeken! Für FernsehPhilosophie war hinterher noch Zeit. Das Wort zum Sonntag von unserem FernsehPhilosophen Bodo Oboe – ja ja ja. Nicht, daß das schlecht klang. Nun, man würde sehen.

Er wippte ein wenig vor auf die Zehenspitzen und zurück auf die

Ballen und – Was für ein großartiges Projekt, er mußte es immer wieder sagen.

„Besser als zu Hause verblöden jedenfalls", hatte Sylvester in einem ihrer nachlässigen Nebensätze hingeworfen. Manchmal war sie ihm eher unsympathisch. Sie merkte dann einfach nicht, wen sie vor sich hatte. Jetzt zum Beispiel: Daß sie ihn warten ließ! Das war ihm noch gar nie untergekommen. Höchstens bei MariAnn in der Endphase, da war natürlich alles möglich gewesen, und eher immer das Schlechtere. MariAnn. Wenn er betrunken war, dachte er immer noch über sie nach. Aber nur dann. In wachem Zustand hinderte er sich. In wachem Zustand war er sich seiner Wirkung auf Frauen wohl bewußt. Sie konnten nichts dafür. Er ja auch nicht.

Vielleicht könnte er das Bahnhofsprojekt sogar frontal angehen, einen Stummfilm daraus machen zum Beispiel. Am besten in Schwarzweiß. „Blut im Bahnhofsschacht" oder „Der Messerstecher von Köln packt aus: Schräg hinter 2 Zipfeln ist Ruh – ich lernte bei Kung Fu" – das hörte sich nach einem klaren Erfolgsrezept an. Das konnte er schon als Schlagzeile im EXPRESS vor sich sehen. Nur war der Kalauer von den 2 DomZipfeln zu wenig bekannt, u.U. würde das dann so ein Film nur für Insider, vom 90jährigen Sch. mit wehenden 5 Haupthaaren hochgelobt, vom 90jährigen RR geil verrissen (weil er das 19. Jahrhundert vermißte und überhaupt – schienen ihm nicht inzwischen alle Bücher wahre Walser-Erstlinge? ...). Ja, und der liebe Th. S. würde kalkrieselnd und trutzig sein berühmtes JEIN verkünden ... Und für alle unter 90 wäre der Haufen längst gesetzt, zu Boden gegangen, definitiv, ein toter Flop – Nein. Nein. Nein. Lieber „Boris Beckers Sohn: Mein Intimleben aus lauter harten Tennisbällen" – für die Tränendrüsen seiner Omma ... – die nie ins Kino ging ...

Aber wie wär's mit „Politprominenz unterm Strich?" Wen müßte man denn da verbraten. Diese Sylvester – wenn man einmal eine Frau brauchte. Sie müßte das alles mit ihm durchgehen, seine Ideen auf schwache Stellen hin durchbürsten. Er brauchte nun mal jemanden, der kritisch einhakte, und da war sie gar nicht so übel. Nun gut. Wenn sie ihn allzu lang warten ließ, konnte sie schauen, wo sie blieb. Er wußte, wie man Frauen behandeln mußte. Seit MariAnn wußte er Bescheid.

Vielleicht wäre ein Volksstück doch am sichersten. „Die alte Bahnhofshure Brunhild". Gleichnamiges Buch im Weichdorn-Verlag. Dazu ein paar Bändchen HurenSprichwörter von Dr. Dr. h.c. Bodo Oboe. Oboe griente. Achsel hatte da doch etwas erzählt – wie ging das? diese Brunhild-Hure hatte MS bekommen – schauderhafte Krankheit – na, auch egal – also im Film müßte das irgendeine tödliche Sache sein, wo sie trotzdem noch halbwegs passabel aussah. Er wollte ja keine Leichen fotografieren. Stippvisite bei der Kölner Gerichtsmedizin – oho! und NUN, Leute, würgt euch das mal rein. Hätte er ja gleich was über Majdanek drehen können. Sich den ganzen lieben langen Tag abschinden, nichts als Ärger, und abends dann den Gestank moralischer Leichen aus der Glotze und dann geht vielleicht auch die Frau noch fremd – Wie kam er denn auf die Idee – Na Mannomann, verfluchte MariAnn – würde er sie nie ganz aus seinem System rauswerfen können – Ach was, das wäre ja genau ihr Wunschtraum, könnte ihr so passen.

Er ging ins Pub, bestellte sich am Tresen 'n Kölsch, d.h. er hielt die Faust hoch und ließ auf seine markante Weise den Daumen hochschnellen:

„Uno."

Die Kellnerin lächelte ihn an, er schaufelte eine Augenbraue hoch und musterte sie anerkennend. Mensch, fand die ihn toll, die konnte sich gar nicht mehr. Er seufzte. Jetzt durfte er sich nicht schon wieder ablenken lassen.

Also diese alte Hure Brunhild. Er leckte am obersten Kölsch-Schaum. Sie weiß alles über die Kölner. Oder sie bildet sich's wenigstens ein. Und deshalb versucht sie, als das endgültig feststeht mit ihrer Krankheit – 'nur noch wenige Monate, meine Teuerste, machen wir uns nichts vor' – deshalb setzt sie alles auf eine Karte. Eine Piratin, eine Freibeuterin, eine rächende HurenGöttin. Sehr wenig Göttin, sehr viel Hure. Und warum Rache? Ihr Loddel ist ehrlich entrüstet. Hat sie es nicht gut gehabt bei ihm? Ihr ganzes Leben immer nur ein wenig die Beine gespreizt, und schon war es gelaufen, während er einen harten 8-Stunden-Tag schob. War das etwa nichts, all die Freier heranzuseilen? Brunhild kümmert sich einen Klicks um sein Gewimmere, sie steigt ein ins ganz große Geschäft. Ihr ist nichts mehr heilig, sie spürt Sauerstoff rieseln durch ihr Gehirn – durch Bodos Gehirn – ganz neue WageMutigkeiten: Sie hetzt den Kölner Klüngel, das war noch nie da, das hat noch keine Hure getan, und also traut es auch ihr niemand zu. Sie ist ganz versteckt im ganz Offenen. Die linke Flanke des Kölschen Klüngels gegen die rechte, die KokainBande gegen die PurpurSchergen – aber wie macht sie das im einzelnen, wie kann er das recherchieren, wie läuft das: ein Bruderkrieg um den Dom herum, wallende Roben, sich weitende Kreise, vollkommen Unschuldige – wenn es denn irgendwo vollkommen Unschuldige gab ... Sagen wir: glaubhaft lahmarschige Peanuts, krummgelegte Honoratioren, Direktoren ... Oder lieber auf der AssistentenEbene? Oberer Mittelbau? Dom-Schweizer und Abteilungsleiter unter sich?

Wie könnte er das denn plausibel machen – ohne konkrete Namen zu nennen – oder sollte er irgendwie – Meisner? – war was drin mit Meisner? Dünnlippige bleiche Grausamkeiten mit Echt-Biß! während die Glocken immer heftiger, immer zügelloser – ach, die ganze Stadt phantom-stinkt! Dafür würde er seine Hand ins –

Wozu ist ein satter Mensch fähig, wenn ihm die Sattheit genommen werden soll – genommen worden ist! Das wäre ja durchaus sein Thema! Wie weit würde er gehen – Menschen ausgelöscht annihiliert liquidiert – anonym rührt das noch nicht einmal, wenn es Abertausende sind – alles nur Zelluloid, und schon wird der Kanal geswitcht – ok, ernsthafte Nahaufnahmen wären nötig – ran ans Eingemachte! – was glaubst Du, warum Nutten so viel öfter im TV ans Wort kommen – Hartes Reality TV? Sollte er etwa gar den Strichjungen markieren? MEIN ALLTAG. Meine All-Nacht. Die Kunden hin und her gerissen. Einerseits mordsgeil: Einen geblasen kriegen UND wie'n Filmstar – andererseits – Bange machen gilt nicht – verflixtverklemmt, wenn das die Falschen sehen ... Und wenn er vor lauter Technik keinen hochkriegt – VOR der Kamera ...

Oder er wäre der BrutaloFreier? Bodo, der grausame Loddel? mit KinderPorno BabyNutten Sondermißhandlungen: ernsthafte Nahaufnahmen, bi-sexuell vorne/hinten, wie hätten wir's gern, Kamera allüberall, Rasierklingen, Grillspieße, Pfeile durch Brüste und Schwanz – AUA! – Reißzwecken Sicherheitsnadeln aus Edelmetall, Ausgezulltes für Dominas – Bodo fluchte – also denen wollte er nicht auch noch zuarbeiten, lieber JungfernBlut im frischgefallenen Schnee (drei Tropfen – Schlückchen – volle Becher – Eimer ...). O.k., o.k., kelten-grausam auf der ProfitSpur. Er blitzte unauffällige BlitzBlicke, dachte an sein alter ego mit den KillerAugen – an den GoldMetallic-Kelten – Konnte er den nicht statt seiner – und überhaupt: Wie wäre der als MedienMogul?

Vielleicht war Brunhilds KampfKrampf doch noch nicht das Gelbe vom Ei. Erzählt hatte es ihm dieser junge Mann bei Sylvester, einer aus dieser SchneiderPieterWohnung. Achsel so und so. Der war ganz enthusiastisch geworden; und schien doch sonst nicht gerade überschwenglich. Der Schluß der Geschichte hatte es ihm besonders angetan:

Die Gegner sind endlich auf Brunhilds Spur, schnappen ihre Tochter. Das läßt Brunhild kalt. Ist sie nicht längst schon klassisch gebildet, was diesen Punkt anbetrifft? Hat sie nicht, als sie 30 war, einen Stadtrat zum Freier gehabt, von Beruf Studienrat, der, wenn es ernst wurde, immer die Brille abnahm und putzte und dabei deklamierte, was das Zeug hielt? (Putzte er im Bett? Oboe überlegte. Obendrauf oder untendrunter? Ganz schön schwer, alles im Griff zu behalten, seiner Erfahrung nach. Egal, er putzte, was das Zeug hielt und deklamierte.) Klassiker mußten es sein, andere wirkten nicht, also Goethe und Konsalik – welcher von beiden genau – da war sie nicht ... (Achsel hatte beim Erzählen gekichert – „Konsalik" –, als ob er einen unanständigen Witz gemacht hätte ...) Aber Anfang und Höhepunkt der wirksamen Passage hatte Brunhilde jedenfalls unfreiwillig auswendig gelernt wie kaum etwas sonst in ihrem Leben:

„Ich habe langes und breites von einer sogenannten Blutliebe schwatzen gehört – Es ist dein Kind – also sei es dir heilig – das ist verdolmetscht: Es ist in dich hinein-, aus dir herausgeschossen worden wie einstdermalen du selbst aus einem anderen Ofen ... Wo stickt dann nun das Heilige? Etwa im Aktus selber? Als wenn dieser etwa mehr wäre als viehischer Prozeß zur Stillung viehischer Beg-iii ..."

Das ‘i’ von ‘stickt’ brachte dann immer die entscheidende Zukkung, die Konvulsion, den Durchstich, die Schleusenöffnung mit Aplomb! wobei pflichtmäßig die Deklamation an Konzentration und INNIGKEIT des weiteren zunahm – soweit möglich – mit dem Erfolg, daß bei dem zweiten 'vieh-i' die Ejakulations-Höhe vollstens erreicht wurde – Es war vollbracht – auf den Bruchteil einer Sekunde genau.

Und das war Brunhilds klassische Bildung geworden, die sie nie wieder abschütteln konnte – mochten sie mit ihrer Tochter tun, was sie wollten – ärrh-äh-hemm!

Oboe griente. Verengte plötzlich die Augen.

Sylvester hatte kühl bemerkt, daß Achsel lediglich seine allzu nahe Schulzeit abreagiere. Sein Gehirn jaule schmerzhaft, kaum höre er das Wort Studienrat. „PubertärHumor!"

Oboe schnalzte Verachtung. Diese Frau glaubte, alles zu wissen – alles BESSER zu wissen. Er nahm sein Notizbuch, notierte „Hure Brunhild", klopfte ein wenig mit dem Kugelschreiber gegen die Zähne. Eines stimmte: Mehr Action müßte rein. Und Namen ... Dennoch ...

Er kippte das Kölsch runter, griff nach dem Kugelschreiber. Kringelte. Na ja, na jau ...

Noch'n Kölsch. Er ließ wieder seinen Daumen hochschnellen, zwinkerte der Lady zu. Sie schob's ihm rüber. Schmelzend.

Nun gut, er war nicht der Typ, der seine Möglichkeiten überschätzte. Harter Realismus war bei ihm allemal Voraussetzung. Diese Unverschämtheit: daß Leute wie er um keine müde Mark das Konto überziehen konnten. Die Typen in der Bank benahmen sich, als wäre er ein Verbrecher. Andererseits hatte Sylvester etwas gemunkelt von einer obskuren Berliner Seehandelsgesellschaft, die Mäuse locker machte für ausgefallene Ideen. Alte Seebären, die Spaß hatten am Risiko, „BahnhofSchiff ahoi!", vielleicht war da was drin. Vielleicht nicht. Er würde alle seine Kontakte spielen lassen.

Wenn gar kein Geld für einen Film zu kriegen war, könnte er auf alle Fälle ein Hörspiel draus machen. Aber am allerbesten wäre eben schon ein echter Fernsehfilm, eine Serie – warum nicht. Köln Hauptbahnhof. Zwei Jahre lang jeden Freitag. Nein, einfach jeden Abend. Bodo Oboe rund um die Uhr. Er grinste sein berühmt-berüchtigtes OboeLächeln, sein junges OboeLächeln, fuhr sich fast verlegen durch die Haare. Na ja, na jau.

All die Penner hier hätten Arbeit gefunden durch ihn.

Die Süßwarenverkäuferinnen würden vor allem ihr eigenes Foto mit Autogramm verkaufen. Und das Kölsch würde so viel kosten wie a bayrische Maß auf dr Wiasn. Nicht auszudenken, so in das Leben der Menschheit einzugreifen ...

Die Nutten allerdings würden nicht mehr arbeiten wollen, es sei denn zu ganz wahnsinnigen Preisen. Wo doch ansonsten das Vögeln heute so billig war wie sonst nur in Kriegszeiten. Auf dem Gebiet funktionierte die Marktwirtschaft mustergültig, der Alte Ludwig hätte sich gefreut. Die Kölner Bahnhofsnutten würden sagen: „Beim TeVau kannste echt besser absahnen", und würden sich träge die Lippen schlecken.

Allerdings nicht sehr lange. Nicht mal er könnte aus jeder eine GoldMine machen. Und was würden ihre plötzlich um den Besitzstand gebrachten Loddel, ihre schneidigen Pesevenks sagen? Ihm Dankesbriefe schreiben?!

Und außerdem hat Geld nun mal die Eigenschaft, IMMER zu wenig zu sein, ganz egal, auf welchem Level –

[das brachte ihn fast ins Schleudern: der Gedanke an seinen eigenen, momentanen, seinen AKUTEN Geld-Level – Brüder, lasset die Hoffnung sausen – NICHT!]

In seinem Magen rumorte es. Sylvester konnte er abschreiben, tant pis, madame! Vergessen würde er es ihr nicht. Er müßte einen Stier- und GentlemanTrick finden, um ihr zu zeigen, daß sie so nicht mit ihm umspringen konnte. Eine ätzende Erschütterung, um ihr zu zeigen, was Sache ist ---

Jetzt aber erst mal schnell was essen, das Bier schlug ihm auf den leeren Magen. Leckeren Schweinebraten auf Brötchen – den holte er sich öfter hier. Nee? Is nich? Mann – wer hat denn den alle weggefressen. Dann also Rievekooche mit Apfelmus vom Büdchen draußen.

Das heißt Stop! Wen haben wir denn da, wer war denn das, die beiden liefen so zielstrebig, die sahen ihn nicht einmal, doch, im letzten Moment sah ihn der eine, Herbert Braatsche, ein Kollege. D.h. ein ehemaliger natürlich. Sie waren beide eine Zeitlang Taxi gefahren für den blöden Lumrich. Oder fuhr Herbert immer noch? Das wußte er jetzt gar nicht. Er winkte ihm zu. Herbert winkte wie abwinkend zurück. Oho! Die beiden hatten ja wohl wirklich etwas vor. Der zweite war dieser merkwürdige Schneider Pieter. Pieter Piano, bei dem MariAnn –

Nicht, daß ihn MariAnn noch interessierte –

Aber Sylvester wohnte eben auch dort in dieser SchneiderMenagerie – AUF-Schneider ... So hatte er sie überhaupt erst kennengelernt. Er stand vor der verschlossenen Wohnungstür, meilenweit und breit keine MariAnn, wahrscheinlich hatte er ganz schön belämmert aus der Wäsche gekuckt – mehr Lamm als Stier usw. – Sie hatte jedenfalls lachen müssen, als sie ihn da stehen sah. Und damit war eigentlich auch schon alles gelaufen gewesen (abgesehen davon, daß sie ihn hier stehen ließ ...!).

Nun ja. Gottseidank hatte Sylvester die Dachstube, so daß er meistens niemanden sonst traf – sonst hätte es ja aussehen können, als ob er wegen – da hätte es ja zu Mißverständnissen kommen können ...

Jedenfalls sahen die beiden aus, als müßten sie ihre ureigene Schwiegermama abholen. Gab ihnen ein jugendliches Flair. Angerötete Köpfe. Naß gezogene Scheitel. Heiße Ohren. Als ob sie sie mit einem AlkoholLappen feucht ausgewischt hätten. Mit O de Cologne, wie in der Kindheit, wenn was Besonderes anstand. Und Muttern unbarmherzig den FamilienLeib aufpolierte. Die Haare, die Nägel, die Ohren. Regelmäßig rückte sie mit diversen Scheren an, den Folterinstrumenten im Tempel bürgerlicher Wohlanständigkeit. Papas Ohren- und Nasenhärchen als jedesmaliger Höhepunkt der Opferung. Er schrie – auch jedesmal –, sie wolle ihn kastrieren. Und Mutterns Lachen wurde zunehmend gefühlloser. Und dann fuhr sie mit dem Waschlappen unangenehm kalt unter die Achseln und zwischen die Beine. Brrrr! Erst Lisi, seine zweite Frau – heute war ihr Glückstag: er dachte schon zum zweiten Mal an sie! – Sie hatte ihm beigebracht, daß das mächtig antörnen, geil machen konnte – nur hatte sie nicht gerade kaltes Wasser verwendet ... Er hatte sie sitzen lassen wegen – Ja ja ja.

Die beiden waren längst die Bahnsteigtreppen hinauf verschwunden. Er starrte noch hinterher. Ein merkwürdiges Paar. Der eine so schmächtig, so irgendwie reduziert, so durchscheinend, ein zarter Wichtelmann – der andere so groß und rund – größer jedenfalls als Bodo – und täppisch ... Bodo war voller Verachtung: Kein Kelte! ... Dafür schwarz wehendes Haupthaar und überlange Arme und immer ein wenig zu Pieter hinuntergebeugt – Sie wirkten wie ein Paar – ja, das war es: zusammengehörig – Sie bewegten sich auf die gleiche Art, setzten ihre Füße breit nach außen und ruderten mit leicht angeknickten, flappenden Bewegungen fast hektisch zielstrebig vorwärts, beide rot im Gesicht von der Anstrengung. Der Braatsche. Befreundet war er nicht mit ihm. Er vermutete sogar – Immerhin wohnte der in derselben Wohnung wie MariAnn. Es ging ihn ja nichts mehr an, aber ...

Jetzt würde er erst einmal etwas essen. Rievekooche [Reibekuchen; Kölsche Spezialität]. Die hier am Büdchen waren die besten in Köln. Oder – er war nur zu faul, es ernsthaft zu überprüfen. Der einzige Nachteil: Die Leute standen Schlange davor.

Dieser Braatsche war mal Apotheker gewesen. Hatte die Apotheke des Schwiegerpapas übernommen. Und es irgendwie geschafft, alles in den Sand zu setzen. Kann gar nicht so einfach gewesen sein. Irgend was war da auch mit seiner Frau, 'ne ziemlich verrückte Story. Daß der bei dem Piano untergekrochen war, zeigte entweder, daß es ihm wirklich Matthäi am ultimo ging. Oder – Also MariAnn ging es nicht am ultimo, und die wohnte auch dort. Wenn dieser Schneider nicht so schafsmäßig bieder aussehen würde, könnten einem allerlei Kommentare zu seiner Wohnung einfallen ... Ganz schön pervers. Eine Sex-Kommune. Da wußte man doch gleich, was man davon zu halten hatte. Bei MariAnn schien so und so alles möglich.

Und er hatte sie anpflocken wollen. Wie wenn du einen Wirbelwind an die Leine nehmen willst. Komm, ViviAnnMari, Gassi gehen. Er mußte sie vergessen, er mußte.

Der Braatsche hatte sich nie erkundigt, wie es ihm nach der Kündigung gegangen war. Auch nicht gerade ein feiner Zug. Immerhin war er damals von einem Tag auf den anderen rausgeschmissen worden. Das kommt davon, wenn man anfangs alles unterschreibt vor lauter Begeisterung. Und dann konnte der's rauslassen, dieser Taxi-Fritze. 'Unbotmäßigkeit' warf er ihm vor. Wie im 18. Jahrhundert. Und bloß, weil er es als Zumutung empfunden hatte, am Heiligen Abend u n d an Silvester 12 Stunden in dem Vehikel zu sitzen.

„Sie wär'n sich doch auch viel zu schade, Lumrich", hatte er gesagt. Mehr war es wirklich nicht gewesen. Da tobte der schon los.

„Erst einmal bin ich für Sie der Chef! Herr Lumrich." Hatte Oboe gegrient? Ach, das war nicht völlig auszuschließen. Also Fortsetzung folgt. Lumrich furioso:

„Und zum zweiten geht es Sie einen feuchten Staub an, wofür ich mir zu schade bin. Bloß, weil Sie ein Studierter sind, brauchen Sie hier noch lange nicht die Klappe aufzureißen. Und zum dritten können Sie sich hinter die Ohren schreiben: Ich bin mir gewaltig zu schade, jemanden wie Sie auch nur einen einzigen Tag länger zu beschäftigen: Sie sind entlassen!"

„Das können Sie doch nicht machen, Herr -"

Aber der Lumrich konnte.

Irgendwie funktionierte das mit der Marktwirtschaft doch nicht so gut. Wenn du mal unten lagst, wirkte sich alles gegen dich aus. Gut, daß er ein Stier war.

„Fräulein, geben Sie mir nur zwei!" Er hatte plötzlich den Eindruck, bei gleich drei Rievekoche auf einmal würde ihm schlecht werden. „So'n Pappteller möcht' ich aber trotzdem!"

„Tut mir leid, das geht nicht."

Er kramte sein mittleres Bernhardinerlächeln hervor.

„Aber Lady --"

Sie lächelte hilflos zurück. „Ich würd's gern machen, wirklich, aber es geht nicht, buchungstechnisch, verstehn Sie?"

Er nickte, verstand gar nichts. Was hatten denn seine Rievekooche mit Buchungstechnik zu tun – Das war hier ja schon wie bei MacDonalds – Bald gab's Rievekooche auch nur noch in runden Scheiben oder im Quadrat. Rieveburger.

Er schleppte das fett-triefende Zeug auf der dünnen Papierserviette zurück in den Bahnhof. Der viel zu große Klacks Apfelmus weichte das Ganze von oben, das Fett von unten auf. Wie sollte er denn das verdrücken ohne – Er stellte sich unauffällig vor die Bahnhofsbuchhandlung Ludwig gleich am Eingang. Hoffentlich kleckerte er sich nicht hoffnungslos voll, igitt, jetzt tropfte das Apfelmus, er trat näher an die Scheibe, senkte den Kopf, schraubte ihn ein wenig von unten schräg nach oben, um die optimale Stellung einzunehmen, öffnete den Mund weit und schob – in dem Moment wurde innen der schützende Bücherständer mit einem Ruck beiseite gerissen, und das Gesicht der Buchhändlerin erschien direkt vor seinem, kaum mehr als die dünne Scheibe dazwischen. Sie starrte ihn verdutzt und dann entrüstet an. Was machte er denn da? Ja, was machte er denn da? Entschlossen ignorierte er sie, ließ sich nicht abhalten, schob den riesigen Rest Rievekooche auf einmal in den Mund, drehte sich dann allerdings weg. Behutsam eilend. Nach rechts um die Ecke. Da gab es seiner Erinnerung nach paar – hoffentlich leere – Telefonzellen ... Ach denkste! – die hatten umgebaut – das war ihm vorher gar nicht aufgefallen, jetzt gab es nur noch diese öffentlichen Apparate mit Halbflügeln aus Plexiglas in diesem durchsichtigsten aller Zeitalter ... Er begab sich dennoch hin – flugs! –, drehte der Welt den Rücken zu, schluckte zielstrebig runter. Mannomann, seine Birne war ja ganz heiß und rot geworden.

Er atmete tief durch.

Kleinigkeiten konnten ihn nicht erschüttern. Schon straffte er wieder die Schultern. Gab es nicht ein indonesisches Sprichwort:

„Die Weisheit verbringt ihre Kindheit in den Gruben der Scham."

Er würde Li Feng fragen. Klang beeindruckend indonesisch, fand er. In seiner Zeit als Unternehmer war er immer indonesisch essen gegangen. Daran durfte er nicht denken.

Er schritt noch einmal im Bahnhof auf und ab. Seine Augen blickten träge hierhin und dorthin, fingen plötzlich an zu starren: Sylvester kam. Da drüben jedenfalls ging eine Frau – das mußte sie sein ... Keine andere Frau hatte diesen seltsamen Gang, diese Mischung aus Stürzen und Schweben; Engel mit GipsKnie. Er rannte ihr nach.

„Sylvester!!"

Sie drehte sich um, für einen Moment sah er undeutlich ihr Gesicht, er war sicher – er glaubte hinterher, sie m u ß t e ihn gesehen haben. Er sah nur für einen Moment ihr Gesicht, undeutlich flackrig grünlich phosphoreszierend – Schon war sie weg. Das war sie doch gewesen! Er stockte. Rannte weiter. Draußen vor der Tür: Wie vom Erdboden verschluckt. Er jagte hinter ihr her die Treppen zum Dom hoch. Nichts. Wo war sie denn. Er ging langsamer zurück. Phantom Phantasmen Phantasmagorien. Alpträume zu dicht über/unter der Wirklichkeit angesiedelt. Er rieb sich angewidert die Stirn.

Diese Frau brachte ihn noch auf RekordTouren! Und er hatte gedacht, MariAnn sei so ziemlich das Allerletzte gewesen. Dabei wirkte sie allmählich im Vergleich wie eine biedere Krankenschwester. Jesus.

Da kamen Braatsche und Schneider Pieter. Diesmal ohne Eile. Offensichtlich erfolglos. Was sie jedoch hinzunehmen schienen. Nicht gerade enttäuscht; eher gedämpft, diffus, ziellos. Oboe dagegen irritiert, erhitzt.

„Hallo, Kollege."

„Hallo, Oboe."

Jetzt standen sie zu dritt, fast eine Gruppe. Der Druck auseinanderzufallen nicht größer als der Druck zusammenzukommen. Im Dunstkreis des Zufalls: nano-kleine LuftSchwingungen. Wirklichkeit dünngescheuert. Bleiches Vakuum, in das mindestens Oboe schnellstens wieder Farbe pumpen wollte. Nein, nicht nur er.

„Na – ihr?"

„Wir hatten Pech ---"

„Ich auch – kann man wohl sagen! was ganz Blödes –"

„Wir auch – also mehr ein Versehen –"

„Na, ich weiß nicht – 'Versehen!' –"

„Da langt man sich natürlich --"

„Genau!"

„Na ja."

„Schwamm drüber!"

„Ja ja."

„Was war's denn?"

„Ach –"

„– bei dir?"

„Ja –"

„– ja ja –"

„Ja – ihr kennt doch Sylvester –"

„Sylvester Arfe?"

„... Sylvester Arfe!"

Er wandte sich Schneider Pieter zu. Der hatte bis dahin mit hängenden Schultern stumm dabeigestanden. Jetzt setzte er an zu scheuen kleinen Bewegungen, als ob er über sein Haar streichen, eine kleine Schnupftabaksdose herausnehmen, ein blütenweißes Taschentuch zurechtzupfen müßte. Gleichzeitig schraubte er den Blick seiner überraschend hellblauen Augen etwa in die Höhe von Oboes markantem Kinn, sagte vorsichtig:

„Frau Arfe wohnt bei uns?" Er setzte lieber ein kleines Fragezeichen dahinter. Oboe nickte fast gewalttätig, so ungefähr ein dutzendmal.

„Ich dachte gerade, sie wäre hier vorbeigekommen – ich dachte, ich hätte sie gesehen --"

„Wir auch."

„Was – ihr auch."

„Wir haben sie auch gesehen, sie ist mit dem Zug gekommen, den wir -"

„Ihr habt sie gesehen? Sylvester? Welcher Zug?"

„Der Wiener Intercity. Wir wollten Pieters Frau abholen, es war ein blödsinniges Mißverständnis. Wir dachten irgendwie, sie käme heute an. Am 20sten. Dabei kommt sie erst morgen –"

„Ich hab' das verwechselt, ich hab' alles ein wenig durcheinandergebracht -"

Pieter starrte traurig auf seine Schnürsenkel. Sogar die Schuhe hatte er sich ihretwegen blank geputzt.

Herbert war Schutz und Schirm und Schild, unablässig auf der Suche nach Ritzen, um Trost in Pieter zu füllen.

„Ich stand doch auch dabei, wir haben das zu zweit ein wenig durcheinandergebracht. Sie kommt erst am 21sten, also morgen", erklärte er. Oboe nickte – ... diese Sylvester ... –

„Wenn du's genau nimmst, war es meine Schuld, Pieter. Ich hätte den Anruf entgegennehmen sollen. Du warst viel zu aufgeregt."

Er wandte sich an Oboe.

„Er hat mir den 21sten zuerst ganz richtig diktiert zum Mitschreiben, aber irgendwie gedacht, sie hätte Donnerstag gesagt. Und Donnerstag wäre heute."

Oboe, froh einen Nebenschauplatz zu finden und dennoch immer noch irritiert, sagte:

„Ich wußte gar nicht, daß Sie mit Ihrer Frau zusammenleben in der Wohnung – ich meine, Sylvester hat das immer irgendwie anders dargestellt, als ob –"

„Seine Frau hatte einen Herzanfall", Herbert dämpfte die Stimme wie für eine liebe Tote, „und nun ist sie drei Monate weggewesen. Zur Erholung, du verstehst. Und in der Zeit sind wir alle eingezogen, na du kennst ja wohl die Wohnung." Bodo nickte zerstreut. „Zuerst kam Achsel, weil der ja ein Verwandter ist, und dann kam ich, durch Achsel, und ich brachte Rosa, und deine MariAnn brachte sich selbst."

Er grinste. Bodo verzog pflichtschuldig die Lippen, Schneider Pieter lächelte sein altes Kinderlächeln, schaute aber nicht hoch. Dieser Bodo war ein wilder Mann, das spürte er gleich. Eigentlich mochte er wilde Männer nicht – Frauen waren ihm lieber – MariAnn und Sylvester und Rosa – sie waren etwas ganz anderes. Aber Berti hier – er nannte ihn Berti – Berti war schon in Ordnung; und erst recht sein Alexander, sein kleiner Achsel. Er hatte all die Menschen in seine Wohnung geholt, weil er sie mochte und weil die Wohnung leer stand. Wie die von Frau Möllendipp im Parterre. Er wollte sie nicht kritisieren, er mischte sich nie in fremde Angelegenheiten, aber 5 große Zimmer für eine einzige Frau, seit 17 Jahren, seit dem Tod ihres Mannes. Das mußte nicht sein. Sie nannte Untermieter Gesindel. Das mußte nicht sein. Warum sollte eine Wohnung leer stehen, wenn so viele nach einer Wohnung suchten. Das sagte er laut.

„Warum sollte die große Wohnung leer stehen – "

Diesmal setzte er kein Fragezeichen, so daß der Satz in der Luft schwebte wie ein sanfter, zögernder Versuchsballon.

„Na, das war doch 'ne prima Idee", fing Bodo, der leutselige Bernhardiner an, „wär' schön, wenn mehr Leute auf so 'ne Idee kämen." Und er betonte mächtig das 'e' der Idee.

„Ja, schon -"

Der Satz verlor sich. Herbert erklärte anstelle von Pieter:

„Es ist die Alte Dame. Sie hat keine Ahnung von der ganzen Sache. Also die ganze Untermieterei hat sie null mitgekriegt. Und nun wollte er das Geständnis schon hinter sich gebracht haben, statt dessen muß er noch einen Tag warten. Dabei haben wir alles so schön vorbereitet, seit Tagen die Wohnung präpariert – einzig Sylvester hat sich gedrückt -"

„Apropós Sylvester – Ich war mit ihr verabredet und -"

„Sie ist seit gestern morgen unterwegs. Wir hatten keine Ahnung wohin. Du auch nicht, Pieter, nicht wahr? Sie hat nichts gesagt. Ganz schön geheimnisvoll, sie liebt solche Inszenierungen. Kein Wort, keine Botschaft. Aber eben war sie hier, sie stieg aus unserem Zug aus, bzw. eben nicht unserem, irrtümlich ..." Herberts Stimme geriet in brüchige Falsetthöhen.

Pieter sagte: „Sie sah schlecht aus –"

„Richtig." Herberts schwarze Lockenpracht wehte rebellischer um sein Gesicht – andante furioso – er strahlte fast. „Sie sah aus wie frische Kotze! Muß ihr was gewaltig übers Leberlein gekrochen sein, unserer Fürstin Blaustrumpf."

Pieter schnalzte mit der Zunge, aber so leise, bewegte sich abwehrend, aber so unbestimmt, Herbert merkte nichts. Er rieb sich genüßlich die runde, musikalische Nase, seine BardenAugen blitzten. Er kam gegen Sylvester nicht an, das war verteufelt, sogar wenn er Rosa verteidigen wollte – und das wollte er so oft so gern. Also fand er es ganz und gar nicht so übel, sich an ihrem Unglück zu weiden, im Gegenteil. Zumal dieses Frauenzimmer im nächsten Moment wahrscheinlich schon wieder fürchterlich Oberwasser haben würde ...

Er schlenkerte ein wenig die langen Arme, dehnte den Brustkorb: „Ta Tiii ta TAAAAH!" Er schmetterte eine Opern- oder Operettenfanfare, Bodo wich schaudernd zurück, unwillkürlich in die Runde spähend, wer alles Zeuge war. Er erinnerte sich: Das hatte dieser Braatsche schon als Taxifahrer gern gemacht. In Eiseskälte aus dem Taxi gestürzt und „Sie hat mich nie geliehiebt" oder ähnlichen Quatsch gebrüllt mit möglichst viel Tremolo, und dazu lautstarke Kniebeugen. Oder er hatte sich theatralisch auf die Brust gedonnert beim Tremolieren – ein völlig verrückter Kauz.

Pieter seufzte traurig.

„Mensch, Pieter –" Herbert klopfte ihm beherzt auf die Schulter, die gleich noch mehr wegsackte, „nimm dich doch ein wenig zusammen, sie wird dir schon nicht den Kopf abreißen ..."

Bodo hätte beinahe gesagt „Na und wenn schon". Da fiel ihm ein, daß er jede Menge Unterstützung brauchen konnte. Und die beiden waren 'ne Verbindung zu Sylvester und zu MariAnn. Prompt setzte er seinen Charme ein wie andere ihren Erbonkel, lächelte den schmächtigen, alten Mann an:

„Wir sind beide von unseren Frauen versetzt worden – ist das nicht ein Anlaß, gemeinsam zu feiern? Einen draufzumachen?"

„Das iss 'ne verdammt gute Idee, Oboe. Pieter, das bringt dich auf andere Gedanken, du wirst sehen -"

„Es ist ein bißchen wie ein Polterabend, Herr Piano. Wir lassen die Bräute eine Nacht warten."

Pieter lächelte fein. Der Vergleich gefiel ihm; obwohl – Luise als Braut ...

„Sie ist eine Generalin, wissen Sie." Seine Stirn rötete sich. Er flüsterte eindringlich, ein bißchen wie im Beichtstuhl: „Ich fürchte, sie wird sich nie mit einer Kommune abfinden -"

„Ich bitte Sie, KOMMUNE! Wer kommt denn auf solche Gedanken!"

„Luise findet Kommunen schmutzig."

„Sie haben doch lediglich ein paar netten Menschen geholfen, das hat mit Kommune überhaupt nichts zu tun."

Bodo war jetzt ganz energisch und gleichzeitig bernhardinerlieb. Er fühlte sich an seine besten Zeiten als Unternehmer erinnert. Da hatte er auch oft gewaltige Überzeugungsarbeit leisten müssen. Und ein Gedanke tauchte auf: Vielleicht könnte er selbst bei Schneider Pieter in Untermiete gehen. Vielleicht anstelle von Herbert ...

„Auf, zum Polterabend! Wir werden unsere Sorgen ersäufen bis zur Unkenntlichkeit!"

Schon schob er sich zwischen die beiden, hakte sie unter. Knallhart mußte sein. Und de Weiber vergessen ...

5
DIE GENERALIN

Das Leben wird durch die Grundgesetze von langsamem Wachstum, Einatmen und Ausatmen, Neugieraktivität und Schlaf bestimmt. Das Ideal hat die Aufgabe, in dieses fließende Geschehen, in dem ständig von erogenen Zonen oder anderen Körperorganen neue Wünsche produziert werden, feste Ordnung und bleibende Struktur zu bringen. Das Ideal fordert gleichmäßige Perfektion. Es schläft nie, d.h. es versucht, eine dauernde Struktur aufzurichten, die nicht periodischen Veränderungen und Wachstumsprozessen unterliegt.
Ein Symbol dafür ist die „Faust"-Dichtung Goethes. Fausts Grundsatz ist die Zerstörung des Augenblicks durch die Jagd nach dem Ideal – sei es des Wissens, sei es der Liebe.
Werd' ich zum Augenblicke sagen:
Verweile doch: du bist so schön!
Dann magst du mich in Fesseln schlagen,
Dann will ich gern zu Grunde gehn!

Wolfgang Schmidbauer

Ihr Innenleben schimmerte wie eine weiße Marmorplastik mit klarem Faltenwurf. Kein Körnchen Staub. Auch noch im Schlaf war sie der Typ, der den Kopf steil aufrecht hielt. Das verlangte sie. Und das Rückgrat ebenfalls, so daß der Wind glatt durchpfiff. Klare Verhältnisse. Am liebsten hätte sie sämtliche Innereien täglich einmal zum Rapport antreten lassen, so eckig-kantig wie möglich. Niere und Lunge, berichten Sie. (Sie siezte ihr Inneres, ein Du hielt sie nicht für angebracht. Man soll die Vertraulichkeiten nicht übertreiben.) Nehmen Sie Haltung an, wenn ich bitten darf! Haltung est Humanum. Das war der Wahlspruch ihres märkischen Großvaters gewesen. Und es war der ihre geworden. Haltung. Auch wenn das Schicksal zuschlug, auch wenn die Meute schrie, und die Gefahr ihre drohende Faust schüttelte. Haltung.

Jedem das Seine an seinem Platz. Wenn alle sich daran hielten, sähe die Welt anders aus.

Sie lag kerzengerade, auch im Schlaf. Nerven, Muskeln und Sehnen, das ganze Körper-InnereÄußere so straff wie möglich ausgerichtet und nur eine Spur gelöster, als sie es sich tagsüber gestattet hätte. Die Phasen des Tiefschlafs waren vorbei. Unbewußt wartete sie auf das Signal zum Aufwachen. Wäre sie gefragt worden, hätte sie diese Zeit am Morgen strikt aus ihrem Leben gestrichen. Sie war ja nicht von gestern. Ihr war klar, daß auch der untadeligste Wille Schwachstellen hatte, Punkte, wo er der Auflösung gefährlich nahe kam; und das bei hellem Taglicht. Was konnte da erst passieren, wenn von vornherein die Kontrolle fehlte, wie könnte sie für sich garantieren – welcher Engel könnte das –, wenn schummrige Halbdämmerwolken in ihrem Inneren unbeaufsichtigt herumhuschen durften; alberne Erinnerungen oder gar unaussprechliche Unordentlichkeiten.

Dort hinten zum Beispiel lag der brüllende Riesenhaufen von Großvater versteckt in ihrem Gedächtnis hinter schimmernder, reinlich gescheuerter Tür, blinkender Klinke. Geruchsschwaden drangen manchmal hervor, durch die Ritzen, durchs Schlüsselloch. Feuchtes Leder und Schweiß und Urinsaures. Geruchsvarianten, die sie nicht kannte. Modrige Pilze, fädrig. Und hinter den Gerüchen unsichtbar und doch schon beinahe türaufbrechend, dunkel explodierende Geräusche, Farben, vergeblich scharrende, kratzende, keuchende Klammerungen: Ein auslaufender Organismus, ihr Großvater. Tot. Jedoch immer noch fähig zu jähen Gewaltausbrüchen, daß sich die Tür wölbte und aufsprang, daß sie hineingehen mußte, in dieses schmutzige Halbdämmer hineingesogen wurde und die Augen hob. Sofort tauchte das Gesicht ihrer untadeligen Mutter auf in dieser Kammer wie ein weißer Schemen und vereiste auf diese schrecklich endgültige Art. Was der Großvater tat und sagte, war unaussprechlich. Es war eine Besudelung. Die Erinnerung daran mußte getilgt werden.

Sie hatte sich nichts zuschulden kommen lassen. Sie hatte immer ihre Pflicht getan. Nur damals in der Jugend, das eine Mal. Und der Herzinfarkt vor vier Monaten. Aber ein Herzinfarkt ist keine Schande, das konnte jedem passieren, selbst den Besten. Es lag am Alter, das wußte sie wohl. Das Alter mürbelte an den klaren Konturen, verwischte sie. Deshalb gehörte zu einem disziplinierten Soldaten ein früher Tod, am besten auf dem Schlachtfeld, auf dem Ehrenfeld. Dann hatte er es hinter sich, ohne einen Fleck auf dem Schild.

Das Sterben im Bett war in dieser Hinsicht viel unsicherer, gefährdete die klare Linie. Da lauerten Fallstricke. Da konnte es plötzlich passieren, daß Körperliches unaussprechlich an-s-tößig nach vorn schnackelte. Als ob wir Tiere wären und kein Ebenbild Gottes. Nicht, daß sie eine Religiöse gewesen wäre. Gesangbuchsfromm – i bewahre! Im Haus eines märkischen Generals waren die Beziehungen zum Christengott eher spröde. Geprägt von herber Skepsis. Mutig durchstandener Enttäuschung. Die übrigens nicht artikuliert wurde, Gott war kein Thema, schon gar nicht an der Mittagstafel.

Höchstens, wenn der Pastor eingeladen wurde einmal im Jahr, dann bot sich vielleicht Gelegenheit zu einem kleinen Scherz über den Herrgott da oben und die Unleserlichkeit seiner Handschrift.

Großvater setzte sich bullig in Positur am langen Mittagstisch, daß es in ihm quietschte vor Vergnügen und Erinnerung, wie wenn er auf seinem alten Schlachtroß wieder Platz nähme, Kommando: Antraben uuund – Los-sss! dem alten Klepper noch einmal die Sporen geben, nur so eben die Oberflächenhaut ein wenig anritzen zum bloßen Zeichen, daß einer wie er immer noch existierte, Courage fassen uuund – Los-sss! Sein Schädel rot angelaufen, seine Nase geplustert, der Silberbart sterzig, die Augen zielgerichtet hellblau blitzend über das damastene Tischtuch hinweg, das echte Zwiebelmuster-Service, die Phalanx der Gläser und Flaschen, die gesenkten Köpfe, die dampfenden Platten; sein massiger Oberkörper schwankte genießerisch ein wenig hin und her, und dann stürzte er sich hinein in medias res. „Ihrem Herrgott fehlt die militärische Ausbildung, Herr Pastor, daran iss nu mal nich zu rütteln. Wenn er bei mir gedient hätte, wenn er sich nicht zu pinkelfein gewesen wäre für meine Schreib-s-tube – ja jaa, Franziska", – Luises Mutter, seine stilvolle, makellose Schwiegertochter hatte – wie immer – pflichtbewußt die weiße, perfekt zugerichtete Hand zusätzlich zu den Augenbrauen erhoben, hatte sie gewissermaßen steigen und ein wenig flattern lassen in einer exquisiten Geste des Protests – Wiener Schule des Voltigierens für Hand-Pferdchen – „ist schon gut, Franziska, ich sach ja man: wenn! Er würde heute noch schreiben wie ges-tochen. Ihr Herrgott!" Und er s-tach selber mit dem Zeigefinger mehrmals triumphierend in die Luft, um das Gemeinte zu verdeutlichen, und seine hellblauen Augen traten noch kugelförmiger als sonst aus ihren Höhlen hervor, wenn er sie jetzt auf den Pastor richtete. Dessen Gesicht hatte fast immer schon im Vorfeld dieser Rede seinen bewährten Ausdruck innigen Wohlwollens angenommen. Schließlich sprach der Küchenaufwand für sich selbst, die Provokationen einmal im Jahr waren köstlich garniert mit Truthahn und Schnepfen und Rebhühnern und pikanten Saucen, und die Tischweine waren leicht, und die Törtchen und Dessertcremes waren köstlich, und Cognac und eine Havanna warteten andächtig im Hintergrund. Da fiel es nicht sonderlich schwer, die rundlichen Hände über dem Bauch zu falten, falls das überhaupt nötig war – in manchen Jahren war noch nicht einmal das nötig, er konnte weiter Rebhuhn in Madeirasauce auf der Zunge zergehen lassen und diese Kloßbissen nahezu gedankenverloren in die Sauce tunken und sie sich in den Mund gabeln, während seine Äuglein blinzelten, und er mit dicken Backen grübchenlächelnd zuhörte, daß die Sauce herunterlief über sein Kinn auf die damastene Serviette. Und er wischte sich das Kinn ab und meist gleich sein ganzes, heftig gerötetes Gesicht dazu, die Schweißperlen auf der Stirn. (Denn auch und gerade gutes Essen war eine Arbeit, der Herrgott gibt nichts umsonst ...)

Und er schluckte schnell hinunter – das Ende war nah –, und er beugte sich vor zum General und verbreiterte sein Wohlwollen, daß die Äuglein fast verschwanden, und bemerkte sanft: „Ah, mon cher Général,"- und machte auf die Art klar, daß er Französisch konnte, wenigstens ein paar Brocken, man war hier unter sich – „ah, mon cher Géneral, mein Herrgott – ist ja auch der Ihre!" Und dann setzte er sich zurück und hob innig grüßend sein Glas.

Luise saß mit brav gesenktem Kinderkopf am unteren Ende der Tafel, spähte, schielte, ließ sich rein gar nichts entgehen. Großvater gab regelmäßig einen mißmutigen Brummton von sich, als wäre er plötzlich aus dem Sattel gerutscht, ein toter Stuhl unter ihm anstelle des lebendigen Rosses. Der Brummton wurde fast ein Rülpser. Dabei blieb es dann aber auch. Nichts Definitives.

Deutlicher wurde die Skepsis, wenn an den Familienbildnissen gerückt wurde oder sie gar heruntergenommen wurden zum jährlichen Frühjahrsputz und die hellen Rechtecke plötzlich herzzerreißend zu sehen waren. Da ließ sich ihr Großvater einen Stuhl bringen, einen der schweren, geschnitzten Holzstühle mit Armlehnen; saß dann lange davor, die steifgekaute Zigarre kalt im Mundwinkel.

Wenn Gott seine Pflicht getan hätte wie er die seine ... Oder wenn er sich wenigstens um die Toten erfolgreich kümmern würde. Aber selbst das war nicht verläßlich auszumachen. Nichts war verläßlich auszumachen. Du mußtest dich schon um alles selbst kümmern, und selbst dann gab es Sabotage und Verrat. Deshalb war Haltung so wichtig. Und ein rechtzeitiger Abgang, solange du noch intakt warst, noch Kontrolle hattest. Am besten nach einem langen, harten Arbeitstag ein sauberer Abschuß, sozusagen. Und dann Kinnbinde. Gemeißeltes Gesicht. Das Ende als letzte Bewährung.

Ihr GroßvaterGeneral damals hatte beinahe versagt. Er hatte sich plötzlich ans Leben gehängt wie an eine Mutterschürze, hatte aufgebrüllt, die Seele voller Wut, als ob er tatsächlich geglaubt hätte, der Lohn für seine lebenslange Haltung sei Unsterblichkeit jetzt und hier, und nun an dem Betrug zugrunde ging. Er war schamlos geworden, und alle mußten zuhören in den Nächten.

Sie war erst sieben gewesen. Aber sie erinnerte sich ... versteckt in ihrem Gedächtnis Geruchsschwaden wie durchs Schlüsselloch, unsichtbar rostig – finster – waberlohend ... Das Gesicht ihrer untadeligen Mutter wie ein weißer Schemen vereist auf diese schrecklich endgültige Art.

Die Erinnerung mußte getilgt werden …

Eine erste Maßnahme war, die Kinder zu entfernen. „Fort mit euch!" Eine namenlose Tante erbot sich. Sie durften erst zur Beisetzung zurückkommen.

Eine zweite Maßnahme war: sein Bild zurechtzurücken. Die Familie hatte keine Generäle zu verschmeißen. Deshalb griff die Mutter zu dem unerhörten Mittel, persönlich im Kinderzimmer zu erscheinen. Gleich am ersten Abend, also noch vor der Beisetzung, nahm sie Platz auf einem Stuhl exakt in der Mitte zwischen den beiden Kinderbetten (im zweiten saß stramm Luises jüngerer Bruder Otto, seine Augen jetzt schon hellblau hervorquellend wie die des Generals). Und sie begann auf ihre unnahbare Art, fast ohne die Lippen zu bewegen, von Großvaters Ende zu erzählen. Er sei wie ein Soldat gestorben. Er habe eine kalte Waschung vornehmen lassen von seinem Burschen Strelowitz, habe nach sauberer Wäsche verlangt, seinen besten seidenen Morgenmantel übergeworfen. Dann habe er sich zu seinem schweren Lehnsessel führen lassen, habe jede weitere Hilfe abgelehnt, habe die Füße auf den Boden gesetzt, die Hände schwer aufgestützt, so daß er nachgerade stand. „Ich möchte, daß ihr euch das merkt: Er stand und sah dem Tod unerschrocken ins Auge wie ein rechter Soldat. Haltung est Humanum – mit diesem Wahlspruch auf den Lippen starb er. Euer Großvater war ein großer Mann, ein großer General."

Ihr ganzes Leben hatte Luise erfolglos versucht, sich die Szene vorzustellen. „Glaubst du's", hätte sie den kleinen Bruder beinahe gefragt. Aber als sie nach dem Abgang der Mutter vorsichtig zu ihm hinüberlugte, blieben ihr die Worte stecken. Er hatte den Mund vorgestülpt und preßte ihn hart zusammen. Es war seine eiserne Fischmund-Position, die er immer einnahm, wenn er mit seinen sechs Jahren Unumstößlichkeit signalisieren wollte. „Opa war General", das war das einzige, das zählte.

Also lag es an Luise. Sie mußte nur willens sein, ihre Vorstellungskraft richtig einzusetzen. Anfangs, damals in ihrer Kindheit, hatte sie es jeden Abend gleich mehrere Male versucht. Sie hatte immer gedacht, wenn es e i n m a l gelingen würde, ein einziges Mal, dann … das wußte sie nicht genau, was dann. Etwas Wichtiges jedenfalls würde geschehen.

Jedoch es klappte nie.

Es gelang ihr, den Großvater vor sich zu sehen: Den fast kahlen, fast quadratischen, kantigen Schädel mit Silberflaum und Schlohfittchen-Bart, die buschigen, kriegerischen Brauen in Salz- und Pfefferfarben, die hellblau quellenden Augen darunter, die sich zum Vererben so gut anboten, wenngleich sie in der weiblichen Linie blasser und abgeflachter auftraten, was Luise nie direkt bedauert hatte. Das Weiß der GeneralsAugen leicht blutunterlaufen, vor allem seit seiner Krankheit. „Er läßt sich Dirnen kommen, der gnädige Herr, Dirnen. Und S-naps!" – der UntergrundTratsch aus der Küche. So entstehen Wörter mit GoldRand. – Es gelang ihr, den Großvater in seinen Lieblingssessel zu plazieren, dann sah sie sein Gesicht sogar noch deutlicher vor sich: die steckdosenartige Nase, die Spitze außergewöhnlich rund und aufgeworfen, mit fleischigen Flügeln, einem massiven Nasenrücken und einer hierzu überhaupt nicht passenden, viel zu dünnen, fast durchscheinenden Anbindung Richtung Stirn – als ob sich Nase und Gesicht gegenseitig hätten ausschließen wollen. Die Scherze des Herrgotts, die dem General immer so wenig Respekt eingeflößt hatten.

„Ein erwachsener Mann manscht doch auch nicht mit Lehm herum oder geht gar unter die Künstlers." –

Um Mund und Nase herum sprossen dünn die weißen Bartsträhnen, verdeckten einiges von den Falten, den violett verfärbten Adern, dem Knollenkinn.

Luise kannte das Gesicht auswendig, die Hautflecken, die erweiterten Poren, die glänzenden Stellen. Sie kannte fast jedes Haar in Großvaters Nase, denn merkwürdigerweise hatte er nichts dagegen, sie auf seinem Schoß immer einmal wieder sitzen zu lassen, vorausgesetzt, daß sie sich benahm. Stundenlang konnte er mit ihr die „Uniformen des preußischen Heerwesens", „Die Complette Geschichte der Schiffahrt" oder „Die Vollständige Encyclopaedie der Illustration" betrachten, eine Tafel nach der anderen, und Dönekens konnte er dabei erzählen, eins nach dem anderen, wenn auch mit langen Schweigepausen dazwischen, auch wenn er gut gelaunt war. Zwischendurch allerdings ertrug er sie nicht, wurde jähzornig, packte sie und warf sie plötzlich hinunter, ohne daß ein Grund sichtbar wurde. Manchmal schlug er auch hart und böse zu. Ins Gesicht oder wohin er gerade traf. Einmal trat er sie so heftig, daß der Arzt geholt werden mußte.

Aber trotz allem hing Luise an ihm, blieb er faßbar, konkret begreifbar, im Gegensatz zur untadeligen Mama und dem fernen Papa.

Deshalb wahrscheinlich fiel es ihr auch leicht sich vorzustellen, wie er aus dem Sessel aufstand, wenn auch ohne Seidenmantel. Sie sah ihn immer nur in einem langen, weißen Nachthemd. Wenn sie sich Mühe gab, konnte sie das Nachthemd durchaus frisch gewaschen aussehen lassen. Barchent. Frisch gestärkt. Nicht gerade Brüsseler Spitzen an Ärmeln und Kragen, aber doch markanter Spitzenbesatz. Vorne, beidseitig über die Brust, plissierte Fältchen, die aber immer schon weit aufsprangen durch die starke Bauchwölbung darunter.

Das war die Rekonstruktion des Nachthemds gewissermaßen separat. Sobald es um den „Tathergang" selbst ging, verschwanden alle beruhigend seriösen Einzelheiten.

Ihre Phantasie lief an wie ein williges Pferd, wechselte brav die Gangarten ganz nach Wunsch, galoppierte samtweich und vielversprechend auf die Hürde zu und –

Bruchlandung.

Sie sah eigentlich nur das Nachthemd als etwas Riesiges, weiß Zerknittertes, dessen Knöpfe offenstanden bis fast zum Nabel, so daß die Brusthaare unaussprechlich hervorstanden. Und dann riß ihr Großvater die Augen weit auf wie nie, blutunterlaufen wie nie, und der Mund war eine schreckliche Öffnung, ein schwarzes Loch mit blauvioletter Zunge, die sich wälzte, und Töne gurgelten, röchelten. Und im nächsten Moment versuchte er hochzukommen, krachte aber wieder zurück, und dann schüttelte ihn etwas, bäumte ihn grotesk auf, und er wollte etwas schreien, vielleicht tatsächlich seinen Wahlspruch, aber das war in keiner Weise verläßlich auszumachen. An dieser Stelle scheute ihre Phantasie regelmäßig zum zweiten Male, sie bekam also nur aus dem Augenwinkel mit, daß anstelle des Wahlspruchs das letzte feudale Mahl niederfuhr aus seinem Mund und Magen.

„Er hat sich totgekotzt, der jnädige Herr, beim Leichnam meiner Mutter, das ist die heilige Wahrheit – ssscht, die lütte Deern kommt. So'n s-tolzer Mensch, der Herr Großpapa. Un unser Herr Pastor mit seine schönen Leichen-s-prüche, daß einem das Wasser nur so – aus den Augen – s-prützt …"

Die Generalin straffte sich, löschte routinemäßig die letzten Minuten.

Das Aufwach-Signal war nur für sie selbst wahrnehmbar, aber deshalb nicht weniger wirksam. Sie brachte ihre Brauen in erhöhte Habt-Acht-Stellung. Punkt sechs Uhr schlug sie die Augen auf – ohne Wecker, versteht sich. Was sein muß, muß sein. Punkt sechs Uhr eins saß sie untadelig auf der Bettkante, Beine vorschriftsmäßig parallelisiert. Es war ihr nichts vorzuwerfen. Sie tat ihre Pflicht. Zwei Minuten später konnte der Toilettengang als erledigt gemeldet werden. Die kalten Waschungen begannen. Hauptsache, man verzärtelte sich nicht.

Kein Blick in den Spiegel im Badezimmer. Erst, wenn sie vor der Frisiertoilette saß, kontrollierte sie ihr Aussehen: Ihr Gesicht gewaschen, pflegeleicht, mit leicht vorstehenden hellblauen Augen und gewölbter Stirn. Sie nickte unmerklich, preßte ihre Lippen ein wenig zusammen (abgemilderter Fischmund), gönnte sich diese tägliche kleine Anerkennung: Der Stall war schon wichtig. Sie reckte das GeneralinnenKinn.

Um sie herum eine Atmosphäre konzentrierter Reinlichkeit. Stille und Pflichterfüllung.

Heute würde sie ihren Kuraufenthalt abbrechen. Sie würde diesen hochgesinnten Menschen hier den Rücken kehren und wieder in ihr gewöhnliches Dasein zu Pieter zurückkehren. Schneider Pieter. Klaglos ertrug sie den Gedanken an ihn. Sie war eine gute Frau, das wußte sie selbst. Eine gute Frau läßt sich nichts anmerken. Höchstens, daß sie mit einer Spur zu viel Energie daran ging, sich die Haare zu bürsten und in Form zu legen. Was er wohl ohne sie in diesen drei Monaten alles falsch gemacht hatte. Flecken erschienen auf schimmernder Rüstung, vertieften sich. Wenn sie nur nicht so lange krank gewesen wäre. Wahrscheinlich ging alles drunter und drüber zu Hause. Man wußte doch, wie ein Mann verkam, wenn einmal die Ehefrau ausfiel. Sie mahnte sich zur Ordnung. Was sein muß, muß sein. Es war nicht ihre Schuld, daß sie so lange hatte bleiben müssen. Im Gegenteil, es war ihre Pflicht, auf ihre Gesundheit zu achten. Eine kranke Frau war nichts wert. Sie hatte alle Ursache gehabt, den Aufenthalt hier von Woche zu Woche zu verlängern. Es war ihre Pflicht gewesen.

Das hatte auch die Präsidentin der Wilhelm-Raabe-Gesellschaft – oder war es ConradFerdinand-Freiherr von Keller? Sie scheute sich nachzufragen. Diese Präsidentin jedenfalls hatte schon des öfteren zu ihr gesagt: „Generalin – nur ein gesunder Soldat hat ein gutes Gewissen. Wie schon der Dichter sagt: Gesundheit geht vor Vaterland."

„Generalin" sagte die Präsidentin übrigens immer zu ihr in ihrer herb-scherzhaften Art. Anfangs hatte sie lautstark und geschmeichelt protestiert, aber ohne Erfolg. „Ich werde Sie doch noch Generalin nennen dürfen, meine Liebe. Sie können nun einmal nicht hindern, daß Sie so aussehen." Und einmal hatte sie sich vorgebeugt und mit ihrer männlich-heiseren, cigarillo-verräucherten Stimme hinzugesetzt: „Wissen Sie, in Ihnen wittere ich ein tragisches Geschick, meine Liebe. Irgendwann müssen Sie mir alles erzählen!" Und sie hatte sie so eindringlich angesehen und doch gleichzeitig nachlässig. Was vielleicht an den Lichtverhältnissen gelegen hatte, an der quer hereinscheinenden Sonne. Und dann hatte sie ihr wie nebenbei die Hand getätschelt. Das hatte noch niemand getan im Leben der Luise Piano. Sie hatte stillgehalten wie ein scheues Roß, die Hände blaurot verfärbt, märkischer Knochenbau, die Nägel untadelig poliert. Ja, doch, es waren feine Menschen, zum ersten Mal seit ihrer Kindheit war sie wieder mit feinen Menschen zusammen. Dieser Polizeipräsident zum Beispiel. Er war der Älteste in ihrem feinen kleinen Kreis, schon über 80. Und doch noch so rüstig. Er war Polizeipräsident von Stettin gewesen. Wenn er vom Krieg erzählte, wurde es ganz still. Da hörte sogar Major von Schädlich respektvoll zu. Polizeipräsident Schramm. Und er hatte so viele Menschenleben gerettet und nur Undank geerntet. Nach dem Krieg war prompt eine Verschwörung gegen ihn in Gang gekommen, hatte ihn um ein Haar Kopf und Kragen gekostet. Bloß, weil er einen Deserteur erschossen hatte, wie es seine Pflicht war. „Was Recht ist, muß Recht bleiben." Das kam ihrem eigenen Wahlspruch so nahe. „Ich habe Grund zur Annahme", und der alte Herr räusperte sich und stach nachgerade drohend mit dem Zeigefinger in die Luft, was sie ganz unvermutet an ihren Großvater erinnerte, „ich habe guten Grund zur Annahme, daß der Verräter ein Mensch war, dem ich das Leben wiederholt – ich sage: wiederholt! gerettet habe." Alle waren sich einig, daß das nur zu erwarten stand. „Wissen Sie, als Polizeipräsident war ich für den ordnungsgemäßen Verlauf der Hinrichtungen verantwortlich. Was glauben Sie, was ich für eine Mühe da hinein steckte. Reibungslos klappte alles bei mir, reibungslos. Einer nach dem anderen wie am Schnürchen. Aber nicht einmal, daß einer von diesem Pack sich aufgerafft hätte zu einem anerkennenden Wort. Obwohl hochgebildete Leute darunter waren. Die hätten sich eher die Zunge abgebissen als auch nur einmal 'danke' gesagt. Überhaupt: Dankbarkeit!" Er spuckte das Wort fast aus. Alle im Kreis nickten, hatten ihre Erfahrungen. Man soll nichts Gutes tun, wenn man dadurch nur den Undank in der Welt vermehrt. Natürlich läßt man sich doch immer wieder hinreißen. Wer nicht. Unser gutes Herz. Er also hatte seine ganze Freizeit in die Hinrichtungen gesteckt – in jenen Tagen wurde das Gesindel ja noch bestraft, wie es sich gehört, da war oft jeden Tag etwas los – und was stellte sich am Schluß heraus? Daß ihm die Überstunden nicht bezahlt wurden. Seine nachgerade phänomenale Opferbereitschaft wurde einfach nicht anerkannt. Und nach dem Krieg wurde sie sogar gegen ihn ausgespielt. „Mehrere Jahre", er nickte bedeutungsvoll in die Runde, „mehrere Jahre Beförderungsstopp!" Die Generalin hatte den Eindruck, daß ihm an ihrem Urteil besonders gelegen war, also schüttelte sie den Kopf auch besonders innig, unterhalb der Backenknochen erschienen sogar flüchtig rote Flecken. Diese Undankbarkeit! Diese Kanaille! Und der alte Herr so tapfer angesichts der hetzenden Meute! So ein durch und durch feiner Mensch.

Darüber wußte sie sich ganz und gar einig mit Major a.D. von Schädlich, dem vierten in der Runde. Mit ihm schlenderte sie gerne durch den Park, eine erholsame Unternehmung, die insbesondere nach dem Mittagessen zu ihrer lieben Gewohnheit geworden war. Wenn er sie dazu aufforderte, versäumte er es nie, sich ein wenig zu verbeugen – gern übrigens im Sitzen, das führte er mit besonders viel männlich-militärischem Aplomb durch – und die Einladung so zu formulieren, als handele es sich um einen königlichen Hofball. „Gnädigste, darf ich um Ihre Hand – Verzeihung – um Ihren Arm bitten!" Der Schelm. Wie fein er ihr zublinkerte. „Nach dem Essen sollst Du tausend Schritte tun", so hieß das zweite markige Sprichwort, und er betonte das freche 'Du' um eine Spur, gerade nur um eine Spur zu sehr. Was für ein Mann! Er gab selbst zu, daß er schon als Student ein schneidiger Draufgänger gewesen war, gefürchtet bei den Füchsen der Germania Teutonica, deren Herzensdamen er regelmäßig auszuspannen pflegte. „Gezittert hat man vor mir, meine Gnädigste, regelrecht gezittert! Auf dem Feld der Liebe wie auch im Waffensaal." Denn selbstverständlich war die Germania Teutonica eine schlagende Verbindung, er hielt nichts von den Verweichlungen der Neuzeit. „Das ist auch immer meine Rede, Major", sagte sie dann und straffte sich, „man darf sich nicht verzärteln." Er strich sich wie von ungefähr über den langen Schmiß, der seine Stirn schmückte. Das Wahrzeichen seiner Männlichkeit ... Auch ihr Blick glitt bewundernd darüber, glitt ab.

Sie würde abreisen müssen.

Sie prüfte noch einmal den Sitz der Frisur, obwohl es wie immer nichts auszusetzen gab. Dann legte sie den Frisierumhang obenauf in den Koffer, sie hatte schon am Vortag gepackt, alles war bereit. Nun würde sie heute die anderen mit ihrer Nachricht überraschen müssen.

Es klopfte. Sie drehte sich zögernd zur Tür, kamen die Reinemachefrauen heute so früh?

Die Tür ging auf, die Präsidentin hatte ihr einen kleinen Schubs gegeben und blieb nun einen Moment triumphierend auf der Schwelle stehen, bevor sie hereineilte:

„Meine liebste Generalin! Ich muß schon sagen...!"

Die Piano erstarrte.

Die Präsidentin war wie immer schwungvoll gekleidet, parfümiert, kühn gepudert – als ob eine Straußen-Federboa unsichtbar um sie herum wirbele – sie hob mit ihrer sprichwörtlich heiseren Anmut ihren Stock, der aussah wie aus Elfenbein. („Nicht, daß ich ihn wirklich benötige, meine Liebe, aber in unserem Alter kann eine kleine Koketterie nicht schaden." Sie bewahrte ihre Tropfen im silberbeschlagenen Knauf auf, aber auch sonst war das auffällige Ding nützlich, zumindest für Gesprächsanbahnungen und das Hervorheben von Satzteilen.)

„Wissen Sie, meine Liebe, ich konnte heute nacht nicht besonders gut schlafen. Eine dieser endlos porösen Nächte, Sie kennen das ja. Irgend etwas hat mit unserer Frau Piano gestern nicht gestimmt, dachte ich mir immer wieder. Aber daß sie blanken Verrat üben und schlicht desertieren wollen – so weit bin ich natürlich nicht gegangen in meinen Überlegungen." Spielerisch ernsthaft schwenkte sie ihren Stock, sagte dann aufseufzend: „Sie gestatten doch, meine Liebe...", und nahm in einem der zwei typisch sanatoriums-geblümten Fauteuils Platz.

Die Piano konnte sich nicht gleich setzen, sie wanderte ein wenig im Zimmer auf und ab, warf der Präsidentin ab und zu einen Blick zu, zeigte ein kleines Lächeln, aus dem dann doch eher ihr Fischmund wurde, abgeschwächte Version. Sie blieb beim Fenster stehen, öffnete es behutsam.

Wie sich wohl eine Dinosaurierin in einer solchen Situation verhalten hätte. Der Major hatte ihr gestern von den Sauriern gesprochen. Wie waren sie darauf gekommen? Ach natürlich, ein Fernsehfilm. Sie hatten so ein riesiges, sanftes Wesen rekonstruiert. Einzige Überlebende auf einem ganzen Kontinent. Die Generalin konnte sich das vorstellen. Eine ganze Welt ging unter, eine Sintflut aus Kalkmassen und anderen Erdschichten ertränkte Heim und Hof, Familie und Volk. Und dieses eine Wesen war der Katastrophe entronnen, hatte eine Art Arche gefunden, einen einzeln herausragenden sonnigen Berg, einen unbewußten Spiegeltrick. Jetzt sollte sie zurück, wollte selber zurück. Nur, daß zuhause niemand mehr war. Tot und verbrannt ihre Kindheit. Die Eltern gestorben. Nicht einmal bis zu Großvaters Sessel hatten sie es ... Nun ja. Nach langer schwerer Krankheit. Ihr Bruder desgleichen. Tot. Das Land an den Osten verloren, an die Zeit. Blinde Schemen. Weißlich rieselnder Kalk der Erinnerung. Einzig die Haltung usw. Haltung est Humanum.

Sie wandte sich aufrecht vom Fenster ab. „Sie wissen, daß ich Sie verlassen muß. Die Pflicht ruft."

Die Präsidentin beugte sich ein wenig vor – gute Haltung übrigens, Rücken kerzengerade, ein imponierend großes, seidenes Tuch locker über die Schultern drapiert, als ob sie noch etliches an Reserven notfalls einzusetzen hätte, eine beringt blitzende Hand knöchern auf dem Stock. Sie war auf der Spur. Ihre Sinne falteten sich gierig auseinander, die Iris löste sich fast aus dem schmutzigen GelbWeiß des Augapfels, so zäh spähte sie, die Nase sprang beinern hervor, die Spitze schnüffelnd. Eine mächtige Anspannung stach in den Raum:

„Welche?!"

Sie bohrte ihren Blick in die Augen der anderen, die sich nun tatsächlich im zweiten Fauteuil niederließ, ihr Gesicht gewissermaßen zur Verfügung stellte, wenn auch noch durchaus mit hinter hellblau quellenden Augen versteckten Zurück-, Vor- und Hinterbehaltungen. Eine Generalin ist kein Ladenmädel. Vorsicht, Madame, voltigieren will gelernt sein, avec de KühlKalkül! Die Präsidentin vermerkte dennoch die ersten Triumphgefühle in ihrem knochigen Busen. Sie seufzte befriedigt. Es war richtig gewesen, so lange zu warten. Die GeneralinnenGeheimnisse würden ihr zugeflogen kommen wie die sprichwörtlichen Haselnußbüsche im Sturm, nach kleiner anfänglicher Zögerung etc. Sie würde dem Major berichten, ihn instruieren, sie würde ein lebendes Drama inszenieren auf Herzensbühne, würde die Fäden der Marionette Mensch ziehen wie in alten Zeiten ... Sie holte ein wenig rasselnd Atem, spürte sich wie schon lange nicht mehr, vergaß sogar ihre Leberwerte, mochten die sieben vielbesichtigten Gallensteine im durchsichtigen Plastikbeutel auf ihrem Nachttisch unbeachtet vermoosen – sie hatte Brisanteres im Sinn. Eine sanfte Anregung durchsummte ihr innerstes Gestänge, ihr Blut rieselte nachgerade hurtig dem Herzen zu und wieder davon. „Die Welthistoria sieht auf" – auf sie, auf wen anders als sie, Wilhelmine Baß, die Präsidentin – wie schon der Dichter so richtig bemerkt ...

Sie war entschlossen, in dieses erbärmliche Leben hier einzugreifen, dem Majestätsmantel des Schicksals eine Knitterung zuzufügen. Vielleicht gelang ihr nur eine lächerliche, kleine Knitterfalte. Jedoch selbst das schien die Mühe wert. Eine Handvoll Sand gegen die bewußtlosen Räder des SYSTEMS geschleudert. Nein, das klang zu rebellisch, und eine Rebellin war Wilhelmine Baß keineswegs, im Gegenteil, sie war ganz und gar/ mit Haut und Haar/, also mit ihrem alten Leib und ihrer kantigen Seele in das Bestehende eingefügt, und zwar fugenlos. Dachte sie. Schließlich war sie in ihrem Alter und mit ihrer Statur alles andere als ein – kindischer Wasserkopp! Das Wort bereitete ihr Befriedigung, es war ihre Intimbezeichnung für ihre beiden Schwiegersöhne, für den einen ganz besonders. Ein elender – Wasserkopp! Auch wenn sie das nie laut von sich gab. Aber gewarnt hatte sie ihre Tochter von Anfang an: Ein Luftkieker. Ein Seifenblasenschlucker. Sie hatte bereits mit 20 den Mut gehabt, sich die Welt zu betrachten und ihre Schlüsse zu ziehen. Und das war damals noch eine ganz andere Zeit gewesen! Ts ts!

Außerdem war es für eine Witwe noch wichtiger als für andere, den Kopf hochzuhalten und sich Respekt zu verschaffen. Das gelang ihr nun allerdings trotz des erhöhten Schwierigkeitsgrades mit Leichtigkeit. Woran es lag? Eine Kombination von Signalen, auf die die meisten hereinfielen? Kleine Gesten und Redegewohnheiten, kleine Kühlnisse, durch lange Gewohnheit glattpolierte Unverfrorenheiten? Gleichviel. Es wirkte. Ihre Töchter hätten ein Lied davon singen können oder hatten es – diese feigen kleinen Verräterinnen – wahrscheinlich hatten sie es bei der ersten Gelegenheit getan. Jedenfalls waren sie schon längst aus dem Haus, und die Schwiegersöhne hatten sich scheinheilig die Vielzahl ihrer Besuche verbeten. „Das ist jedesmal so intensiv, Schwiegermama, Du bist ein paar Nummern zu groß für uns –" … Unverschämtheit! Anstatt dankbar zu sein, daß sie Leben in ihre miefigen, gewöhnlichen Existenzen brachte …!

Seit damals – und das war ja nun schon ein Weilchen her, nicht umsonst war sie nur 3 Jahre jünger als der Polizeipräsident, wurde noch in diesem Jahre 80 – seit damals also hatte sie diese Art Macht nicht mehr ausüben können. Sie spürte erst jetzt so richtig, was ihr da abgegangen war all die Jahre. Jahrzehnte.

„Meine liebste Generalin, manchmal dächte ich nahezu, Sie wären meine Tochter." Ihre Stimme vibrierte von heiserer Güte, die Gelenke knisterten, sie gab sich redliche Mühe.

Luise wehrte ab.

„Präsidentin –"

„Nennen Sie mich Wilhelmine! Ich bitte Sie, mich dünkt, wir kennen uns schon ewig."

Vierzig Jahre früher hätte die Piano wahrscheinlich doch noch hilflos reagiert, ihr Blut verräterisch über Wangen und Stirn ergossen. Jetzt beherrschte sie sich selbstverständlich, entknirschte nur ein wenig ihren Kiefer, versuchte die Hände lockerer zu halten.

„Ja."

Pause.

„Da es nun gilt, Abschied zu nehmen ..." Sie stockte einen Moment, setzte dann karg hinzu: „Ich heiße Luise."

„Meine liebe Luise! Was für ein schöner Name, und wie er zu Ihnen paßt!"

Die Piano zuckte zusammen. Sie fühlte sich merkwürdig ausgeliefert, obwohl es doch ihr eigenes Zimmer war, was sich nun freilich eher als Falle erwies. Sie konnte nichts vorschieben, konnte nicht entkommen, kein Kellner, kein Gast, keine Ablenkung rundum. Und anscheinend war diese Frau durchaus entschlossen, die Spielregeln zu verletzen und persönlich zu werden. Sie spürte, daß etwas auf sie zurollte, unausweichlich ...

Andererseits hatte die Präsidentin sie von Anfang an außerordentlich beeindruckt. (Eine Frau, die es sogar mit ihrer Mutter, mit Franziska Paucke hätte aufnehmen können!) Sie glättete sich. Für ihre Verhältnisse ungewöhnlich sanft erwiderte sie: „Ich danke Ihnen."

„Und jetzt legen Sie einmal Ihr Problem auf den Tisch. Sie wissen, Sie dürfen mir vertrauen, im Gegenteil, es ist nachgerade Ihre Pflicht." Die Stimme der Präsidentin knatterte ein wenig rostig wie die einer Ersatzmutter, die zum ersten Mal das Wickelbündel öffnet, nun nun, was haben wir denn da, und sie betastet die Ärmchen, die Muskelchen, ist auch wohl alles dran? und sie öffnet mit Gewalt den fremden, kleinen Mund. Ts ts, wirst du wohl sprechen, du.

„Machen Sie sich frei, meine liebe Luise, schließlich fehlt es Ihnen nicht an der nötigen Courage, d a s brauchen Sie mir gar nicht erst zu sagen. Welche Pflicht ruft Sie?"

„Ich bin verheiratet. Prä-Wilhelmine."

„Sehen Sie, Luise, Sie machen schon Fortschritte. Daß Sie verheiratet sind, weiß ich." Beinahe hätte sie „Kindchen" hinzugesetzt, hielt sich im letzten Moment zurück, die Generalin schien noch allzu fähig, Widerstand zu leisten. „Sie tragen ja den Ehering. Keinen Witwenring wie ich." Sie hob die Hand hoch, gab den Doppelring zur Bewunderung frei. Ein Statussymbol. Freilich, in dieser Welt der untergehenden Werte. Sie seufzte, wandte sich wieder ihrer Aufgabe zu. „Warum hat sich denn der Gute nie hier blicken lassen? Drei Monate sind kein Pappenstiel."

Die Piano sah zur Seite, ihr Kinn sperrte sich.

„Steht es schlecht um Ihre Ehe?"

„Nicht, wie Sie denken." Das entfuhr ihr. Die Rolle der verlassenen Frau – von Schneider Pieter verlassen! – Das fehlte gerade noch! Sie spürte ihre Aufregung ansteigen. Ihr Kopf vollführte merkwürdig zitternde Schaukelbewegungen auf ihrem Hals. Sie wollte ihre prinzipielle Gleichgesinntheit mit der Präsidentin durch Nicken zu erkennen geben, jedoch gleichzeitig riß es sie konkret hin zur Abwehr kopfschüttelnderweise. Und so erfand ihr Kopf eine frei schwebende Pendelbewegung, ein Schlingern des Halses, man könnte sagen: visage en zigzag, wenn nicht die ganze Büste – freilich auf das – versteht sich – diskreteste – beteiligt gewesen wäre. Stop! Die Piano gab sich einen willensstarken Ruck, glättete sich angestrengt.

„Es war mein eigener Wunsch, daß er nicht kommt. Sie werden das nicht verstehen ..."

„Oooooh, meine liebste Luise, d a s verstehe ich allemal. Das kennt doch eine jede von uns. Mein guter Heinrich selig war nun wirklich ein Muster von einem Ehemann in mancher Hinsicht –, aber ich bitte Sie – in anderer war er eine absolute Katastrophe! Sie wissen, daß Pietätlosigkeit ganz und gar nicht mein Stil ist. Sie haben mich kennengelernt. Aber zu sehr darf auch nicht geheuchelt werden zwischen Frau und Frau." Streng schärfte sie ihren Blick auf Luise, bis sie den Eindruck hatte, sie penetriere dieses hellblaue Quellwasser von Auge. „Sonst ist unsere Bürde unerträglich, Luise."

Pause.

„Die Verzweiflung, in die er mich manches Mal getrieben hat, mein seliger Heinrich ..." Sie öffnete den winzigen altmodischen PompadourBeutel, entnahm ihm ein Spitzentaschentuch, schielte flüchtig zu ihrem Gegenüber, betupfte sich prophylaktisch die Augen.

„Er hat mich nicht betrogen, mein Heinrich." Pause. „Manchmal hatte ich allerdings den ketzerischen Gedanken, daß es nicht an seiner Tugend lag, daß ihn einfach die anstrengenden Umstände abhielten ..."

Die Piano lächelte grimmig wie ein Spiegelbild. Das schien relativ sicheres Gelände. Tastend kam die Präsidentin voran.

„Manchmal war es aber auch die g a n z e Situation. Sich an einen Mann gekettet zu haben in so jungen Jahren ..." Die Augen der Piano quollen hellblauer hervor denn je, sie sog scharf den Atem ein, machte eine Bewegung nach vorn, ihr Mund klappte auf – die Präsidentin wartete – ja ja – na, wird's bald? – na?? Der Mund der Piano schloß sich. Fischmund, unabgeschwächt.

Die Präsidentin mußte die Niederlage kaschieren, was zum Teufel könnte sie denn ... Sie nestelte äußer- und innerlich. Was zum Tonnerwetter ... Blitzschnell durchhastete sie ihr Wissen von der Piano noch einmal, stolperte: Die Herkunft! Das mußte es sein. Diese Frau war zerfressen von Ehrgeiz, der ursprünglich berechtigt schien, sie war betrogen, nicht von einem Ehemann, sondern ... Im Geist schluckte die Präsidentin alle Kreide, der sie habhaft werden konnte, in ihren eigenen Ohren hörte sich ihre Stimme wie ein lauer Säuselwind an, sie sagte:

„Trotzdem ist der Mann nicht das Schlimmste, nicht für eine Frau, wie Sie es sind oder ich, nicht wahr, meine Liebe?"

„Was ist das Schlimmste?" Gegen ihren Willen quetschte die Piano die Frage ungeschickt zwischen den geschlossenen Lippen hervor.

„Spielen Sie nicht!" Die Präsidentin vergaß ganz ihr eigenes Spiel, gerechte Empörung durchrieselte sie, wallte hoch, was erlaubte sich diese Person! Ihr Seidentuch löste sich, faltete sich auf wie eine riesige Vogelschwinge, überlebensgroß. Sie knatterte damit silberrot in der Luft, nicht unähnlich einer spanischen Flamencotänzerin, Grandezza alten Stils ...

„Spielen Sie nicht mit mir! Sie wissen sehr gut, wovon ich spreche: Es ist die Familie! Es sind die ersten Bindungen des Lebens, die uns oft die allermeisten Schwierigkeiten, das bei weitem schwärzeste Elend bereiten."

Na endlich! Sie sah, wie sich das Gesicht der Piano öffnete, stokkend, schubweise wie ein verklemmter Regenschirm, und es bereitete ihr im ersten Moment keinerlei Freude. Es war wie ein längst fälliger Tribut, dessen Eintrudeln sie fast ein wenig grollend zur Kenntnis nahm: Das war aber auch an der Zeit! Überfällig! Na endlich!

Immerhin war das einzelne Wort jetzt nicht mehr so wichtig, und wenn es nur allgemein auf das Thema ankam, oh, so war das hier wenigstens eines, wo es ihr nie an Stoff mangeln würde, darüber könnte sie notfalls im Kölner Dom predigen:

„Wenn die Familie zu uns hält, kann alles ertragen werden, wenn sie sich jedoch gegen uns stellt, uns im Stich läßt – oh, meine Liebe, Ihr Gesicht verrät mir alles. Sie haben viel Leid ertragen müssen. Zu viel."

Der Piano verschwamm der Blick, fürs erste floß ihre Haltung den Fluß hinunter, ihr Innenleben geriet in konvulsivische Zukkung.

Lang dauerte es jedoch nicht, und die confessiones strömten. Die kleinen rosanen Innereien eines Lebens wurden hervorgekramt für die Präsidentin zur wonnigen Besichtigung. Um sie ein wenig anzustupsen, mit knöchernem Finger? Ihre Konturen neubegierig entlangzufahren? Unvorstellbare Grausamkeiten andeutungsweise im Hintersinn?

Wie auch immer: Das Sturzbächlein des Beichtigens stürzte – wie es solche Bächlein an sich haben – unaufhaltsam aus GeneralinnenMund, wenn auch eher trübe in der Farbqualität.

(etwas seufzte im raum / ächzte unhörbar)

Wie das Leben so spielt.

Die Kindheit auf den Gütern, die BeinaheIdylle, der Großvater. Sein Tod. Das Internat, das Wohltätigkeitskonzert mit Künstlern, darunter dieser sanft-schwermütige, blutjunge Geiger, der gleich zweimal fürchterlich daneben griff, so daß sogar sie es merkte, obwohl sie ganz unmusikalisch war. Wenn er gut gewesen wäre, hätte er sie kalt gelassen. Das würde sie ihm nie verzeihen. Oder vielmehr: sich selbst. Würde sie sich nie verzeihen, ihre dusselige Rührung. Seine zerknautschte, unmögliche Einladung, prompt in die falschen Hände fallend und erst im allerletzten Moment von ihr gerettet; ihr Weichwerden, ihr Nachgeben, die gefährliche Kletterpartie zum Fenster hinaus – selbstverständlich wollte sie ihm eigentlich nur die Leviten lesen – Schlimmer Pieter – jedoch zum ersten Mal in ihrem Leben kam sie ab von einem Plan.

(NEIN! ächzte etwas im raum und riß sich das engelsgeduldige haar – NEIN!)

Die laue Nacht – die unsäglichen Berührungen. Die Generalin verfärbte sich noch jetzt anläßlich der Erinnerung, bewegte sich unruhig. Gewöhnlichste Hautpartien memorierten ihre damalige Entjungferung, flammten auf. (Nevermore, schrie der klassische Rabe, never nevermore.) Ihr Nacken, ihre Oberarme, ihre Füße und Schenkel – ihre Schwäche – falls Wilhelmine – auch ohne Worte … Selbstverständlich verstand Wilhelmine – auch ohne Worte …

„Aber meine Liebe, ich kenne das Leben!" Die Augen der Präsidentin funkelten nahezu lüstern, unwillkürlich ließ sie mit ihrem Stock den Boden erdröhnen, Erinnerungen wolkten wie Parfüm. Vorübergehend geisterten zwei junge Frauen durch das Zimmer, TraumExistenzen, die verhindert worden waren: Ihre Schatten farbenprächtig aufblitzend im Spiegel, ihr zärtliches Lachen. Sie tauschten Herzensgeheimnisse, entblößten sich wollüstig. An die Stelle des Mit- und Selbstmitleids trat Erwartung. Einen Moment lang starrten die beiden gebannt auf die Tür, ignorierten den Engel.

(peinsam genug, daß ER hier herumsaß – vielleicht könnte man ihn anders nennen – sich so aus der affäre ziehen: irgendein conglomerat, das sich ballte – verantwortlich (ach verantwortlich!) für die connections zum environment jeder art, fauna flora beton und humanitas / darüber hinaus vergangenheit und zukunft – wenn denn am traditionellen concept der ceit – äh – zeit weiterhin – äh – festgehalten werden sollte… / vielleicht wäre ein compromiß möglich – ein traum-raster – eine sinn- und sonnen-falle – eine dieser pseudo-erotischen abkürzungen für insider: ANGEL CONGLO)

Vier Augen trafen sich im glitzernden weiblichen Spiegel und funkelten. Gnadenloser Großmaßstab, Klappe auf: Morgen. Und übermorgen. Und nächstes Jahr. Die gleißende Stute der Zukunft. Auf die sich die beiden jetzt mit nachgerade jugendlicher Verve schwangen, die Haltung untadelig, die innere wie die äußere, bis der Atem plötzlich rasselte, das schlappe Fleisch jaulte, das alte

Herz sich bemerkbar machte wie ein dumpfes, trübes Nebelhorn. Tut tuut. Tu-u-u-uuut. Sie blickten weg vom Spiegel.

Pause.

Fi donc! Die Präsidentin ließ nahezu kraftvoll den Erdboden erzittern mit ihrem Stock. Solchen Grübeleien konnte sie in der Nachbarschaft ihres Plastiksäckchens mit den Gallensteinen immer noch nachgehen, hier war ganz anderer Geist vonnöten. Zumal die Jugend grotesk überschätzt wurde. Das war schon immer ihre Rede. Ts ts, die Präsidentin schnippte verachtungsvoll mit den Fingern, hob blitzend die Augenlider. Mindestens innerlich war das Alter – nun, wie sollte sie es ausdrücken – mit dem Dichter, versteht sich: Wintersonne mit stille tuckernden Reservetanks.

(angel conglo seufzte, als ob er dabei nie mehr unterbrochen werden wollte)

Und dann das Zuschlagen des „Schicksals", wenn es das gab im Leben der Luise Piano, geborene Paucke: Die Schwangerschaft, die Muß-Heirat, das Entsetzen, daß er kein Künstler, nicht einmal ein Student, sondern ein Schneider war – ein SCHNEIDER!

Die Baß nickte, verstand vollkommen. „Als wäre es mein eigenes Leben, als hätten Sie es an meiner Stelle durchlitten!"

Luises Familie stellte sich stur wie im Bilderbuch. Luise versuchte zu kämpfen. Ihr letzter Besuch auf dem Gut, ihre vergeblichen Bitten.

(angel conglo hielt es nicht länger aus/ er hatte sich seit einer guten viertelstunde auf dem holzstühlchen neben den beiden gerekelt/ so gut es ging/ hatte seine füße gekrault/ zwischen den zehen gepuhlt/ hatte geseufzt (und das seufzen vermerkt)/ die beiden redeten wieder einmal/ als gäbe es das leben abgepackt in gramm und kilo// unerträglich// er müßte sich aufraffen/ aber dann – oh – er kannte das// schlimm genug/ daß er immer öfter an seiner eigenen existenz zweifelte/ sich fragte/ ob er nicht doch nur eine raffinierte spiegelung von – wovon? – // in früheren zeiten/ als er überall auf verehrung stieß/ wandelte er in einer glorie/ die er leicht mit sich selbst verwechseln konnte/ da war er jedenfalls nie auf solche morbiditäten gekommen// schwermütig schüttelte er sein gefieder (feinste daunen/ versteht sich/ wenn auch von altmodischer fasson// da es so wenige seiner sorte gab/ kam massenkonfektion nicht in frage// und jeweils handgefertigte an-

passung an den zeitgeschmack hätte die göttlichen personalkosten in himmelhöhe getrieben ...)

um das maß voll zu machen/ hatten sie ihn heute zu überstunden verdonnert// nun gut/ er hatte diese beiden irren entspringen lassen// eine panne// oder doch nicht? eine panne nur aus seiner sicht/ damit das holprig-echte/ das pannen-authentische erhalten blieb? während ein zwei ebenen darüber gelächter den himmel durchtoste/ sich zu rädern ballte/ ein lachfuhrwerk/ auf dem das all sich unruhig bewegte .../ er war hundemüde/ ... in letzter zeit gelang es ihm einfach nicht immer/ die optimale konzentration aufzubringen/ er machte nickerchen in den offiziellen arbeitsstunden/ auch jetzt wieder ertappte er sich bei einem schwächeanfall// eine gewisse amtsverdrossenheit war nicht abzuleugnen// gab es ihn/ wenn er zwei irre entspringen ließ/ wenn er verdonnert wurde / wenn er sich aus seiner existenz hinwegstehlen wollte? oder war das auch wieder nur so ein scheinbeweis? sie waren ja durchaus findig//

er müßte sich aufraffen/ aber ... er kannte das// er hatte schon ... genug// er hinkte zum fenster / schwang sich schwerfällig auf die fensterbank/ als ob er sich nicht in zielrichtung bringen könnte/ sah auch schon wieder zurück ins zimmer/ pfiff auf die pflichterfüllung// er räusperte sich/ sammelte speichel/ spuckte an den beiden vorbei um zwei ecken zielsicher ins sorgfältig von luise gereinigte waschbecken – ein paar vorteile hat selbst der mieseste beruf ... sein kopf fiel dennoch wie ausgeleiert vornüber//

da stieg ihm der dünne/ abkühlende rauchfaden von katzenpisse in die nase// dicke weiße druidenkatze auf dem weltenzaun/ nicht einmal runtergeklettert war sie/ lediglich ein kleiner seiten-sprung auf den ausladenderen einladenderen eckpfahl und schon: machet auf das tor// irgend etwas verdichtete sich/ spiralte hoch/ lockte ihn/ verführte ihn// visionen von schrottplätzen navigierten durch sein gehirn/ städte im zustand der zerbombung/ aber unscharf: flash back flash forward/ bomben wie hüpfende fußbälle auf und nieder/ große knäuel von leben im moment des zerblitzens in alle richtungen// aussichtslosigkeiten des verstehens// scheinbarkeiten// zertrümmerungen// andere aggregatzustände// der horizont reckte sich in diesem lächerlichen zimmer/ die beiden entschwanden ihm/ wurden zu vage glimmenden pünktchen am endstrand seines bewußtseins/ umspült schon von vergessen//

bleich hingen seine augen in den höhlen / wanderten wie stille monde / ruderten über den himmel lautlos /

sanft … im friedensflügelschlag /

nein // das taglicht fiel in ihn ein / sengte ihn / hetzte ihn //

seine engels-pflicht! // ach! die einzige sinn-spur / unzuverlässig // ungeglaubt // und dennoch //

zwei stille monde / engelische augen hechteten hektisch zurück / auf pflicht-spur // fanden zwei pünktchen / ließen sie aufwachsen // und siehe: zwei verschwörerische alte damen wie vordem // nun nuscheln sie wieder / in ihren fauteuils / innige beichtigerinnen / insbesondere die eine …

wo waren wir stehengeblieben? immer weiter packten sie ihre innereien aus und falteten sie auseinander mit all den unsäglichen details – oh sie ersparten ihm nichts – er rutschte vom fenster / wankte zurück / stülpte den papierkorb über die ohren … das verstärkte eher die schallwellen – nichts rettete ihn vor seinem privaten alptraum: auf einem planquadrat von bewußtsein vorgefertigte schlittschuhspuren nachzufahren …

„Sag mir ALLES!"

Die Generalin war theoretisch durchaus bereit zu solchem Wahnsinn in diesem Moment, wenn auch manchmal die Wörter fehlten, ersetzt werden mußten durch einen Appell (an Angel? ach, da hätte sie wimmern können, wenn sie das gekonnt hätte. Jedoch Wilhelmine blieb verläßlich enthusiastisch, dachte ja an den Nutzen, an die Fortsetzungen, an die MajorIntrige etcetera).

Also tauchte das vereiste Gesicht der Mutter wie aus einem vergilbten Erinnerungsvideo wieder auf, ihr kontrolliert rasender Zorn, ihre glatte Stimme: „Wie kannst du es wagen, uns das anzutun. Wie eine billige DienstbotenTrulla! Solch ein Makel! Eine Besudelung! Daß du mir nie wieder unseren guten Namen in den Mund nimmst – ich verbiete es! Und dich schon gar nicht hier blicken läßt! Was auch geschieht – niemand will dich hier sehen."

Die Familie nickte wie mit e i n e m Gesicht. Luise bleichte aus, versteinerte, zum ersten Mal hielt sie sich an den Wahlspruch des Generals wie an zwei Krücken: Haltung est Humanum. Die Enterbung in Form einer lächerlichen Abfindung, die ihr riesengroß und unverdient vorkam. Sie war einverstanden, war fast noch froh, überhaupt etwas zu bekommen, wußte, daß es ihr gut tun würde in der neuen Umgebung. Es würde ihr Verdienst sein, wenn Pieter die Schneiderei auf eine solide finanzielle Grundlage stellen konnte, er mußte dankbar sein, und sie konnte die Bedingungen diktieren, zum Beispiel: Nie nie nie wieder durfte jene Szene wiederholt werden. Sie zitterte vor Ekel beim bloßen Gedanken an die Schande in ihrem Bauch. Wehe, wenn er noch einmal wagen sollte, sie anzurühren. Sie versuchte sich zu verabschieden, es war unerwünscht. KleinOttos erstmaliger TriumphFischmund, als ihr Blick letztmalig zu ihm hinüber glitt. Eine plötzliche erste Ahnung, daß sie ausgetrickst worden war. Anerkennung der Enterbung endgültig – das bedeutete für ihren Bruder ... Sie versuchte die Rechnung, brach ab.

Und dann die Rückfahrt zu 'ihm', zu ihrer farblos lächelnden Schwiegermutter, die ihr nicht traute, nie trauen würde. Der Geruch nach Schneiderstube, nach Stoffen und Kreide, nach Nähmaschinenöl, nach Körperschweiß und Schnittmustern. Nach kleinen Leuten. Ihr Zusammenbruch. Monate zwischen Leben und Tod –

(NEIN/ stöhnte angel – das leben ist – ANDERS ... // wenn es so weiterging/ würde er sich tränendrüsen wachsen lassen// wo doch für engel nur lachfalten vorgesehen waren// 'vorgesehen' ...)

Wie nebenbei der Abgang im vierten Monat. Luise war nicht mehr schwanger – die Ironien des Schicksals ...

„Ach, meine liebste Luise, was für eine entsetzliche Tragödie!" Die teilnahmsvolle Präsidentinnenstimme, vor Wonne vibrierend, heiserer denn je; die knöchern tätschelnde Präsidentinnenhand.

„Luise." – „Wilhelmine."

Zwei Innenleben schimmerten wie zwei weiße Marmorplastiken mit klarem Faltenwurf. Die Doppelung hatte das Schimmern in ungewöhnlichem Maße verstärkt, so daß es beinahe aussah, als ob der Marmor vibriere.

Die beiden erhoben sich. Sie standen voreinander. Nicht einen Moment kam ihnen die Idee, sich um Hals und Brust und Bauch und Schenkel zu fallen – auf irgendeine Weise die Psychologie in die Physiologie umzusetzen – ihre Greiferchen erotisch nach einander auszustrecken. Das hätte geheißen – in ihrer ererbten Gefühlswelt – oh der bloße Gedanke – ach, selbst der ungenannte, die bloße vage Vorstellung – oh – fleckig-rot wäre Scham in und um ihre Körper zirkuliert und durch ihr Inneres gekrochen. All die schönen FaltenwurfOrdnungen passé.

So aber glätteten sich auch ihre Seelen, wenngleich sanft unternehmerische Kräuselwellen schon zurückblieben.

Wilhelmine bestand trotz ihrer GalleAnfälligkeiten auf einem SektFrühstück, ach was Sekt, Champagner mußte her, Ende und Anfang mußten gefeiert werden! Ihr Stock wurde zum Allmachtsstab eines Zeremonienmeisters.

Sie schritten voran, sie fanden die beiden anderen, den Polizeipräsidenten und Major von Schädlich. „Guten Morgen, die Gnädigste – ja was hört man da – wünsche wohl geruht – ja was is – inkommodiert? – ich bitte Sie – was ficht Sie an? – ach, abkommandiert! – Gnädigste brechen mir – brechen mir – Alles gebrochen …

Wilhelmine stampfte mit dem Stock auf, die Gläser tirilierten, der Champagner brauste über Tische und Bänke … War es denkbar, daß Wilhelmine auf den Tisch sprang und einen Fandango aufs Tischparkett legte voller Anzüglichkeiten, jedoch die Rüschen ihrer vielen Unterröcke souverän gerafft, daß ein jedes Herz höher schlagen mußte; während Luise plötzlich auf Jonathan angeritten kam, dem Lieblingspferd ihrer Kindheit, sie preschte einher und pirouettierte vornehm à la Wiener Schule, bis Wilhelmine hinter ihr aufsprang, die beiden Herren sich ebenfalls ihre jeweiligen Rösser griffen, und lossss! ging's in Dreierreihe durch die langen, engen Sanatoriumsflure, wilde Jagd, und weil's so schön war noch einmal, und nun hinein ins ChefZimmer und die sechs Vorderhufe artig dem Sheriff, also dem Chefarzt auf die MahagoniPlatte, auf den Schreibtisch gelegt. Nur, um zu sehen, wie ihm die Härchen vor Überraschung aus den Nüstern fielen, die beiden silberbuschigen AugenbrauenToupées sich lösten, fast hätte er sein Gebiß verschluckt. „Ich kenne das Leben!", jubilierte Wilhelmine. Leheben – oho! Es klang wie ein Steckbrief.

Luise sah auf die Uhr. Sie würde ihren Zug versäumen. Sie würde mindestens drei Stunden zu spät kommen. Na und? Dann konnte sie den nächsten nehmen. Alle drei würden ihr das Geleit geben.

Und ihr Mann? Der sie abholen wollte? Nun, der mußte eben zweimal zum Bahnhof, geschah ihm ganz recht. Wieso war er so unverschämt, Sie zu heiraten. Strafe mußte sein. Strafe war etwas Herrliches. Und alle vier schmiedeten Pläne, wie sie sich wieder treffen könnten. Sogar der Polizeipräsident, der allerdings nicht ganz bei der Sache war. Mit Undankbarkeit müsse immer gerechnet werden, sagte er zweimal ohne jeden Zusammenhang und blickte für einen Moment ziemlich wild unter buschigen Brauen. Aber nicht einmal ihm selbst war ganz klar, gegen wen das gerichtet war. Außerdem gab natürlich Wilhelmine den Ton an. Schließlich sollte sich alles hauptsächlich bei ihr, in ihrer Kölner Wohnung abspielen. Sie würde noch in der gleichen Woche abreisen, fühlte sich wohl wie nie, genug des Aufenthalts. Und Luise müßte sie oft besuchen kommen. Und wie stünde es mit dem Major – sie zwinkerte ihm zu – Ein Stelldichein in ihrem Hause. Der Major fühlte sich wie ein junger Spund. Ein prächtiger junger Stenz. Im besten Mannesalter. Noch nie im Leben hatte ihn eine Frau gekapert, aber was die Präsidentin zu versprechen schien ... Und diese Piano war eine rundum patente Frau, da gab es schlechtere, freilich war das Finanzielle noch völlig ungeklärt, man durfte mit einem Antrag nicht vorschnell vorpreschen, vorbildliche Stabsarbeit war zu leisten, zumal zusätzlich die kleine Ehemann-Komplikation – freilich keine sehr schwerwiegende ...

Am intensivsten erinnerte er sich hinterher daran, daß Luise Piano ihn generalinnenmäßig knapp angelächelt, ihm mit ihrer wohlgeordneten Stimme – wenn auch ein wenig, schien es, atemlos – gesagt hatte:

„Ein Mann wie Sie! Aus der Burschenschaft der GermaniaTeutonica ..."

Was für eine Frau.

6
EXKURS in DONG

Ein Aufschnaufen.

Eine kleine Sendepause. Noch mehrere Minuten bis zur Fortsetzung des Programms. Was ist zu tun? Ein- und ausatmen, tiefenatmen. Alle 15 Sekunden DONG sagen, DONG DONG. Dadurch wird möglicherweise gar nichts bewirkt, soweit es das Großhirn angeht. Und das Großhirn hat festgelegt: Alles, was sich nicht sofort auf die Ebene des Bewußtseins zerren läßt, existiert nicht oder ist unwichtig. Ein paar Milliarden Zellen in unserem Körper, aber nur die Innere Familie, das Hirn selbst, darf bestimmen. Alle anderen müssen kuschen, obwohl sie genau den gleichen genetischen Code in sich tragen, obwohl also jede einzelne Zelle eine Hirnzelle hätte werden können. Die Bauchwandzelle genauso wie die Drüsen- und die Zehenspannerzelle. Chancengleichheit – und was daraus gemacht wird. Die einzige Alternative zum Kuschen: Das Krankwerden. Kranke dürfen auf Päppelung hoffen. Meistens allerdings wird umsonst gehofft. Dann werden lediglich Pillen aufgefahren wie weiland Kanonen auf Spatzen.

DONG –

Mach schon! Wird's bald! Jetzt aber ran!

DONG –

Es handelt sich hier um einen dunkel vibrierenden Laut, der vor lauter Un-Bedeutung nur unscharf wahrgenommen werden kann, nur am Rande unseres Wahrnehmungsfeldes, gewissermaßen durch die Ohr-Wimpern erhorcht. Eine Vibration in Samtbraun, die wir streichen können.

DONG –

Tyrannei: Die Staatsform des Inneren. Nichts von Partnerschaft der Arme und Beine, der Brust und des Bauchs, sondern Tyrannei des Gehirns. Leistungsstreben, Askese, Privatbesitz, Profitmaximierung und die Überzeugung, daß sich Probleme durch Fortschritte der Naturwissenschaften lösen lassen. Maximierung des Rationalen, Ausmerzung des Irrationalen.

DONG DONG DONGDONGDONGDONG DONG –

D-D---dddddd OOOoonnggg –

DUNG DANG DING DONGDONG DONG DONG –

Aus den Papieren des Häretikers

7
ACHSEL

all the tom-toms of the jungle beat in my blood,
and all the wild hot moons of the jungle
shine in my soul.
i am afraid of this civilization –
so hard,
so strong,
so cold.

Langston Hughes

Achsel träumte.

Oh Gott, er träumte sonst nie. Es mußte am Rotwein liegen, wahrscheinlich spürte er den Rotwein. Mal Rosa fragen, wie das funktionierte: Dionysos und die Mänaden, Wein und Gehirn. Aber dazu müßte er erst wieder aus diesem Traum heraus, und er sah im Moment noch gar keine Chance, eher im Gegenteil, alles sah so aus, als ob das hier länger dauern könnte. Oh Gottogott.

Es war noch dazu ein kosmischer Traum, wo sich doch inzwischen längst herumgesprochen haben müßte, daß er nicht nur NIE träumte, sondern schon erst recht nie KOSMISCH. Das legte sich am härtesten auf seine Leber.

PSI – pfui Teufel.

Natürlich mußte man den Leuten ihre Freuden lassen und ihre kleinen erbärmlichen Trostpflaster, ihre schmuddeligen, darauf brauchte ihn niemand gesondert hinzuweisen, er trabte immerhin schon 24 Jahre über diesen Planeten und war längst hinreichend inokuliert – hieß das inokuliert? primitiv geimpft? vacciniert? Er wünschte, er könnte mal eben schnell seinem Traum entwischen – Sylvester hatte jede Menge an schlauen Büchern herumliegen – er könnte sich so schön fortbilden. War nicht der Bildungshunger unserer Jugend das beste Gut unserer teutschen Nation, ich bitt' Sie? Und den Traum holen wir dann ein anderes Mal nach – gelle, ja?

Nein?

Wo war er stehengeblieben. Die hatten ihn schon auf diese Bodenlafette geschnallt, behandelten ihn, als wäre er ein rohes Ei. Das erschütterte ihn, ließ ihm Schauer des Mißtrauens über den Leib fahren, ein Arbeitsloser wurde in dieser Society normalerweise keineswegs verzärtelt. Irgend etwas war ganz und gar nicht in Ordnung. Besondere Lichtbrechungen entstanden in seinem Inneren, scharfkantig, beißend, einen Moment brannte eine Lichtqualle hell auf in seinem Gehirn, kalte metallische Berührung. Sie schnallten ihn fest, richteten ihn aus. Er lag wie verschalt, die Augen festmontiert im Finsteren. Ihm fiel ein, daß starre Augäpfel nicht sehen konnten, er war de facto blind – Wer hatte das gesagt – Rosa – genau – Rosa hätte gewußt, daß er blind war. Wo war sie. Was taten die da, diese Dreckskerle, anstatt seiner Blindheit abzuhelfen.

Einflüsterungen über Kursverläufe, Zielverfolgungs- und Steuerungsradar, unterdrücktes Sirren, Checklisten wie Surengemurmel, dann ein endgültiges Piepsen der Computer, sollte das ein Startsignal darstellen, war das hier 'ne Simulation, oder was oder wie?

Er verstand überhaupt nichts mehr. Wozu, bitte, hatte er seinen Zivildienst auf sich genommen wie jeder brave MoralAthlet, wenn die ihn jetzt einfach zum Statisten eines Kriegsfilms machen durften – oder, gar nicht auszudenken, zur Hauptfigur ...

Nein, jetzt lagerten sie ihn um – feuchte Luftschwaden hielten Einzug in sein Inneres – das schien ein Patrouillenboot. Mein Gott, was sollte aus ihm werden, er war doch keine Spitfire, nein, wie hießen die neuen Superdinger: Quickfire Vulcan und Erma Swingfire – Stuntman Alexander im novitätengeilen Posthistoire – „der Mensch als Raketenersatz" – das hätte selbst Gott das Rückgrat gekrümmt – falls er eins hatte ...

Metallische Gefühle rollten ihn auf die Abschußrampe in den Weltraum. Die meinten es ernst. Also alle mal herhören. Irgend so'n müder Piepser zum Abschluß müßte ihm doch noch einfallen. Letzte Späße vor dem Schwarzen Loch. Obwohl – er wünschte, er hätte seine Augen rollen – hätte beteuern können: Was denn? Ach, er hatte seine Liberalismusquanten mit gläubig geöffnetem rosa Mäulchen geschluckt wie alle anderen auch, seine täglichen Löffel Lebertran. Und wußte also nie, worauf es ankam. Hört hört! Nur daß alle die Sau raushängen ließen, wenn keiner kuckte.

Nein, das waren keine letzten Worte, wie es sich gehört, da fehlten all die romantischen Fädchen, die die Welt braucht, um sich entlangzuhangeln bis zum Ende. All die Romeo- und Julia-Tremolo-Trillerpfeifen. „Liebling, was wird nun aus uns beiden ...?" Ja was denn. Zyniker Alexander (eben erst den Höllen der Liebe entkrochen): Im Tod übereinandergeworfen, meine Süße, zwei Steife in vergeblicher Gebärde. Bis wir es lernen, uns organismisch zu verhalten und ineinander zu verrotten. Ho ho ho! Die Liebesgeschichten der Neuzeit ... Sein Kolbenherz keuchte. Das war neu. Das hörte sich beinahe konstruktiv an. Wie Widerstand. Der Traum sollte ihn nicht haben dürfen, er hatte hier noch einiges zu erledigen –

Zum Beispiel – zum Beispiel ... Was sollte die freche Piß-Marie zum Beispiel ohne ihn? Und – war da nicht – seine jüngste Erwerbung? Diese hinreißende Jungfrau, diese DiscoSchwester ... ?

Er hämmerte an die Abschottungen seines Bewußtseins, fand sich festgeschmiedet an diesen Traumwahnsinn, eingeschraubt, zurückverwandelt, lediglich sein Kolbenherz produzierte interne Bewegung.

Denn also – losss! von der Abschußrampe und hinein! in den Weltraum – moves yes she moves like a goddess and her hair floats – überschallschnelle Flüssigkeitsrakete stromlinienförmig mit Stahlflossen ausbalanciert – und er fühlte, wie er teleskopartig auseinanderglitt – in phallischen Synkopen – weiter, immer weiter – 14 Meter Länge – 20 – und so schmal und schlank wie ein schimmernder Mädchenbauch – beweglich, wendig, alle Schnittstellen einsatzorientiert – Zehntausende Stundenkilometer und Tonnen von Sprengstoff – aufgerast zu Kraft – mein Wille geschehe – wie im Himmel also auch auf Erden – mein Massendefekt zu deinen Kettenreaktionen Fusionen Visitationen – meine variable Geometrie – gezündet, zur Detonation gebracht – aufsehenerregend, unübersehbar, gar nicht erst in den Dienst genommen –

ich habe Angst –

EX-PLOS-ION –
ich sprenge mich selbst ---
Und dann PSI – pfui Teufel!
Oder war das gar nicht?
Etwas rührte sich, sammelte seine Schatten zusammen, schwarze SchattenPfützen seiner selbst.
Pause.
Das wird nie wieder was.
Pause.
Oder.

Und schon kroch etwas unter dem einsam zerplatzten Bewußtsein hervor, krauser Jungvogel mit geknicktem Gefieder.

Ach was, kaum legte sich der Traumstaub, stieg er schon wieder auf: Phönix-aus-der-Asche-Alechander. Mindestens. Er atmete tief durch, ruhig und tief und gelassen. Es klappte nicht. In seinem Hirn bewegte sich etwas, stach, drückte. Etwas setzte ihm zu, quälte. Alles. Er schlug das eine Auge halb auf, sah ‘rüber zu, ja, Shishi, seiner jüngsten Beute. Das lenkte ihn ab. Wie sie dalag, ihre kleinen Fäuste unterm Kinn. Von ihrer Existenz hatte er noch gestern morgen keine Ahnung gehabt. Noch gestern mittag nicht. Erst abends in der Disco. Kleine Himmelsanfälle, FastSeligkeiten, vorübergehende spitzgipflige Ekstasen …

Dabei hatte es absolut öde angefangen. Nein, es war so: Achsel hatte seine beiden freien Tage, mußte also nicht antanzen im Altersheim, oder vielmehr: er durfte nicht, es war ja beinahe schon eine gnädige Sache, daß die ihn überhaupt noch beschäftigten, sein Zivildienst war längst vorbei. Einen regulären Vertrag allerdings gaben sie ihm nicht, wär' wohl auch zu schön gewesen, aber immer einmal wieder sprangen ein paar Wochen dabei raus, rundeten sich zur Versorgungsgrundlage. War ja wichtig, schließlich war er öffentlich eine Un-Person – Alechandro das Phantom – ohne Anspruch auf irgendwas. Abi, Führerschein und Perso waren so ziemlich seine einzigen Papiere. Das hob keinen Hund aus einem Bürokratensitz, ergab noch nicht einmal Sozialhilfe, weil sein Vater viel zu dicke verdiente. Also hätte er ihn gerichtlich zwingen müssen zu monatlicher Unterstützung. Oder ihn bitten – Was ihm nun allerdings noch viel schwerer fiel. Darauf spekulierte der Alte, schickte einen mittelschäbigen Scheck dann und wann. Na, so jede Weihnachten. Und damit hatte es sich. „Wenn du bedürftig bist, laß es mich wissen." Bedürftig. Er furzte sich eins auf Bedürftigkeit. Mühselig und beladen und obdachlos. Und bedürftig! Dabei ging er oft in die Stadt wie ein Dreizentnermann, mit kupferner Brust und bronzenen Hinterbacken und Schenkeln aus – na! aus … Jedenfalls kolossalische Schenkel. Und dann stocherte er in den städtischen Abfallkörben nach Eßbarem. (In Wachträumen hatte er das schon zigmal getan, in Wirklichkeit zuckte er immer noch davor zurück, half ihm irgend jemand im letzten Moment. Seine Benefactoren. Und den Weihnachtsscheck hatte er dies Jahr noch nicht angerührt. Saat der Unabhängigkeit im Brustbeutel.)

Zwischendurch solidarisierte er sich mit sich selbst, hörte eindeutige Weltverbesserungstrompeten unter und über seiner Gürtellinie grummeln. In ihm kreisten große Vögel in schrecklicher Einsamkeit. Oder war es nur sein Hunger, phonetisch transkribiert.

Dennoch: Er müßte was tun. Ausrufezeichen. Diese Erde ging zugrunde. Das kam schon in mächtig kleineren Lettern, von Skepsis umnagt. Paar Jahre zuvor war es noch anders gewesen, da hatte er Glauben in sich einströmen lassen wie Wasser ins Goldfischglas, hatte gebadet in seinen Überzeugungen: Es stimmt, es ist WAHR, wir gehen zugrunde. Wenn es uns nicht gelingt, die Dinge zu ändern, ist alles zu Ende. Verseuchung Verelendung Verdrogung – Crime Krankheit Krieg APOCALYPSE NOW. Es ist WAHR.

Nun lebte er etliche Jahre später immer noch. Das war an sich schon o.k. Nur eben auch – er wußte nicht genau. Als ob seine Gefühle beim Lügen ertappt worden wären. Alles, was der Menschheit in ihm das Tiefste und Heiligste gewesen war, bedeutete nun nichts mehr. Irgendwie peinsam. Sein Magen war imstand und kam aus dem Takt. Nichts Dramatisches, nur so ein hohles Schlingern. Achtung! – noch einmal sollten sie seine intimen Gefühle nicht ins Offene zerren dürfen, und dann lagen sie so nackt herum, und niemand brachte sie zur Deckung.

No, Sir. Nein. Danke. Er lernte schnell. Der smarte Alexander. Er bestrich seine Ansichten mit Tarnfarbe und ging in den intellektuellen Untergrund. Avantgardist Alexander in Maulwurfsstellung. Nur ein gelegentliches Pfötchen scheu und rosa aus der Schutzhöhle hinaufgestreckt, angefeuchtet, um Wind und Atmosphäre zu testen. Husch husch die Waldfee. Und dann über den Informationen stille brütelnd.

Dennoch kam es immer einmal wieder zu diesen missionarischen Dämpfen in seinem Gedärm, diesem DarmsaitenAufruhr. So geht es nicht weiter, so geht es einfach nicht weiter. In seine Selbstgespräche hielten Einzug trostlose TubaTöne: *Wo war der Weg aus diesem schrecklichen Verfall – ???* (dumpf tutende Fragezeichen) – und schrille, eingeklammerte Vogelstimmen: *Wenn ihr nichts verherrlichen könnt, haltet den Mund um Gottes willen, haltet den Mund!*

Gestern nachmittag hatte es ihn dann endgültig erwischt, er konnte nicht länger stillsitzen, emsige oder auch nur verrückt gewordene MiniStecknadeln fuhrwerkten in ihm herum, als wäre er ein zur Verfügung stehender Heuhaufen, und alles natürlich im genau falschen Moment. Verflixt! Es hätte ihn doch zum Beispiel in einer seiner Lieblingsrollen erwischen können. Aber nein. Anscheinend wurde es Mode, einen Ziwi zu verhöhnen, den Leuten war nichts heilig, auch nicht im Traum, siehe oben. Sie päppelten eher seine Widersprüche. Und doch brauchte auch jemand wie er eine Art Front, die er vorzeigen konnte, ein OverallEtikett: So bin ich. Eine kantige Selbstdefinition, die ein paar Regengraupel aushielt.

So hätte er doch zum Beispiel sanft wie Jesus auf einem ausgebleichten Esel in Köln Einzug halten können, mit einem Palmenzweig in seinen märkischen GeneralsNachwuchsFäusten. Oder noch besser: Jesus zu Fuß, ein wenig überirdisch rutschend auf diesem Wintereis, das wallende Haupthaar von den Knien abwärts in sanfte Zöpfchen geflochten, eine Rosmarinblüte zwischen den Zähnen, und die Gewänder um ihn wie eine Waberlohe – jetzt, Freunde, jetzt zeigt, daß ihr die Liebe wollt etc. – ach, wahrscheinlich hätten sie ihn für einen verspäteten Nikolaus oder eine FernsehReklame gehalten ...

Außerdem: es hatte ihn nun einmal in dieser anderen Rolle erwischt. Widerstand schien zwecklos. War er klammheimlich einverstanden? War es vielleicht sogar eine Lieblingsrolle, was er sich bei senkrechtem Lichteinfall schlicht nicht eingestehen mochte? Na, wenn die das von der Anerkennungsbehörde hörten ... Die würden ihm glatt seine Anerkennung aberkennen, er hörte schon die schlotteralten MilitärPensionäre nachts in sein Zimmer tattern und mit fahrigen Mündern und Händen versuchen, seine ZiwiZeit zu klauen, daß ihre Gebisse nur so flogen ...

Na, wenn's denn sein muß. Er hatte sich den alten Cowboy-Schlapphut seufzend tief ins Gesicht gezogen – seine Augen unter den gesenkten Lidern zum Spähen eng – blitzende, dünne Toledo-Klingen von Augen –

Und dann ab im Feuer der Begeisterung über die Hohenzollernbrücke, daß sich die Planken bogen. D.h. vorher noch schnell aufgesessen. Den Leuten hier mal zeigen, was'n echtes PionierRoß ist – uuuuund Leichttraben – uuuuund Galopphopphopp – whinniiiieh – er schnaubte lauter als seine Shanti, das gute, kastanienrote Stück – die Luft war frisch gesäuert, der Himmel senkte sich, der Rhein – der Rhein lächelte – selbstvergessen – versteht sich – ein wenig lückenhaft – fleckige GrauzonenEintrübungen. Achsel ließ die Zügel locker, spürte selbst fast die Trense im Mund, wie sie durchhing, sich löste, ihm abgenommen wurde –

Freiheit!!

In den Fluß geschmissen alle Zwänge, den Sattel hinterher, und nun hing er in der Mähne, klammerte sich mit seinen stethoskopartigen Cowboybeinen um diesen Pferdeleib, brauchte sich gar nicht zu klammern. Er raste auf seinem Roß voran. Tscha! – Achsel warf sich in Positur – wollen mal sehen, wen wir uns hier so alles kaufen können in der City. Herrlich die alten Zeiten! Wie der Prophet schon bemerkte: Überlaßt das Denken und Philosophiern den Weibern. Ein Mann muß voranschreiten und dem Leben ins Gesicht sehen.

Aber er schritt nicht, er ritt (im Sauseschritt!). In seiner Tasche die altmodische BolaSchleuder, in seinem Rucksäckchen ein Bogen aus Horn und Holzlamellen, eine Sehne aus ShantiRoßhaar, Köcher, Pfeile – die ganzen authentischen KillKlamotten eben. Und rumpfdeckend unter dem Cowboyhut – beinahe nahtlos anschließend – trug er ein sanft klirrendes Kettenhemd mönchisch lang. – Was sollte das nun wieder? Seine neue DiscoKleidung – gelle? Achsels Achselzucken – was sollte es – die Ränder seiner Unsicherheit abschreitend ... – mit seinen Einfällen Achterbahn spielend ... – experimentum et observatio – wie der Lateiner schon singt – mal sehen, was dabei heraushupft ...

Hatte er nicht auch noch ein Tarnkäppchen über den Hut gestülpt, so daß seine Haare unsichtbar hervorwippen konnten wie bei Prinz Eisenherz anno dazumal. – Anhand von Eisenherzbüchern hatte er lesen gelernt, immerhin. In gar nicht so unschuldig verflossener Kindheit.

Ja, nun wurde es aber höchste Zeit. Ooop! – nun kam der Auftritt – oop! – nun hatte er sich doch hoffentlich überlegt – oop!oop!: Was wollte er denn eigentlich in der Stadt – na?! he?! oho!!? (Höhnische Lachkaskade?) Oh ja. Nun ja. Achsel schlängelte sich vom Pferd herunter, wollte die Kostbarkeit an einen öffentlichen Brunnen binden – egal an welchen, Sylvester behauptete, in Köln seien sie alle gleichermaßen verkorkst – wer könnte sich da die Namen merken. Nun ja, hinterm Rathaus der. Auf'm Altermarkt. Versteinertes Sentiment. Jan Werth: Der verschmähte kleine Junge, der als General zurückkam. „Ach, hätten wir das gewußt, ach, hätten wir das im voraus gewußt – ach nein, oh nein" – das gefiel Achsel nun gerade nicht, das war kein Ort für eine ZiwiStute. Er nahm seine Shanti lieber mit hoch, stellte sie an die Säulen vorm Rathaus-Eingang, sollte sie den Kölner Löwen Gesellschaft leisten, sie ein wenig auf Trab bringen. Im letzten Moment merkte er, daß er sich verheddert hatte: er hatte ja das Seil in den Rhein geschmissen, seine knäuelnde Bewegung griff ins Leere. Er warf Shanti einen spontan mannhaften Blick zu: „Daß du mir nicht davonläufst!" Sie senkte die Wimpern.

Und dann haute er nach diesen folgenschwer-niederschmetternden Erlebkenntnissen ab in die Disco.

Wie bitte? Da meldete sich ein weiblicher Fan. Vielleicht sollte erwähnt werden: Achsel hatte sein Inneres geschlechtsgetrennt, und seine Fans waren überwiegend weiblich. Jetzt meldete sich also mindestens eine von diesen Getreuinnen zu Wort und behauptete, es fehle etwas. Tatsächlich? ein ganzer Chor (gemischt, selbstverständlich auch die wenigen Kenner aus Männerkreisen, aber hauptsächlich glühende Bewunderinnen), sie alle bestanden auf Lückenfüllung. Achsel spürte, wie seine messerscharfen Sehschlitze in Gefahr waren zu erweichen, ein anderer Aggregatzustand, in seinem Inneren flatterte etwas. O.k. O.k. Er pfötelte schon mal auf der Tastatur, ob nicht in irgendeinem Transversteck noch ein Protokoll seiner TraumGedächtnisSchrift – (seit Herbert Computer vertrat, wühlte sich das Vokabular mitsamt Vorstellungen in jeden Kopf der Schneider-Kommune; Infiltration nennt sich das, subversiv schleichende ...).

Aaaah, da haben wir ja etwas, ein wenig kraus natürlich, aber („ja ja ja ja jaaaaaah", wisperte es, gurgelte es, enthusiasmierte es tausendstimmig in seinem Inneren, diese Ladies übertrieben schamlos, was tat mann nicht ihnen alles zuliebe). Ein StreamerBand durchgecheckt, ein paar MiniDateien dekomprimiert, umbenannt, zurückkopiert und in den Großpott einer einzigen Datei geschmissen, verflixt, ein einziger FormatSalat, auch egal, jetzt noch ein Kernstück eingescannt. Hier bitte schön, hier kam es schon (Achsel vernahm eben noch das Aufatmen der – nunmehr – Millionen ... „mmmh, aaaah, toll!, ng ng ng happe happe mmmmh", wenn das nicht inspirierte!):

Eigentlich sollte er sie 'Oliven' nennen zur Tarnung. Ach was, er sagte einfach FP, die Frischepartei, dann wußte jeder, was gemeint war. Daß sie bereits ein wenig zu riechen begannen ... – Achsels Kettenhemd fing an zu sirren: sssssssssssssssssssssssssssssssssssssssssss ssirrrrrrsssssssssssssssssssssssssssssssssssssssirrrrrr – Abwarten.

Er sirr-kettelte die Treppe im Rathaus nach oben. Die Aufsichtsbeamten, die pompösen, alten Halunken, nahmen ihn nicht wahr – Lärm drang an sein Ohr – Kindergeschrei – die Partei des Nachwuchses, lautstark krähender Beweis jederzeit angetreten. Der Aufschwung schön versinnbildlicht: irgendeine Mutter- oder VaterFigur schwenkte immer einen Sprößling dem Himmel entgegen. Und die Pänz blägten. Achsel konnte nicht glauben, daß er jemals ein solch fieses Stimmchen besessen hatte. Mußte das denn sein! und er wendete sich verbieterisch den Müttern und Vätern zu und spürt, wie er ihrem stolz-schamhaften Blick nicht standhalten konnte: Ja, wo SOLLTEN sie denn hin mit den lieben Kleinen, die doch so wichtig waren für unsere Rentenversorgung ...

Achsel hustete sich eins. Das war doch reine Heuchelei – Wieso waren die – also bei Licht besehen war das eher ein Konkurrenzverhältnis zwischen ihm und den Pänz – er sah schon, wie er immer noch in der Warteschleife lauerte, während die mit beinahe kindlichen Sprüngen rotzfrech an ihm vorbeipreschten ... Zynisch knitterte er die Brauen, musterte die kleinen Weichlinge, die sabbernden Menschenpflänzchen – Alexander der Vivisecteur – Wollen doch mal der Wahrheit ins blanke Auge sehen: Diese Pänz störten in mehr als einer Hinsicht – Ach! – Wie gnadenlos seine Erkenntnisse nach seinem Herzen griffen. Er fühlte sich schon in bewährter Manier Geist schlechthin werden. *Müssen wir nicht unser Liebstes opfern, wenn wir dadurch den Kulturhaufen unseres Volkes mehren können* - ach! – seine himmelblauen Augen schimmerten (messerscharf –) ...

Achsel!!

Er vernahm einen kräftigen Anruf – war das Rosa? Sylvester? oder gar Schneider Pieter mit verwandelter Sanftmut?

Und schon stupsten dicke, kleine BabyFinger süß an seine Seele, drängelten sich mit erbarmungswürdig runden, kleinen Nasen und

GrübchenLächeln. Der Instinkt hatte ihn wieder. Gerettet. (Gerichtet.) Ach, es war ja wirklich entzückend, wie sie sich um ihn drängelten mit ihren kleinen Schnäuzchen – Obwohl er sich selbst nie solche Pänz anschaffen wollte. Wahr muß wahr bleiben. Und für seine AchselRente krähten die nicht. Das wollen wir doch auch festhalten. Andererseits – warum sollten sie besser sein als Tiere, denen bekanntlich so viel mehr an Sanftmut zur Verfügung steht – und doch hatte noch nicht ein Hahn nach ihm gekr-äh ... Schon wieder wurde er zurückgepfiffen. Ach, Mann, hier wurde einem der Edelmut ja gleich kiloweise abverlangt.

Daß die alle hier zum Beispiel fast kein Geld nahmen für ihre Arbeit, sich gegenseitig immer weiter unterboten – wie früher die Missionare. Kein Wunder, daß bei ihren Versammlungen das Strikken so florierte, die strickten erbittert an gegen EchtKälte in der Umwelt, die blitzenden Stricknadeln flimmerten vor seinen Augen. Achsel kann Stricken nicht ausstehen, was durchaus private Gründe hatte. Er wollte keineswegs ins Detail gehen. Nur so viel: Er hatte einschlägige Erlebnisse. Nicht schlechthinige, sondern auf Strickmaschinen spezialisierte ...

So eine Phase im Leben seiner Mutter. Achsel noch in völlig verwundbarem Alterszustand. Sie also voller Hochleistungsmotivationsgewäsch und zerrte ihn mit zarten Worten an ihren Strickapparat – und dreimal (dreimal!) machte er eine falsche Bewegung – nachdem er sich aufgeopfert hatte stundenlang – und das Gestrickte löste sich auf vor seinen Augen – wie nichts – spurlos – wie schönstes Lebensgewebe – ade! ihr Farben und Texturen ... Nie wieder, ihr Inselchen und weißen Klippen – euer Alex weiß nun, was Abschied heißt – nicht gerade seine Süße, wohl aber sein Saures hat er dreimalen kennengelernt ... Oh!

Achsel spähte unauffällig herum, Strickmaschinen gab's hier nicht. Er wollte schon aufatmen. Jedoch ein anderes Instrument stürzte jäh in seinen Blick, zappelte irritierend darin, bis er genauer hinsah – Stricklieseln? Mannomann, das war doch einfach nicht zu fassen, echte Stricklieseln in rauhen Mengen bzw. – wenn er jetzt noch genauer hinsah – (sein Lupenauge voll ausgefahren): Das waren nicht die Stricklieseln früherer Zeiten, das war gewissermaßen die OlivenVersion der Strickliesel, ein echtes Anbändeln Richtung

BeinaheTechnik einerseits und basisdemokratischen WollustVerlusten andererseits, d.h. der Strick der O. wurde hergestellt mit Hilfe einer mechanischen Kurbel, die ununterbrochen gedreht werden mußte – egal wer, Hauptsache daß – Nein, jetzt würde er nicht weiter hinstarren – Nur noch einen letzten Schwermutsblick – dieses groteske Maschinchen! Sämtliche Mülleimer der Geschichte klappten schon ihre Münder weit weit danach auf: Her damit! Rührender Anti-Individualismus in einem Zeitalter, wo es eh keine Individuen mehr gab! –

Sylvester hatte erst neulich einen Vortrag am Küchentisch gehalten, er hatte nicht gerade alle Lauscher gespitzt, aber etwas war schon hängen geblieben, hatte ihm spontan eingeleuchtet: Wo waren denn die gigantischen Persönlichkeiten mit zackenscharfem Profil? Na?!

Er reckte hohnsprühend den Kopf. In einem Spiegel sah er sich selbst: Eine Null. Achsel mit dem I-Faktor: Invisibility. Sein effizientes Tarnkäppchen. Lediglich seine messerscharfen Augen blitzten sporadisch hervor – hart wie der Himmel über Toledo. Sein tapferes Herz vibrierte, sein supermännisches Händchen mit der Bolaschleuder. Wen wollte er sich denn eigentlich zur Brust nehmen? Zu schade, daß solche Weltverbesserungsanfälle immer so diffus blieben. Da fuhr ein Drang in ihn ein und wieherte hin und her, nichts Konkretes, Präzises weit und breit, keine Artikulatorik.

Wieso war er überhaupt hier – bedeutete das etwa, daß er bei dieser Nachwuchspartei einsteigen wol- ! Etwas fuhr in ihn – PAN – PAN –

⚐✌☎☎☎☎☎☎☎☎☎☎☎☎☎☎☎☎☎☎☎☎☎ ♋♋PANIK?????????????????????????????????♐♐♐♐♐♐♐♐♐♐ ♐♐♐ergriff👌👌👌👌👌👌👌👌👌👌👌👌???ih???????????????????????????? ?????????????ih???????nnn????✍♐♐♐♐♐♐?????????♐♐♐♐♐♐ ♐♐♐♐♐♐♐♐✍✍✍✍✍UND+++&&∈∈∈∈∈∈∈∈∈∈∈ ♐♐♐♐♎♎♎♎♎♎♎♎♎♎♦♦♦♦♦♦♦♦♦🕯🕯🕯🕯🕯🕯🕯🕯🕯🕯🕯🕯🕯🕯🕯🕯🕯🕯 🕯🕯🕯☞☞☞☞☞☞☞☞☎☎☎☎☞☼❄❄☞👍👍👍👍👍👌👌👌👌👌 👌✇✇❑❑❑⌖⌖⌖♉♉♉♉♉:ENTSEZZEN●▫▫▫▫▫▫🖃🖃 🖃🖃✂✂✂✂✂✂✂✂■■■■■■■■■■■■■■■■■ ■■■❍❍❍❍❍❍❍❍❍❍❍❍❍❍❍❍❍❍❍❍❍❍❍❍■

Nein. Nahahein. Er konnte nicht. Er war eben doch ein Solist. Alexander Paucke, genannt Achsel der Achselzucker. Fffft! Mehr konnte ihm diese Welt nicht mehr abgewinnen. Lässig verschob er den Mund zu einer Fischmundvariante, die sein Ururgroßvater schon bevorzugt hatte bei ganz besonderen Anlässen – etwa, wenn er die märkische Chuzpe ausnutzte zur unschuldsvollen Konterkarierung eines Befehls. (Uff! uff! diese alten Haudegen – fast werden sie einem sympathisch, bloß weil sie so altmodisch sind in ihrem Habitus und so eigenbrötlerisch und sogar in ihren schlimmsten Verhaltensweisen total ungefährlich, weil längst vermodert.)

Klar, daß seine Eltern sich das anders gedacht hatten (wenn auch sein Vater möglicherweise mit leichten Verzögerungen – Fischmund Fischmund – sardonische Unter- und Obertöne): ALEXANDER DER GROSSE, das militärische Genie. Der größenwahnwitzige Makedonier – ihm nachgeschwommen durch den Hellespont zu neuem Ruhm und Reichtum bei der glorreichen Bundeswehr Teutschland. (TeutschlandS hieß das damals noch!) Ein weiterer General der Familie Paucke, die entsprechenden Leitsprüche gleich in die Wiege gelegt und fast besser als das ABC auswendig gelernt:

Im FriedrichOriginalton:

Wie viele sich contradicierende Tugenden werden nicht erfordert, um einen General zu Wege zu bringen? Ein vollkommener General ist der Stein der Weisen: ein être de raison, eine Platonische Republik, das Centrum gravitatis der Philosophen (der Stein der Weisen der Chymisten), mit einem Wort: Vollkommenheit. Und also incompatible mit der Menschheit.

Dissimule und naturel, gelinde und strenge, beständig mißtrauisch und jederzeit tranquille, aus humanité seine Soldaten schonend, zuweilen aber mit deren Blut großzügig, um nicht zu sagen: verschwenderisch ...

Da kroch die Katze quietschend aus dem Großen-Friedrich-Sack!

Mit einem NachWort: Der General. Er liebte niemanden außer sich selbst - und die anderen nur insoweit, als sie seinen Bedürfnissen dienten.

Achsel stöhnte auf.

Aber das trifft ja auf jeden zu, auf nahezu jeden. In früheren Zeiten waren die Frauen vielleicht noch anders. (Voll sanfter Aufopferung und Hingabe, selbstlose AprikosenSahne, die sich zum Schlekken anbot. Verführerisch nahrhaft duftend liebreich.) Aber heute traf das ja auf jeden zu, auf nahezu jeden. Seine Gedärme meldeten sich wieder machtvoll zum WeltverbesserungsWort am Sonntag.

Fisherman, sagten sie zu ihm, Fisherman! dessen einziger Fang nur stets das AlgenGebrüll des Schreckens ist, die Klage des Untiers, der saure Geruch der Armut, die gramberührten Lichter ihrer toten Herzen –

So oder ähnlich. Also wieder einmal vollkommen unpräzis. Hielten die etwa seinen Bogen für eine Angelrute, seine BolaSchleuder für ein Fangnetz? Hatte sein eigenes Unbewußtes nicht einmal gecheckt, daß er keineswegs am Wasser gebaut hatte. Fisherman – von wegen! Auch ein ZiwiAlexander heult nicht, schon gar nicht wegen physischer Schmerzen, bittesehr. Nichts könnte ihn dazu bringen, wegen physischer – Er biß sich auf die Zunge. Gleich würde er noch seinen supermännischen Indiander-TamTamTanz aufführen: Ich sein tapferes Mann wumba wumba. Zwar – es stimmte, fand er. Und trotzdem. Als ob Wahrheit 'ne Bude wäre, aus der du, kaum warst du drin, wieder raus mußtest. Und kaum warst du draußen, sah das Ding wie eine faustdicke Lüge aus, die dich aussperrte. Schiiiiete!

Jetzt aber ran. Aufgepaßt, jetzt mußte er alle Lauscher ausfahren, MesserÄuglein dazu, um endlich herauszubekommen, ob er bleiben sollte.

Massen – Massen – ein empörendes Gewimmel, und dann doch viel zu wenige für die große Halle. Gesichter, Rufe, Papiere, Emotionen, Mikrophonbeschallungen, Körper in Bewegung, unterirdische Verbindungen, Papiere, Geschäftsanträge, GrünStrick, OlivenStrick, Witzeleien, Aufgeregtheiten, Zwischenruforgien, Papiere, Terminkalender, Tätscheleien, Vernetzungen, Ballungen, Erhitzungen, MiniExplosionen, Protestgebrüllscharrereien, Verhöhnungen, Abschlaffungen, Schluffigkeiten. Immer wieder nahmen die Typen sich in die Arme. Das sah vertrauenheischend aus, heischte bei Achsel Vertrauen, heischte umsonst. D.h. vielleicht sah es doch hoffnungsfroher aus als bei den ImmerschonParteien? …

Ja je nun.

Er fand einen Sitzplatz, setzte sich, fuhr beinahe wieder auf, die hatten hier stufenlos verstellbare Rückenlehnen, das nennt man Fortschritt. Er sah für einen Moment den Sitz des dritten Jahrtausends: wie frisches Plasma den wechselnden Bedürfnissen des jeweiligen Hinterteils vollkommen angepaßt. Bis die Sitze verrückt spielten, ihren jeweiligen Lieblingsärschen hinterher – oh, das hatte er aber nicht schön gesagt. Jedenfalls erwiesen die sich urplötzlich als unabschüttelbar – groteske Abziehbilder menschlicher Treue mit plasmisch-changierenden Stimmen: „Ich wanke nicht, Liebling, ich wanke nicht von deiner HinterSeite ..."

Hier also lockere grüne Sitze stufenlos verstellbar. Bei so viel MenschenmaterialAustausch war das ja wohl auch nötig. „Vergiß die Rotation", sagte die Alternative neben ihm. „In ein paar Jahren haben wir ganze Dynastien von ÖkoPrinzen, wetten daß."

Achsel wiegte seine Seele schmerzvoll hin und her, beobachtete die tapferen Versuche, die sprießenden Ansätze, Anläufe, die einsetzenden einsitzenden Starrheiten, den GrünStrick, OlivenStrick, die routinierten Tagesordnungsrituale. Die Grüne Kommunikation.

„Für mich ist das ein Problem, ne, ich kann das auf die Dauer nicht gutheißen, ne."

„Das ist doch Quatsch, ne."

„Ich kann das nicht gutheißen, ne."

„Also entschuldige mal, ne -"

„Ich weeeß nich, ne."

„Für mich ist das ein Problem, ne."

„Haste recht, ne."

„Ich meen ja nur, ne."

„Alles klar das ist klar, ne."

„Müßte das nicht mindestens einmal diskutiert werden, ne ne. Das ist doch noch von ganz anderen Dingen abhängig, ne ne ne. Es gibt ja manchma welche, ne, die könnten sich ja gar nicht, ne."

„Quatsch."

„Alles klar, das ist klar."

„Quatsch."

„Da liegt doch der Knackpunkt."

„Quatsch."

„Ok. Alles klar, das ist klar."

„Müßte man nicht noch ein Sekündchen weiter denken ---"

„Ne ne ne ne ne ---"

Und seine BolaSchleuder aus der Vorzeit. Ungleichzeitigkeiten jenseits der Schmerzgrenze. Die Zeit, die purzelbäumt. Alle Nervennüstern spannten sich, witterten. Seine Rüsselnase desgleichen: Oink oink, das roch aber gar nicht nach Schweinefleisch, das waren ganz alternative Küchengerüche, türkische, persische. Und in jeder Hinsicht vegetarische. Die ließen so ziemlich alles an Körnern quellen, was quellfähig war.

Das hörte sich vielleicht öde an – das sah keineswegs öde aus – sein Magen meldete sich – jeder Mensch mußte Kompromisse machen, und die hier gaben sich wenigstens redlich Mühe ... Vielleicht sollte er doch – das Wasser lief ihm im Mund zusammen – Nein nein nein nein nein nein, eine Partei war einfach nicht das Richtige für einen Alexander, und wenn er die Gesichter noch mal Revue passieren ließ – nein, das war ganz bestimmt nicht sein Kontext, nein, er paßte ganz bestimmt nicht hierher. Nicht, daß er gewußt hätte, wo denn sonst er ...

Etwas streifte sein Schienbein. Er war sofort präsent. Protokoll rüde unterbrochen – keine Zeit, keine Zeit, nicht mal mehr Zeit, seinem innigen Millionenpublikum die Fortsetzung zu versprechen, Enthüllungen anzudeuten – à la „Was,denn,drückte,ihm,so schwerschwer auf's Herrererz ..." – „Oh, Lady, es ist eine unsägliche Story, es ist ..." Nichts da!

Koloraturen der Gegenwart schwebten vor seinem geistigen Auge, färbten sich zunehmend sinnlicher. Weg da mit Cowboy und Prinz Eisenherz, er war ... pscht ... SIE ... ihre süßen kleinen Fäuste, ihr Unschuldsschlaf ...

Zärtlichkeit umsäuselte ihn, Leidenschaft ständerte ihn, er machte sich auf. Sie lag noch fest eingeknäuelt in Schlaf. Er wühlte sich unter die Bettdecke, robbte rüber zu ihr, Chingangook auf dem Wildpfad zu seiner Squaw, er roch ihre Schlafwärme, ihren Körperdunst, tauchte ein, legte sein Gesicht auf ihren nackten Bauch und begann zu lecken. Sie seufzte im Schlaf, wollte sich umdrehen, er hielt sie behutsam zurück mit seinen großen weißen IndianerHänden, erkundete den schwachen SalzGeschmack, die Glätte der Haut gegen seine Pfeifenraucherzunge, die Fremdheit dieses anderen Organismus – seine Squaw lagerte auf einem anderen Kontinent, während er sich in sie hineinwühlte, Chingangook vom Stamm der Maulwürfe, fiedrige, kleine, rosa Zungenstöße, kleine, musikalische Zwischentöne, um sie aus dem Schlaf zu locken, und jetzt den Schamhügel hinauf und hinunter, eingetaucht zwischen ihre Schenkel in den definitiven Geschmack ihres Geschlechts.

Empört kam sie über ihn, schlug mit allen Vieren um sich und dann gezielt mit kleingeballten Fäusten gegen ihn und die Bettdecke –

„Du hast wohl nicht alle! Ich hab' doch schon gesagt, daß ich nicht will – mit mir NICHT – verstanden!!" Achsel schob sich nach unten weg, sein Gesicht aufgewühlt rot, nur die ererbte RüsselNase des UrurgroßvaterGenerals bleich leuchtend. Er war beleidigt.

„Warum gehst du denn dann mit, verflucht." Er nuschelte.

„Warum ich mitgehe?! Was für'n Schrumpfhirn haste eigentlich! Gestern in der Disco warste doch voller Sprüche, voller liberaler Scheiße, hast dich toll ausgekackt … TOLL!"

Sie flackerte. So etwas hatte er sonst nur bei Sylvester erlebt. Aber die hier: Viel eisiger. Ordinärer. Unangenehm. Peinsam. Was zum Teufel hatte ihn gestern angemacht. Und es war glatt gelogen, daß er sich ausgek … Also er hatte doch kaum geredet, nur paar Sätze, zerrissen im DiscoSound. SatzFetzen, lächelnde, bohrende Hintergedanken, Bewegungen, dröhnende Rhythmen, Farbkaskaden, ineinanderfassende Träume aussichtslos im fiebrigen, hart aufgesplitterten Sound, froher Irrsinn, beinahe NullKommunikation. Was zum Teufel hatte ihn – aussehen tat sie wie 'ne Internatsschülerin. Als ob sie 17 wäre. Komm her zu deinem Papi Achsel. Das war doch sonst nicht sein AbfahrtJodler. Das schwarze Haar in der Mitte gescheitelt, die Stirn hoch und weiß und gewölbt, die Ohren weiß abstehend, winzig – ja, das war es wohl gewesen, diese winzigen, weißen Ohren mit den rosa Muscheln – wie bei einem Traumkaninchen. Und dann hauten ihre Augen rein – d.h. jetzt starrten sie ihn nachgerade blutunterlaufen an – was für 'nen Dussel er auch immer haben mußte: an so 'ne blöde Weibsin zu geraten … die war ja echt meschugge … Saß in seinem Bett wie 'ne MiniAusgabe von 'nem japanischen Krieger, gleich kramt sie noch ihr Samurai-Schwert raus ... Ihm fiel seine BolaSchleuder ein. Na ja, na ja. Er legte seine Waffen immerhin ab, bevor er ins Bett stieg. Übrigens waren ihre Augen nicht blutunterlaufen, sondern blutRÜNSTIG ...

Aber heute Nacht am frühen Morgen ... Fast hätte er noch im nachhinein nostalgisch geseufzt. Ihre Augen im Disco-Schimmer: wie Mondaugen, leuchtende, silberfarbene Iris mit einem Hauch Hellblau – als ob jeden Moment der azurene Mittagshimmel auftauchen könnte. Und drüber ihre Augenbrauen – wie einem japanischen Haiku entsprungen – zarteste Geometrie, beweglich, ein MiniPflug, der sich in die Stirn eingrub. Er starrte mürrisch drauf. So wild sah das gar nicht aus im Licht der Ernüchterung. Die Wimperntusche verlaufen, die Haut fleckig, der Mund – formlos, würde er sagen. Lasch. Und viel zu dünnlippig, dämmerte es ihm. 'Ne ganz frigide Puppe war das hier. Oh Gott, er war wohl wirklich ganz schön hinüber gewesen. Wie wurde er die Frau wieder los.

„Reg dich ab, reg dich ab! Ich tu dir ja gar nichts."

„Das nennst du mir nichts tun?! Das ist doch das letzte Scheiß-Geschlecht, kaum paßt man 'ne Sekunde nicht auf, bohrt ihr euch schon rein – du alte S-"

„Stop! Wie redest du eigentlich mit mir, kannste dich nich'n bißchen anders – ich meine "... (Achsel, der Spracherzieher – oh jemine, die brachte in ihm ja wirklich das Übelste nach oben ...)

Shishi setzte sich womöglich noch aufrechter, vibrierte vor Zorn (lauter als Rosas elektrische Zahnbürste):

„Du meinst, du kannst mich hier mit Gewalt bumsen, ich aber soll auf meine Sprache achten – das ist doch das letzte Scheißargu- ..."

„Jetzt hör' mir mal zu, ich w o l l t e dich nicht mit Gewalt bumsen, du blöde Tucke, ich dachte, du wolltest selber ganz genauso ..."

„Aaaach, und weil du dir so sicher warst, haste gar nicht erst gefragt, wa?!"

„Ich dachte, du wolltest."

„Und als wir hier ankamen?! Bin ich ja so richtig auf dich abgezischt, wie?! Oder ist das deinem Milchhirn schon wieder entfallen?!"

„Da waren wir doch beide total abgeschlufft, das war doch etwas ganz an-"

„Laß bloß deine Dreckspfoten von mir, ich rat' dir, laß bloß deine ..."

„Isschon gut, ich hab's ja schon gehört, Mannomann, glaubste, ich wär' scharf drauf, dich anzufassen ..."

„Laß b l o ß ..."

„Mensch, nerv' mich nicht, sonst sag ich noch, du sollst verduften."

„Verduften?"

„Na ja, war ja ganz nett, daß du gestern mitgekommen bist, also heute morgen, aber das wär's dann auch wohl. Das Bad ist unten bei Schneider Pieter, wenn du dich richten möchtest. Du kannst es gern benutzen."

Shishi starrte ihn ungläubig an. Achsel mochte ihren Blick nicht, er stand auf, zog die Vorhänge zurück, öffnete das Fenster. Mann, wie lange hatten sie gepennt, das war ja schon Nachmittag, ojemine, vielleicht war die Schneiderin schon zurück, Großtante Luise, der Alptraum persönlich. Vielleicht hatte sie bereits gewütet wie weiland Jesus im Mehr-oder-weniger-Tempel, und er wußte es nur noch nicht. Kein Wunder, daß er ausgerechnet gestern so ein Weltverbesserungsgegrummel verspürt hatte. Wir stehen alle am Rande einer Katastrophe ... Wohl wahr, wohl wahr, und heute schien tatsächlich der Tag der Tage angebrochen. Wonnig! Katastrophig!

Er drehte sich wieder zu Shishi um, bemühte sich um ein Lächeln – ooooooch Gott, seine Gesichtsmuskeln quietschten, ooooooooch, er probierte nochmal, neee, er brachte es nicht fertig.

Shishi dagegen brachte. Allerdings kein Lächeln, eher ein Grinsen. Ein Gedanke war ihr gekommen, nein, es war die Situation, sie grinste, lachte sich leise ein, legte zu (Tempo und Volumen), bellte wütend vor Gelächter, reagierte sich ab, wischte Lachtränen, wollte erklären, konnte erst nicht.

Peinsam. Er beobachtete sie mit seinem VivisecteurBlick, stand an der Tür, so weit wie möglich entfernt von ihr.

„Entschuldige." Sie bemühte sich sehr, schluckte, fing sich. Blitzte ihn triumphierend an. „Du hast nie gefragt, wie ich heiße. Also mit Nachnamen."

Achsels stumm fragender, skeptischer Blick, sein Body zu einem Schutzschild versteift, ganz egal, was es ist, ich lasse es von mir abprallen …

„Also gut, ich sag's dir: Ich heiße Arfe. Und wenn hier einer rauswirft, dann ich!"

Bloß sich nicht verraten, nicht den Mund aufmachen – Hieß das – das hieß – Shishi und Sylv … Da wäre er nie – Dabei hatte er doch vorhin noch – Das war ja ein echter Witz – das Flackrige – die Ähnlichkeit. Aber Sylvester war BLOND, der Eindruck war diametral entgegengesetzt grundverschieden, wenn auch – mein Gottogott, Shishi war Sylvesters Tochter. Irgendwie fühlte sich das komisch an, so ein bißchen wie Inzest. Die Vorstellung: Er mit Shishi in Sylvesters Bett. Hatte ihn das angemacht? unbewußt? auratische Sichtspur? Nebelschnee über dem Bekannten, Wohlvertrauten? Papa Alexanders Menschenweisheit, seine letzte Erkenntnis: man lernt nie aus. Ho ho.

„Ich wußte das nicht …"

„Ja, mein Supermann, drum hab ich dir's ja gesagt. Ich war vor ein paar Tagen schon einmal hier, du hast mich aber nicht mitgekriegt. Du bist nicht gerade einer der Hellsten, nicht wahr, um es mal vorsichtig auszudrücken."

„Hör' doch auf."

War da eine Bemerkung MariAnns gewesen, die er überhört hatte? über Mütter und Töchter? ein kleiner sarkastischer Zungenschlag im MariAnn-Stil? Wegen der Rückkehr der Generalin – mein Gott, der alte Besen war bestimmt schon da unten angekommen. Ogottogott. Er wagte gar nicht, nach unten zu denken. Sie alle hatten seit Wochen Alpträume. D.h. die anderen weniger als er, er hatte das Pech, die Gute bereits zu kennen. Armer Schneider Pieter. Arme Rosa. Sylvester Herbert MariAnn. Armer Achsel. Nämlich: Daß die Gute vor Verwandten nicht Halt machen würde – vor ZiwiVerwandten! war stahl-sicher. Seine ToledoAugen jedenfalls hatten angefangen zu schimmern, hatten gar nicht mehr aufgehört zu schimmern in diesen hektischen letzten Wochen. Trotzdem. Etwas war hier faul, spätestens –

„Warum hast du denn heute morgen nichts gesagt, das wär doch – also ich versteh das nicht."

Shishis Triumphgefühl speckte ein wenig ab.

„Wir waren so abgeschlufft – hast du doch selber gesagt."

„Na hör mal -"

„Und ich staunte wie im Märchenwald, wohin du mich brachtest", sie lachte silberhell metallisch, dünn-glöckchen-klingelnd, „ich dachte, ich hätte in dir den Liebhaber meiner Mutter aufgetan ..."

„Sylvester und ich – du spinnst!"

„Und warum pennst du dann hier?! Das ist doch i h r Bett!"

„Sie hat mir das hier zur Verfügung gestellt, während sie verreist ist – So läuft das hier nun mal bei Schneider Pieter."

Sie verstand offensichtlich nicht.

„Na, ich hab' das kleinste Zimmer, winzig, so'n richtiges Mini-Kabuff, die anderen wollten da um keinen Preis rein. Mir macht es nicht so viel aus, also hab ich's genommen."

„-?-"

„Und MariAnn, Herbert und Sylvester hängen ihre Schlüssel ans gemeinsame Brett, wenn sie mal'n paar Tage weg sind. Dann kann ich da rein und 'n paar Schritte machen – Schritte, verstehst du ..."

Er schritt von einer Wand zur anderen, übersah großzügig alles, was auf Sylvesters Boden lag, öffnete schwungvoll die Tür zu dem anderen Raum, der noch dazugehörte.

„Sylvester hat das größte der Gemächer, das hier ist ja ein direkt kolossalisches Appartement, kannste sagen."

„Ah so."

„Kommste jetzt mal 'n bißchen runter von deinem Thron. Es ist absolut spinnig zu glauben, daß Sylvester und ich ..."

„Sie sucht sich immer junge Männer aus."

„Biste sicher?"

„Sie kann nicht anders. Es ist eine Sucht. Meine Mutter ist unfähig, sich den Fakten des Lebens zu stellen. Du kannst auch sagen: Sie ist lebensunfähig. Ich bin sicher, sie wird es nicht mehr lange machen. Sie ist so tief drin in dieser Neurose, sie kann sich einfach nicht mehr selbst akzeptieren. Deshalb ist sie gezwungen, ständig Ersatzhandlungen zu inszenieren. Ich hab' das ganz klar durchschaut. Sie hat nur junge Liebhaber. Das ist ein eindeutiges Symptom. – Hast du Psychologie studiert?"

Achsel deutete eine Verneinung an, er wollte jetzt nicht ins Detail gehen, wollte nicht sagen, daß er jede Menge anderes Zeug auch nicht studiert hatte …

„Sie ist auf der Suche nach einem Sohn. Weißt du, was das heißt?"

Er sagte nichts.

Shishis Stimme bekam dünne TremoloStreifen.

„Ich hätte einer werden sollen. Sie kann es mir nicht verzeihen, daß ich keiner geworden bin."

Achsel rieb sich flüchtig seinen NasenRüssel. Oberfaul war hier alles. Jetzt sollte er wohl seine Drüsen anwerfen, um großzügige Mengen MitleidsHormone auszuschütten (welche Drüse war eigentlich dafür verantwortlich – Rosa fehlte ihm immer mehr …). Die süße kleine Shishi, das Baby, das gehätschelt werden wollte, der rotzfreche Balg.

„Na na na, so schlimm wird es schon nicht sein …"

Die Stimme des 'Alten' im Fernsehen, nachdem er das junge Ding beim Zocken erwischt hat. Ts ts ts. Sollte er jetzt zu ihr hingehen und ihr die trostlosen Schulterknöchelchen tätscheln, oder würde sie dann wieder aufdrehen wie eine Rakete … Allmählich konnte er sich einfühlen in die Leiden des Odysseus. Schon jetzt spürte er, wie er gramgebeugter gegen die Wand lehnte. Sie hatte längst alle seine Gefährten in Schweine verwandelt …

„Du verstehst überhaupt nicht. Es geht nicht um mich, ich komme gut klar, ich stelle mich den Kräften. Es geht um Sylvester. Sie ist vielleicht intelligenter als ich, das will ich gar nicht unbedingt abstreiten – aber was hilft es ihr – sie geht zugrunde! Verstehst du nicht …"

Plötzlich lag sie, wahrscheinlich sollte Achsel sagen: wie vom Blitz gefällt, sie warf sich hin und her, konvulsivisch, als würde sie geschüttelt. Mein Gott, was 'ne Szene. Und jetzt fing sie auch noch an zu schreien, das war doch hier kein Opernhaus:

„Ooooh, es ist ihr etwas passiert, eben jetzt, es ist geschehen, ich spüre es, sie ist vielleicht schon tot. TOT. Sylvester ist T O T … Ooooooh."

Achsel seufzte resigniert. Dann fiel ihm ein, daß ihr Gebrüll nach unten durchdringen könnte. Mußte sie ausgerechnet ausflippen, wenn die Zukunft der SchneiderPieterWohnung auf der Kippe stand. Er ging ein paar Schritte zu ihr, horchte dann nach unten. Hörte er nicht schon die rasselnde Empörung emporsteigen, schwerfällig keuchend, eisern unbeugsam voran? Sein Kiefer knackte, er stand unschlüssig, sein Mund öffnete sich gequält wie von selbst: „Ja, Großtante, diese nette junge Nackte in meinem Bett bringt mir gerade die Grundlagen des deutschen Volksliedtums bei – der gerundete Vokal O spielt offensichtlich eine ganz exorbiexorbiTANTE Rolle ..." In seinen Ohren flirrte es, er registrierte, daß ihm im zarten Alter von 24 bereits aus dem Kiefer weißlicher Kalk und grünspaniger Rost auf die Brust niederrieselte – und alles wegen diesem wahnsinnig gewordenen Frauenzimmer. Sylvester hätte gut daran getan, sie in irgendeine Irrenanstalt einzubuchten, am besten schon im grünsten Kindergartenalter. Er wußte, wovon er redete, Achsel der Experte, im Altenheim hatten sie die ganze Zeit mit Ausfällen zu tun. Aber das schwor er: Wenn er die Wahl hätte zwischen seinen ausgepowerten Tattergreisen dort und dieser VollIrren hier – dann brauchte er keine Sekunde Bedenkzeit! Er öffnete die Tür einen Spalt, draußen war alles still. Er hatte sich getäuscht. Die Typin war anscheinend auch noch ansteckend, eine Art menschliches Halluzinogen. Er schloß die Tür wieder. Sie war immer noch am Brüllen. Was hatte sie über Sylvester gesagt? Schwachsinn.

Er ging rüber zu ihr, nein, auf ihrer Bettseite war sie ihm zu nahe, er umrundete das Bett, beugte sich rüber und tippte ihr mit dem Knöchel auf die Schulter, einmal nur, und mit so einer Mischung aus sanft und entschlossen. Entschlossen sanft.

Sie wirbelte herum, fuhr in die Höhe und warf sich trotz der Bettbreite in seine Arme, er fühlte sich an Hochleistungssport erinnert. Stabhochsprung? Etwas in der Art. Fast hätte es ihn umgeworfen, lediglich seinem phantastischen Reaktionsvermögen – Achsel, der Steher – war es zu verdanken, daß es kein Unglück gab. Seine kostbare Birne gegen die Schrägwand zum Beispiel, das hätte ihr wohl so gepaßt. Sie dagegen weich auf ihn drauf. Achsel in neuer Rolle: Als Teddybär. Gleich versteifte er unter ihrer Umarmung. Hier ging's ein bißchen zu sehr von eiskalt zu hitzeheiß. Mit anderen Worten: Er hatte den kühlen Eindruck, mißbraucht zu werden.

Wie sie sich so an ihn preßte. Brüste hatte sie kaum, er spürte nolens volens (wie der kluge Lateiner sagt) ihre Rippen. SpontanAssoziation: RippenSpeer.

„Ach, Achsel."

Sie hob ihm ihr tränenüberströmtes Gesicht entgegen, er warf einen halben Blick darauf, die Wimperntusche war fortgespült, so viel konnte er feststellen. Das Gesicht sah naß, aber ziemlich sauber aus. Sie entfernte ihre Arme von ihm, wischte sich übers Gesicht, nahm Platz im einzigen Sessel. Seine Klamotten lagen darauf, das schien sie nicht zu stören, er ging hin und zog sie unter ihr hervor, sie erhob sich fast nicht. Er schlüpfte in seinen Bademantel, zurrte den Gürtel fest. Nicht, daß sein Ständer nicht eh schon längst in den Untergrund gegangen wäre! Sie saß weiter nackt rum in der Kälte oder zumindest: Kühle, denn so doll heizte er natürlich nicht als Gastbewohner. Er legte auch ihr Sylvesters Bademantel über die Knie. Achsel, der Fürsorgling. Sie beachtete es kaum, gerade, daß sie die Falten ein bißchen höher schob.

„Du verstehst mich nicht. Ich bin nicht wie die anderen ..."

Ho ho ho! das brauchte sie ihm nicht erst zu sagen! Jetzt also eine kleine dramatische Pause, während der seine Blicke wahrscheinlich atemlos an ihren Lippen hängen sollten.

„Wahrscheinlich muß ich es dir sagen. Ich habe seit einem halben Jahr Verbindung zu diesen Kräften – diesen Eingebungen." Sie sprach jetzt fast tonlos, leiernd, die Augen halb niedergeschlagen. „Sie sagen mir, was ich tun muß. Es grenzt für Außenstehende immer wieder an Wunder. Ich beobachte eine Frau in einem Restaurant, treffe sie dann im WC im Verlauf des Abends, und ich sage zu ihr: „Sie hatten eben erst eine Krebsoperation." Und sie wird ganz bleich, kann es sich nicht erklären, denn es stimmt. Natürlich stimmt es." Pause. „Wenn ich nicht weiter weiß, nehme ich meinen Bleistift und mein Konzeptpapier und – schreibe. Es ist automatisches Schreiben. Die Stimmen diktieren mir. Es ist nicht immer die gleiche Stimme. Die eine Stimme spricht englisch, mit einem irischen Akzent. Dann eine chinesische Stimme. Mein letzter Freund war Chinese. Aber wir haben Schwierigkeiten mit der Transkription."

Achsel hatte ja schon viel gehört. Jetzt wollte seine Hand immer wieder auffahren zu seinem Gesicht, gegen seine Stirn klopfen – Kuckuck Kuckuck! total total total meschugge!

Konnte man das einem Menschen sagen, konnte er ihr in die Augen sehen und zu ihr sagen: Kleines, du bist hops, du hast nicht alle, deine Birne ist angefault. Mit anderen Worten: Du bist 'ne absolute Irre! Konnte man das? Abknallen schien fast einfacher – und das trotz seines Pazifismus! Also spielte er ihr zu, machte kleine, beruhigende Gesten, tat so, als fiele ihm nichts auf, als wäre das ein Gespräch wie jedes andere auch.

„Deutsche lassen wohl gar nichts von sich hören." Nuschelnd, beruhigend, verständnis-innig.

„Doch, natürlich, sie melden sich sogar am häufigsten."

Aha. So so. Wie Wunder-Voll.

„Was schreibst du denn da so – ich meine – was schreibt sich – was schreiben die da so." Uff uff.

„Das ist ganz unterschiedlich. Ganz, ganz unterschiedlich."

„Na, vielleicht kannste ma 'n Beispiel geben, ich kann mir das noch nicht so recht vorstellen ..." Nuschel nuschel.

„Ok. Zum Beispiel bekomm' ich den Auftrag, ich soll den längsten Bleistift kaufen, den allerlängsten, den es gibt. Und dann geh ich zu diesem Schreibwarenladen, also in Tübingen, ich hab ja bis vor kurzem in Tübingen gewohnt, ich geh da hin und kaufe den längsten. Aber als ich zu Hause bin, schreiben sie mir: „Das ist nicht der längste. Gehe in die -" Also das ist eine Straße in der Nähe des HölderlinTurms, mir war noch nie aufgefallen, daß da ein Laden war, ich geh hin und geh rein und da find' ich tatsächlich tatsächlich diesen Stift – mindestens 5 Zentimeter länger – ich hab' ihn hier ..." Sie holte ihre Handtasche, der Bademantel fiel ab, sie griff unwillkürlich danach, zog ihn diesmal doch an, hob dann die Handtasche: Da ragte das Ding wahrhaftig heraus, schon von weitem sichtbar, der spitzige Scheinbeweis, auf den er hereinfallen sollte. Seine Stirnfalten knatterten. Was um aller Welt willen – beinahe hätte er Jesus gesagt – so weit brachte die ihn: 'um Jesu willen!' – was um aller Welt willen nützen mir Stimmen, die mich zum längsten Bleistift der Welt führen, wenn ich doch nichts in der Welt mir leichter verkneifen kann als eben diesen! Im Geist durchblätterte er mehrere Gesichtsausdrücke, bot ihr den mildesten. Hatte den Eindruck, seine Wangenmuskulatur würde gleich Schluckauf bekommen.

„Oder ein anderes Beispiel: Ich geh auf ein Amt, und die Schlange ist ziemlich lang. Ich nehme Stift und Papier – und dann sagen die mir, ob ich bleiben soll oder nicht, und manchmal noch konkreter: daß ich in ein bestimmtes Zimmer gehen soll, an einen bestimmten Schalter, zu einem bestimmten Beamten … Das ist dann jedesmal das Richtige."

„Das ist ja phantastisch." Das war ja wirklich phantastisch. Der Weltraum – denn irgendwie sollte es sich hier doch um kosmische Stimmen handeln, wenn er das richtig verstand – wenn das überhaupt richtig zu verstehen war. Es ging ja wohl nicht darum, die tote Tante Emma aus dem Laden um die Ecke zu kontaktieren. Mensch, obwohl, die wär' vielleicht ganz froh, endlich mal ihre Erfahrungen mit den Schalterstunden vom Stapel lassen zu können. Nie hatte ihr im Leben einer zugehört, jetzt dagegen schrieb diese junge Irre sogar alles auf UND richtete sich danach UND lebte auf: „Endlich weiß ich, was ich tun muß." Das könnte die alte Tante Emma wahrscheinlich schon – na ja, vielleicht nicht glücklich machen, die Zeiten waren in ihrem Zustand wahrscheinlich tatsächlich vorbei. Oder? Keine Ahnung. Auch egal. Also aufmuntern sollte sie das schon: „Endlich bin ich wer!" Aber diese junge Irre hier wäre mit 'ner toten Gemüsefrau, 'ner Markt- und Käsefrau ganz bestimmt nicht einverstanden. Das mußte schon auratischer zugehen. Letztlich eben doch kosmische Stimmen. Und auf die Idee muß man doch erst mal kommen: Gleich den ganzen Weltraum einzusetzen, um die Schalterstunden des bundesdeutschen Arbeitsamtes erträglicher zu gestalten.

„Sie kommen natürlich nicht zu jedem, ich bin da echt ausgewählt worden. Vielleicht, weil ich Philosophie studiert habe …"

Achsels Augen quollen auf.

„Du hast Philosophie – ausgerechnet …"

„Ja, mich hat das interessiert, ich hab' mein Examen …"

„Du hast schon Examen??"

„Ja, natürlich, das heißt, ich hab' abgebrochen, die Stimmen wollten es so, deshalb bin ich jetzt zurückgekommen aus Tübingen. Aber mein Examenspaper hab' ich noch gemacht, über Schopenhauer …"

„Über den alten Schopi!", oho! jetzt strengte er sich aber an. „Erlebt der nicht im Moment" – (frag nicht, triff deine Feststellungen wie jeder andere allwissende Cowboy!) – „der erlebt ja im Moment ein richtiges Revival!"

„Du brauchst nicht über Philosophie mit mir zu diskutieren", (na Gott sei Dank!), „meinen Erfahrungen nach ist das für die meisten Menschen wenig befriedigend. Ich denke zu logisch, weißt du." Sie schenkte ihm ein flüchtiges Lächeln.

Arrogante Tucke. Ein wahres SuperHerzchen. Ja jaaa, das war ihm gleich aufgefallen, daß sie viel zu logisch dachte ... „Und was wirst du jetzt tun?"

„Sie haben mir gesagt, ich müsse schreiben. Weißt du, vor einem halben Jahr hatte ich zwei sehr tragische Erlebnisse. Eine Freundin – sie war keine gute Freundin, ich hab' mich immer geweigert, sie Freundin zu nennen. Aber sie war anhänglich, die einzige – na ja. Sie ist – es war ein Unfall. Und ein paar Tage später ist mein chinesischer Freund gestorben -"

„Alles auf einmal?"

„Er war schon über 70, ich habe ein Jahr mit ihm zusammengelebt. Nichts Schmutziges, wie du denkst ..."

Oh Jungfrau, ich denke gar nichts, ich stelle mich den – Kräften – des Lebens ... Warum erzählte sie ihm das eigentlich alles. Fast klang es wie ein Selbstgespräch. „Über die allmähliche Verfertigung der Gedanken beim Reden" – hatte Kleist nicht seine Geistesblitze auf ein Dienstmädchen herabgesprüht? Oh Gott, er war ein DienstmädchenErsatz. Rosa fiel ihm ein, ihre Putzfrauenrolle. Tröstete ihn. Na ja, es gab solche und solche. Und er war ganz eindeutig ein solcher. Außerdem: wahrscheinlich hatte sie schon Ewigkeiten keinen Zuhörer mehr gehabt. Die Stimmen quatschten ja nur immer selbst. Mann, wenn er sie wäre, würde er denen mal die Meinung geigen ...!

„Die beiden Erlebnisse waren Schlüsselreize – verstehst du? Sie haben mich sensibilisiert, ich konnte endlich wieder ASW zulassen. Als Kind -" Pause. „Ich vergesse das Wichtigste. Achsel – wie kann ich Sylvester erreichen? Es ist ihr etwas passiert – ich WEISS es!"

Er hatte keine Ahnung. Im Gegensatz zu MariAnn und Herbert machte Sylvester selten Angaben, wann und wie und wo mit wem.

Die letzte Zeit über erst recht nicht. Ein bißchen auf dem RätselfrauTrip war sie schon. Sylvester, die Unberechenbare. Das Flackrige voll in den Lebensstil transferiert. Der Nomadengeist. Ihm fiel ein:

„Sag mal, wenn du schon Examen und so – Du mußt ja schon 23 oder 24 sein – wie alt war denn – ich meine – sie war ja noch das reinste Kind – wär da nich 'ne Abtrei –"

Er war ja nun schon auf allerlei gefaßt, aber sie erwischte ihn wieder. Vielleicht halfen ihr auch ihre blöden kosmischen Verwandten oder so. ACHSEL! Ok, ok, er machte ja schon einen Rückzieher. Vielleicht hatte das Philosophiestudium ihre Knochen gestählt. Jedenfalls war sie im nächsten Moment – ach nein, noch im selben Moment – wie ein hitziger Lavaguß frisch aufgefahren und knallte ihm rechts eine und links.

„Ich bin doch auch ein Mensch, das vergißt du wohl ganz, ich hab' ein Recht auf mein Leben, im Gegenteil, ich bin GEWOLLTES Leben – verstehst du?!" Und sie knallte ihm noch eine. Achsel beherrschte sich übermenschlich-kolossalisch. Es brannte in ihm, d.h. es brannte auch auf ihm, aber in ihm noch gigantischer, eine Wut flackerte, beinahe hätte er – aber im letzten Moment bekam er sich in den Griff, starrte sie eisig an aus messerschneidescharfen Sehschlitzen:

„Du bist wahnsinnig."

Er machte sich davon. Sollte diese Kampfmaschine mit sich alleine weiter – er tigerte mühsam ins Nebenzimmer, schloß die Tür, stapfte die Treppe hinunter, mit angehaltenem Atem an der SchneiderPieterWohnung vorbei.

Jetzt müßte er etwas auftreiben. Im Klartext: Wo sollte er heute nacht schlafen. Unwillkürlich griff er nach Shanti, griff ins Leere.

Na ja, na ja.

8
ROSA

Köln am Ende der römischen Epoche hatte einfach keine Chance, als Stadt weiter zu existieren, obschon es nicht zerstört wurde, sondern einfach in die Hand der neuen Herren, der Franken, geriet.
Bei nicht mehr existenter Stadtbevölkerung wie bei nicht mehr vorhandener Bauunterhaltung erlagen die Bauten schlicht dem Verfall. Wo nämlich der Besitzer eines Gebäudes diesem keine hinreichende Pflege angedeihen läßt, löst sich der Baubestand alsbald in die Verrottung.
Überspitzt könnte man sagen, die spätantike Welt fand in der fränkischen ein ländlich-bäurisch strukturiertes Gegenmodell, innerhalb dessen für die Stadtwelt kein Platz mehr war.
Überreste blieben als 'Stadtleib'. In Wirklichkeit nur: das Grundraster der Hauptstraßen von cardo und decumanus, also Hohe Straße und Schildergasse, sowie der Verlauf der Stadtmauer selbst.
Innerhalb des Stadtleibs: Schrumpfung auf Punkte. Kleine Klerikergemeinschaften. Allein die Bischofskirche wuchs aus der römischen Stadtwurzel in die der mittelalterlichen Stadtwelt herüber. Das muß über Jahrhunderte ein eigentümliches Bild gewesen sein: wie da eine Stadt als leeres Gehäuse stand, gegürtet von der starken Mauer mit ihren Toren und Türmen, die nichts eigentlich mehr schützte.

nach Hugo Borger

Rosas großer weißer Körper schaukelte gelassen auf und ab in diesen fremden Wohnungen, in denen sie hin und her schritt, umhüllt vom Rauschen des Staubsaugers wie von einer eigenen Schallwolke, den metallischen Saugrüssel vor sich führend, eine planvolle Kämpferin an der Schmutzfront, eine bemerkenswert letzte Ausgabe der …

Sirrr-pling-clinng – srrr-plng-clng …

… der Königin von Saba – der SchmutzSaugerin … Sie versiegelte ihre Ohren gegen das TelefonLärmen. Heute nicht. Heute lag schon viel zu viel an. Bloß keine ExtraBewegungen. Diese Apothekersmenschen neigten eh dazu, in ihr einen AllroundService zu sehen. Sie umfuhr planvoll den Telefontisch –

–srrrrr-plinng-inng …

Da hatte jemand Ausdauer. Der rechnete nicht mit ihren Gelassenheiten. Das heißt, eigentlich war das gar keine Gelassenheit heute. Eher Aggression. Die Fernwirkung der Generalin, die ihr das Adrenalin in den Körper pumpte. Wenig hätte gefehlt, und sie wäre imstand gewesen, die Schnur herauszureißen, einfach so. Schlechtes Zeichen für eine Römerin. Wut und Hartnäckigkeit. Dabei hatte sie gar nichts gegen den Apotheker. Im Gegenteil. Er war durchaus sympathisch ein paarmal an ihr vorbeigelaufen. Ca. 55, ausgehendes Haar. Das Übliche. Eine Spur zu dynamisch vielleicht, als ob er sich ständig etwas beweisen müsse. Einmal hatte im Vorbeigehen wie aus Versehen sein Oberarm ihre Brüste gestreift. Sie hatte ihn träge angesehen.

Seine Frau kannte sie besser, mit ihr trank sie sonst zwischendurch Kaffee, halbwegs befreundet. Heute jedoch war sie unterwegs, hatte einen ihrer chaotischen Zettel hinterlegt, Rosa solle ALLES machen, hinterher sogar noch die Einkäufe abholen, bezahlt war schon.

Rosa seufzte. Das Telefon war verstummt. Trotzdem. Heute war nicht ihr Tag. Das Kommen der Generalin warf Schatten voraus. Es schien so unfair. Natürlich würde sie irgendwo anders wieder Unterschlupf finden, das war es nicht. Es war – die Verschwendung. Daß alles kaputtgemacht werden sollte, bloß wegen dieser Frau, die Schneider Pieters Träume noch in der Abwesenheit zum Keuchen bringen konnte. Heute nacht wieder. Sie war aufgewacht von seinem Stöhnen. Rosa fand das nicht in Ordnung, wurde zornblaß beim Gedanken daran. Sie mochte Schneider Pieter. Sie mochte das Zusammenleben in seiner Wohnung, das Lebendige (Herz verloren … und wiedergefunden: oho!). WirsingKohl als Kunstwerk mit gebratenem Pinkel, und Vakuum im Portemonnaie, MetaArmut, laufende lachende Münze und Sinnlichkeit. Alle hatten in den Pool gegeben, alle. Und jetzt – von einem Moment auf den anderen: skelettiertes Paradies. AchwasParadies. ImmerhinParadies. Lebendiger als üblich – gewesen! Vergangenheit! Von der sie alle gewalttätig abgenabelt werden sollten!

Rosa schaukelte energischer, machte voran. Wenn sie der alten Frau offen den Kampf ansagen dürfte – Mein Hirn & Wille gegen die deinen – olé, Madame! oder was riefen die im Mittelalter: holla holla, avanti (im Zweifelsfall): Deine stammbaum-umwickelte Nähmaschine, ma Généralesse-Schneiderin – her damit! gegen meine biotischen Putzeimer, meine angefangene Doktorarbeit als EndSchmutz-Strahl – Ha! Ho! Hooo! Fasa Gassire dell'Italia tradita – eine Generalin erledigen – wär' ja auch im 20. Jahrhundert noch ein Triumph. Zu schade, daß die alte Frau herzinfarktgeschädigt war, auf die Mitleidspauke hauen konnte. Die Paucke auf die Pauke. Trinng Tronng Dumm Dumm Ong. Dabei hatte sie den Anfall wohl auch nur aus Wut über Achsel und Schneider Pieter bekommen. Pieter hatte einmal Andeutungen gemacht, aber nicht weitergeredet. Das sah ihm ähnlich, die Tyrannin mußte geschützt werden! Rosa sog scharf die Luft ein bei dem Gedanken. Sogar der lächerlichste offene Kampf – auf rostigsten ScheuklappenPferdchen, wie bei einem verqueren Turnier – wäre immer noch im Vergleich ganz schön schön gewesen. Befreiend. Nur eben unmöglich. Pieter würde ihr nie verzeihen. Er wollte weiter gequält werden. Nein, er drückte es natürlich anders aus, dachte es anders. Verdammte Zivilisation.

Sie fuchtelte planvoll in der Schmutzwäsche der ApothekerEhe, dachte dabei an die Auseinandersetzungen mit Sylvester, verflixt! wie sie das liebte, Sylvesters weißflammendes Gesicht, wenn sie gegen sie ankämpfte. Das würde wohl auch zu Ende sein, keine AbendessenWortgefechte mehr, sondern: In alle Winde. Es war so kindisch leicht, eine Struktur zu zerstören. Sie seufzte, ihr ganzer Körper seufzte mit, stöhnte vor Mitleid und Selbstmitleid.

Einen Moment gab sie nach, ließ sich ins Ehebett sinken, streifte die Schuhe ab: Positiv denken, Rosa, positiv denken! Ihre großen Zehen kräuselten sich mahnend. Wird's bald!

Sie beschwor ihr SelbstBild: Rosa, die Picasso-Frau. Schon war sie imstand und knüllte ihren Zorn klein, oder jedenfalls kleiner, so daß sie ihn wegstecken konnte. Eine Friedenstaube setzte sich auf den Putzeimer, wenn auch noch winzig vor Unmut (spatzengroß), aber besänftigend hellblau gefiedert. Und eine schwarze Katze hockte neben der Spüle. Rosa selbst lag wie in der Wirklichkeit und begann ihre eigene Fülle wieder aufatmend angenehm zu spüren, mit kleinen Brüsten auf großem Leib, kleinen Händen und Füßen. Wie bei Picasso. Nur daß er seinen Frauen dann immer solche Kolbennasen ins Gesicht gekerbt hatte, während ihre eigenen Gesichtszüge ebenfalls klein waren.

Rosa, die Feingeschnittene.

Sie raffte sich wieder hoch, zog die Schuhe an, knatterte die Betten fixglatt. Uuuuund Schwung!

Sirrr – das Telefon pling-clinng – Diesmal meldete sie sich zackzacksofort. Ja so was, das war ja: Schneider Pieter – Hallooo! Wie bitte? Kein Erfolg? Na, da war sie ja ganz – ja wie fand sie denn das – da wußte sie ja kaum – Der Generalsstab würde also erst mor-Neiein, nach Hause würde sie dennoch nicht, sie hatte sich mit MariAnn in Herberts Wohn- Jaja, den Schlüssel hatte sie schon, ursprünglich wollte auch Sylvester – jaaa, genau, vielleicht käme sie noch, weiß man bei ihr nie. Beim Essen wären sie? um die Zeit? zu dritt? ach, bei Bodo, na ja, gut gut – Nein, natürlich kannte sie den, MariAnns Verflossener, der lief doch immer drei Stufen auf einmal hoch zu Sylvesters Bude ... Wer kochte denn, Bodo etwa? – Herbert?? Sag bloß, das darf doch – schon gut – übrigens hat ihm Mari-Ann erst neulich das mit den Schnitzeln gezeigt, also kann es nicht ganz so – Schaff' nur die scharfen Gewürze unauffällig beiseite, du kennst Herbert – hinterher stehen eure Mägen in Flammen ... Eine LöschTour? Halloo, was habt ihr vor?! – einen Herrenabend? Polterabend? durch alle Kneipen – wegen – ich verstehe. Das hört sich doch ganz gut an – Pieter – Versumpf mir nicht zu sehr! Hörst du?

Blöde Ratschläge. Sie kann's nicht lassen. Aber er hatte ganz stolz gelacht, offensichtlich kam er auch mit Bodo aus. Bodo, der Stier.

Sylvester hatte ihre Witze gemacht – allerdings nur, wenn MariAnn nicht da war – vielleicht färbte seine Stiermäßigkeit ab, Pieter könnte ein paar Illusionen brauchen. Sie schaukelte plötzlich ganz anders in der Wohnung auf und ab. Ein Tag Aufschub! Energischer machte sie voran.

Wenn sie allein war und zügig vor sich hinarbeitete, hatte sie manchmal den Eindruck, es seien ihre eigenen Wohnungen alle miteinander. Sie kannte sie so genau. Und ihr Umgang mit den Wohnungen wurde so selten unterbrochen. In dieser Hinsicht waren die zwei Apothekersmenschen sogar eher eine Ausnahme. Bei ihren zwei anderen PrivatPutzstellen traf sie in der einen Wohnung nie, in der anderen fast nie jemanden. Da war nur das KontaktaufnahmeGespräch gewesen – übrigens auch ein reines Wettergespräch, sozusagen. Nie war Rosa jemals nach ihren PutzQualifikationen gefragt worden. Putzen konnte jede. Das war der Glaubenssatz Numero Eins. Und Numero Zwei lautete: Putzen ist gesund. Wenn du 40 warst, mußten sie natürlich Rücksicht auf dich nehmen und durften dir nicht mehr die qualifizierte Labor- oder Schreibtischarbeit aufbürden. Aber zum Putzen warst du nie zu alt, da konntest du auch noch mit 70 oder 80 antattern, und kein Mensch fand etwas dabei.

Also rackerte sie sich ab.

Obwohl: Die Rackerei hielt sich in Grenzen, das betonte sie vor anderen und sich selbst immer wieder.

Eine Rosa rackert sich nicht ab. (Die Königin von Saba – die KloBrille bürstend – ach …)

Rosa erklärte immer wieder: Sie habe ein gelassenes, ein elementares Verhältnis zu Schmutz, und also werde der Schmutz nervös. Seine ganze Schmuddeligkeit breche zusammen, wenn sie sich nur nähere. Ehrlich. Sie höre sein Jaulen bereits, wenn sie die Treppen hochsteige, herzzerreißend sein erbarmungswürdiges Winseln, wenn sie die Türe aufschließe. Kaum stoße sie mit dem harten Besenstiel auf den Küchenboden – dreimal? – o.k.: dreimalen! kaum drohe sie mit Staubsauger und schwappenden Wassereimern, schon sause er gedemütigt unter den Teppich, schlüpfe freiwillig in den Staubsauger, schwimme selbstmörderisch die Abflußrohre hinunter oder fliege zum Fenster hinaus.

Na ja.
Hmm.
Hr-hmm-hrrrm.
Ein wenig hinterherhelfen müsse sie schon …
Aber dann habe der Job auch den Vorteil, daß sie ihre Beobachtungen machen, ihre Gedanken und Phantasien fädeln könne …
Wenn sie das Wohnzimmer aufräumte, wenn sie die Betten machte, wenn sie die Wäsche aus dem Trockner nahm und einsortierte – die SpitzenGarnituren der ApothekersGattin zum Beispiel, den SuperSlip des Hausherrn für die Ganz Großen Gelegenheiten –, wenn sie die Fenster putzte und die Wohnung spiegelte, blieben ihre Augen gelassen auf der Spur: Hier hatten sie gestritten, hier hatten sie geliebt, hier hatten sie sich vollgestopft und es dort wieder von sich gegeben. Klo und Herd und Bett und TV als Fluchtpunkte der immer gleichen Lust und Abwehr. Nun ja, mit ein paar bemerkenswerten Einschränkungen, auf die sie, Rosa, nachgerade kolossalischen – das war ein Achsel-Wort, fiel ihr ein, oder hatte sie es neulich von Bodo gehört? Stimmt, er stand oben in der offenen Tür und rief Sylvester noch etwas zu: „ganz schön kolossalisch". Das hatte sie sich gemerkt. Und ja, sie legte ganz schön kolossalischen Wert auf jeden noch so minimalen Unterschied. Im Gegensatz zu Sylvester. Die ihr bald fehlen würde. Die entsetzliche Frau. Die die Welt zernichtete, indem sie auf die Gleichheit hinwies.
Wir sind alle gleich! war ihr Schlachtruf.
Ähnlich, verbesserte Rosa geduldig.
Wir sind nix da von individuell, lauter Typen, Marken, Sortimentsvertreter! Zum Beispiel auch die Wohnungen, alle nach genau dem gleichen Muster!
Na und wenn schon.
Und dann waren beide meistens schon in Fahrt, Sylvester oft überzeugender, mit subtileren Blitzen. Obgleich jetzt, in der Einsamkeit dieser ApothekerWohnung, Rosa selbstverständlich Oberwasser behielt. Sie badete unangefochten in ihren eigenen Meinungen. Rosa, die Römerin. Und dabei schaukelte sie nach wie vor energischer durch die Räume. (Ein Tag Aufschub, wie finde ich das!)
Klar waren sich die Wohnungen ähnlich im 20. Jahrhundert, deswegen gibt es so viele davon, ist ja wohl besser als im Busch.

Oder in irgendeiner Höhle. Als Rosas Vorfahren – die Römer – sich aus Köln zurückzogen, nun gut, da gab es die UbierQuislinge. Aber ansonsten war es den Römern immer noch nicht gelungen, den Teutonen – sprich: Franken – Zivilisation beizubringen. Das möchte Rosa ganz ohne Wertung, gewissermaßen nur in aller Freundlichkeit, anmerken. Wobei sie übrigens mit Zivilisation noch keineswegs so gewaltige Dinge wie Lesen oder Schreiben meinte – du liebe Zeit, wer wollte denn die zarte Saat, die kleinen KulturKeimlinge gleich in den Himmel schießen lassen – aus dem lehmbraunen Modder sofort ins LilienWeiße: die teutonischen Fäuste um einen zarten Griffel gelegt ... Nein – auf solche Steilspur darf man Erwartungen nicht setzen. Es sei denn, man peilt in Wirklichkeit von vornherein Enttäuschung an.

Schließlich, noch im 13. und 14. Jahrhundert hatten die meisten dieser Könige und Fürsten des sogenannten nördlichen Abendlands keine Ahnung in solcher Hinsicht. Rosa hatte das erst neulich nachgelesen in einer dicken Schwarte, staunend, denn zu ihren eigenen Vorfahren zählten schließlich die Schriftsteller Cäsar, Claudius – immerhin der Gatte der KölnGründerin Agrippina! – und Marc Aurel. Unter anderem. (Unter anderem ...!) Aber hatte sie es nicht schon immer gewußt?! Diese Teutonen saßen noch ganz frisch am Tisch der Kultur, kein Wunder – da mußte einen einiges wirklich nicht wundern. Und wir sollten uns freuen, dem Himmel sei Dank! daß es diese heutigen transalpinen pausbäckigen MöchtegernHerrscher tatsächlich bereits bis zum Alphabetentum gebracht haben. Viel mehr ist wohl wirklich nicht drin nach erst sechs Jahrhunderten. Oder war auch das schon beinahe zu viel verlangt ... Schließlich stand so ein PolitikerMann im tiefen Konflikt. Das Volk mochte keine Intellektuellen, iiiiiih, dachten sie gleich, ein Schreibtischhocker, der ist ja ganz anders als wir. Und beim nächsten Mal wählten sie wieder ihren scheinbar leseunkundigen Fernsehkanzler, diesen JedermannsKanzler, dessen Intellekt so verläßlich im Off hing – da stelle mer uns – ach! – janz domm? populäre Enkel- und UrenkelTöne ...

Um GermanenGelehrsamkeit und Hohe Künste ging es ihr also keineswegs (im – wie hatte sie gelesen? im „Rom des Nordens", eine Bezeichnung, die – ja, wie soll eine gebürtige Römerin wie Rosa das ausdrücken. Eine gewisse Verdutztheit erblühte natürlich schon auf dem blauen Grund ihrer Iris ... Wobei das Blau bereits den Verrat, die Verwandtschaft andeutete ...).

Wenn Rosa doch einmal von den Primitivlingen im damaligen Köln sprach, den Teutonen vor – na, sagen wir 1500 Jahren, dann meinte sie lediglich die Angstschauer der Barbaren vor den steinernen Wohnungen. Diese Franken zum Beispiel, die marschierten tagsüber trutzig genug durch die Stadtmauern – wenn es die Notwendigkeit befahl oder auch nur das KriegsProfitInteresse. Des Nachts aber hasteten sie in der Mehrzahl in ihre Wälder zurück, buddelten sich in ihre Erdhöhlen, äugten mißtrauisch nach den aufgetürmten Steinen im Mondlicht. Zwar schien es nach dem Abzug schon schade, daß die schönen Häuser leer standen mit all den Innenhöfen und Mosaiken und manchmal sogar dem Mobiliar, den Trinkbechern – na, die ließen sie nicht stehen, die konnten sie verhökern oder notfalls abschleppen zu ihren Höhlen, einschmelzen zu Faustkeilen etcetera. Rosa übertrieb ein wenig, wenn sie in Fahrt kam. Aber auf die Häuser verzichteten sie erst noch mal ein Weilchen.

Die Teutonen. War ja wohl ein kleiner Kalauer, daß eine Römerin so viele Jahrhunderte später zurückkehren mußte, um die Nullachtfuffzehn-Domizile der ehemaligen Barbaren sauberzuschrubben.

Was heißt da ehemalig.

Wenn Rosa müde war und zu viel Dreck anlag, dann tauchte schon einmal die Jüdin in ihr auf, wild und streng. Aber es war eine georgische Jüdin, die aufbrausenden Wirbelstürme gedämpft durch die Schwermut Georgiens. Kafka als Bauer. So dachte sie es sich. So müßte er durch ihr Inneres wandern, verkörpert von ihrem kleinen Urgroßvater, der nach Italien ausgewandert war. Kein sehr erfolgreicher Bauer, krummbeinig und schmächtig, gewissermaßen windschlüpfrig in jeder Hinsicht. Aber er stapfte über Land und musterte unter gesenkten Brauen den weiten Horizont Georgiens, die tiefangesetzten Wolken und die kaputte Ernte. Er kramte nach seiner Pfeife, hüllte sich in die ererbten Verfolgungen. Und träumte teleskopartige Alpträume, exakt vermessen und versetzt mit Bürokratie und Technik der Städte. Die Träume nahm er mit, als er auswanderte; überlieferte sie. Manchmal bewegten sie sich noch in Rosa, gewissermaßen als düstere Füllung innerhalb der hellen (pasta-hellen?) Vitalität der Italienerin, Römerin.

Rosa hatte im Moment drei Putzstellen. Eine vierte, eine Urlaubsvertretung in einer Schule, lief diese Woche aus. Einerseits war ihr das recht, der Hausmeister spielte sich dort gar so sehr auf – als ob er gleich mehrere Büchsen gespannt hätte – und ließ es knistern. Nein, gröber: knattern. Immer am Freitag nachmittag trommelte er die Frauen zusammen – es war eine große Schule, auch nach den Kürzungen der Stadt waren es noch sieben Putzfrauen. Und dann gab er ein Bier aus und war sauer, wenn sie bei seinen Späßeken nicht mitmachten. Immerhin hatte er ein Wörtchen bei der Einstellung mitzureden, jaha oho!, das wollte er doch meinen! Als Rosa das letzte Mal dabei war, spuckte er reihum in die Gläser, so weit seine Spucke reichte, und dann tranken die Frauen unter allgemeinem Gejohle. Rosa hatte auf ihrem Sitz hin und her geschaukelt und – als die Reihe an sie kam ... Ach was. Die Fragwürde des Anekdotischen, würde selbst Herbert sagen. Was ihn – oder sie – meist nicht hinderte, sofort weiterzuerzählen. Natürlich wußte sie sich zu helfen. Sex mit MachoQualitäten – oder MachoQualität pur als Sex-Ersatz – da wurde sie ungeduldig. Eine LustExpertin fühlt sich in solcher Umgebung völlig fehl am Platz. Sie spuckte in sein eigenes Glas, ließ ihn trinken und – Ach, ihre weiße Fülle dennoch wie geknäuelt, ganz schön lästig. Im Vergleich war einsames Putzen in diesen Wohnungen gar nicht so sehr zu verachten.

Obwohl sie ohne weiteres darauf hätte verzichten können. Von einer Sekunde zur anderen. Putzen war nicht etwa ihre Leidenschaft. Eine Art Balsambaum, von dem sie nicht mehr herunterklettern mochte. Es war auch nicht so, daß sie nicht anderes versucht, nicht anfangs sich die Finger wundgeschrieben, sich die Beine müd' gewandert hätte. Sie hatte noch nicht einmal komplett die Hoffnung fahren lassen. Wenngleich ...

Dieses eine Labor in Merheim, wo sie einmal eine Mutterschafts-UrlaubsVertretung gemacht hatte – eine Woche Einarbeitung, Auffrischung dessen, was sie als Studentin im Praktikum zum Teil schon mühselig-langatmig gelernt hatte – dann ein Knochenszintogramm nach dem anderen – bis ihre Hände von allein hin und her zu rudern schienen mit der schweren Kamera. Aber doch wohl fehlerfrei? Doch wohl zur allgemeinen Zufriedenheit? Die Patienten pusteten notfalls nur ihr die Radioaktivität ins Gesicht, daß der Geigerzähler verrückt spielte, und auch das passierte bei ihr seltener als bei den anderen. Nur einmal war sie nach der Mittagspause sieben Minuten zu spät gekommen, hatte aus dem Augenwinkel wahrnehmen müssen, wie der Abteilungsleiter seinen Arm ruckartig aus dem Jackett hervorschießen ließ, um einen regen Blickwechsel zwischen ihr und dem Zifferblatt seiner Armbanduhr vornehmen zu können. Abgründe von Bedeutung. Erwartete er einen Kniefall? Eine Hinschüttung ihres Ego?

Er war auf sie zugetreten. „Die Damen in dieser Abteilung pflegen pünktlich zu sein."

„Da war ein Unfall ..."

„Niemand zwingt Sie, sich ins Getrubel der Großstadt zu stürzen, ausgerechnet während der knapp genug bemessenen Mittagspause. Die Abteilung sieht es gern, wenn unsere Damen auf dem Gelände bleiben und sich für die Nachmittagsarbeit erholen."

Oh heilige Moosfläche ihrer Gelassenheit, freundlich grün bleibend im Ansturm ihres theoretisch doch noch viel heiligeren Zorns. Ach was. Da könnte ja jeder Schnösel kommen und ihr schlechte Laune machen ...

Als die Vertretung zu Ende war, wurde ihr allerdings nichts Festes angeboten. Vielleicht später wieder. Mählich verrottendes Trostlaub.

Gelegenheitsarbeiten. Kellnern und Töpfe schrubben. Bei der Messe ihre Englischkenntnisse vergeblich andienen. Ihre Biologie-Kenntnisse waren noch weniger gefragt. (Subjektive Unterschiede zwischen Null und Null ...) Überall Absagen. Auf eine ABM-Sache hoffen. In der Stadt spazierengehen. Ihr großer weißer Körper unruhig. Schon eine Erscheinung, aber eine unruhig schaukelnde Erscheinung, wenngleich immer noch so heiter wie möglich, jedoch ohne Geld im Portemonnaie. Krümelgefühle. Manchmal drückten die Verhältnisse rechts und links, daß ihre Seele sich wie eingeschrumpft fühlte. Nicht mehr schaukelnd, sondern auf Schmalspur gezwängt. Auf Nullspur?

Damals hatte sie zum ersten Mal von dem Experiment mit dem Frosch geträumt: Die Wissenschaftler vom Arbeitsamt – sie selbst unter ihnen, sie sah sich, obwohl sie im Traum eine Brille auf die Nase gesetzt hatte und mit wichtigen Tabellen wedelte – diese Weißkittel umstanden den Topf mit dem Frosch, und es war ein riesenhafter Topf, und auch der Frosch hatte für einen Frosch ganz riesenhafte gelbgrüne Dimensionen. Und da saß er im Wasser des Topfes, und sie dachte, er schaue sie an mit seinen Froschaugen, und sie begann, an all den Apparaturen zu drehen und zu knödeln, so daß das Experiment signifikant sein würde. Das Wasser im Topf wurde stufenlos erhitzt. Der Übergang von einem Grad zum nächsten war perfekt gleitend. Der Frosch konnte nie den Unterschied festmachen. Theoretisch hätte er jederzeit mit einem kleinen Rettungshupfer zack! hupp! zurück ins Heil gekonnt. (Ins LaborHeil, aber immerhin.) Es wäre ihm anfangs jederzeit möglich gewesen. In der Praxis hätte er für einen solchen Entschluß einen Anstoß gebraucht, etwas Deutliches, SinnlichKonkretes, zum Beispiel einen spürbaren Temperaturunterschied. Den gab es jedoch nicht, die Gefahr wuchs lautlos gleitend höher und höher. Er lag ganz still und wartete auf die Erleuchtung. Fing an, sich rosa zu färben. Fand nie den Punkt zum Absprung. Exitus.

Rosa spazierte durch die Stadt. Natürlich wurde sie angemacht. Manchmal hatte sie Sehnsucht nach Schummrigem, setzte sich in der falschen Straße in ein Lokal, achtete nicht auf das Getuschel, bis die Tussi hinter der Theke ihr zurief: „Damen sind hier unerwünscht!"

Rosa achtete nicht weiter darauf, da kam die Tussi mit der scharfen FleischmesserSeele um die Ecke gefegt: „Hamm Se nich jehört?! Damen sind hier unerwünscht!"

Rosa musterte sie satt von unten mit ihren trägen Augen.

„Und was sind Sie?"

„Ich arbeite hier. Plong!"

Rosa entleerte ihr Gesicht, überlegte, ob die handgreiflich werden wollte, positionierte unauffällig ihren großen weißen Körper. Wenn sie es recht bedachte, hatte sie sich noch nie mit jemandem geprügelt, vielleicht lag's daran, vielleicht war das der Fehler. Schon schätzte sie ab, wie sie zupacken, wie sie hämmern, wie sie schnauben und stoßen und schmettern würde. Sie reckte die feingeschnittene kleine Nase – das Kinn ...

Da war so ein einäugiger Penner dazwischen gegangen, hatte sie in ein anderes, weniger strenges PlüschLokal geführt, wobei sie vor sich hinmurmelte, daß das bestimmt gegen das Grundgesetz sei, Frauen/ Juden/ Neger RAUS – das mußte gegen's Grundgesetz sein ... Es konnte doch unmöglich rechtmäßig sein, sie rauszuwerfen, das konnte doch unmöglich ... Iss ja schon gut, Rosita ... Nein, da war nichts gut, die hätten doch wenigstens fragen können. Hätte doch sein können ... Sie hätte doch genausogut 'ne Lesbe sein können – und viel mehr zahlen als so'n blöder Freier ... Na ja, vielleicht doch eher unwahrscheinlich – an so 'nem Ort ...

Der Penner neben ihr hörte gar nicht zu, er war auf seine Art zugange, musterte immer wieder beeindruckt ihre Fülle.

„Für dir ging ich auch das fünfte Mal zum Standesamt, Rosita. Viermal war ich schon, mein Jott, so'n Leben, da kommt man aus'n Hochzeitsbetten überhaupt nicht mehr heraus, nur eben mang zum Klo und für die Scheidung ..."

Jott o Jott. Früher hätte sie gelacht und dem Typ einen ausgegeben. („E echt Kölsche Typ – un Gold wert!") Jetzt dagegen hatte sie das Gefühl, sie – entfiederte ...

Schließlich hatte sie es bei ALLUST ausprobiert. Verkäuferin mit Kassiertätigkeit. Das war ein FullTimeJob von der unangenehmsten Sorte. Die Abhängigkeit von diesem öligen Filialleiter bzw. seinem Assistenten, dessen rote Kaninchenaugen immer so seltsam zu flimmern begannen ... Das hätte beinahe ihre schaukelnde weiße Fülle – angepflockt? zumindest reduziert maximal.

Denn natürlich paßte sie nicht ins Bild, und obwohl sie den beiden so langsam wie möglich in die Augen sah (einen beruhigenden Schneckengeist andeutend), spürte sie die aufglimmende Feindseligkeit. Zuerst zuckte sie die Schultern in bewährter Manier, drückte ihr Doppelkinn freundlich an, ließ ihr Gesicht leuchten. Nach einiger Zeit freilich merkte sie, daß die Nachteile der Situation sich auf ihr Portemonnaie auswirkten, und das sah sie nicht ein: Daß sie sich abrackerte, biblisch: 'im Schweiße ihres Angesichts', und dann noch selbst für jedes Versehen einstehen mußte. Da vermißte sie die Gerechtigkeit. Schließlich wurden ständig kostenlose Überstunden verlangt, es war ganz selbstverständlich, daß sie morgens und abends zusätzlich saubermachte. Und mittags sollte sie ebenfalls

„das Gelände" nicht verlassen. Da saß sie dann in so einem seelenlosen Kabäuschen bei geöffneter Tür und fiel fast vom schäbigen, kleinen Plastikstühlchen, müde von der Vormittagsrackerei. Dann wurde sie zunehmend an der Kasse eingesetzt, vor allem an den Wochenenden, ohne daß ihr mehr bezahlt wurde – wie es doch vorgeschrieben war. Begründung: Sie hatte ja „nichts gelernt". Und deshalb mußte sie auch immer wieder gecheckt werden: Da kam dann diese PseudoKundin und gab einen „gefundenen" 20-DM-Schein ab. Sie war allerdings durch eine ältere Kollegin schon vorgewarnt: Daß sie um Gottes willen sofort laut nach dem Assistenten rufen mußte, nicht etwa denken, das hätte bis abends Zeit. Das gäbe eine sehr schlechte Zensur in Sachen Zuverlässigkeit, unter Umständen sei es Anlaß zu einer Feuerung. Und ja kein Portemonnaie am Leib am Arbeitsplatz, und keinen eigenen Kugelschreiber – „in Ihrem Interesse, meine Damen". Knirschende Übereinkünfte. Und die Zigarettenschachteln mußte sie immer wie ein braves Mädchen zum Filialleiter tragen, daß er sie abzeichnete. So daß er eine weitere Gelegenheit hatte, seine Augen auf ihr grasen zu lassen, als wäre sie eine öffentliche Wiese. Natürlich – so hieß das doch wohl? – „natürlich" machte er ständig geile Andeutungen, versuchte zu grabschen, sprach von ihren „Chancen". Die „Chancen" kannte Rosa, dazu brauchte es noch nicht einmal ihr helles Köpfchen. Sie besah ihn sich, seine verklemmte Haltung, sein öliges, graues Gesicht. Sie war sicher, er bildete sich alles nur ein, er wollte in Wirklichkeit gar keine Frauen zusätzlich, hatte Schwierigkeiten, die eigene zu versorgen, hatte keine Ahnung von Sinnlichkeit, war nur so ein weiterer Verkorkster, der unter dem Zwang litt, sich profilieren zu müssen ... („Oh, meine armen Brüder ... maskulin ... im Mausoleum ...")

Rosas Herz weitete sich für einen Moment: er konnte nichts dafür ...

Aber dann wurde sie darauf gestoßen, daß er Spaß hatte an schmuddeligen kleinen Gewaltspielchen auf Kosten des Personals. Ihr Herz machte wieder dicht. Sie hatte nachdrücklich seine Finger von sich entfernt und ihm einen mittleren RosaBlick gegeben.

Den ZigarettenGang hatte sie übrigens nur einmal getan, dann hatte sie kühne Konsequenzen gezogen, von einem Tag auf den anderen: Weg mit der Zigarette! Aufhören! Nicht, daß es ihr leicht gefallen wäre. Wochenlang: Von Depressionen überbraust. Und das bei dem Job, der ja eh nicht gerade aufheiternd wirkte. Ihr georgischer Urgroßvater meldete sich häufiger als sonst. „Kein Mensch wird je eine größere Wahrheit finden, als seine Niere ihm erlaubt." Oder war das die georgische Urgroßmutter? Sie mochte ja recht haben, nur schien ihr die Organauswahl ein wenig beliebig. Bronchien und Lunge waren ihrer Erfahrung nach jedenfalls intensiv mitbeteiligt. Ihr Magen schickte ein Mahnsignal nach dem anderen („Fehler im Editor: Transversteck leer! – Operation abbrechen!"). Ihre Zunge ödete sich ohne Rauch. Ihre Zähne jammerten nach Nikotinflecken, ihre Finger sehnten sich nach den schlanken Stengeln, diesem Blumenersatz und Haltegriff der Moderne. Sie schaukelte und atmete und hielt durch. Als ob sie einen Privatkampf führte, als ob mit den schlimmsten Entzugserscheinungen bereits der Punkt der extremen Negation erreicht worden wäre, an dem Affirmation plötzlich und überwältigend auftritt.

Solche Sachen merkte sie sich wieder, seit sie sich hatte scheiden lassen, die intellektuellen Federn nach langen Jahren ein wenig gestriegelt und geplustert –

Dank Sylvester? Rosa in Sylvester? … Was ist LOS? Es geht ums GANZE undsofort. Erinnerungen und Phantasma als schmerzhafte Suchbewegung nach Sinn Essenzen Substanzen. Aufgepickt? totgepickt?

Vergeblich gehascht: Jahre durch und durch und durch / und plötzlich: Orkanartig aufbrausende Geschwindigkeit erschütterter Suchvogel geknickter Flügel und dennoch beachtenswert durchsichtige Beute im Nest: ungesichert.

Rosa – schaukelnd auf allen Gassen.

Das heißt – so weit war sie damals noch lange nicht. – Und jetzt … (Ein Tag Aufschub …!)

Damals hielt sie noch monate – m o n a t elang durch. Tapfere Rosa. Gleich nahm ihre Seele wieder zu an Fülle, wenn sie daran dachte. Sie würde alles schon schaffen, wenn sie gelassen und heiter auf und ab schaukelte. Auf und ab. Damals schaffte sie es natürlich nicht. Was den Ausschlag gab, war … Sie hatte das Bügelbrett aufgebaut, nahm sich jetzt die Bettwäsche vor, hielt einen Moment inne, strich sich über die Stirn, fing dann routiniert zu bügeln an …

Vergangenheitsschatten als Software ihrer Arbeit, ihrer Hausarbeit, um ihre Aufmerksamkeit buhlend. Manchmal im Rampenlicht ihres Inneren Erinnerungen wie Könner – als täten sie es das erste Mal, voller Überzeugungskraft, glorreich, Gestik, Mimik hirnuntermalt, fließende Bewegungen, kühn gekonnte Wagenisse (Trapezstars im Circus Roncalli – in der Manege …). Und dann wieder schematisch-bläßlich wie Amateure, wie überdrüssige alte Staatsschauspieler, jammernde, kränkliche, ständig unzufriedene, auf Rente lauernde, auf Wasserbeinen pfeifend aus allen Lungenlöchern stolpernde. Und tatsächlich: schon wieder ein Erinnerungszeh abgebrochen! Als ob sie nicht besser hätten aufpassen können, da! ein ganzer Torso kalkig weggerieselt und nur notdürftig wieder zusammengeleimt …

Und dann Pause … Nichts … Rosas Aufmerksamkeit flippt aus.

Leis vibrierendes Dämmerlicht im Hirn, schnurrend; schnürend über StiefmütterchenFeld, wohlig. SprachBild, dessen äußerste Teilstriche das Abgebildete berühren – touch me tender …

Mein Herz ist eine lachende Taube, sie steigt und fällt schneeweiß … zarte Welle Wolke seidenblau … Hängebrücken gefiedert … grüne Rinnsale lächelnd lammfromm über die Wiese … Weide meine Lämmer …

Und dann doch wieder Düsternisse, Klüfte, Eisiges … Ach, das nehmen wir mit, wir weben es ein, denn andererseits wachsen den Erinnerungen ganze Beine, Brüste neu nach, werden neu eingeflochten ins Übliche, ins Vorgegebene. Denn natürlich ist alles nur im normalen Spektrum wahrnehmbar, anders nicht –

Her mit der Erfahrung der Erinnerung! auf die wahrnehmbaren Gleise gesetzt! und also ins Zweidimensionale verkürzt! Hierher mit ihr, auf den Arbeitstisch! Die Dinge an sich sind farbfrei; neither good nor bad. Zuckende nackte Schatten, Vergangenheitsschatten regulär festgepinnt, blinde huschende Flecken dazwischengeklemmt. – wie es werwiewas befahl: die Sprache … das Gehirn …

Sie griff nach den Laken, den einen Saum würde sie noch umnähen müssen, da lösten sich sonst immer mehr Fäden. Oder verschob sie es und putzte stattdessen das Badezimmer? „Alles" hatte in dieser Hinsicht ziemlich dringend geklungen, wahrscheinlich wollten die beiden eine Orgie feiern – taten sie allerdings nicht oft. Also war es ein zu beeindruckender Besuch? Da mußten die Wasserhähne blitzen – glitzern und gleißen! und auch die Badewanne. Und deshalb mußte wohl auch so viel herangeschafft werden, den Großeinkauf sollte sie mit dem Fahrrad abholen – das war dieses sperrige Ding mit dem gewaltigen Anhänger, sie sah sich schon: Gebeugt wie eine moderne Mutter Courage, wenn auch innerlich aufrecht (wollen hoffen!) ...

Sie mußte sich beeilen – iiiih! der dreiteilige Spiegel war blind, da hatte die Apothekersfrau wieder mit Haarspray gespielt, immer alles daneben, oder doch fast alles. Sie machte sich daran.

Den Ausschlag gab damals – ja was –

Die ältere Kollegin, die ihr gleich anfangs den Tip mit der Pseudo-Kundin gegeben hatte, wurde zu 175 DM Strafe ans Ordnungsamt verdonnert (stellvertretend für die Filiale), weil in der von ihr gefüllten Kühltruhe zu alter Käse gefunden wurde. Ihr „Glück" war, daß sie nachweisen konnte, zum fraglichen Zeitpunkt in Urlaub gewesen zu sein. Jetzt spähten die Herren noch sorgsamer. 20 000 Preisschildchen pro Tag. Wehe! 500 bis 600 Kunden pro Tag an jeder Kasse. Wehe! Abends regelmäßig das Strafgericht: Die Abrechnung mit dem Assistenten, der Vergleich des Kassenkontrollstreifens mit dem Inhalt. Tag für Tag wurde Buch geführt unter anderem über Rosa Baumeister, die ihren BeinaheDoktortitel entschlossen verschwieg. Wehe, wenn eine Differenz auftrat, wenn ihr vor lauter Dauerbelastung ein Tippfehler unterlaufen war (ach! die unbewußt aufmüpfigen Tippfehler der Phantasie ...), dann wurde ein Spektakel veranstaltet, als sei sie eine Schwerverbrecherin. Sie beobachtete es bei der älteren Kollegin: ihr gegenüber hatte der Assistent ja etwas „wiedergutzumachen", nämlich die Scharte mit der Kühltruhe wieder auszuwetzen (die auf seine Kappe ging, da der Filialleiter aus verständlichen Gründen sich nicht selbst zur Rechenschaft ziehen mochte). Irgendwie mußte doch nachweisbar sein, daß sie selbstverständlich den alten Käse hineingelegt hätte, wenn sie nur dagewesen, wenn sie nicht rein zufällig weggewesen wäre. So daß ihr damaliger Urlaub sich letztlich darstellte als besonders raffinierte Finte und DoppelSchuld. Sie hatte den Assistenten gefoppt, zu seinem Fehler verführt wie einst Eva den Adam usw. So krauses Halbdämmer sprach aus den kleinen Mäuseaugen des Assistenten, der nicht umsonst unter Rosas Blick immer zu flimmern begann. Ihr fiel ein, daß er sicher auch ein guter Mensch hatte werden wollen. Ihr entfiel es wieder. (Diese Hin- und Her-Bewegungen entwickelten sich allmählich zu einer RoutineGymnastik, auf die Art würde ihr Denken stramme Waden bekommen … Wollte sie doch hoffen …)

Sie beobachtete, wie das bei der Kollegin lief (die noch nicht einmal 12 Piepen brutto die Stunde = den Gegenwert von 2 Laib Brot in der Stunde verdiente, weil sie zwar schon über neun Jahre in dem Laden war, aber ja „nichts gelernt" hatte). Deren Schuldbewußtsein wuchs. Jeden Abend wurde sie empfindlicher, ging mit zitternden Knien zur Kassenabrechnung, von vornherein eine Sünderin. Wenn dann der Assistent – der 20 Jahre jünger war als sie – seinen Zeigefinger vorwurfsvoll reckte wegen eines winzigen DifferenzBetrags, flatterte sie – längst schon überführt, schamrot und stotternd. Rosa stellte fest, daß sie vom Windschatten profitierte. Sie versuchte, sich mit der Kollegin auszusprechen, wurde abgeblockt. Es konnte nicht klappen. Einmal lernte sie den Ehemann kennen: Er kam hereingestürzt während der Abrechnung, kochend vor Eifersucht, das nervöse Zittern seiner Frau sprach für ihn Bände. Für Rosa auch, nur eben andere. Sie kündigte „ohne besonderen Anlaß". (Das setzte sie der Frosch-Geschichte entgegen. Bittesehr!)

Danach allerdings war nicht mehr viel gewesen.

Oder vielmehr – im Stil der Apothekersgattin: Alles.

In Kleinbuchstaben: ihre Putzstellen hatten angefangen. In Großbuchstaben: HERBERT HATTE SIE ZU SCHNEIDER PIETER MITGENOMMEN, dem es nach dem Herzinfarkt der Generalin ziemlich mies gegangen war. Rosa tat ihm gut. Weil sie ja so biologisch war und überhaupt.

Herbert, der Schlemihl. Der SchwarzLockenBarde. Der ihr schon ein paarmal seinen Schatten geliehen oder sogar geschenkt, ihr förmlich aufgedrängt, unters Kopfkissen gelegt hatte. Um ihn dann sich regelmäßig wiederzuholen, zu klauen, ihr abrupt wegzureißen, ihr …

Sirrr-plinnk …

Sie ging ja schon – uno momento –

Herbert – halloo – wenn man vom Teu- Jaa, Pieter hat längst angerufen, woher wißt ihr denn die Nummer – ach klar, entschuldige, das hätte ich wissen mü- … (Mein Gott, Herbis verkrachte Existenz, das hier war mal s e i n e Apotheke gewesen, mit seiner Apothekerswohnung darüber ...) – Einen Tag Gnadenfrist, was? – Wie bitte? – Du meinst, sie kommt heute noch?

Seine einlullende Schlemihl-Reibestimme: „Ich bin sicher, Rosa, ich war gerade noch mal dort, dieser ComputerFritze wollte ..."

„Ja und?" Bloß sich nicht auf ein ComputerGespräch einlassen. Wenn er erst einmal richtig angelaufen war, ging's gnadenlos rund.

„Sie haben angerufen aus der Klinik, sie hat den Zug versäumt und kommt drei Stunden später. Weißt du, eigentlich dachte ich mir so was gleich, ich stand doch damals neben Pieter, als sie anrief. Solche Feldmarschall-HoppHopp-Angaben wie die ihren bringt man nicht so leicht durcheinander. Sie hat sich goldrichtig für heute angesagt."

„Wahrscheinlich hat sie es vor lauter GeneralinnenManieren nicht geschafft, normal einzusteigen."

„Genau! Der Reifrock klemmte."

„Sie ist doch keine Madame Pompadour!"

„Na, dann mußte sie dem Personal dort erst noch einmal den Marsch blasen, Motto: Wie verabschiede ich eine Generalin."

„Ja, und nu? Ich denke, ihr macht einen drauf. Da ist ja dann niemand zu Hause, möchtest du, daß ich ..."

„Bloß nicht! Das ist ja gerade das Geniale. Stell dir vor, die kriegt kein Empfangskomitee, niemand erwartet sie ... Nach allem, was ich über sie gehört habe, ist sie sofort auf hundertachtzig – meinst du nicht? Und bei ihrem schwachen Herzen –"

„Vielleicht sitzt sie schon tot im Hauptbahnhof, willst du wohl sagen!"

„Na ja. So ungefähr. Würde doch alle unsere Probleme lösen. Jetzt lob' mich mal!"

„Herbi, das ist doch Blödsinn! Auf die Weise machst du nur alles von vornherein kaputt ..."

„Kaputt?? Na, hör mal, wer macht kaputt!!! Wir wissen doch alle, wir WISSEN, daß sie uns rausschmeißen wird ..."

„Ich weiß gar nichts. Menschen sind nie ganz berechenbar."

„Komm mir nicht mit deinen AllerweltsSprüchen, wenn es brennt!"

„Vielleicht ist sie wirklich anders geworden. Herbi. Angesichts des Todes und so. 'N Herzinfarkt hat schon bei manchen ..."

„Quatsch. Ich hab doch ihre Stimme am Telefon gehört. Das war eine GeneralinnenStimme, hochkant, metallisch durch und durch. Eine SchinderinnenStimme."

„Und so jemanden glaubst du durch bloßes NichtBegrüßen fertigmachen zu können ..."

„O.k., o.k. – iss ja nichts Böses passiert. Nur daß du nicht doch noch nichtsahnend dazwischenfunkst! Stell' dir mal vor, wie toll das wäre, wenn sie uns einfach erspart bliebe ..."

„Ach Herbi, das ist doch ..."

„Ich fänd's halt schön, wenn wir zusammenbleiben könnten, du und ich zum Beispiel ..."

„Halloo – das fänd' ich auch schön. Aber ..."

„Also bleib erstmal weg. O.k.? Ich mach' unseren Pieter blau, aber nur grad so 'ne Spur. Wenn wir Glück haben, kommt er im Rausch nach Hause und gibt ihr kühne Widerworte."

„Herbi ..."

„Das wäre doch wirklich 'ne Chance für uns, meinst du nicht? Das müßte sie doch vollkommen aus dem Panzer holen, so lammfromm, wie er sein Leben lang war. Pieter SanftSchaf. Wird zum Wilden TigerPieter ..."

„Ich weiß nicht ..."

„Und vielleicht krieg' ich selbst auch mehr Mumm in die Knochen, dann geh ich später noch vorbei und klopp' ihr eine mit der Bratpfanne über'n Kopp ..."

„Herbert – du TRÄUMST."

„Laß mich doch, Rosa. Tut niemandem weh. Ich träum' auch von meiner Apotheke – und von dir ..."

Kluong raschel raschel ... Stille. Er hatte aufgelegt. Sie legte auf.

Wie fand sie denn das. Erwachsen würde er nie werden. Herbert der GeneralinnenKiller. Ein musikalischer Killer! Demnächst streute er noch Rattengift vor dem Fenster der Generalin in der Hoffnung, daß ihr ein ZauberWind die ganze Chose in den Magen blasen würde. Während er sentimentale Rauch-und-DonnerSongs vor sich hin röhrte ...

Ein Träumer, ein Schludrian, ein Schlemihl, ein Verrückter, ein Verschwender – seiner selbst und aller anderen! Sie ging ins Bad zurück, machte fertig. „Alles." Und der Einkauf? Sie ging nach unten, holte das Fahrrad mit dem Anhänger aus dem Verschlag im Hinterhof, besichtigte es im Taglicht: Ganz schön wuchtig, der Anhänger, Platz genug für ca. fünf Koffer. Wenn das nicht reichte – Ha! notfalls würde sie sich die Fressalien auf den Kopf türmen, Madame la Courage …

Und dennoch …

… *Erinnerungen um sich herum, lächelnde, ironisch verzogene, aus vollem Mund lachende, lächerige, verzweifelt liebevoll liebende … Damals mit Herbi …*

Jetzt würde sie gern ihr Gedächtnis anstupsen, mit rosiger Fingerkuppe, wenigstens e i n e LoveStory, sanft-glühende Farben, samtiger Lustwurf, pfötchengebend … !!!

No no no, Rosita! Erst die Arbeit! Oh – Widerwart!

TEIL III
DIE EICHHÖRNER KOMMEN ZURÜCK

9

DAS ATTENTAT (II)

... da habe ich gelernt / daß dies eine Welt von Leibern ist / und jeder Leib voll von einer furchtbaren Kraft ...

Peter Weiss

Die Generalin, die am Bahnhof hatte feststellen müssen, daß niemand auf sie wartete, die zu Hause entrüstet – nein: entgeistert! registrieren mußte, daß nicht nur kein Schneider Pieter sie empfing und demütig-flehend um Entschuldigung bat, sondern daß im Gegenteil die ganze Wohnung auf das Empörendste umgekrempelt war. Eine PalastRevolte! Er hatte es gewagt! Nach allem, was er ihr schon angetan hatte, auch das noch! Was würde die Präsidentin sagen! Und der Major. Eine Schande, eine unverzeihliche Schande. Die Generalin rang nach Atem, ihre Hand fuhr nach ihrem Herzen. Er würde büßen müssen, sie wollte ihn büßen sehen, ihr ganzes Leben lang hatte sie ihn milde behandelt, hatte ihm nie wirklich gesagt, was sie von ihm hielt – da sieht man einmal wieder, wie es einem gedankt wird. Sie schritt eisig durch die Zimmer – ihr Gesicht zum ersten Mal vereist wie das ihrer Mutter einstmals, ihre Gedanken zwar kontrolliert, jedoch immer wieder unterbrochen durch ein jähes Zornzucken, wenn sie dies oder jenes herumliegen sah von – Frauen! D i r n e n ! gleich mehrere auf einmal. I h r e Wohnung, i h r e mit ihrem Geld angeschaffte Wohnung: eine schmutzige Dirnen-Höhle! Sie hob Dinge hoch und ließ sie angewidert wieder fallen. Unaussprechlich. Und neben dem Telefon fand sie einen Brief, adressiert an diesen – pfui! diesen DrückebergerGroßneffenTunichtgut, dessen Anblick sie sich verbeten hatte, der so feige den Wehrdienst verweigerte – ein Enkel und Urenkel von Generälen und verweigert! Ihr eigener Großneffe. Er hatte sie angeblich zufällig „entdeckt" als Verwandte, hatte angerufen, der Heuchler, war wie selbstverständlich auf Besuch gekommen und hatte, als wäre es nichts, dreist von seinem ExZiwiDienst erzählt, sich nachgerade gebrüstet: daß er feige desertiert war. Ausgespuckt hätte sie am liebsten vor ihm. Eine lebende Schande! Der damalige Herzanfall war allein sein Werk. Und das von Pieter. Die beiden hatten sie auf dem Gewissen – Wie k o n n t e Pieter … Am liebsten hätte sie die Hände gerungen, ausnahmsweise. Sie raffte sich zusammen, brachte sich unter eisige Kontrolle, nahm Platz. Sie war da, sie hatte Zeit. Er sollte nur kommen, Pieter sollte nur zu ihr zurückkommen.

„Komm heraus, du Ekel, komm bloß heraus, du altes Ekel!"

Die Generalin glaubte, nicht recht zu hören, starrte ungläubig die geschlossene Tür an: das unwirklich ordinäre Toben da draußen.

Sie erhob sich. Die Präsidentin hatte ihr zum Abschied ihren Stock geschenkt, sie stützte sich darauf. Ein General stirbt am besten im Gefecht, unter Feuersalven. D.h. – sie reckte die Schultern – es war noch gar nicht ausgemacht, wer hier untergehen ... Es war noch ganz und gar nicht ausgemacht. Haltung est Humanum! Der alte Schlachtruf fuhr in sie hinein wie ein Kraftstrom, der Gott der Gerechtigkeit nahm prompt Platz in ihrem Gemüt, thronte so herrschermäßig wie selten: Vereint mit ihm die Welt in sieben Tagen zerstampfen!

Sie glättete sich. Sie ging gemessenen Schrittes zur Tür, stieß den Stock dreimal dröhnend auf den Boden und dreimal dröhnend gegen die Tür und kanzelte mit ihrer unnachahmlichen, alles durchdringenden GeneralinnenStimme:

„Benehmen Sie sich gefälligst! Sie sind hier nicht in einer Irrenanstalt!"

Sie konnte nicht wissen, was sie da sagte, wie unter alle Gürtellinien das Stichwort traf. Sie riß die Tür auf – (plötzliche markante Bewegungen, plötzliche scharf ziselierte Sätze, HerrscherBlicke und -Gesten ... Wollen doch mal sehen, ob das wirklich nicht mehr ankommt im NachkriegsDeutschland, wollen doch mal abwarten, ob dieses uralt überlieferte kleine VerhaltensSet nicht immer noch der Guten Sache auf die praktischen Sprünge hilft ...). Sie riß also die Türe auf und zeigte sich den beiden, ihre Lebensgröße gut aufgebaut, ihre Augen eisig musternd von oben herab – wie es Frau Möllendipp zwar auch versucht hatte. Das hier jedoch – das hier – war gewissermaßen das Original. Nie hatte die Generalin generalinnenmäßiger ausgesehen.

Prompt ließen die beiden die Köpfe hängen. Gott und Göttin, Vater und Mutter und der Anstaltsirrenarzt zusammen zernichteten sie aus diesen schrecklich endgültigen Blicken. Die Luft der Entschlossenheit verließ sie leise fiepend.

„Nun?" Markante Pause. „Womit kann ich dienen?" Klirren von Verachtung. GeneralinnenWörter wie Eisstücke von hoch oben auf Metall. Pling pling peng peng – craut coon und caffer – WIRD'S BALD?!

Die beiden wichen unwillkürlich zurück, starrten von unten in dieses Gesicht: Fischmund und vorstehende Augen. Sie versuchten loszukichern, krächzten einen lahmen Kiekser, schluckten. Diese angewiderten Blicke waren schwer zu ert… Sie senkten entwaffnet die ihren. Hildeburg faßte unsicher nach Jonathans Hand, er nach ihrer …

„Wir wollten – es ist so – wir suchen – wir möchten -", (mit etwas festerer Stimme:) „wir möchten Herrn Braatsche sprechen."

Und Hildeburg fügte mit kleiner Stimme hinzu, wollte hinzufügen … Die Generalin unterbrach sie:

„Ich kenne keinen Bratsche."

„Aber er wohnt doch hier! Ich weiß es genau. Wir …"

„Falls ein Bratsche hier tatsächlich gewohnt hat, so kann ich Ihnen versichern, daß damit Schluß ist, aus und endgültig. Er hat sich ohne mein Wissen hier eingemietet. Ich werde ihn noch heute nacht an die Luft setzen, nötigenfalls unter Hinzuziehung von Polizei …"

Das hatte sie für ihre Verhältnisse überlaut gesagt, wenn das so weiterging, brüllte sie demnächst im Treppenhaus. Was sollte Frau Möllendipp denken, die stand bestimmt da unten schon und horchte … Alles wegen … Sie setzte kalt hinzu: „Er ist nicht hier. Guten Tag."

Sie schloß die Tür.

Die beiden trotteten die Treppe hinunter, Augen eingezogen, Schwanz eingezogen. Sogar die Ohren senkten sich, als sie an Frau Möllendipps Wohnung vorbeikamen.

Draußen flüsterte Hildeburg verloren vor sich hin, machte kleine Bewegungen mit den Vorderpfoten, die plötzlich wieder fünfgliedrig wirkten, aussahen wie eine menschliche Hand. Sie schielte vorsichtig zu Jonathan. War er in Wirklichkeit doch einer ihrer Feinde, Teil der Verschwörung gegen sie. Sie hatte es gewußt – und dann sich doch einlullen lassen … Sie fummelte verstört in der Luft, kramte nach ihrem verlogenen kleinen Lächeln. Wo war es noch.

Die beiden Irren hüpften trübsinnig nebeneinander die Straße entlang.

Jonathan wußte Bescheid, hatte die rettende Idee.

„Du hast doch gesagt, er hat die andere Wohnung noch. Vielleicht hockt er jetzt in der anderen Wohnung."

Hildeburg blinkerte ihn hoffnungsfroh an. Ja natürlich, das war eine Idee, viel besser als zurück in die Anstalt. Sie legte Tempo zu. Da fiel Hildeburg ein:

„Wenn er auch wieder nicht da ist?"

Die Erfahrung saß tief: In der Anstalt war es anders, dort war man immer da, Herbert hätte angeschnallt gehört mit Lederstrapsen!

„Wenn er auch wieder nicht da ist?"

„Dann begießt du seine Flittchen mit Goldwasser. Irgendeins wird schon da sein."

Ihre Augen blitzten vor Schaffensfreude – mutig und miteinander. Sie kamen voran.

Die SchneiderPieterWohnung lag in Deutz, in der Kasemattenstraße. Herberts ehemalige Apotheke neben Sankt Kunibert, die ehemalige Wohnung in der Richmodstraße. Sie beeilten sich.

Da war schon die Apotheke. Ihre Apotheke, wenn es mit rechten Dingen zugegangen wäre, wenn Herbert nicht aus purer Bosheit alles in den Sand gesetzt hätte. Weiß der Kuckuck, mit wem er das Geld durchgebracht hatte – mit ihr nicht, jedenfalls. Rachegelüste schwelten, loderten, leckten am Haus hoch ... In der Wohnung da oben hatten sie zuerst gewohnt, wie es sich gehört. Die Eltern – ihre Eltern selbstverständlich – hatten alles bezahlt, eine ganze Wohnung samt Einrichtung (und Apotheke!!) als Hochzeitsgeschenk. Dann war die Apotheke futsch, und sie mußten umziehen in was Kleineres, der bessere Teil der Möbel verkauft. Der NachfolgerApotheker (HankGeigy) hatte viel übernommen, hatte es genossen. So eindeutig besser sein als ein anderer, so eindeutig mehr vom Glück begünstigt. „Ich nehme an, Sie interessieren sich ... Wir sind ein junges Team. Sehen Sie sich ruhig um. Ja, aber gerne ... Ja, die Alarmanlage habe ich ganz neu installieren lassen ..." Und er hatte ihnen alles erklärt, silberflaumig und krummbeinig vor Stolz, und sie hatte die Lider ein wenig gesenkt und vage gelächelt, damit er die Stiche nicht merkte, die weißglühend zischenden Stecknadeln in ihrem Bewußtsein. Sie hatte sich jede kleinste Einzelheit gemerkt.

Jetzt huschte sie hinein wie eine BerufsVerbrecherin, Blausäure wäre das Richtige, hatten sie nicht, ach, aber Goldwasser tat es schon auch, da standen im Finsteren des Regals hoch oben noch zwei unangebrochene Halbliterflaschen, vielleicht sogar noch aus ihren eigenen Zeiten. Sie geriet ins Träumen: Ein paar kräftige Spritzer, oder eine Badewanne voll, daß nur noch das Skelett von Herbert übrig bliebe ... Die Vorstellung belebte sie. Vierter Weltkrieg – wieso Vierter? – na, den Dritten gewinnen eh die ... O.k., wenn's denn sein muß: Dritter Weltkrieg, und die Bombe trifft Herbert. Dieser Moment, wenn sein Skelett weiß vibrierend sichtbar wird – fast könnte sie ihn berühren, ihm verzeihen, einswerden, mit dem Todfeind verglühen ... Sie blinkerte. Achtung, Feind-Näherung! Sie versteckte sich. Die Schritte gingen vorbei, die Tür schloß sich. Heiliger Bedlam, das war hier ja schwieriger als im Irrenhaus, alles so stromlinienförmig seit der – wie hatte dieser aufgeblähte – HankGeigy – der Name allein! wie hatte er von oben herab:

„Die weiße Revolution der Apotheke, Frau Braatsche, Vorreiterin des modernen Design."

Silberner Quatschkopp. Junges Team. Wir sind ein junges Team – von wegen. Der war Jahre älter als sie. Aber eindeutig Nachfolger. Besitzer IHRER Apotheke. Sie fegte ein paar Medikamente aus den Regalen, kam auf den Geschmack, wühlte in den Regalen, fegte ganze Fächer leer. Das war hübsch, besonders, wenn die Gläser zerplatzten. Sollte er sehen, wie er sich das erklärte. Iiiiiiiiiihh, wie das stank, wie das zu ihrer feinen EichhornNase explosiv hochknallte ruchmäßig – das war doch nicht etwa – eine Falle! Sie blinkerte verzweifelt – sie mußte, sie würde – Sie huschte unbemerkt hinaus, die beiden Flaschen fest unter den Arm geklemmt.

„Jetzt aber ran! Wenn nicht Herbert – dann seine Flittchen!"

Gift ins Herz – Zunder untern Sterz ...

10
DAS KNEIPENSCHIFF

Zu Köllen hört' ich rauschen den Rheinfluß / da
fächelte mich deutsche Luft / wouf!
fühlt' ich ihren Einfluß / auf meinen Appetit // aß

Eierkuchen mit Schinken voll salziger Kruste /
brrr! Feuer! krrr! mußte
ich Rheinwein trinken / wie Gold

im Römerglase / rollt / prickelt / Wonne /
Süße / Die Füße wandernd unterm Mond /
zum Dom von Köllen / woselbst die Steine /

der heilgen Stadt Köllen Bagatellen //
aus altverschollener Zeit vertellen …

nach Heinrich Heine

Das Kneipenschiff von Köln bewegte sich langsam durch die Stadt, drei Schaumkronen schwebten drüber, leise platzend.

„Noch'n Kölsch!"

„Bitte ein Bud!"

Die Wirtin neigte sich, Circe Titania, deren Kunden sich in alles mögliche verwandeln konnten. Fürsorglich füllig stand sie da, Lächeln streuend, das blonde Haar aus der Stirn und – Oh, was'n Betrieb wieder! – schnaufend von mühender Rührigkeit – Heut' iss et abber wieder ... Und lächelnd Biere zapfend und reichend mit wohltuendem Blick. Kölsche Stangen und bauchiges Bud, schäumendes brausendes goldenes Naß ...

„Schenk ein!"

„Her damit!"

„Randvoll!"

„Genug gedürstet!"

„Edle Gischt!"

„Heda – her damit!"

„Stoßt an!"

„Schlürft aus!"

„Hinunter damit!"

„Sauft es rein!"

„Schlürft aus!"

„Noch 'ne Runde!"

„Heda, Wirtin!"

„Was war eher da, das Trinken oder der Durst?"

„Hmmm, das geht ins Blut. Das Pißfaß kriegt nichts davon!"

„Wenn aber mein Piephahn solchen Brunz gäbe ..." (träumerisch ...)

„Wonnig, wonnig!"

Anfangs war es Schneider Pieter nicht bekommen. Zumal es gleich in der ersten Kneipe zu einem dieser kleinen Zwischenfälle gekommen war, justament als Bodo und Herbert auf Toilette gingen und Pieter unprotektioniert auf seinem Barhocker hing, trübe in sich zusammengesackt.

Ein alter Seebär, ein FlachFlußSchiffer, die ja bekanntlich die gröbsten sind, dem sie überdies bei irgendeiner besonders lustigen Rauferei das eine Auge angestochen hatten, so daß es ziemlich ekelhaft halb aus der Höhle hing, der war auf den einsamen Schneider Pieter zugekommen:

„Das darf doch wohl nicht wahr sein, Junge!"

Schneider Pieter lächelte ihn unsicher an, hatte Schwierigkeiten, in dieses Auge zu sehen, graulte sich. Da hatte der alte Bär schon einen Barhocker mit derber Faust geschnappt, um sich mal eben ihm gegenüber aufzupflanzen wie ein wilder Krieger aus dem Buschland der Teutonen – und saß plötzlich bewegungslos und starrte ihn an, auch das halb heraushängende Auge geweitet vor Scheu und Staunen. Pieter versuchte weiter zu lächeln. Da streckte der die Hand wie zögernd-ehrfurchtsvoll nach ihm aus, berührte ihn so eben in Brusthöhe, stupfte ihn, fuhr zurück:

„Nein nein – das gibt es doch nicht – so 'nen MilchbartMethusalem – das läuft doch nicht in Wirklichkeit immer noch herum – so käsmoosig wie du ausschaust, Alterchen, hast du die Radieschen doch schon etliche Jahre von unten benagt. Hä?!" Und er gab ihm einen kleinen Stoß. „Gib's gefälligst zu! Hä?!!"

In dem Moment war Bodo bullig auf der Bildfläche zurück erschienen wie ein Stier, und hinter ihm zockelnd Herbert, der wakkere Barde, die Opernfaust geballt in züchtiger PfadfinderManier. Der verkrüppelte Seebär erfaßte die Lage mit dem gesünderen Auge sofort und war fix wie nix von Bord (einen Gestank freilich zurücklassend ...).

Pieter war den Tränen nah, versicherte immer wieder, als ob seine beiden Zechkumpane glauben könnten, er hätte den alten Grimmling durch einen Faustschlag bis aufs Blut gereizt:

„Ich hab' ihm doch gar nichts getan, warum hab' ich ihm doch gar nichts getan, ich meine – ich hab' ihm doch gar nichts getan ..."

Ganz schön repetitiv. Und dann wollte er nach Hause. Aber bevor er noch so richtig in diesen Gedanken hineintauchen konnte, Fuß fassen darin, einen Schnuller daraus basteln oder vielmehr eine Schutzhöhle, ohne die es dann einfach nicht mehr gegangen wäre, hatten ihn Herbert und Bodo untergefaßt und zu Bodo nach Hause abgeschleppt, noch dazu bequem, über die Deutzer Brücke nach Kalk in Herberts Taxi.

Bodo hatte es nicht eigentlich geplant. Es war wieder einmal über ihn gekommen. (Euer Gnaden, mein Klient traf diese folgenschwere Entscheidung im Zustand der Unschuld, sozusagen. Kein Vorsatz huschte über seine Stirn oder wellte gar sein Hirn. Wenn er auch nur einmal seinen Verstand eingeschaltet hätte, wäre ihm das Bild seines Kühlschranks zwiefach erschienen, nach dem Motto: vorher/nachher. Eine Vision, unterlegt mit den düsteren Baßklängen postkoitaler Tristesse:

Öd' und leer /
nach dem Verzehr /
nichts /
nichts /
nichts /
mehr …
Nur auf'm Dom /
Taubenpisse aus /
Rom –

Das kommt davon, wenn man etwas angefangen hat, das ist dasselbe wie mit diesem fahrenden Zug, wenn du einmal draufgesprungen bist, kostet es mehr Energie, wieder runterzuhupfen als stur weiter immer weiter zu fahren, schnurzpiep wohin …

Bestimmte Irrtümer der Spezies sind anders einfach nicht zu erklären.)

Zu Hause bei Bodo … D.h. unterwegs mußten sie rasch noch anhalten, Schneider Pieter jammerte gar so sehr, er mußte Rosa Bescheid sagen, das würde ihn beruhigen … und Herbert würde kochen, das sagte er gleich zu Anfang, darauf bestand er schon von weitem.

So kamen sie in Bodos Arbeitslosenbude in Kalk an, 22 qm edel aufgeteilt:

13 für den Salon

7 für die separate Küche

1 qm je für Flur und Klo. Im Klo dann ein Riesenwaschbecken, hatte er eigens einbauen lassen, weil er es ja mächtig mit der Sauber-

keit hatte. Überhaupt, die Wohnung war gut getrimmt. Die Spuren der Frau vor MariAnn – wie hieß sie noch – Eben hatte er es noch gewußt. Auch egal. Namenlose Prägung. Wahrscheinlich war sie auch nur ein WiederAuffrischKurs, und seine Mama – oder die Omma? – hatte die Originalspur eingeritzt, tief tief.

Bodo setzte Pieter in einen abgeschabten Sessel, seinen FeuilletonFauteuil aus seligen JournailleZeiten, lange war's her, und er drückte ihm ein Glas Klaren in die Hand, ZwetschenSchnaps.

Herbert beabsichtigte also zu kochen. Bodo hatte nichts dagegen. Er zog drei Rumpsteaks aus dem Kühlschrank (Woher hatte er denn die? – Weiß nicht – das heißt, Stiere lassen, glaube ich, Steaks wachsen wie andere Leute Haare – oder sie schnappen sie sich mit ihren Zähnen, reißen sie dem Opfer, wenn sie ihm hungrig begegnen, einfach heraus. „Machen Sie sich mal bitte frei, Madame …" Oder auch nur auf die Nullachtfuffzehn-Tour beim Metzger? Wär' ja ganz schön normal bescheuert …)

Bodo ließ also Herbert kochen, merkte zu spät, was das bedeutete. „Mannomann, du haste ja nicht alle, das brennt ja wie 'ne ganze HöllenSektion – ffffffffft!!" Na jedenfalls konnten sie sich nicht über Durstmangel beklagen hinterher …

Herbert blieb ungerührt vor-, während und hinterher. Bodos Kritik zerschellte weit vorne an seinem Bug, wenn man ihn einmal als Dampfer betrachtete, wie er selbst es gerne tat: Der Flotte Herbi, ein Lustschiff mit Feuer und Musik. Er nahm Bodos Grummeln gar nicht richtig wahr. Zu sehr genoß er es, endlich einmal für andere kochen und dabei zulangen zu können. Keine Frau da, die ihn vom Herd vertrieb, ihm die Gewürze mit aufgeregtem AngstGeschrill aus der Hand krallte. Immer hatten sie ihn gegängelt, alle seine Frauen, was das Würzen anbelangte. Mit Frauen meinte er natürlich auch die ganzen Weibsen, die ihn hochgezogen hatten, die Mutter, die etlichen Tanten. Männer gab's keine, waren alle – peng peng – unsichtbar geworden oder in Gefangenschaften versickert, eine nachgerade männerlose Kindheit/Jugend, eine WeithinÖde, was das Maskuline betraf. Nichts ragte da einprägsam phallisch-feurig auf an Gewürzen, immer nur schlappe Suppen und Breilein und püriertes Gemüse und die milden weichen Würste und das fast bis zu Matsche zerkochte Fleisch und die sanften Knödel und aufgeweichten Pfannekuchen, die wäßrigen Soßen und Sülzen, der ganze blaß-sabbernde weich-wäßrige Fraß seiner Kindheit und Jugend und späteren Leidenszeit. Ach, diese jahrzehntelang erzwungene Verödung all seiner kostbaren Geschmacksknospen.

MAGGI, FONDOR UND SALZ – GOTT ERHALTS'S!

Ein Wunder, daß er so ein Opernmann geworden war. Oder vielmehr kein Wunder – neiein, das läßt sich gar nicht so einfach – nein nein – Die verwunschenen Winkelgänge der individuellen Prägung. Noch bräuchte es einen Computer groß wie die Erdkugel, um ein Hirn auch nur halbwegs nachäffen zu können, geschweige denn … oooch, selbst dann nicht.

Aha! Knoblauch – den konnte er vergessen, total verschrumpelt. Aber Reste von Pfeffer und Paprika und – oho! – ÖlekPaste, bißchen schwarz schon, und paar Tropfen Tabasco: Und dann hatte Bodo noch – wie hieß das? konnte man nicht entziffern … Wohl noch aus seinen Unternehmertagen. Na hoffentlich war das noch – ooch, roch noch ganz or'ntlich – „Frischauf!", „Nur Mut! Oh wanke niiiiicht!" Und er sang OpernArien, und als Bodo die Tür zuschmetterte, sang er noch lauter und fröhlicher, um ihm zu zeigen, daß er es ihm nicht übelnahm.

Drinnen stand Bodo am Schreibtisch, den Kopf gesenkt. Versteinerte DenkerStatue, innig. Was hatte er da wieder für Quatsch gemacht. Diese Witzfigur von Schneider – von ihm selber hergelotst. Ja war er denn von allen guten Geistern verlassen? Er, Bodo, der STIER.

Pieter indes kippte tatsächlich den Kurzen, es brannte, er hustete, schüttelte sich ein wenig – brrrr-rrhmph! Das war ja ein Abenteuer gewesen! Da war er noch einmal davongekommen! Dieser alte Seebär! Hatte sich mit ihm anlegen wollen. Sein Magen erwärmte sich, er sah freundlich zu Bodos Rücken hoch: Wie der ihn verteidigt hatte! – Oh! – Der üble Kerl hatte es ganz schön mit der Angst zu tun bekommen, jawolljа! Pieters Freunde hatten ihm ganz schön Angst gemacht! Oh ja! Verdrücken hatte er sich müssen! Ja! Das war schon eine erhebende Sache: Freundschaft. Rührung mischte sich in seinen Blick. Die hatten ihn rausgehauen im Augenblick der Not, das war noch altfränkische Treue, wie in den Goldnen Zeiten. Bei den Kimbern und Teutonen …

Das heißt: Rosa hatte da einiges Abträgliche erzählt. Daß dieser Chlodwig zum Beispiel, der direkt von Odysseus abstammte, oder zumindest hatte er sich damit gebrüstet, der Chlodwig … Das war wahrscheinlich wie im Dritten Reich der ArierNachweis. Nur mußten die damals immer einen Antiken im Stammbaum haben, sonst war nichts mit der Karriere. Ganz schön geschwindelt dürften die haben … Schneider Pieter sinnierte freundlich vor sich hin. Es war schön mit angewärmtem Magen hier zu sitzen und etwas Aufregendes erlebt zu haben wie schon lange nicht. Dieser Bodo war ihm erst so wild erschienen, dabei war er ein netter Mensch, ein wirklich netter Mensch.

Denker Bodo rührte sich nicht, pflügte immer noch seine Gehirnfurchen, um herauszukriegen, was ihn da geritten hatte. Blödsinniges Versacken in irgendeiner Schnapsidee! Anstatt sein Köln-Projekt kühn und unbeirrt voranzutreiben. Was sollte ihm dieser schüchterne SchneiderZwerg, dieser Wichtel, das konnte doch nur in die Hose gehen – in die maßgeschneiderte … Er griente, rümpfte die Nase. Sogar rein wohnungstechnisch … Natürlich mußte er hier ausziehen, es war keine Adresse für einen wie ihn. Für einen, wie er wieder sein würde. Ah, Nonsens, er war es längst schon wieder, das hatte er ganz deutlich gespürt im HBF. Bodo, der Unbezwingliche. Kalk an sich war als Adresse schon schlimm genug; und diese KimbernGegend besonders: schräg gegenüber zu allem Überfluß ein Frauenhaus – was bedeutete, daß zu jeder Tag- und Nachtzeit die Ehe- oder sonstigen Fritzen Krach schlugen … Er sah sich bei MariAnn auf die Art antanzen. Mannomann. Diese Frauen schienen unfähig, sich ihre diversen Trauerklöße vom Halse zu halten, während MariAnn … Na, er wollte sich da nicht näher äußern. No comment, sir.

Und dann mußten natürlich immer die Bullen herantrompeten, als ginge ein paarmal die Welt unter, den Lärm muß man sich mal vorstellen. Kakophonien – hieß das so? Gleich morgen nachkukken. Das Kleingeld der Bildung wieder blitzen lassen … Und gleich um die Ecke 'ne Türken-Rockband. Mann, da hatte er vielleicht die Schnauze voll von. Sollten die doch gefälligst Folklore machen, vielleicht sogar hinten in der Türkei … Nee, dat ginge nicht – die würden ja prompt aus der Türkei ausgewiesen. Oder in 'nen Knast eingewiesen. Oder die neuen türkischen Fundis gingen denen direkt an die Leber. Sahen von weitem ja ganz schön menschenverächterisch aus. Infernalisch. Dabei sollte Islam doch eher für Friede und Eierkuchen stehen, Sylvester jedenfalls war in Lyrik-Begeisterung geraten, von wegen Koran. Und dann metzelten die immer so blutrünstig in echt, das sollte einer kapieren …

Sylvester behauptete, das Böse auf der Welt nehme nie zu oder ab, es sei immer die gleiche Menge. Nur nicht immer so auffällig geballt. Also Hitler locker global gestreut; durch 30 geteilt oder 300 oder so. MiniSchweinehunde …

Jedenfalls diese jungen TürkenDachse hätten keine Chance in ihrer teuren Heimat, wenn die da Rockkonzerte inszenieren wollten. Er sah sich: Märtyrer Bodo, die Leiden der Welt lärmmäßig schulternd … Schiete. Er mußte raus. Sollte er Schneider Pieter bitten – sollte er versuchen, in die SchneiderPieterWohnung zu ziehen? Trotz dieser Pieter-Frau? Mannomann. In was für 'ner SchieteLage er sich schon mal wieder befand. Er mochte sich gar nicht umdrehen, blieb stehen wie angewurzelt.

Pieter sah nach der Flasche und auf zu Bodo, der sich nicht rührte. Ein Stier von einem Mann. Wo war er noch stehengeblieben? Ah ja, dieser ChlodwigBursche, der mußte es faustdick hinter den Ohren gehabt haben, nicht wahr, gemeuchelt hatte der hintertückisch die Leute, oder sie angestiftet. Dem Sohn erzählt, sein Pa wäre ein Hochverräter, wenn er ihm seinen Kopf bringe, wäre ihm die Belohnung sicher. Das haben die Nazis auch versucht, auf so 'ne linke Art die Kinder gegen die Eltern aufhetzen, er erinnert sich da an paar Sachen … Ganz schön tückisch. In seinem Alter hatte man schon einiges erlebt … Aber dieser Chlodwig war auch kein Waisenknabe gewesen, obwohl er in diesem speziellen Fall den Sohn durchaus bestraft hatte für den Vatermord. Jedoch die unsauberen Motive … Nein, ein netter Mensch war er wirklich nicht gewesen, auch heutzutage wäre er – ja was wäre der heutzutage? Eine schöne Bescherung. Und dabei ehren sie ihn auch noch mit einem Platz in Köln, auf daß unsere Pänz ihn nachahmen … Na ja, bei Achsel sah er da eigentlich keine Gefahr.

Pieter starrte nachdenklich auf Bodos Rücken, irgendwie erinnerte der ihn – jetzt fiel es ihm ein: Marlon Brando als Napoleon am Vorabend der Schlacht von Waterloo. Pieter schmunzelte sehr vorsichtig, wollte auf keinen Fall ertappt werden. Fernsehfilme waren sein Hobby, und seit er einen VideoRecorder hatte, betrieb er die Sache ernsthaft. Eine Videothek. Natürlich hatten Tierfilme Vorrang. All die Spinnen und Schlangen. Und die Großtiere. Die armen Elefanten mit ihren kostbaren Zähnen, die ihnen dauernd geklaut wurden. Die hätten auch lieber ganz normal ein drittes Gebiß. Kalt ging es zu in der Welt.

Am liebsten hatte er Filme über die kleinen Waldtiere, die Eichhörnchen und Wiesel und Marder, und über Haustiere, oder über die Vögel, die er eigentlich kannte. Da konnte er untertauchen, eintauchen, das war so richtig vertraut und doch nicht ... Und dann klassische Musikfilme, immer wieder mußte er sich dieses Bruch-ViolinKonzert mit dem Menuhin ansehen. Überhaupt dieser Menuhin. Pieter seufzte leise, wischte sich die Augen. Was alles aus ihm hätte werden können ... Das ahnte ja kein Mensch.

Aber Spielfilme sah er sich schon auch an, diesen Marlon Brando zum Beispiel, der hatte ihm irgendwie imponiert. War ja'n wilder Kerl. Wie dieser Bodo. In Wirklichkeit ein netter Mensch, ein wirklich netter Mensch. Ob er sich noch einen genehmigen durfte? Er schaute zu diesem Rücken hoch ... Die Filme sah er sich meist am Vormittag an, da war er dann beschäftigt, was sollte er sonst tun, wenn die anderen alle unterwegs waren. Fast hätten seine Gedanken die Generalin gestreift, die an seinem Hobby höchstens noch der Form halber etwas aussetzte, seit er sich einen Kopfhörer angeschafft hatte. „Da sitzt er doch fein s-till ...", hatte sie für sich gesagt; auch die Arbeit mit den Karteikarten war natürlich hochgradiger Unsinn, ihrer Meinung nach, „aber man weiß doch, was Männer sind, nichwa-nich ..."

Ob er Bodo fragen sollte wegen des Schnapses? So ein gütiger Mensch, der wäre sicher ganz zornig, wenn er merkte, daß er glaubte, fragen zu müssen. Pieter goß sich leise ein, kippte runter. Jetzt wurde es noch wärmer in ihm.

Bodo merkte nichts, rechnete gerade intensiv mit seiner Wohnung ab. Wenn man hier überhaupt von Wohnung sprechen konnte. Schließlich war es immer nur in den frühen Morgenstunden möglich zu lüften, sonst kiekten ihm alle voll in die Bux, wenn er sie gerade auszog. Oder was war, wenn er sich 'mal gemütlich in der Nase bohren wollte oder am Schwanz juckeln – mal! So ein Sauber-Stier wie er hatte kaum solche Bedürfnisse, aber wenn mal! Dann hing doch gleich sein ganzes Privatleben voll im Kalker Taglicht. Also Vorhang runter unter Tag und meistens Fenster zu, und selbst dann kam es noch vor, daß er sich in die hinterste Ecke verzog und einen Stiertanz aufführte, weil zwei schwerhörige Kalker Opas sich ausgerechnet vor seinem Fenster sämtliche Einzelheiten ihrer Krankheiten und der ihrer unerschöpflichen Verwandt- und Bekanntschaften austauschen mußten. Einmal war Bodo in eine so brüllende Rage geraten – Stier-Rage, tanzende Rage –, daß sich die anderen Mieter über ihn beschwert hatten. Die Beschneidungen von Zorn und Liebe in armen ParterreWohnungen. „Sagen Sie doch Ihrer Freundin, sie möchte beim Sex den Mund halten, nichts für ungut, Sie verstehen schon!" ... WOAOW!

SchieteWohnung. Klar, er mußte raus. Aber das mit Schneider Pieter – er drehte sich ruckartig zu ihm um, sah, wie er sich (noch einmal) eingoß, lächelte mechanisch –, das konnte doch zu nichts führen. Er lächelte dringlicher ... Nein, Bodo! Er ging zum Fenster, hob den Vorhang ein wenig.

Weiß nicht.

So wie die Dinge standen, war es mit der Kommune eh zu Ende. Das hatten ihm die beiden doch genau genug erzählt ...

Das heißt, warte mal, jetzt fiel es ihm wieder ein. Wenn die alle rausgeschmissen wurden, dann könnte er sich vielleicht als neuer seriöser Untermieter anbieten. Ja doch, das wär' doch 'ne ganz realistische Chose, irgendeinen brauchten die doch wohl, und er war in jeder Hinsicht empfehlenswert, Bodo, der untadelige Stier. Irgendwann mußte doch alles besser werden! Und wenn Sylvester blieb, ach, selbst wenn sie blieb oder nicht blieb, er könnte bei ihr einziehen oder ihre Dachwohnung übernehmen. (Merke: sie hatte ihn sitzenlassen! – es war nicht zu fassen!!)

Er drehte sich jetzt voll zu Pieter um, hatte sein charmantes Stier-Lächeln drauf, gab dem abwehrenden Pieter gleich noch einen Schnaps aus – „nein nein!" – „na hör mal, unter Freunden!" (Oder sollte er besser beim Sie bleiben, das könnte am nächsten Tag einen günstigeren Eindruck machen? Ach was, ein Weltmann wie er würde vom Du zum Sie wechseln ganz nach Bedarf.) Er goß sich selber ein, schritt erhobenen Hauptes zur Küche.

„Na, Herbert – wie steht's."

Es stand. Es wurde schon serviert. Herbert intonierte bereits die SuppenArie (weil dieser Gang übersprungen werden mußte mangels Suppe, denn Herbert stellte sich auf den Standpunkt: Was nicht da war, konnte auch fast nicht serviert werden ...). Jetzt pflanzte er alles auf den Tisch, auch die Böhnchen in Feuersoße, glücklich schwitzend, seine schwarze Lockentolle mit der InnenEllenbeuge aus der Stirn striegelnd.

„Langt zu, los, los, solang's noch heiß ist!" Sein Kunstwerk sollte dampfend in die Mägen fahren. „Bon appétit!"

„Das sieht ja lecker aus!" – „Guten Rutsch!" – „Fffffffffff!" – „Mannomann, wir sind doch keine Feuerschlucker!!!" – „Vielleicht könnte ich – wär's möglich ..."

Pieter fiepte nach Luft. Bodo reichte fürsorglich die Wasserflasche, warf Herbert einen sprechenden Blick zu, den dieser freundlich in Empfang nahm. Nachtragend war er nicht. Den Rest von Pieters Steak würde er, wenn nötig, übernehmen. Doch Pieter saß schon wieder aufrecht. So zwischen seinen beiden Freunden hatte er das Gefühl, er könne notfalls auch feuerschlucken.

Bodo fächelte sich Luft zu, kratzte das Steak mit dem Messer sauberer. Dann setzte er, immer noch feurig kauend, den beiden auseinander, daß dieser SeebärZwischenfall eigentlich den Beweis liefere, daß Köln doch eine Metropole sei. So etwas komme nur in Metropolen vor. Denkt an New York. In solchen RiesenSiedlungen ist alles so unübersichtlich, daß immer jemand gerade ausflippt. Minimal Crime nennt man das, ÜberstromAbreaktion, zwischenmenschliche BiestigkeitsProjektionen, damit das Privatschiff wieder flotter schwimmt ...

11
ANGEL CONGLO

… to feel is perhaps the most terrifying thing in this society …

Cecil Taylor

Angel atmete mühsam. Rasch überdenken das Erlebte. NEIN, gemütlich plaudern wollte er ganz sicher nicht davon. Sein ganzes AngelLeben lang würde er Eichhörnchen nicht mehr sehen wollen.

Ausgerechnet Sylvester. Und Achsel ... Er hörte noch Achsels Schreie. Oder erst jetzt: ÜberschallSchreie, die aus der Zukunft jetzt erst bei ihm ankamen. Mehrere Minuten, nachdem sie geschrien worden waren. Er mußte „zurück", schaltete auf NullEmpfang, vibrierte vor Zorn. „Zerplatzte SinnSchnuppe", Sylvester hatte gelacht! „Zerplatzte SinnSchnuppe mit dem Bürzel nach oben." Und sie trat ins Fenster – in diesen JugendstilBogen – und hielt sich rechts und links mit weiß gespannten, entschlossenen Fingern, im Wind schwingend vor und zurück – einmal – zweimal – Und dann sprang sie lachend – weiße Seide, hellstes Scharlachrot, Amethystgrün – für einen Moment bauschte sich ihr Kleid – während die Schwalben schrien. Niemand niemand i-nix i-niemand.

Sie war nichts. Sie war tot. Sie hatte gehabt. Sie war gewesen. Sylvester.

Tief unten in Angels Innerem zuckte etwas auf, wich zurück, zuckte erneut. Mühsam richtete er sein Auge nach innen, stellte die Brennweite versuchsweise ein, spürte, wie die diversen Schichten seiner Erfahrung auseinanderglitten, teleskopartig, und so den Blick freigaben – NEIN –

Er wollte seine Hände waschen. Suchbewegungen flossen durch ihn. Er hatte nichts damit zu tun, vor dem Auge des Weisen vergehen ganze Generationen wie ein Rauch. Und das hier war nur eine einzelne Frau. Trauer brannte auf, er konnte es nicht hindern, er hatte sie gekannt, es war eine persönliche Sache, eine verbotene noch dazu, das war das Üble, er hatte sich für sie materialisiert, nur einen Abend, aber ... Kleine Klagjauler schwirrten in ihm, fizzelten an den Strängen seines Bewußtseins, sirrten unerträglich spitzig hoch. Dumpfe PechBässe, Sektion Verzweiflung. QualDauerTrommel ...

Es war nur ein einziger Abend gewesen, ein lächerlich kurzer ...

Angel fühlte sich seltsam und fürchterlich vermindert. So mußte sich ein Mensch fühlen, der die Hand amputiert bekam bei vollem Bewußtsein. Und da lag sie nun, Vergangenheit und Zukunft in einem, zwischen Erinnerung und Erwartung diese fast zufällig wirkende Negation, die ihr zu einer seltsam einprägsamen, wilden

Schönheit verhalf, wie Radioaktivität noch einmal die Knochen leuchten läßt, alles an ihr voller lebendiger Möglichkeiten. Und nun lag sie, einsam frierend. So allein dürfte nichts Organismisches sein. Und sie ballte sich grauslich, als wäre sie noch lebendig. Hand schlechthin ... Und öffnete sich wieder wie lächelnd. Bis die Starre einsetzte – einsetzen würde ...

Er hatte nicht hingesehen.

Er trottete die Straßen entlang, rempelte Leute an, die gar nicht wußten, wie ihnen geschah, er hatte sich nicht die Mühe gemacht, sich korrekt zu materialisieren. Jetzt legte er ein wenig Material zu, da sah er aus wie ein Penner, und die Leute wichen aus im großen Bogen.

Auf die Art hatte er Sylvester kennengelernt.

In der Schildergasse, durch die er jetzt auch wieder schlich. Er hatte auf dem Boden gesessen, unter einem Schaufenster von C&A hatte er alt und abgerissen auf einer dicken Lage Zeitungspapier gesessen und hatte zu den Passanten hochgeblinzelt. Nicht besonders neugierig. Sicher nicht. Er war ein letzter Ausläufer von Überdruß und Ekel, eben noch materialisiert. Da saß er, und es plätscherte grau in ihm und stachelte mäßig seinen Bart auf. Angel Conglo, der versuchte, Zeit totzuschlagen. Seine Schicht begann erst Stunden später, fast hätte er Antrag auf Überstunden gestellt ...

Da saß er; blinzelte ohne Neugier. Es war nun einmal so. Er hatte kein rührendes Schicksal anzubieten, auch keine Drehorgel. Da dauerte es ziemlich lange, bis sich die Leute zu ihm hinunter bückten, ihre kleinen Opfer in sein Zigarrenkästchen legten. Er mußte noch sehr aufpassen, daß sie sich nicht selber bedienten. Er paßte nicht besonders auf, blinzelte nur vor sich hin, vielleicht sah er sogar sanftmütig aus von weitem, sanftmütig-stachlig, manchmal schob er seinen Speckhut ein wenig nach hinten, kratzte seine knisternden Bartstoppel, tastete verstohlen nach seiner Flasche, rülpste leise. Für einen Menschen war er wohl schon ziemlich hinüber.

Da war Sylvester aufgetaucht.

Eine merkwürdig schwebende Erscheinung, wie hin- und hergerissen in verschiedene Richtungen. Eine schönzuckende Flamme, die sich nun sammelte, gewissermaßen: Sylvester war wieder einmal auf der Spur, war dabei, eine Vaterfigur zu entdecken. Immer dachte sie: „Wenn das mein Vater wäre ..." Ihren eigenen hatte sie nämlich nicht gekannt, da, wo andere eindeutig geprägt waren, vielleicht negativ, aber auch dann so, daß sie sich damit auseinandersetzen konnten, da war bei ihr eine Unsicherheit, ein Nichts, ein flackerndes Irrlicht. Noch nach all diesen Jahren konnte sie zusammenfahren, wenn es klingelte. „Das ist er!" Oder sie fand jemanden auf der Straße, im Zug, in der Straßenbahn, der sie anrührte, sie heftig an ihren eigenen Vater erinnerte, der sie sitzengelassen hatte als Fünfjährige. Sie sah ihn noch vor sich, stämmig und kurz mit krummen Beinen. Sie dachte später immer, er sei Mongole gewesen. Ach, kein Dschingis Khan, kein Chef und Fürst. Eher ein Penner. So wie dieser hier.

Und schon hockte sie vor Angel Conglo, betrachtete ihn voller Anteilnahme, hätte ihn am liebsten mitgenommen. Wohin sollte er schon gehen? Im Obdachlosenasyl durfte er ja auch nicht lange bleiben. Andererseits hatte Schneider Pieter schon beim letzten Mal kategorisch „nein" gesagt mit nachgerade entschlossen zitternden Lippen und hatte dann tief und mühsam Luft geholt – und nichts mehr sagen müssen, denn die anderen waren sofort auf seiner Seite gewesen. Die SchneiderWohnung war dicht.

Sylvester seufzte, hockte sich neben ihn hin. Angel lächelte sie vage an, die Lider halb geschlossen. Wollte sie etwas von ihm? Nein? Er lallte vertrauensselig:

„Mu' no de Bumbe lee mach'n ..."

Und holte die bauchige Rotweinflasche hervor, die ZweiLiter-Bombe. Sie hatte Sorge, daß er verschütten würde, das Ding war so unhandlich schwer und die Öffnung so dick gewölbt. Jedoch kein Tropfen ging daneben. Und wenn auch unsicher, so doch blitzschnell verschwand die Flasche gleich wieder im Versteck. (Passanten knöpften die Seele zu, wenn sie Fuselflaschen sahen. Sie wollten glauben dürfen, ihre Groschen dienten dem Erwerb von Haferschleimsuppen.)

„Wie heißt du denn, Paule?" fragte sie vorsichtig. Angel tat, als hieße er Paule und wüßte nichts anderes. Sie betrachtete ihn, die knisternden Bartstoppeln, die narbige Haut. „Wie wenn er schon als Kind auf seiner Gesichtshaut gelaufen wäre, nein, geRANNT, auf der Flucht vor all den starken Besserwissern!"

Sie schluckte, sah jetzt ihren eigenen Vater deutlicher vor sich, ein o-beiniger Fremdling, ein verlorener Reiter aus den Steppen der

Inneren Mongolei, dem sie sein Pferd kurzerhand abgenommen hatten, wegen Unfähigkeit, oder war es ihm selber davongerannt. Und da hatte er es auf seinen kurzen Stampfern nicht gepackt, noch einmal zu ihr zurückzukehren und nach ihr zu sehen.

Sie strich scheu über Angels Hand, den rötlich angeschwollenen Handrücken, die gelben, eingerissenen Nägel; als sie sie umdrehte – er war nicht sehr kooperativ, brummelte, halb Protest, halb Neugier ... Tatsächlich, Angel verspürte so etwas wie Neugier, was würde sie denn noch alles mit ihm anstellen. Er sah in ihr Gesicht, sah da etwas ... Während sie wie im Schock die Innenseite seiner Hand betrachtete, die ganz anders war, schmal und empfindsam und hell. Er sah immer noch in ihr Gesicht, etwas rührte sich in ihm, erinnerte ihn ... Da war die Nachricht bei ihr angekommen, überlagerte. Er konnte deutlich ablesen, was er anrichtete, wußte, da hatte er sich wieder einmal nicht genug Mühe gegeben, es langweilte ihn immer gleich: Einen Charakter bis ins letzte einzuspeichern. Und also schluderte er an den Rändern, manchmal auch nicht nur an den Rändern. Jetzt sah sie hoch und ertappte ihn, wie seine Lider einen winzigen Moment lang hochgeklappt waren und den Blick freigaben: „Dies ist das blaue Geheimnis, schimmernder Urstoff, die Farbe der Cheruben". Er hatte sofort die Lider wieder runterkippen lassen, schmutzige kleine Kalauer gebrummelt, besoffen Späßiges. Dann hatte er sichtbar einen Gedanken in seinem Gesicht aufsteigen lassen, ganz langsam, verfolgbar bis zu den Augen, die er wieder voll unter Kontrolle hatte. Er linste verschwommen listig zu ihr hin – ihr plötzlich stilles, helles Gesicht, wie gebannt sah sie aus! – er linste, übertrieb das verschwiemelt Listige, so sehr er konnte, und flüsterte klar und deutlich: „Fü'n Hundeter mach' ich dir allens ..." Und als sie ihn aus bleichen Augen ansah, fügte er nachgerade tapfer lispelnd hinzu: „'n Swansiger tät's auch tun ..."

Sie antwortete nicht. Ging davon.

In Lumpen gewickelt, in einer Gruft liegend, im offenen Sarg – ein toter Cherubim ... Sie hatte sich nicht umgewendet, er hätte es dabei bewenden lassen können. Er konnte nicht.

Konnte nicht – KONNTE nicht?! Aber das hieß ja – hieß ja – hieß ja ...

Er würde kündigen müssen. Irgend etwas. Nie wieder. Immer.

12
DAS GEHEIMNIS DER SCHWARZEN KASSETTE (I)

... der angehaltene moment vor dem sturz / vor der verdunkelten seite der welt // nichts ist passiert / sagt die vernunft // es ist die alte welt von gestern und vorgestern / nur um eine winzigkeit verrückt – doch dieser unterschied läßt taumeln ...

nach Dieter Wellershoff

Achsel tippelte verloren die Straße hinunter. Einfallslose, niedrige Neubauten. Kurzbauten lieblos eingepaßt. Hier hinter St.Kunibert war es besonders schlimm. Triumph Triumph – wir leben noch. Jede Behausung besser als gar keine, das gravieren wir in den Grundstein. Dann soll jemand wagen und sich beschweren. „Hamm Se jedient?!" fragen wir ihn, oder vielmehr fragen wir natürlich nicht, Achsel ermahnte sich, schließlich haben in Köln die Preußen nur logiert und ohne jede Abfärbe, und Hitler kam hier auch nicht so recht zum Zug – der Dom als Gauforum: ich werd' verrückt. Panzeraufmärsche auf der eigens verbreiterten Hahnenstraße, vom Papst gesegnet als Gegenleistung für's Konkordat. Wo doch Köln die Stadt ist der Ziwis und Gereone von alters her … Und schon plusterte Achsel seine eigenen pazifistischen Brust- und Nackenfedern und bullerte traurig los wie ein ordnungsgemäß gemürbelter alter Kölscher:

„Hamm Se 'ne Ahnung, wie das war nach dem Krieg, 90 Prozent der Stadt kaputt, und die DomRuine schwarz … Konnt' man von überall sehen, wenn man überhaupt sehen konnte. Der Rauch von den SchwelBränden – das sengt die Augen, das beißt, da flennen Sie, auch wenn Sie jar nich' wollen. Aber wenn Se irjend wat jesehen haben in dem ganzen Schutt und Asche, dann war et unser Dom. Der ja auch nicht mehr ist, wat er mal war, fast jeder Stein schon ausgetauscht – schon paarmal unter Umständen. Kopie der Kopie der Kopie. Bald kommt einer wie der Alexander und sagt: „Mensch, wat'n dat für'n häßlichen Stein!" – und dat war dann der einzig originale.

Und die Hohenzollernbrücke, die hätten Sie man sehen müssen. Das war wie'n Mensch, den sie erschlagen haben, und nu hängt er hilflos in'n Rhein, der Kopf ist schon weg und die beiden Enden tunken so schräg runter – vollkommen abgewrackt. Nee nee, so wat müssen Se selbst erlebt haben, dann wüßten Se, warum dat hier so'n büschen beschückert ausschaut …"

Oje oje. Und die abspringenden Schmutzwände, die schimmelnden Hinterhofschwaden, die umgestoßene Tonne Müll, aus der es quillt. Oje oje. Beinahe weiße Tauben im Dreck, hastend, nickend, ganz egal. Gurr gurr. Nein: lautlos nickend, ein Vorbild für jeden Staatsbürger und immer geschäftig. Oje oje. Litfaßsäulen und verklebte Gasometer, halb abgerissene Plakate, die Achsel an Achsel erinnern, „blowin' in the wind", was nieselt hier so frustig …

Achsel ging schneller. Ein riesiger Bernhardiner hatte sich eben vor ihm entleert, es stank wie im Löwenzwinger, sein Frauchen spazierte gelassen mit ihm voran. Achsel überholte, hielt sich die RüsselNase demonstrativ zu, deutete – und wurde empört angefahren, schriller Diskant: „Soll ich's vielleicht auflecken?! Wozu zahl' ich die Hundesteuer?!!"

Achsel ließ sofort den Kopf hängen, der hing so schwer, mindestens bis zum Nabel oder so. Er setzte sich versuchsweise in Trab, hoffentlich hetzte der Bernhardiner nicht hinter ihm her, sollte er zurückspähen? Lieber nicht, heute war ganz und gar nicht sein Tag, damit mußte er sich wohl abfinden. Als er um die Ecke bog, sah er zwei seltsame Wesen, sie sahen aus wie – ja, wie Eichhörner – nur eben zwei Meter hoch und ohne Fell. Bleiche Eichhörner bläulich angelaufen – ganz schön unangenehmer Anblick – wie geschaffen für seinen heutigen Tag. Er ging hinterher, mußte feststellen, daß sie die gleiche Straße anpeilten wie er, das gleiche Haus. Er beeilte sich, trat unmittelbar hinter ihnen in den Flur, berührte sie beinahe. Sie rochen merkwürdig. Diese bleiche Haut … Oder war es der Fusel, den beide in der Hand hielten. Ganz schön widerlich. Wie säuberlich ausgeschnitten aus einem der mickrigeren Alpträume.

Er wollte rauf zur alten Herbert-Wohnung – irgendwo mußte er ja übernachten. Die Wohnung war die oberste, im 6.Stock, da nahm er lieber den Fahrstuhl. Aber nicht zusammen mit diesen beiden, nein danke! Das wäre ein bißchen zuviel Tuchfühlung beziehungsweise – brrrrrrrrrrrrr!

Die beiden stiegen ein, er setzte sich auf die Treppe, fühlte sich dösig; ganz schön angeschlagen. Sein Innenleben lauter morsches Gebälk. Er versuchte die Achseln zu zucken. Nur nebenher automatisch registrierte er die Geräusche. Gleich mußte der Aufzug kommen. Er raffte sich hoch, drückte den Knopf, wartete … Na so etwas. Die beiden waren doch schon ausgestiegen, er hatte die Fahrstuhltür gehört. Und jetzt das Klingeln … die Kerle hatten den Fahrstuhl blockiert … blöde Bies…

In dem Moment hörte er Sylvesters Schrei, und er fetzte die Treppen hoch wie noch nie in seinem Leben. Er flankte über das Geländer. Eine panische Angst – eine mörderische wilde Angst – ein Ungetüm krallte ihn. Er flog nach oben …

Sie stand schon im FensterBogen, er hörte ihr Lachen, sah sie noch einmal zurückschwingen, und dann der Sprung.

13

DAS GEHEIMNIS DER SCHWARZEN KASSETTE (II)

Menschen: an irgendeinem lichtmüden Abend:
Schwarze Punkte auf grasgrünen Hügeln
vor einem orangegelben Himmel

nach Musil

Die Eichhörner waren entkommen. Eine Nachbarin hatte die Polizei alarmiert. Achsel stolperte die Treppen nach unten, die Polizei war schon da. Er machte keine Angaben. Daß er dem Schrei nachgestürzt war, ja, natürlich. Er stand unbeholfen neben – ja, Leiche. Toter Haufen Sylvester.

Einmal machte er eine hastige Bewegung auf einen Polizisten zu: Die Tochter – Sylvesters Tochter …

Der Polizist drehte sich in dem Moment halb um. Ein Kinderprofil, ein unfertiger Rücken …

Achsel aus den Angeln, im Wind hängend …

Seine Füße gaben den Ausschlag, schuffelten davon, Richtung PieterWohnung. Vielleicht sollte er es Shishi selbst sagen. Er stolperte seinen Füßen hinterher.

Wie sollte er es ihr beibringen. Seine Gefühle produzierten Seifenschaum, seifigen Schaum. Arme kleine Shishi, kaum hatte sie die Mutter gefunden usw. Sein Herz wurde pneumatisch wie mit Blasebalg. Er dachte an Rußlandheimkehrer, Trauerstelzen, und am Morgen ihrer Rückkehr Exitus der Frau – nein, im innigen Moment ihrer Rückkehr – oh Heinerich! – und sie wirft die Hände überm Kopf zusammen, wirbelt die Augen im Schock des Glücks – und der letzte Atemzug entfährt ihr … Wie das Leben so spielt. Noch bevor der Heimkehrer entdecken konnte, was sie in der Zwischenzeit allens getrieben hatte … Gott hab' sie selig …

Er öffnete die Haustür. Wie roch es denn hier?! Bald roch er wohl überall diese feuchten, bleichen Biester! Alptraum! Aber die Fußmatten lagen auch ganz verquer. Wer das verbrochen hatte, konnte noch keine Bekanntschaft mit der guten Frau Möllendipp gemacht haben, ein Besen, wie es ihn eiserner nicht gab. Falsch! Er stieg die Treppen hoch, schlich auf Zehenspitzen an der Generalinnentür vorbei: Tantchen Luise schlug die Möllendipp noch um etliche PferdeLängen, keine Frage.

Jetzt stand er vor der Sylvester/Shishi-DachwohnungsTür, seine Hand über der Klinke kreisend. Tapfergerüst Achsel mit flatterndem Lämmerherzen (mindestens einem, er hätte fast beschwören können, dem Flattern nach, zwei). Jetzt stählte er sich mitsamt Lämmerherzen, ein Goliath sanftfingrig die Klinke drückend, die Türe aufschiebend – und ertappte Shishi intim beschäftigt: Sie hatte seine vollgestopfte Aktentasche kurzerhand auf den Tisch gekippt, einen Kassettenrecorder bereitgestellt, und eben in diesem Moment hatte sie das schwarze Klebeband von seiner Schwarzen Kassette gepuhlt und war dabei, seine Schwarze Kassette …

Die nächsten Minuten löschte Achsel später aus seinem Gedächtnis. Ein Pazifist wie er brauchte nicht alles zu erinnern. Eine Weile fuhrwerkten die Schemen noch in seinem Hirn. Die Kopien der originalen Sinneseindrücke, ausbleichend, bis die Farben absprangen, die einzelnen Bilder ineinanderrutschten, eine abstrakte ZweikampfCollage, eine PhantomMontage, eine RushHour zweier SchattenKörper: Acht Extremitäten, zwei Rümpfe. Leibliches gegen Leibliches. Muskelkraft und Krallen und Schnelligkeit. Zorn, Wut, gespuckte Ausschüttungen. Diverses Unter-, Über-, Auf- und Gegeneinander, blinde Beweglichkeiten, aufgebrachte Zielsetzungen, Geräusche. Ein dröhnender Strom von Geräuschen. Dann endgültig dünnlippiger Hahnenschrei. Dunkele Zipfelmütze darüber: so! Das war's! Finito. Das Leben war wahnsinnig. Stop!

Er hatte die Generalin vergessen. Irgendwann mußte sie doch aufgetaucht sein, die KlischeeGeneralin, die von der echten nicht zu unterscheiden war. Ja, natürlich: da stand sie schon in der Tür mit ihrem heiser bellenden Stock, den sie heute gar nicht mehr missen wollte, zu dem sie am liebsten „Sitz!" gesagt hätte oder vielmehr: „Faß!" Ihr Innenleben mochte sie ja siezen, aber mit ihren Hunden stand sie durchaus auf du und du. Stimmte das? Schwer zu glauben … Und hatte sie tatsächlich „Sitz!" gesagt zu den beiden oder doch andere Wörter gefunden, WörterHagel aus Eis, der auf ihren Köpfen herumsprang und jedenfalls die beabsichtigte Wirkung erzielte – „Noch heute aus dem Haus – Schluß! aus!" Sie entschwand (mitsamt ihrer festen Hand etcetera …).

Die beiden saßen atemlos auf dem Teppich, verausgabt. Die Kassette voll unter seiner Kontrolle. Fast hätte er's vergessen:

„Deine Mutter ist tot."

Sie flackerte schwachen Triumph: „Ich hab's dir doch gesagt." Bloß keine Überraschung zeigen. Außerdem schien in dieser extremen BodenSituation alles selbstverständlich.

Achsel schüttelte traurig den Kopf, kleine, groteske Bewegungen, sein Körper ein kleiner, trauriger Pendel, Klöppel, die inneren Ränder der großen Trauerglocke entlangschabend. Er pendelte hin und her, rund um, seine Trauer aus sich herausschüttelnd. Er schüttelte, er hörte gar nicht mehr auf. Es war ansteckend.

Später machten sie sich gemeinsam auf zur Polizei, er sah sie manchmal scheu von der Seite an. Wie konntest du es wissen, hätte Achsel gern gerufen, wie konntest du es nur wissen! Es war ja noch gar nicht geschehen! Das wäre theoretisch das Gegenteil von Überschall – also Unterschall, Vorschall, prophetischer Schall. Aaaah, demnächst lesen wir noch im Vogelflug wie die alten Römer, die Rosa uns so gerne vorhält. Harupex oder so. Er sah in Shishis weißes Gesicht. Gleich machte er einen Klimmzug hoch in die ZweifelsWand. Wäre es möglich – ts ts ts ts ts. Er hing im Zweifel. Sagte nichts.

In ihr sah es merkwürdig aus. Fast klammerte sie sich an die Frage, was es wohl mit der Schwarzen Kassette auf sich hatte. Es war ein schön glattes Geländer im Taglicht. Fremde Schmerzen. Sie strich wie mit der Hand darüber. Sie würde ihre Stimmen fragen, sie würde sich allerlei ausdenken können. Ohne hinuntersteigen zu müssen, wo sie schon von weitem die Elefantenherde donnern hörte, die unkontrollierten Urlaute, die nackten Trompeten. Sie hielt schon auch den Mund. Sie spürte ihn neben sich, er hätte sie für einen Unmenschen gehalten, er verstand nicht …

TEIL IV
CARPE DIEM

14
BADEWANNENTANGO

Blaue Fische schweben /
und die Schatten von Armen und Schenkeln
sind kräftig /
Die Stille überfällt eine Wildtaube /
die zu singen beginnt /
Der Nacken der Luft leuchtet /
Einen Augenblick lang
möchte jeder seine Hand
auf ihm ruhen lassen /

nach Karl Krolow

Rosa hastete – für ihre Verhältnisse hastete sie die Treppe hoch zur ApothekerWohnung. So spät schon. Es hatte länger gedauert an der Kasse, um die Zeit dauerte es immer länger, oft wollte sie das nicht machen, das würde sie Tina sagen müssen. Die Fressalien hatte sie unten im FahrradAnhänger gelassen, nur zwei riesige Tüten brachte sie schon mit hoch, lauter frische Sachen: Erdbeeren, Himbeeren, Brombeeren, verschiedene Melonen und Nüsse, Datteln, frische Feigen, Blumen und Salat; Schlagsahne, im Becher und als Sahnefix. Sie jonglierte an der Türe, daß nichts gedrückt würde, ließ sich rein, setzte aufatmend die Tüten in der Küche ab.

Olàlà!

Etwas –

Qu'est-ce que c'est que ça?

Pariserische Neugierde tänzelte in ihr, spitzte die feinen weißen Ohren, die rosig angehauchten. Rosas rosig-weiße Fülle seidig vibrierend – olàlà! – da wollen wir doch mal … schnuppernd vor Wißbegierde auf Samtpfoten arrectis auribus sanftschuggelte sie Richtung Badezimmer – war Tina schon zurück?? Nein, das glaubte sie nicht. Aber irgend jemand ließ Wasser in die Badewanne strömen, ein plätscherndes Schaum- und Brausebad – da fühlte sie sich ja schon aufgerufen, mal nach dem Rechten zu sehen. Wer weiß, vielleicht nahmen Einbrecher in Deutschland Wannenbäder, bevor sie zur Tat schritten. Wenigstens äußerlich picobello, wenn auch vor dem Auge der Madonna ein Schmutzfleck. Rosa zögerte keinen Augenblick. E pericoloso? Na und wenn schon, nur Tote sind außer Gefahr, und bange machen gilt nicht. Außerdem – vielleicht war es der Apotheker selbst? Der Näselnde Heinrich? Rosas Gemüt erhob sich auf leise lächelnden Zehenspitzen, sie hatte schon so lange keine Outrage mehr gemacht, WonneKugeln Kringel Traumheckensprünge, da müssen wir doch mal kucken, nicht wahr, unwillkürlich sprach sie schon wie der Näselnde Heinrich, wenn auch noch lautloses Binnengewisper:

„Klonk klonk, dör olte Sör Hönry Honk? Spölt dön olten Schwörenöter? – Olàlà! nös-pa? …"

Den Düften nach zu schließen, rieb er sich das Parfüm ganzkörpermäßig kübelweise in die Poren – Hoppsa, einJungeinJung!? – Nein. Noin. Bötte de Trompöte stöpfen önd ölso hoißt ös: Hoppsa-Oin-Noi-Geboirener Jonk: Honry Honk!

Duftmäßige Wiedergeburt, creatio ex beinahe-nihilo ... Nein, wie die Männer doch immer gleich übertreiben müssen. Und dabei roch es noch dazu nach FrauenParfüm. Vergriff er sich etwa an Dame Tinas Essenzen. Sanft plätschernde Neugier in ihr, fröhliche kleine ErkundungsWellen fürwitzig voran: Vielleicht ein kleiner TransvestitenTrip? der gute Honry Honk alias Hönriötta Könk-Konk. Sie klopfte leise.

„Hereihein!"

Das war doch – olàlà! – das war doch ...

Rosa riß die Tür auf und tatsächlich, mitten im unglaublich duftenden weißen Schaumgebirge saß MariAnn, lächelnd, strahlend unter der kupfernen Gloriole ihres Haars. Die blauen Augen funkelnd vor freudigem Triumph, als sie Rosa sah:

„Ha!"

„Ha!"

Die beiden musterten sich einen Moment, starr vor Vergnügen. Dann warf siegreiche MariAnn flügelschwingend den Kopf zurück, redete aus der weißschaumigen BadewannenTiefe wie von weit oben herab, kniff dabei den Mund aristokratisch edel zusammen, so daß ganz edelspitzige 'i'-Laute vor allem hörbar wurden:

„Um d i e Stinde immer noch dis Pirsonool ...", (und s-pitzschriller Diskant) „isssst ja impirtinint, IMPIRTININT ISSST ISSS!"

„Sehr wohl, Gnädigste, impertinent, sehr wohl, Sie brauchen Ihre Wünsche nur – mir – ins – Oooooooohr ..."

Rosa war längst dabei, sich auszuziehen, ein einziger lustvoller Abwurf ihrer Kleidung, eine einzige WellenBewegung von oben nach unten und schon – während MariAnn immer noch die Augenlider voll optimaler Verachtung tiefflattern ließ, keine Blicke schenkte – schon erschien weiße Fülle überfallartig in Wannen-Wonne. Schaumrutschbahnen und weiche Kugeln der Lust. MariAnn stöhnte, ihr Mund, eben noch so aristokratisch eng – jetzt stand er offen, Schaumflöckchen trieben hinein. Noch ein paar. Sie wischte sie hastig, pustete sie weg über die Zunge.

„Du hörst ja gar nicht mehr auf ..."

„Fülle ist Fülle."

„Nein! das kitzelt!"

„Ja und wenn schon."

Olàlà! dieser Pariser Logik war kaum zu widerstehen. Allmählich – laß dir Zeit! – allmählich faßte sich MariAnn. Rosaweiß und kupfergold blaufunkelnd. Wie sagte schon St. Ludwig: Wovon man nicht sprechen kann, darüber muß man schweigen. Wohl wahr, wohl wahr. Die beiden seufzten hingebungs-lustvoll. Sanfte Seifenblase, Duft-Lampions, aufgesteckte Lüster. Neben der Badewanne hatte Kupfer-MariAnn vorsorgend ein Tablettchen arrangiert mit Champagner und angegammelten Blumen – die frischen brachte erst Rosa erst jetzt – und Gläsern, nein: Kelchen, wie es sich für einen GlimmerGlamour Ausflug ins Paradies geziemt. „Und dann haben wir in der Badewanne Champagner geschleckt und Wunderkerzen gezündet und und und ..." – „Unglaublich! Tatsächlich?! Und dann?! und dann?! ..." – „Und dann haben wir Tango getanzt ... versteht sich ..." Russischer BadewannenTango im Schnee und sanftestes Peitschenknallen und glöckchenklingelnde SchlittenfahrtenExzesse – Rasuschka – Himmelsstürme – und alles unter der Brause ...

Jetzt aber genug gewässert, die Zehen sahen schon aus wie auftauende Champignons, sich zart entknautschende. Raus aus der Wanne! Außerdem hatten beide Hunger nach so viel Schampus. Sie tropften in die Küche. Was war da unten drin in der Tüte? 'Ne halbe KirschSahnetorte ... Ob sie da ran dürften? – Na klar! Sie sollten hier ja wohl nicht verhungern, oder?

Sie schmeckte nicht schlecht, sie fütterten sich gegenseitig. Ach MariAnn! – Rosa! – Wir sind die neuen Kölner Heinzelmännchen – Frauchen! – Heinzelfrauchen! – Sie schleckten sich die Lippen. – Das Blöde ist – Was? – Da gab's auch 'ne Schneiderin, die alles verdarb! – Vergiß es, ja? – Kann nicht. – Wohl kannst du, versprich mir. – Nicht ununterbrochen. – Aber jetzt! ich mag jetzt nicht dran denken, einverstanden? –

Tapfere Vorsätze ...

Was nu? Aaaah ja: Erdbeeren mit Whisky, viel Whisky, und Zukker drüber und Sahne, mmmh, schlabber schlabber. Sie richteten zwei Schalen, nein: drei. Wenn er kommt (süßes Geheimnis längst weitergezirpt: Er wird kommen!), soll er auch was abkriegen. MariAnn Großmut Persönlich schleppte seine Schale mit zum Ehebett, in das sich Rosa schon üppig geworfen hatte.

Wo bleibt eigentlich der Gute Heinrich? Wo steckt der Schwerenöter, der in Flammen stehende Inamoratus, der zu löschende?

Ach, die Polizei ...! Da unten in seiner Apotheke war eingebrochen worden, trotz der Alarmanlage, der kostbaren. Da tönte ein Ton des Mißtrauens bei der Befragung ... Wie konnte das geschehen? Nur ein Insider ... Ganz gut, daß – ja genau – (Heinrich am Telefon): Es sind die gleichen Bürsc- (Er verbesserte sich. Die standen wahrscheinlich hinter ihm, nicht gerade unmittelbar, aber immerhin. Während er telefonierte, ließen sie seine Nackenhärchen erzittern. Und nicht nur dann. MariAnn schmolz vor Verständnis.) – die gleichen Beamten wie gehabt. Ja jaha, sie könne es sich vorstellen. Jetzt mußte er alles durchgehen und öde Listen anfertigen, schließlich war allerhand in die Brüche gegangen und abhanden gekommen, wollen wir doch nicht in den Verdacht kommen, mitschuldig zu sein zu werden durch Nachlässigkeit ... Profi Heinrich, der Erfolgreiche, bangend um künftigen Erfolg. MariAnn vollständig mitbangend. Lieber den Sex sausen lassen als die Knete – glasklar. Nein, wie sie seine Einstellung bewunderte! Überhaupt: Er und sein junges, dynamisches Team – das nun allerdings schon zu Hause jeweils weilte. Einzig er ... Da sieht man mal wieder, wie unermüdlich so ein Unternehmer arbeiten mußte, die Verantwortung rutschte einfach nie von seinen Schultern. Sogar die Geliebte mußte warten. Und dann neiden sie uns auch noch die paar Pfennige Gewinn! MariAnn war ehrlich entrüstet, spürte sofort den Neid, wie er zu ihr her züngelte. Ach, Herr Hank! Stolz zuckte auf in ihrer Stimme. Wie er das alles managte! So schnackelte das also bei den Erfolgreichen ... Eine Frage jedoch, biegsam angebunden: Wäre es nicht vernünftiger, wenn sie die Feier verschöhöben?? „Vernünftiger schon (dröhnendes Lachen), vernünftiger schohon, aber kömmt nicht in die Frage! auf ganz und gar keinen Fallus! (markanter Nachsatz:) MariAnn, Sie müssen bleiben! Keine Widerrede!"

Sollte sie etwas von Rosa – fragender Blick zu ihr, die mithörte. Ach was. Energisches Abwinken. So am Telefon ... lieber ihn überraschen – uns überraschen lassen. Wär' doch'n Spaß zu sehen, wie er reagiert, nös-pa?

Was war das überhaupt für ein Einbruch? MariAnn war neugierig, allein von der Statistik her schien es fürchterlich ungerecht, gleich zwei Verbrechen an ein und demselben Tag. Irgendwie stahl ihr das die Schau …

„Was ist es denn für ein Einbruch", intonierte sie, Irritationskringel in der Stimme, aber nur angedeutete. Das aufgebrachte, graue Mürrischsein holen wir später nach, gelle (wenn alles unter Dach und Fach / Ehe All und Tag noch und nöcher).

„Ach, das kann ich jetzt nicht im einzelnen sagen, das führte zu weit", (zögernder Anlauf und dann doch PrahlHöcker abrupt aufpoliert:) „gefährlich, MariAnn, bedrückend gefährlich: Drogen und Halluzinogene und Betäubungsmittel, eine Katastrophe, MariAnn, jede Menge Ampullen. Und gefährliche Säuren! Wenn da jemand Amok läuft … Wir müssen Warnungen herausgeben an die Öffentlichkeit, ich bestehe darauf", (anschwellender Ton, jetzt dachte er wieder intensiv ans PolizeiPublikum im Hintergrund) „und ja, ich muß jetzt auflegen, mach es dir sehr gemütlich, MariAnn", (er rutschte ins Du) „ich finde dich sehr süß …"

„Söhr söß", korrigierte unverbesserlich Rosa, die Mithörende.

„Ich komme, sobald es geht – wie ein Blitz!"

Zukünftig blötzender Heinrich noch unblötzend, gebremst, beschnitten. Blötzfeuer im dafür vorgesehenen Schächtelchen – ja wo ist es denn – eben war es doch … (Hoffentlich hat er bei der Alarmanlage mehr Glöck …).

Rosa spottete, sagte all das, was sonst MariAnns Aufgabe zu sagen war, berechnete den Erfolg des Guten Heinrich sägemesserscharf und malte aus: Heinrich müde und matt, angeschlagener Schwörönöter. MariAnn dagegen champagnrig-quecksilbrig rieselnd im Erfolg, wenn auch um Zukunft bangend. Gut, daß MariAnn jetzt nicht allein, daß Rosa da war, vor der MariAnn jetzt ihren aufregenden Tag – „Das isst meieine Stunn-däää!" – vor der sie die ganze Herrlichkeit ausbreiten konnte, die ja auch wiederum ein Nichts war im Falle des falschen Publikums …

Rosa war richtiges Publikum, voller Abgründe und doch ganz da, sie lieh alle Ohren – „Zorro, Rosa, es war Zorro persönlich, aber ICH …" – Und Rosa schnalzte mit der kleinen feingeschnittenen Zunge vor Staunen, schaukelte voller Mitgefühl hin und her im Ehebett, machte aaaah und ooooh an den richtigen Stellen, schnürte also wirklich lieb hinter MariAnn her. Und dennoch fühlte sich MariAnn ihrer nie sicher ...

Dabei genoß sie es durchaus zu erzählen, Rosas Reaktionen zu registrieren. Und dennoch hätte sie sie gern – ja, manchmal ertappte sie sich wieder bei dem alten verrückten Wunsch, daß sie sie gern angekettet hätte, ihre Emotionen deutlich sichtbar festgepinnt – auf Tonband, auf Video und wie mit Stecknadeln. Wie damals bei ihrem ersten Mann, dessen sie nie sicher gewesen war, obwohl er immer behauptet hatte, es wäre alles in Ordnung – oder gerade deswegen. MariAnn permanent sprühend vor Eifersucht, ihre Nerven zuckend, ihre Gedanken ununterbrochen auf seiner Spur.

Was hatte sie davon, wenn sie im einen Moment von einer warmen Woge hochgehoben wurde und – kaum richtete sie sich darauf ein, ließ die Seele aus dem Käfig, setzte sie wohlig auf die Affenschaukel – da krachte die ganze Konstruktion wieder herunter. D.h. vielleicht ja auch nicht – aber die bloße Möglichkeit ...

Von einer Sekunde zur anderen – wie heißt es – ent-flügelt ... Nein danke!

Wenn das jeden Moment rückgängig gemacht werden konnte, dann pfiff sie ja drauf! So etwas mußte man doch ganz reell betrachten. Sie, MariAnn, war schließlich eine reelle Person, eine Pragma-Anhängerin, hatte Herbert erst neulich gesagt, es hatte wie in der Kirche geklungen. Und Sylvester hatte gesagt, sie sei eine blauäugige Rechenmaschine – und auch das akzeptierte MariAnn. Nicht, daß sie die Kritik überhört hätte. Wie sollten diese beiden träumerischen Milchschafe – insbesondere Sylvester, dieser „Silberschwan hinter Mondgittern" – das hatte Achsel gesagt – wie sollten die beiden auf ihren TraumFüßen keine Kritik an ihr üben. Und dennoch: sie liebte es, wenn sich Leute Gedanken über sie machten und sie benannten. Gleich rieselte es stärker in ihr, quecksilbriger. Sie würde ja nie zugeben, wie splittrig es manchmal sich anfühlte in ihrem Inneren, wie angsterregend es knisterte – was für ein fürchterlicher Kampf es immer wieder war, auszuspähen und Millimeter für Millimeter auf die Siegerseite zu – zu dringen! Sie wollte da rüber!

Sie war aufgewachsen bei einem Vater, der geldmäßig auf den Pfennig sah, aber ansonsten von Fakten gar nichts hielt. Das gleiche

Verhalten von MariAnn war einmal gut, das andere Mal bodenlos unerhört, es hing immer davon ab, in welcher Stimmung er gerade war und ob sie ihm eben erst einen Gefallen getan hatte oder ob eine ihrer Schwestern sie in der Zwischenzeit ausgestochen hatte. (Sylvester hatte gelacht, als MariAnn davon erzählt hatte. „Du glaubst wohl, dein Vati hat ein paar Münzen in deine Maschinen-SeelenSchlitze gesteckt – und nu is' alles klar – nu bist du das Ergebnis, und er hat schuld ..." Und Sylvester hatte auf die unerträglichste Weise sich eine Zigarette angezündet und anarchische Kringel gepafft. Hochnäsig wie die Garbo.) Kein Mensch verstand MariAnn. Sie war die älteste von drei Geschwistern, alles sprach gegen sie. „Wirst du heute sehr lieb sein zu deinem Papi?" Das sagte er, wenn sie allein waren, und dann neckte er sie, kitzelte sie, warf sich auf sie drauf. Zuerst voller Rücksicht und Fairneß und dann plötzlich heftig, daß es wirklich weh tat. Aber schlimmer als das Wehtun, langfristiger wirksam war die Unberechenbarkeit – der abrupte Umschlag, den sie nie kommen spürte. Und die ausgehöhlten Schwestern, die sie nur noch im Relief wahrnahm.

Deswegen und zumal hatte sie sich dem Berechenbaren verschrieben. Liebe im Klarsichtbeutel, wenn ich bitten darf!

Jetzt also spähte MariAnn wachsam wie immer nach Anzeichen des Umschlags, hatte Rosa voll im Blick, liebte es dabei, selbst absoluter Mittelpunkt von Rosas Blickfeld zu sein, vor ihr sich lebendig in Szene zu setzen, zu sprühen vor Abenteuer, ja, etwas wirklich Tolles hatte sie erlebt: „Und dann – stell' dir vor!"

Rosas Interesse, ihre Anteilnahme, ihre Zuneigung – sie spürte sie, glaubte, sie zu spüren, Rosa liebte MariAnn, das konnte MariAnn für die Dauer ihrer Geschichte glauben, sofort liebte sie Rosa zurück, fühlte sich selbst dreimal so lebendig und nahezu überdimensional und gleichzeitig auch wieder nicht. Sie witterte wachsam, während sie es spannend machte, pausierte, triumphierte.

Erdbeeren und WhiskySahne gerieten zur Untermalung, gewissermaßen die Rhythmusgruppe: Feuriger WhiskyBaß, sanfte Sahne-Besen mit ZuckerTrommel und ErdbeerenXylophon:

Bling Blong. PengPengPengENGENG –

– Finito –

„Was machen wir jetzt?

MariAnn plötzlich seltsam unbefriedigt, quecksilbrig, voll Tatendrang. Sie sauste zur Toilette, kaum war sie allein, kaum sah sie Rosa nicht mehr, stürzte sie aus ihrem Vollkommenheitsgefühl, wollte etwas vorweisen, etwas Handfestes aus dem Boden stampfen – konnte nicht. Gleich knisterte ihr Herz, sie ärgerte sich über sich selbst. Daß sie wieder auf Rosa abgefahren war, daß es ihr immer so wichtig war, Rosa zu beeindrucken – die ganze Schiete-Piete-WohnungsIdee. Vielleicht war es ganz gut, daß die Generalin kam und Ordnung schaffte. Sie würde auch alle an die Luft setzen, wenn sie sie wäre. Na ja. Rosa zum Beispiel. Natürlich hatte die studiert und wußte jede Menge – oder sollte zumindest. Aber was hatte die Frau davon? Was machte sie daraus? Rosa war Nichts und Niemand, das durfte MariAnn nicht vergessen! Wenn sie nur wüßte, warum Rosa dennoch den Kopf so hochhielt, diese Haltung einer Königin von Saba – und dabei war sie eine armselige Putze! Mehr arm als selig. Ho ho! Oder zumindest unzulässig selig, weil eben eine Putze! Was MariAnn nie nie NIE geworden wäre. Lieber 'ne Nutte. Also wenn schon, denn schon. Nein, lieber wäre sie zu ihrem ersten Mann zurückgekrochen, da hätte sie doch ihr Auskommen, wenn auch … Sie hatte sich das in der letzten Zeit öfter durch den Kopf gehen lassen. Er nähme sie zurück, da war sie ziemlich sicher. Aber er würde sie bezahlen lassen, da war sie sich noch sicherer. Er würde sie wie wahnsinnig bezahlen lassen jeden Tag und vor allem jede Nacht. Das war damals schon seine Spezialität gewesen: zu warten, bis sie wirklich im Tiefschlaf lag, und sie dann zu nehmen …

MariAnn glitzerte. Der Gute Heinrich könnte auch mal kommen …

An Rosa war also eigentlich gar nichts dran. Das sagte sie sich, während sie auf dem Klo saß, während sie sich routinemäßig naß den Po abwischte, sich dann die Hände wusch und trocknete. Das mußte sie sich immer wieder sagen …

Sie kehrte zurück und strahlte Rosa an und dachte dabei – das hatte sie bei ihrem Vater gelernt, sich förmlich angedrillt: jemanden lieb anlächeln, ihm voll ins Gesicht zu strahlen und dabei das maximal Mieseste über ihn zu denken. Das gab so ein vibrierendes Doppelgleisleben, irgendwie der Macht der anderen über dich entzogen … Also strahlte sie, wie sie es gelernt hatte, stellte Liebevolles dar von ihrer ganzen Haltung her und dachte dabei brauenfinster knickrig: Eine Putze! – und außerdem viel zu voluminös, sprich: fett! Größe 44 war keineswegs eine TraumGröße in dieser Welt – wenn Rosa das nur einsehen würde! MariAnn hatte eine viel, viel bessere Figur, viel bessere Aussichten! Überhaupt: an ihr war alles besser in jeder Hinsicht. Wenn Rosa das endlich zugeben, endlich das Handtuch werfen wollte … MariAnn hätte es am liebsten von Rosa und zig Notaren aufgeschrieben und gesiegelt ununund. MariAnn IST DIE BESTE! – Selbst wenn das mit Flugzeug an den Himmel über Köln geschrieben würde, wäre es am nächsten Tag – ach, nach paar wenigen Viertelstunden wäre es schon wieder verpufft. Das ganze Leben verpufft wie ein NICHTS, ein zittrig stehender Schatten, Asche und Rauch.

Dabei war sie immer noch der Überzeugung: Wenn der ECHTE kommen würde, der mit dem Na-Sie-wissen-schon Dingsbums – dann wäre das Paradies erreicht. Blitzartig und dauerhaft. Ersatzteile lieferbar per Katalog. BuntKatalog. Glückliche Neckerfrau …

Ach was. Sie würde es schon schaffen, vielleicht klappte es ja sogar mit ihrer neuen KunstKleidung, die sie angefangen hatte zu entwerfen. CollagePullover mit Stickerei und Strickeinsätzen jede Menge. Das mußte doch ein Renner werden, vielleicht sogar bei Galerien … Ach, sie war ganz sicher: MariAnn war eine Frau im Kommen. Während Rosa …

Kaum saß sie ihr wieder gegenüber, half es nicht. Alles, was sie sich eben so eindringlich klargemacht hatte, half nicht. Irgendwie verspürte sie sofort wieder diese ganz erbärmliche Ehrfurcht, als ob Rosa WÜSSTE, wobei völlig unklar blieb, was. Aber ganz klar dieser Eindruck, daß sie WUSSTE.

Rosa wußte natürlich, daß MariAnn glaubte, sie WISSE. Das belebte ihre Begegnungen ungemein …

Rosa lächelte träge, lehnte sich zurück. Honigfarbene Schneeleopardin, schnurrend. Auf Sparflamme, aber immerhin. MariAnn war so leicht zu durchschauen. Und sie war so schön, alles an ihr schwingend und gepflegt. Rosa liebte es, ihr zuzusehen, als ob dadurch ein Teil ihres Lebens sich von allein erledige: die MariAnn in sich brauchte sie nicht mehr zu realisieren, sie brauchte nur der bereits existierenden zuzuschauen. Ja ja, ihre Schwächen. Wie jung sie noch wirkte mit ihren Ängsten. Und wie traurig es doch war, daß sie das Authentische nicht brachte. Manchmal tat sie ihr leid. Das konnte dann jederzeit übergehen in schönes Selbstmitleid, sie ließ es leise plätschern in ihrem Innern, steigen und fallen und sanft wogen, als ob sie sich ausdehnen könne, wohlig.

MariAnn rauchte, suchte nach Musik.

Rosa sah ihr zu, KindheitsErinnerungen tauchten auf, sie goß Whisky nach. Mmmh. Ferien auf dem Lande. Lispelnde Ablenkungen.

Rosa mit sieben.

Und eines Tages der Durchbruch zur Biologie, das einschneidende AhaErlebnis, die Initiation.

Der steinerne Ziehbrunnen auf dem Hof als SchneckenObdach.

Emsige KinderAugen, barfuß auf dem Friedhof, eifrig gebeugte Rükken, gewinkelte Knie, hockend und schleichend und vorsichtig grapschend und hinein in die kleinen gedeckelten Eimer mit den Unwilligen, den sanftklebenden Plattfüßen, schleimig, weichig, molluskig, mit oder ohne Bänder auf den Schalen, braun, rosa, gelb, fast weiß: Die Gartenschnecke. 300 Stück.

Und dann die Beute eingebracht in den Ziehbrunnen, sie ausgesetzt, den Ausgang verstopft, das Trogförmige ausgestattet salatblattmäßig und mit Steinchen und Gras und Zweigen (Gymnastikgeräte, Aerobics für Schnecken).

Die schönsten sich auf den nackten Bauch gesetzt: Wie sie darüber wetzten, sich wellenförmig aufbäumten und voranschoben, pronto pronto, ohne Ermüdungserscheinungen. Die Fühlhörner voll ausgefahren, einen nachgerade intellektuellen Ausdruck im Auge schneckenmäßig, kraftvoll Informationen heischend. Dagegenstupsen? mit der Fingerkuppe? den Schnecken den Weg diktieren über den Nabel hinweg? versuchsweise? (Ende des Diktats). Seltsame HautSensationen auf dem Bauch ekelnahe – ach, doch nicht. Kühlig. Bißchen Schleim. Tolle Haut hatten die, tolle Muster. Und überhaupt: Die Idee mit dem Gehäuse. Muß man erst mal drauf kommen. Behindert natürlich schon. So richtig flitzen können sie nicht mehr. ExMotion. An die Stelle der Bewegung tritt das Gefühl …

(Ein Fernsinn – ach MariAnn, das ist unser ganzes Problem: zuviel Fernsinn!)

Das hast du nun davon, du Schneck. Und wenn du weiter hocken bleibst, bewegt sich bald gar nichts mehr, Nervenversteppung, die Wüste wächst. Und nun, Ladies und Gentlemen, wenn ich bitten darf: Zurück in den Trog!

Vor dem Einschlafen noch einmal die Häupter der Lieben gezählt, 600 Fühlhörner, nein, die waren weithin unsichtbar. Jedoch 301 Schnecken, die eine überzählige wurde in ein Glas gesteckt und ins Schlafzimmer mitgenommen, 300 schien eine heilige Zahl. Die Abdekkung klappte perfekt. Am Morgen erneut die ZählÜbung, in Zehner-Reihen, haltet gefälligst still. Seid ihr alle da? Unglaubliches Ergebnis: 307! Wer hat da gemogelt. Sieben zuviel. Winzige Weichlinge, Spuren. Das Geheimnis der Liebe im Salatblatt …

Rosa ließ sich hinreißen: Schnecken (Mollusken oder Weichtiere. Rund 100000 Arten, ein TierStamm von außerordentlichem Formenreichtum. Auf der eigenen SchleimSpur über alle Widrigkeiten hinweg. Geschwindigkeiten bis zu 16cm /min. Die landlebenden Lungenschnecken sind ausnahmslos Zwitter: d.h. es gibt keine Männer und Frauen, jede /r ist beides, produziert beides (männliche und weibliche Keimzellen in derselben Keimdrüse). Dennoch besteht der Drang, sich nicht selber zu befruchten, sondern stundenlang mit einem Partner zu kopulieren, um endlich endlich Sperma auszutauschen.

Wer sagt's denn, MariAnn hörte zu:

Zwei Plattfüße gegeneinander gepreßt. Konkret: Die Weinbergschnecken (Helix) nähern sich einander mit erhobenen Fußsohlen so, daß sie sich die Geschlechtsöffnung zukehren (unter dem hinteren Fühler liegend, einmalig, also asymmetrisch). Kaum haben sie diese Position eingenommen, produziert ein Drüse einen kalkigen spitzen Liebespfeil, der dem Partner /der Partnerin tief in die Fußmuskeln geschossen wird, in den Plattfuß (eine unerhörte Stimulation). Dann wölbt sich das Ge-

```
schlecht vor und jeder der beiden führt seinen
großen Penis in die Vagina des anderen ein. Sa-
menaustausch. Und Zeit lassen die sich, Zeit ...
```

„Zeit läßt der sich, Zeit ...", stöhnte MariAnn.

Rosa reagierte nicht, war noch bei Kindheitserinnerungen. Weißt du, damals ...

Ihr Vater neigte zu Gewalttätigkeiten, aber nicht, wenn es um Rosa ging. Irgendeine merkwürdige Hemmung war in ihm, was Rosa anging. Er brachte es nicht über sich, die Mutter vor Rosas anklagenden Augen zu vergewaltigen, schaffte es noch nicht einmal, sie halbtot zu schlagen. Und so geschah es, daß die Mutter, die ja nicht umhin konnte, Rosas wohltätige Wirkung zu registrieren, wieder und wieder Zuflucht bei ihr suchte. Rosa sah sich immer als Dreijährige, wenn sie zurückdachte. Wie sie im weißlackierten Gitterbettchen schlief, im Hintergrund die kleineren Zwillinge, die allerdings keinen mildernden Einfluß auf ihren Vati hatten, eher seinen Zorn noch vergröberten. Die Szenenfolge war fest installiert in ihrem Gedächtnis: Wie der Lärm aus dem Wohnzimmer anschwoll und in ihren Kinderschlaf drang, bis sie wach wurde und mit noch halbgeschlossenen Augen rübergehen, übers Gitter klettern wollte – da hatte es die Mutter geschafft, sie riß die Tür auf, schrie um Hilfe, der angetrunkene Vater rot angelaufen grobschlächtig hinter ihr her, er brüllte heiser, grapschte nach der Mutter, wollte sie zurückziehen ins Wohnzimmer, ihren Widerstand endgültig brechen mit Fäusten und Werkzeugen und allem, was ihm unter die Finger kam, wollte ihr den Weg absperren, weil er ja wußte, was passieren würde, weil er nicht hinsehen wollte zu seinem Liebling, seinem Lämmchen, seinem kleinen Engel. Aber da war eben dieser schon auf Posten, KleinRosa – hellwach und schlaftrunken in einem – zog sich miniheldinnenhaft am Gitter hoch – stand winzig und entschlossen – ein Ausbund an Tapferkeit – auf ihren kleinen Beinchen – und gab dem Vater genau den Blick, den er nicht ertrug. Manchmal wollte er sie anschreien, sich zum Teufel zu scheren, aber die Worte blieben ihm stecken.

MariAnn wollte unterhalten sein, Kindheitserinnerungen waren nichts für sie. Sie spazierte auf und ab. „Wenn er so lange nicht kommt, fühl' ich mich wie ein Poltergeist!"

„Genau", sagte Rosa, „dann sei doch einer, spiel' mal die Frau Apotheker, im Schrank findest du alle Requisiten."

MariAnn war sofort hingerissen. „Bist du sicher, sie kommt nicht zurück – ich meine: vorzeitig?"

„Na und wenn schon, mehr als rauswerfen kann sie uns nicht." Rosa gab sich gelassen.

„Und deine Putzstelle?"

„Na hör mal – also 'ne andere Putzstelle finde ich wirklich, da brauchst du dir keine Sorgen machen." Das war doch auch einmal ein Vorteil. Wenn du ganz unten warst, konnte es dir nicht noch schlechter gehen. Sie seufzte, ihr fiel ein, daß es Bereiche gab, wo sie noch nicht ganz unten war. Kämpferisches kam auf, fast hätte sie mit der Faust aufs Ehebett gehauen. (Ahoi! Generalin – ich komme!)

MariAnn brauchte nicht zweimal aufgefordert zu werden, ihr Tatendrang fand ein Ventil. Dieser Kleiderschrank quoll ja über von hübschen Fummeln. MariAnn probierte, stolzierte herum, wand sich vor dem Spiegel, posierte vor Rosa. Mensch, steht mir das nicht phantastisch, so viele Quadratmeter neues Leben, man müßte nur zupacken! Rosa lag und bewunderte, bewunderte wirklich, es war eine Schau, ein Vergnügen. MariAnn war eine echte Schauspielerin, schlüpfte mühelos in Rollen rein, Legenden entstanden:

...Lady Godiva reitet über den zugefrorenen Rhein, über die ausgeschlagenen Samtmäntel der Ritter, das leise Knistern der Luft, das Ziehen der Degen aus der Scheide, die Ehrenbezeugung, über die sie hinwegsieht. Kupferrot über meerblau auf einem Apfelschimmel reitend. Schneeweiß, Samt, Gold, Seide bestickt, eine Brise Schönheit...

„Kennst du das, MariAnn?"

MariAnn war interessiert. Was würde denn eine solche Lady wohl tragen? Sicher was Steifes, Brokatiges, Seidiges. 'N Abendkleid, sie griff sich eins. Ungefähr so etwas? Sie hielt es sich vor, schlüpfte rein, wandte sich um zu Rosa. Na? Was? Gar nichts?! Lady Godiva ohne einen Faden am Leib? Also hör' mal! Auf euch ist doch immer Verlaß! Sie schniefte vor Verachtung. Wieder so 'ne Armen-Phantasie. Obwohl, nackt durch Köln auf einem Zelter ... Und du meinst, die Männer haben wirklich nicht gekuckt? Also weißt du, da ist doch irgend etwas faul!

„Die haben sie alle mächtig verehrt. Und das nördliche Blut ist eh nicht so – du weißt schon – bißchen lahmflüssig ..."

„Komm mir bloß nicht mit deinen Römern! Die Papagalli sollen auch nicht mehr sein, was sie mal waren. Wenn sie's mal waren!" (Erst gestern hatte eine Kundin einen Bericht vorgelesen, ganz schöne Schluffis, diese Spaghettis, wenigstens punktuell ...)

Rosa wehrte ab, verteidigte ihr rechtmäßiges Vaterland, außerdem kam es beim Sex bekanntlich auf Qualität, nicht auf Quantität an. Rosa, die LustExpertin. MariAnn warf ihr einen undeutbaren Blick.

Rosa fiel ein, daß übrigens tatsächlich einer gekuckt hatte. „Stell' dir vor, die ganze Stadt voll Ehrfurcht und Respekt, die Brücke verhangen, die Häuser, die Fenster und Torbögen, die Augen, alle Augen weggekehrt und wie blind – nur ein Mann, ein einziger Mann – und weißt du, wer das war? Ein Schneider!" Sie lachten beide über die Vorstellung: Schneider Pieter listig peepend.

„Warum nicht – hat er auch mal was Schönes. Bei der Frau ..."

„Ich glaub', sie schlafen nie miteinander."

„Darauf kannste wetten!"

MariAnn schlüpfte und drehte sich, kam außer Atem vor lauter rein und raus, wußte kaum noch, wo aufhören, wo weitermachen. Diese Frau schmiß das Geld ja nur so aus dem Fenster, vielleicht hatte sie die Verdienste von HankGeigy bislang noch immer zu gering eingestuft. Mein Gott, wenn sie in diese Existenz schlüpfen könnte wie in ein Kleid ... „Warst du mit Herbert befreundet, als er noch die Apotheke hatte ...", fragte sie wie nebenbei.

„Hmmh."

MariAnn drehte sich abrupt um, warf sich das Haar aus dem Gesicht. „Warst du mal hier – ich meine – habt ihr hier ...?"

„Das Bett stand damals unterm Fenster ..." Rosa träge träumerisch. Das regte MariAnn noch mehr auf, überhaupt, es war ja, als ob man wirklich in eine andere Existenz schlüpfen konnte. Sie schwang sich aufs Bett, rüttelte an Rosa:

„Du mußt jetzt ganz genau erzählen!"

Rosa sträubte sich, wollte Musik hören und schwerelos wogen. „Ich kann gar nicht so erzählen wie du ..."

MariAnn fast fieberhaft – der Sieg so nahe – und warum dann

doch nicht. Als ob du die Flosse des Hais einen Moment in der Hand spürst ... „Wenn ich dir Wein hole?"

Rosa starrte sie an, sah die Träume, waren ihre eigenen auch so deutlich? Nein, wahrscheinlich nicht ganz, sonst hätte das ja nicht geklappt: daß MariAnn annahm, Rosa WÜSSTE ... Sollte sie sie entmutigen? Ach was, heute nicht. Lieber Schauminseln steigen lassen, Traumflöckchen ...

„Bring Käse mit! Ich krieg' sonst 'nen Schwips!"

„Du hast noch keinen? Na hör mal! Beleidigung des Hauses!"

Rosa wünschte auf einmal verzweifelt, Sylvester wäre hier. Ein ganz verrücktes Elendsgefühl kam in ihr auf, als ob sie grausam ausgeraubt würde in genau diesem Moment. Sie riß sich zusammen. So ein Gefühl kannte sie nur von damals, als Anatol plötzlich verschwunden war. Aber von Anatol würde sie MariAnn lieber nicht erzählen, er war ihr großes Geheimnis, ihr sanftglühendes. Er hatte ihr alles beigebracht, ihr lockiger Zigeuner mit den Erzengelaugen, ihr Liebster und LöwenLamm – ihre schwache Stelle, ihr Lindenblatt. Mit ihm hatte sie Lust erforscht wie einen explodierenden Kontinent. Hatte geschwelgt in mantras und yantras. Gemeinsam hatten sie Lustgärten angelegt, hatten geometrische Fische erfunden in schimmernden Netzen. Hatten Vulkane gezähmt, bis sie artig durch Feuerreifen hupften ... Nein! Das würde sie MariAnn nicht erzählen, da war sie zu verwundbar ... Ach, Rosa war eine ganz sentimentale Frau – jetzt lächelte sie über sich selbst. 20 Jahre hatte sie gebraucht, um über Anatol hinwegzukommen. Nur seinetwegen, nur, weil alles eh egal war, hatte sie damals PlastikLuy geheiratet, ihr Leben verschmissen. Erst Herbert – Es stimmte, Herbert der lusche Barde hatte ihr geholfen ...

MariAnn schob den Vorhang vom Spiegel zurück, jetzt wurde das ganze Prachtbett gespiegelt, der bunte KleidungsPlunder allüberall. MariAnn schwang sich zu Rosa hinauf, umarmte sie, bis sie liebevoll halb ineinander verschlungen lagen, sich anlächelten, lachten: „Wir sind lebendig!" Rosa streichelte MariAnn, MariAnn spürte sich rieseln, sie liebte Rosa, auch wenn sie sie am liebsten aufgerissen und ausgenommen hätte. Sie seufzte, „Was soll's", griff dann nach den Weingläsern, goß sorgfältig ein. Sie prosteten sich zu im Spiegel, Rosa rutschte höher, verschüttete Wein aufs Kopfkissen.

„Wie er ihr das wohl erklärt?"

„Wer?"

„Na, der Heinerich!"

Rosa nahm merkwürdig wenig Interesse. Sollte sie jetzt von Herbert erzählen oder nicht. „Aber na klar sollst du! Ich kann's kaum erwarten ..." MariAnn konnte es nicht erklären, nicht direkt, wie sie sich sehnte nach Hintergrundwissen, wie sie durch solche Kenntnisse sich plötzlich zugehörig fühlte, eine Insiderin, und das prickelte, ein winziger Machtrausch schäumte in ihr, plusterte sie auf, ja, Flügel bekam sie, daß sie beinahe überm Bett schwebte, während sie in Wirklichkeit so wohlig-real darin lagerte. Auf den realen Erinnerungen – anderer, aber immerhin! – sich hin- und herbewegen wie auf einem warmen Wasserbett. In ihrer Unternehmer-Zeit hatten sie einmal ein kalifornisches Wasserbett gehabt, Bodo schnarchte so gern auf dem Pazifik, ihr törichter Bodo, der aus seiner Verliererhöhle so gern nach ihr gegrapscht hätte. Den sie abstoßen mußte, wegstoßen, vergessen. Ach, die Gegenwart aufheizen! MariAnn, die Siegerin, das war doch mal was anderes.

Rosa fußspitzelte kitzelte MariAnn. „Also soll ich?!" – „Ja ja ja ja ja!"

Rosa wurde gewissermaßen ernsthaft. „Gib mal noch das andre Kissen her." Sie stopfte es sich in den Rücken, es konnte losgehen:

Rosas Kleines Blumenstück oder Die Liebliche Liebes-Saga

Es war fast wie damals mit Anatol. „Wer ist Anatol?" Unterbrich nicht, sonst wird es nie was ... „O.k. o.k..."

Es war fast wie damals mit Anatol. Rosa keuchte ... „Rosa?" Rosa!

Rosa keuchte. Das war ihr schon lange nicht mehr passiert, daß sie so in Fahrt kam, ihr Mund pelzig, ein metallischer Geschmack auf der Zunge, ihr Geschlecht prall und steif und feucht, und Heißes, Wellenförmiges das Rückgrat hinauf und hinunter. Gewissermaßen: die große Schneeschmelze im Mai. Sie setzte sich auf, halb an ihn gelehnt ...

Er war überraschend gekommen, mitten am Vormittag, sie war

noch im Schlaftran, Nachthemd zerknittert, Haare verwuschelt. Nach Schlafwiese riechend, Traumblüten Tannenzapfen. Natürlich hätte sie nicht öffnen sollen, ohne durch den Spion zu kucken, aber wer sollte es schon sein, die Nachbarin oder der Postbote. Ach sicher die Nachbarin, die kam zu jeder möglichen, d.h. eher unmöglichen Tag- und Nachtzeit.

Da stand jedoch er.

Sie hatten sich angesehen – schockartig Platz nehmende Überraschung – plötzliches Bewußtsein: Ich war am Verdursten. Ein dürres Reis, ein vertrocknender Paradiesvogel wenn nicht gar. Und genau in diesem Moment erscheint ER, steht und schellt an der Tür, SIE ihm gegenüber – wie ein Mensch – erstmalig die Augen wieder geöffnet – ziemlich atemlos – ganz schön weggetreten ... Alle Lilien auf dem Felde usw. Süßer Federbusch. Wüstenwind, Heißatem um Körper gestriffen ...

Sie hatte ihn unsinnig lang vor der Tür stehen lassen und ihn dann doch hereingebeten – förmlich übrigens, als balanciere sie eine riesige römische GlasVase, eine Kostbarkeit aus nahezu vorchristlicher Zeit. Als wäre sie zwar im Nachthemd, aber mit langen weißen Handschuhen angetan und einem wippenden, steif wippenden Federhut Federbusch. Er war ebenfalls förmlich gewesen, gedämpft, hatte „Sie" gesagt und öffentliches Vokabular gestreut, Wörter mit steifem Hut, mit schwarzem Zylinder. „Wenn ich mir erlauben dürfte ... widrigenenfalls ohnehiningegen ..." Und gleichzeitig hatte er sie eingehüllt – oh Lynx – zarte RaubtierRassel – Nackenhärchen sträubend, süße Stiche, intim ins Ziel schmelzende Lichteinbrüche. SIE stand da, ihre Fülle wie Feder im Wind, sein LustTiger RehKitz unhörbar zwitschernd.

[GartenlaubenFeeling, bei Tagmond. Fand MariAnn das sentimental? Nein nein, MariAnn hing an Lippen, wollte alle Details.]

Die Tür fiel ins Schloß. Sie standen zu nah aneinander. Er sei nur vorbeigekommen, er habe ... Sie hörte seiner Stimme zu, staunend, hob unwillkürlich die Hand zu seinem Gesicht, bis sie ihn fast berührte und doch nicht. Spannung kam auf – elektrisierte – noch ein wenig – noch – und dann – leicht – fuhr sie mit der Fingerkuppe die Linie seiner Augenbraue entlang, die sanfte, unebene Schläfe, die plötzliche Vertiefung, die empfindliche Haut des Augenlids.

Ausgerechnet Pascha Herbert. Aber sie kannte ihn ja kaum. Sie kannte ihn rein gar nicht! Da jedoch stand er, tauchte in ihrem Gesichtsfeld auf wie eine TraumWolke in ehelicher Wüste und nun näher und näher … Der große Unbekannte …

Zwar: gesehen hatten sie sich schon, irgendeine lärmende Gelegenheit. Weiberfastnacht? Etwas der Art. Luy war dabei gewesen. Und später ab und an auf der Straße ein Kopfnicken rauf und runter, wenn sie aneinander vorbeigingen, beide aufsteigend aus irgendwelchen Tagträumen und wieder darein zurücktauchend, kaum waren sie einen Meter weiter. Rosa hatte ihm einmal ein großes inniges Lächeln zugeworfen, irgendeine Traumreaktion, ihre Fülle unsichtbar tanzend. Er hatte nicht gewußt, ob sie ihn meinte, sein Gesicht unschlüssig. Also blieb das Lächeln unerwidert in der Luft, schwebte für einen Moment. Es hatte ihn beschäftigt. Rosa war längst weitergegangen. Er sah ihr nach …

Hatte sie ihn herbeigewünscht? Herbert mit den schwarzen Lotterlocken, die sichtlich frisch gewaschen und festlich gekämmt waren und doch schon wieder musikalisch sturmverweht? Ein Pascha, über den Gerüchte herumstreunten, ein Pascha im Gewand des ewigen Verlierers, ein Opernbuffo. Rosa hatte ihn einmal erstaunt vernommen. Ja, was machte er denn da?

Ja, was machten sie denn da?

Und plötzlich warfen sie sich gegeneinander, nix Don Juan und Donna Anna in Reifrock und Soutane, nix CasanovaSchlapphut mit wehenden FrühlingsBändern. Zwei LaienSchauspieler waren von einem Moment auf den anderen an die HauptRollen gekommen, Himmel, wie machte man das, irgendwann hatten sie das doch gelernt, Rosa sogar ziemlich sehr, Herbert ebenfalls einst – in der Wiege – außerordentlich vielversprechend wie wir alle …

Ihre Münder tauchten ineinander – oh Gott – er hatte ein Gebiß. Sie hielten sich, preßten, fummelten, kamen sich immer wieder in die Quere. Soviel unhandliches Gestänge, so weit auseinanderliegende Gebiete. Und das sollte nun wie der Blitz dem Schmelzpunkt zugeführt werden. Schon schlugen ihre Kiefer aufeinander. Ja und wenn schon. Sie dachten nicht daran aufzugeben, im Gegenteil. SIE fand es unglaublich romantisch, eben fast wie damals mit Anatol. SIE nahm ihn bei der Hand und führte ihn ins

Schlafzimmer. Das Ehebett war noch nächtlich zerwühlt. Sie breitete die Arme aus und wollte erklären – ER warf sich aufs Bett und zog sie zu sich herunter. SIE dirigierte ihn mühsam zur anderen Hälfte, es war die ihre, da legte sie Wert drauf. Was recht ist, muß recht bleiben. Dann gingen sie ran, als ob sie Gage zu erwarten hätten, Himmelherrgott, diese Reißverschlüsse! dafür müßte es Extra-Zulage geben. Ihr guter Wille war unerschöpflich. Schon lauerte der Siedepunkt in den Startlöchern, setzte an zum Sprung – da hatte sie noch eine Idee: SIE schob ihn beiseite, warf die Deckbetten auf den Teppich, das ehemännliche zuunterst, breitete goldgelbe Decke darüber. ER warf halbunwillige Blicke, halb lächelnde, meuternde. Was'n Schnickschnack Blödsinn. SIE lief zum Maifenster und öffnete es weit, ebenso die Balkontür. Dann lagerte sie sich, goldgelb einladend.

Der Effekt war beachtlich. Draußen hatte sich die Schwüle verfinstert, die Wolken schwollen an mitten am Vormittag. Einen Moment noch versteckte der Dom die Blitze, dann sausten sie hervor, himmelumspannend und mit Donnergetöse. Und Rosa feuerte ihn und sich an, dirigierte ein ganzes Orchester Kunst und Natur, Kunst in der Natur. Und es krachte und die Blitze fuhren rings um sie ein – und in sie und jedenfalls – sei es wegen des Gewitters oder wegen ihres Anfeuerns oder auch nur, weil alles so aufregend überwältigend reizvoll unerwartet neu war – jedenfalls widerfuhren ihnen unsäglich weißglühende usw. KosmosSpitzen Befeuerungen Entladungen.

Oh!

Ganz schön abgeschlufft hinterher.

Nur noch der Regen strömte sanft und gleichmäßig, trommelte leise auf die Balkonmöbel, spritzte manchmal einen einzelnen Tropfen auf ihre Füße. Sie spürten es, rührten sich jedoch nicht. Lagen wohlig tiefentspannt da.

Plötzlich ein Geräusch wie von weither. Jemand öffnete die Wohnungstür.

Rosa horchte hin, blieb einen Moment wie erstarrt liegen. Dann sauste sie mit eckigen Bewegungen, stieß sich an der Kommode. Oh Gott! Im nächsten Moment würde Luitpold die Tür öffnen und … Es war unerträglich …

Sie konnte es nicht zulassen.

Ein Blick zu Herbert, bleicher Rhapsode, fast noch auf allen Vieren. TenorGefühle in schwarzlockigem Aufruhr. Sollte er sich anziehen? Wie verhielt man sich in solcher Situ- … Sein Blick irrte … Mein Gott, gleich würde er erschossen werden. Er ermannte sich, er fühlte sich jetzt schon … Ohgotto-gott!

Rosa spähte um sich, wo war denn? Ihr Morgenmantel wahrscheinlich im Badezimmer. Handtücher auch keine. Sie nahm also Luitpolds Mantel, schlüpfte hinein, knotete ihn, entschlossen öffnete sie die Tür und schloß sie sofort hinter sich. Luitpold stand im Flur.

„Du kannst jetzt nicht reinkommen. Ich habe einen Mann hier."

Luitpold starrte sie an, wurde bleich im Gesicht, grün, sein Hals lief scharlachrot an. Er stand direkt unter der Flurlampe, die er angeknipst hatte. Seine Emotionen sichtbar wie unterm Mikroskop. Zum ersten Mal seit Jahren empfand sie Freundliches, Mitleidiges für ihn.

Er öffnete den Mund, schloß ihn wieder, drehte sich um und verließ die Wohnung. Die Tür fiel ins Schloß.

Rosa atmete tief durch. Und noch einmal. Und wieder. Ihre Hand immer noch auf der Klinke der Schlafzimmertür. Kam er auch nicht zurück? Sie lief ins Wohnzimmer, konnte vom Fenster aus sehen, wie er ins Auto stieg. Herrgott, sie hätte das Auto hören müssen. Sie ging zurück in den Flur, stieß fast gegen das metallische Echo von LuyGedanken, tödliche kleine Kugeln, klick-klack, und es erhob sich ein Unwetter, und der Ehekäfig zerbarst, darin sie schon zu BeinaheLeichen verkümmert waren. Oder so ähnlich. Sie horchte. Was machte denn ihr – wie sagt frau – ihr Romeo, ihr Buffalo Bill?

Sie drückte die Klinke herunter.

Herbert hatte sich in Sturmeseile angezogen, war sogar auf die Idee gekommen, das Bettzeug zurückzuschaffen. Der Teppich lag unschuldig wie frisch gefallener Schnee, abgesehen davon, daß er mal hätte gesaugt werden müssen. Er stand noch ohne Schuhe, strich sich verlegen die Haare aus der Stirn, sein Gesicht ein wenig angeschwollen von der Aufregung.

„Ja?"

„Er ist weg."

Diskretes Aufatmen. Lässige Nachfrage:

„Einfach so?"

„Anscheinend."

Kleiner Angriff fällig:

„Kontrolliert er dich routinemäßig?"

„Nie. Komisch." Nachdenkliche RosaStirn. Idee: „Es war das Gewitter. Na klar. Er wollte die Wohnung retten. Ich hatte gesagt, ich würde weg sein, ein Strandkleid für den Urlaub ..."

Wie sehr merkwürdig die Vorstellung jetzt: Luitpold und sie am Strand, beim Sonnenölorgienfeiern. Letztes Jahr war es auch schon merkwürdig gewesen und vorletztes und vorvorvorletztes. Aber jetzt war es plötzlich unmöglich, weil die Fassade nicht mehr stimmte. Es sei denn, sie würde den ganzen Putz wieder neu befestigen wollen ... Rosas Gang nach Canossa, in Eis und Schnee, mit blutenden Barfüßen. Oh du Luitpold barme erbarme dich mein. Aber Luitpold „barmte erbarmte sich kein", er hatte sich in seinem ganzen Leben keines Menschen erbarmt, er war wie das Leben, wie er das Leben einschätzte: kalt und gnadenlos. Mit beiden Beinen im neunzehnten Jahrhundert. Lord&Lady, wenn sie es recht überlegte, wahrscheinlich blieb er Effis FontaneMann noch einiges schuldig! Wieso hatte sie ihn geheiratet. Selbst schuld.

Herbert fühlte sich überflüssig, ging zur Tür. Sie standen einander wieder gegenüber. Er wollte sie in den Arm nehmen, sie wehrte unwillkürlich ab. Fast hätte sie ihn mit einem geistesabwesenden Kopfnicken entlassen. Dann gab sie ihm doch die Hand.

„Schon gut, Herbert. So long."

„Und dann?"

„Dann nichts mehr, du weißt es doch. Scheidung und drum und dran. Und Herbert natürlich auch keine Alternative. Der Gute hat mit sich selbst viel zu viel zu tun. Ich nicht mit mir. Daß mich mit Luy so wenig verbunden hat, war plötzlich etwas Positives. Ist das nicht seltsam? Herbert dagegen ... Einmal waren wir hier, ein einziges Mal, da kannte ich seine Ehegeschichte noch nicht. Diese Wahnsinnige läßt ihn wahrscheinlich nie los, er kommt da einfach nicht weg von. Oder er müßte 'ne wirklich mächtige Anstrengung machen, irgend etwas Dramatisches. Aber du kennst ihn doch – das fällt ihm schwer. Wenn ich ihn wirklich an mich rankommen lasse, kann sogar ich Zustände kriegen. Wie wenn er in paar Ecken seiner Psyche lauter Monster lebend vergraben hätte – er müßte was für sich tun ..."

„Er bräuchte die richtige Frau ..." (MariAnn befremdend träumerisch.)

„Ja – aber wer ist schon die richtige ..."

Ob MariAnn die richtige, ob MariAnn darauf aus war? Sie hatte in letzter Zeit ein paar Reaktionen gezeigt. Eifersucht auf Rosa allemal, aber das schon gewissermaßen routinemäßig, das hatte Rosa längst akzeptiert. Außerdem: MariAnn wollte doch Geld Sieg Erfolg – und Herbert war dafür der denkbar ungeeignetste Kandidat. Wahrscheinlich gönnte sie sich ihn wie einen JungmädchenTraum: „Hier läuft meine Unmöglichkeit" ...

„Ich wär' gestorben, Rosa!"

„Was denn?"

„So 'ne Situation mit Luitpold – ich wär' lieber gestorben!"

Rosas Fülle schaukelte amüsiert. Sie hatte es ja auch nicht gerade genossen. Aber es stimmte, MariAnns Temperament, nein, ihrer ganzen Veranlagung wäre so eine offene Situation zuwider gewesen. Ihre Theaterfähigkeiten zielten ja gerade darauf ab, zu kaschieren, Schutzfassaden zu bauen, schneller zu sein als die anderen und also die Fanggruben selber zu basteln, die Schlingen zu legen, sich um Gottes willen nicht überraschen zu lassen, um Himmels willen ... Da kamen auch schon die aktuellen Assoziationen:

„Was machen wir eigentlich, wenn er kommt?"

MariAnns plötzlich dünn-gescheuerte TschinellenStimme, Skepsis und Unbehagen.

„Alle Männer sind scharf auf einen Dreier."

„Bist du sicher?" MariAnn zögerlich, an Kupferhaar nestelnd. Bloß nichts falsch machen. Jetzt, wo sie einmal auf der Siegerseite stand ...

„Ganz sicher."

Rosas Gläubigkeit steckte an. MariAnn, eben noch geriffelt vom Wind des Mißtrauens, glättete sich, schimmerte von neuem. In Sachen Lust hatte Rosa ja wohl wirklich Ahnung, zumal es bei ihr immer gleich kosmisch zuging wie in der Kirche. Wie sich MariAnn die Kirche von weitem dachte. Jedenfalls ging es ganz anders zu als bei ihr ...

(Wobei die Merkwürdigkeit blieb, daß MariAnn eine Dreier- und eine ViererErfahrung hatte und Rosa keine. Aber worum geht es dann eigentlich?)

„Am liebsten würd' ich ein paar Klamotten mitgehen lassen."

„Klammheimlich – so à la Kölner Heinzelfrauchen?"

„Hmmm!"

„Und dann kam die böse Schneiderin ... oder vielmehr der Gute Heineri..."

Schlüsselgeräusche, Schritte.

„Hallöchen!"

Tirilierende Verführungskunst, der Apotheker näherte sich. Er fühlte sich ein wenig schlapp, war ja'n Tag gewesen, und sicher hätte er MariAnn nicht zureden dürfen zu bleiben. Tina war zwar verläßlich, hatte ihn noch nie überrascht in seinem ganzen Leben – ganz schön trübsinniges Fazit, wenn man es recht bedachte. Uuuuch, aber er fühlte sich geschlaucht, wie wurde er die Gute jetzt nur schnell wieder los.

„Hallöchen!"

Ja, wo war sie denn, war sie etwa schon wieder gegangen? Halbe Erleichterung – oder – er näherte sich dem Schlafzimmer. Sanfte Geilheiten versus MüdmannBedürfnisse ... Er öffnete die Tür ...

„Ja, was haben wir denn da?"

Ja, was war denn das – ja, du liebe Zeit – ja, wie sollte er ...? Ein wackerer Bürger Kölns mit einem ganz und gar unbescholtenen Innenleben – findet einen Harem! In seinem eignen Ehebett. Lauter nackte Weiber, ein ganzes Dutzend, oder doch mindestens ... Er rieb sich die Augen, kam ins Schnaufen. So ging's ja nicht ... Wie verhielt sich denn eine Säule der Gesellsch... Sein Vater hatte immer gesagt, daß es noch böse mit ihm usw. Er lächelte automatisch, er griente. Wie hätte er gegen so viel Fülle ... er zwinkerte aufgeregt. War das nicht – aber das war doch ... Er hatte sich schon für ihre Reize interessiert, als noch – aaah – und MariAnn Kupfergold ... Er gab den Widerstand auf, sein Gesicht verschwamm in

Seligkeiten. Nur noch pro forma flüsterte er: „Es bleibt doch unter uns, nicht wahr?"

Sie lächelten, nickten, berührten ihn, führten ihn liebevoll ins Bad, kleideten ihn aus. Oh, er übergab sich ihnen, ließ sich unter die Brause stellen, sie schäumten ihn ein. Ach, wie gut sie ihm taten. Das war ja – köstlich köstlich – deliziös – meine Lieben – ach, die Augen gingen ihm über …

Sein Vater war Oberstudiendirektor gewesen, und nie hatte er ihm genügt, tiefe Bitterfalten hatten sich um des Vaters Mund eingegraben um seinetwillen, denn nur mit äußerster Not hatte er – 22jährig – das Abitur geschafft, war dem Vater entronnen. Und dann das Glück, daß Tina ihn akzeptierte, daß er knapp das Studium schaffte und sich eine Apotheke kaufen konnte mit ihrem Geld …

Sein Großvater war Superintendent gewesen, ein streitbarer alter Herr, den er natürlich auch enttäuschte, den aber anderes weit mehr beschäftigte. Sein Lieblingszorn galt der Bibel. Insbesondere den Stellen, die von Laien falsch aufgefaßt werden konnten, und da gab's anscheinend jede Menge. Heinrich Hank erinnerte am besten die Geschichte Lots, er hatte sie immer unglaublich interessant gefunden, faszinierend. Vielleicht hatte sein Blick ihn verraten indirekt, so daß er den Großvater zu noch größerer Ereiferung angespornt hatte, immer wieder fing er von dieser Geschichte an, der Schaum flog ihm fast vom Mund. „Diese verabscheuungswürdigen Töchter, die sich an ihn ranmachen, wie Nymphomaninnen, und das in der Bibel. Den Vater betrunken machen und dann ran an sein Kostbarstes." Er gab zu, es war die einzige Stelle, wo es Emanzen gab in der Bibel. „Umso schlimmer – umso schlimmer. Die Stelle gehörte ausgemerzt. Oder den Frauen verboten – wenigstens das! Denn welches weibliche Hirn würde imstande sein, diese Stelle richtig zu verstehen. Sich des Mannes bedienen, als wäre er ein Objekt! Und Gott hatte nichts dawider unternommen! Seltsam, seltsam. Sie hatten ihm Wein gegeben bis zur Bewußtlosigkeit und sich dann auf ihn gelegt – man stelle sich das vor! – als er wehrlos war. Samen entnommen nach der Welt Weise", das hatte Heinrich monatelang beschäftigt damals, auch wenn er nur ein Schüler gewesen war, darüber hatte er sich den Kopf zerbrochen. „Der Welt Weise". Daran mußte er jetzt denken, als sie ihn betteten und MariAnn ihm einen steifen Whisky eingoß und das Glas an seine Lippen führte, Rosa währenddessen ihm den Kopf hielt, ihm schmeichelte.

„Lot", flüsterte er und schielte zu ihnen in die Höhe, „Lot."

MariAnn und Rosa lächelten, nickten innig, verstanden sofort, was wiederum an Sylvester lag, es war auch eine Lieblingsgeschichte von Sylvester: Daß Lots Frau versteinert wurde, das schrie – rief Sylvester – das schrie ganz typisch gen Himmel. Die einzig menschliche, schließlich, ihr Leben geht unter, ihre Verwandten und Freunde sterben. Da schafft sie es nicht, den Befehl auszuführen, sich nicht umzudrehen und zu sehen. „Ist das nicht nachgerade bewundernswert?" hatte Sylvester wieder und wieder gerufen. Ein Hoch auf Lots Frau! Und dieser Lot, hört ihn euch an: er bietet dem rasenden Pöbel vor seinem Haus seine Töchter an. „Tut mit ihnen, was euch gefällt!" und er macht auch noch Propaganda für sie, lobt ihre Jungfräulichkeit. „Nehmt sie, schändet sie, es ist ein besonderes Vergnügen, denn!" Und alles, damit er sich bei den Engeln einschmeichelt ... Wenn es nach Sylvester gegangen wäre, hätten die beiden Töchter sich irgendwelche anderen Männer aus dem Boden gestampft.

Aber wenn Rosa vernünftig mit ihr redete, gab sie dann schon zu – wenn auch zornflammend und widerstrebend –, daß die beiden großartige Realistinnen waren. Immerhin kühn genug, sich ihre Lust zu nehmen.

„Hat er was davon gemerkt?"

„Aber nein", versicherte lächelnd Rosa, „er hat nur geträumt ..., lehn' dich zurück ..."

„Ja, Heiner, du träumst jetzt auch – wie ein Unschuldsengel ..."

MariAnn und Rosa emsig verführerisch beschäftigt, und jetzt noch als Inkorporation. Das änderte die Losung des Tages. Rosa entschied: als hors d'oeuvre eine sanfte SexAkupressur, Combination mit Schaumschlag ólala, um den Müdmann wieder richtig munter zu riffeln, nös-pa?

Er streckte alle Viere von sich. Wie die schön an ihm rumfummelten. Aah. Diese Rosa wußte wo's langging. Uuaah uaaaaah. Diese MariAnn ... Womit hatte er das verdient. Mmmmmmmmh –

er grummelte wohlig …

… andererseits und oh die oeufs d'escargots, die Schneckeneier, gelblich im Widerschein rosig, beinahe körnig im Aufbiß zärtlicher Widerstand, das Kilo 3500 DM, überraschende Fontänen Mandelgeschmack, aufschießend gegen den Gaumen, eine Spur Muskat? eine Wenigkeit Hummer dazu? vielleicht ein Kalbslendchen? Bries etc.? ein Böttelchen Chablis? In jedem Fall deliziös auseinanderrollende Schnirkelschneck-Lovestory: Crawl-grovel into my home, my pleasure-dome. Oh woman snail oh wailing for her demon-loveress-maiden-boy / In Kubla Khan: here he/she comes – oh aaaaaah!! ist der stolz gross weich hart purpurweiss!
und vollkommen geründet –
mmmmmmmmmmmmmmmmmmmmmmmmmmmh …
oh du dicker Wicker knrr knrr knrrrrrrrtsch … ngngngng …

Und als sie eben im schönsten Mittenmang röselten …
da …
da p l ö t z l i c h …

NEIN
ich will nicht interruptus
NEIN
geköpftes Paradies
NEIN
schreiender Bettelsack
NEIN
RöchelRassel
Scheidemünze
WonneWermut
NEIN
partypooper
Krötenauge
Stinkmaul
– ich will nicht sterben
NEIN
– auch wenn alle nach Hause gehen
– auch wenn alle Lichter ausgehen

– ich will lachen und lustig sein
– Kommt Brüder wollet doch –
endgültige Installation Seligkeit
Frühlingswind im Reservetank
stampfendes DrehorgelGlück steinernes Wiehern
atemlos blitzender Aufschwung
ewig ewig
– reichen 100 000 Jahre?
– laß dich beschlafen mein Wild mein Reh
– laß dich beschlafen mein Liebster
– was sich nicht ändert ist / Veränderung
NEIN
panta finita
NEIN
altgeworden Mündchen zahnlos
NEINNEINNEIN
meine Unsterblichkeit
schreiender Totenvogel finsterer Mond Pein pur
bis ins Mark bis in die Milz

Wurzelriß
Giftstoß
ElendsTunke
Hundepfeife
– der Galoppiade des Glücks ein Ende setzen!
NEIN

Aber ja

jaha jaa

… weil denn aber in dieser hochnotpeinlichen Klemme, dumpfiges, sandiges Stöhnen, Beschneidung, Verschleiß, grau rotierende Gewöhnlichkeitsorgie, schillernde MontagsAlltagsQuerwalze, VersagenJagen nach – oh! vertrackt! oh! oh! schäbiger, oh Jammer …

… und laberte um sich, sabbelte über die Wände, die Straßen, hüstelte, spückelte, pfützelte …

daß

`[... die Dichterin das Weite suchte ... ]`

Wer?

Wer würde an ihrer Statt – ???

Niemand rührte sich.

Da …

Immer noch niemand!

DA!

HUBEN DIE STEINE KÖLNS SELBST AN!

Und murmelten in ihrem bewährt internationalen argot, daß es nahezu RuhrigPottigKölsch im Windfang hing: Ja et bejaab sich abber im hillige Köln undsofoot …

(Die Steine räusperten sich, mußten erst mal ihr SteinGedächtnis ausfahren. Ogottogott! Wann hatten sie das letzte Mal? bei den Bandkeramikern? den Ubiern? als Agrippina starb? die NeroMutter? die ausgebuffte KölnGründerin, die wo allens anjezettelt hatte?

StadtGründung zwischen Himmel und Erd', mit cardo und decumanus, Köln eine StadtIdee, die Gestalt annahm auf dem Reißbrett der Römer, eine kaltschnäuzige Ingenieurs- und SoldatenIdee, die Metaphysik freilich vorsichtshalber doch mitgeliefert, kühl ins Koordinatensystem übersetzt: die Hohe Straße Richtung Rom, die Schildergasse Richtung Sonnenaufgang an Kaisers Geburtstag, winzige Abweichung der Herrschaft zuliebeliebe, göttlich-kaiserlicher Ursprung des sog. Kölschen Stadtleibs …

Nee, da waren die Steine zuerst janz steinern jeblieben, hatten sich noch kaum wie Kölsche gefühlt. Erst als all dieser Marmor dazwischenkam und so schön schimmerte:

`Roter Porphyr aus Ägypten, grüner Porphyr aus Sparta, aus Larissa, weiß und schwarz gewolkter Marmor von der Insel Prokonnesos, gelber rötlich geäderter Marmor aus Tunesien, weißer Marmor aus Carrara, rosaroter Marmor aus Thessalien, rosabraunroter Marmor aus Euböa ...`

Und dann als die Natursteine so schön behauen wurden, so nachgerade prächtig! Für die Römermauer zum Beispiel, die Rundtürme, für's Praetorium. Für die Zinnen, als welche einige von ihnen die Isis-Feste beäugten … Wenn diese Römermänner, unterstützt vielleicht sogar von den Ubiern, den bekränzten IsisKahn im Triumph durch die Stadt wuchteten – also durch diese tolle HoheStraßeAllee, 22 Meter breit, Platz für eine ganze Armee – und dann den Carneval aus der Rheintaufe hoben – die Kölsche Gemütlichkeit? najaha, die Steine sahen das manchmal ein wenig anders, lag vielleicht an ihrer Perspektive („liege zu Füßen") und auch am Pech, daß vieles schon so lange unsichtbar. Die Bäder zum Beispiel – die hatten ja die dollsten Bäder, die alten RömerKölner mit ihrer Wasserleitung aus der Eifel, ihren gut gefüllten Säckeln und enormen SchneckenOrjien. Wenn die Steine davon anfangen würden, ooooch – da wäre ja kein Halten mehr … SteinLawine aus steinerner AufSchneiderei … Schließlich hatten sie Erfahrung damit, bei all den schönen Bildchen, die aus ihnen zusammengebastelt wurden, Mosaiken mit GlasAugen, Trinkgötter und Rauschebärte. Aussehen wie lüsterne Penner – und dazu Reben und friedliche Panther, wenngleich …

Und ein paar Jahrhunderte später hatten die Teutonen an Römerstatt Tritt gefaßt, all die Kampftritte auf Steinpflaster, die Tricks, um Legenden zu basteln wie gehabt:

Kölle alaaf!

Die Stadt mit dem SteinHerz: Grauwacke Tuffstein Basalt.

Andererseits – Kölsch fühlten sie längst, aber schweigsam blieben sie dennoch, so wie man sie behandelte, hin und her, als wären Steine Federn im Wind, ganz ohne SteinSchwere, SteinBeharrung. Kaum endete die eine Herrschaft, rissen schon die Nachfolger die Steine aus dem Haus, dem Altar, scharrten in den Gräbern, schleppten ab wie Gold. Da konnte doch kein aufrechter SteinGang – wenn Sie verstehen, was ich meine …

Jedoch als dann pö a pö de Bürjer de schlimmen Erzbischöfer so jroßaatich abseilten und dat prächtije Rathaus und de vielen Löwen druff zum Zeichen von de Kölschen BürrjerFreyheyt. Und als de Franzmänner unn schließlich auch de Preußen ausgesessen waren …

Da erweichten allmählich die Steine …

(bis sie in unserem Jahrhundert fast schon den Aggregatzustand wechseln: à la „es rieselt der Dom am Rhein so schön / aus puff aus puff!")

und als dann noch'n Weilchen später de Heinrich Böll dazukam, der immer so schön schimpfen tat auf die Kölschen …

Un noch'n Weilchen später det Mariechen und de Rosa mit ihrem Jammer …

Da war et um die Steine geschehen.

Plötzlich waren dat janz besonnere Steine, eben echt Kölsche – mit Musik! Nichts mehr Römer unn Franzmänner unn Preußen – Alles Eingekölschte! Mit Einschlag. Echte Kölsche Wackersteine. Mit Herz. Mit steinernem Gemüt.

SteinSprache – wispernd wie Muschelrauschen im Strom der Jahrhunderte, zufälliges Sprachgemenge auftauchend, aktuelle Sekunde der Neuzeit, international cool im Betonpfuhl. Lokale Liebenswürde. Heiserer, rauchig-röchelnder, steinerner, flüsternder Lynx … Und nochma jeräuspert …

Janz eingerastete SteinStimmbänder: Kölle alaaf! bap ahoi! Meisner ins linke Äck! Un allet irrjendwi in SchreipSprach umjebojen …

… Unn da kam also onsere Tina, die wo die Frau vom Apotheker, und die kam vill su früh zurückgeloofen, weil die Sylvester doch Modell hätte sich vakoofen sollen in den A- A-, also da wo die geleernt hat mit de Nackten, daß se de auf Papier gemacht hat.

Unn die kam ja nich, die Sylvester, woll, weil die war ja verhinnert.

So ein OhnGlöck mit de Sylvester! Wat et allens so jiebt. Jestern hat im Extra gestanden, dat immer mee Kindermädchen ihre Pänz erwürjen bloß wegen de FönStärke, nech, also Jebrülle, ne, dat se dat nich ertrajen, wat de süßen kleinen BrüllHälse von sich jeben. Kann unsereins ja jarnich vastehn, langsteinfristig, de mänschliche Zukunft vaschleudern bloß wejen de Oohrens oder de Eichhörners undsofoot …

Also de Tina kam da reingerauscht, nichtsahnend, und dann riß se natürlich schon pö a pö de Augen auf, newa, als sie so die beiden Weibsen da mit ihrem Mann beschäftigt sah. Blooß, wissen Se, dat hätt se beinah noch weggesteckt. Wenn andere unbedingt an ihrem Ollen rumfummeln wollten, da hätte sie noch nicht mal unbedingt was gegen jehabt. Also se war schon 'ne ziemlich liberale Frau, solang et umsonst war, jawoll. Nur fiel ihr Blick als zweites auf die Kleddage. Also de MariAnn hatte ja die ganzen schnieken Dressuren von ihr, diese Nickerbockers und duften AbendRüstungen, die hatte sie in der Hektik nich alle zurück. Die lagen da also mittenmang auf'm Boden und so übern Stuhl und Tür. Und ich kann Ihnen sagen, das war für de Tina wie'n Schlag inne Magengrube. Ogottogott, dat ging ihr durch und durch, so, als ob se ihre Haut zu Markte undsofort. Also se verstand da überhaupt keinen Spaß nich und schmiß die beiden glatt raus. De MariAnn machte janz dämlich jrooße Augen, obwohl die doch sonst so flink – kann man nichts gegen sagen sonst. Aber in dem Punkt war se einfach dusselig. De jloobte immer noch, der Gute Heinerich würde für ihr Partei nehmen, jawohl, und derweilens dachte der doch jar nicht daran. „Daarling", hat er zu seiner Tina geflötet, „wie öntzöckend, daß do zoröck böst ..."

Und schon waren die beiden außen vor, mußten sich ihre Klamotten im Flur anziehen, und natürlich hatte de Tina auch de Rosa gekündigt. Aber die nahm das ganz stoisch entgegen, sagte nur, „Da wär' noch die Kleinigkeit mit dem Wochenlohn, auch noch vom letzten Mal." Aber de Tina wollte davon nichts hören, de entwickelte 'ne janz schöne Lautstärke. Und die MariAnn dagegen, daß der Heinerich sie eingeladen, und der Heinerich dann wieder dazwischen und beteuerte, daß er nie NIE ... Na ja, Sie wissen ja, wie sowat läuft. Und die beiden also auf'n Flur und dann fertig, und de Rosa kiekt nochma in Wohnzimmer unn inne Küche – so 'ne Art Bestandsaufnahme – und dann war se irjendwie janz befriedigt, nur de MariAnn nicht, und se sind abgehauen, mit dem Fahrstuhl runter, und de MariAnn als am Meckern, nich, die konnte dat partout nich haben, daß se an die Luft gesetzt wird, daß dat janze Wünschen auch wieder nur so 'ne stümperhafte Chose – „HimmelFlikkerei nochma!" – jewesen war. Also se hat dann so rumgefuchtelt und beinah jeweint. Dat hat de Rosa gemerkt und hat se mitgenommen, also se hat sich da richtig verantwortlich gespürt, obwohl se doch sonst so gewirkt hat, als ob ihr allet total schnuppe wär. Und dann hat de Rosa de MariAnn unten am Arm genommen und hat sie zum Schuppen geführt. Und da stand ja noch dat Fahrrad mit dem Anhänger bis oben hin voller Fressalien, nich, und de Rosa hat gedeutet – so, als wär' sie 'n büschen taubstumm, hat da immer gedeutet – auf den riesigen Anhänger und nach oben zu de Apothekers. Und de MariAnn hat kapiert, daß se übers ganze olle Gesicht gestrahlt hat. Denn jetzt hatte se ja doch noch 'nen saftigen Liebes-Lohn. In Naturalien, wie 'm Krieg.

Und dann hammse den janzen FahrradSchlamassel – det wo ja aussah auf einmal wie'n BollerWagen, so'n MarketenderWagen aussem Dreißigjährigen Krieg, wenn Se vastehn, wat ich meene – den ham se also durch'n Torbogen geschoben. Und de MariAnn hat sich triumphierend unter die Fressalien gemischt ganz locker, daß sie Platz hatte und dirigieren konnte mit Bananen und Salatkopp unn Granatäpfeln und Nektarinen Auberginen und zwischendurch hat se wie mit Buschtrommel auf de teuren Dosen vom Feinsten gekloppt, daß de Steine weich wurden siehe oben. Und de Rosa hat sich auf den Sattel geschwungen und iss in die Pedale getreten wie nix. Und de Apothekers haben vazweifelt aus'm Fenster gekiekt und die Hände innig gerungen und sich garnix zu sagen getraut, weil ... Wie sollten sie denn? Der Heinerich wollte doch nich schon wieder de Polizei ... Zweimal am Tach is jenuch. Und de MariAnn hat lauthals gesungen:

Das Frühjahr kommt. Wach auf, du Wicht!
Der Schnee schmilzt weg. Die Toten ruhn.
Und was noch nicht gestorben ist
Das macht sich auf die HeinzelSocken nun.

Und so sind se mit dat janze Getümmele durch Köln über die Deutzer Brücke zu Schneider Pieters gefahren gekommen.

15
DER TANZ

Tod bei den Primitiven:
Nicht Ende des Lebens ist der Tod, sondern Einweihung zu einer anderen, allerdings unbekannteren Form des Lebens. Auf diese Weise ist für die moderne Finalität des Lebensendes kein Platz. Das bedeutet nun aber in keiner Weise, daß mit der Vorstellung des Todes als Eingang zu neuer, wenngleich verdünnterer, schwächerer Lebensform, als Übergangs- und Initiationsritus, die Implikation irgendeiner Form des Unsterblichkeitsglaubens gegeben sei. Im Gegenteil: die Toten sind meist ähnlichen Gesetzen wie die Lebenden unterworfen; sie sterben aufs neue, werden neu initiiert, sterben schließlich endgültig.
... Noch 1690 wurde ein Hingerichteter in Celle vor Gericht gebracht, weil er während der Hinrichtung gottlose Reden geführt haben soll ...

Werner Fuchs
Todesbilder in der modernen Gesellschaft

Die Zusammenstöße hatten der Generalin gut getan, hatten sie angenehm belebt. Allmählich ließ die Wirkung jedoch nach, ihre Kampffront – nun, natürlich, jederzeit einsatzbereit – so war es nicht. Und rostfrei, faltenfrei, knautschfest etc. Ihr Selbstbild eisern wie im Schraubstock, da brauchte sie sich gar nicht erst zu vergewissern. Obwohl, nach den Erfahrungen des Morgens? Dennoch. Ein Mensch wie sie wankte nicht, selbstverständlich. Wenn auch, nun ja, sagen wir: sie hätte es begrüßt, wenn sie ihr Nachtlager hätte aufsuchen können, ihre Bettstatt mit dem unzeitgemäßen Baldachin, unter dem auch Schneider Pieter … Sie verhärtete sich jeweils von neuem. Wie konnte er! Nein, sie mochte nicht zugeben, daß sie es gern hinter sich gehabt hätte, das Notwendige gesagt und damit basta.

Sie saß da. Die Stille um sie herum – das sickerte – vor den Fenstern war es schon längst schwarz. Diese Schatten in der Wohnung. Wo blieb er bloß. Er ging sonst nie aus. Und diese beiden Verrückten … Irgend etwas war impertinent falsch gelaufen in ihrer Abwesenheit. Insubordinationen. Wie sie es sich ja nun allerdings gleich hätte denken können; d.h. sie hatte ja, sie hatte ja gewußt. Nun, man würde sehen.

Sie saß auf dem Kanapee, das sie sofort wieder an seinen Traditionsplatz geschoben hätte, wenn es nicht so ein eichernes Ungetüm gewesen wäre, zu schwer für sie. Sie saß untadelig darauf. Vorzügliche Haltung. Die Stunden vergingen. Was für ein Vorteil, den Flur so außerordentlich unter Kontrolle zu haben.

Nur rührte sich nichts. Keiner kam, um sich rauswerfen zu lassen. Was für ein Affront. Sie fachte ihren Zorn in möglichst gleichmäßigen Abständen neu an. Dennoch nahm er allmählich ab, erkaltete. Wenn Pieter gewagt hatte, sich zu ändern. Was dann? Besorgnis kam auf. Verzagtheit? Keinesfalls! Jemand wie sie – ridikulös, hätte ihre Frau Mutter gesagt, die ihr heute öfter ins Gedächtnis drang, ganz und gar ridikulös. Ihr Fischmund stülpte sich von allein nach außen. Schlechte Zensuren erteilte sie sich freilich demohngeachtet trotzdem. Sie hatte sich nicht richtig, nicht generalstabsmäßig vorausplanend verhalten. Vom strategischen Standpunkt aus war es mehr als lästig, daß sie so gar nicht wußte, was hier alles geschehen war. Überraschung ist die Seele des Angriffs. Wie aber jedoch im Nebel planen, der noch dazu so eindeutig nicht von ihr selbst erzeugt worden war. Konnte Absicht dahinter stecken? Sie wies sich in die Schranken. Da hätte Schneider Pieter ja wie ausgewechselt sein müssen. Sie rief sein Bild wie zum Rapport vor sich, zögernd erschien es, mit kleinen Sprungbewegungen, wie auf der Flucht, dann blieb er unschlüssig stehen, schräg seitlich von ihr, mit gesenktem Blick, die Haare schütter, die Stimme leise. Was sagte er? Sie verstand ihn nicht, er nuschelte schon wieder. Aber sie betrachtete ihn genau, beugte sich eigens vor. Er sah ernst aus, schmal und gebeugt, das Gesicht zart, fast faltenlos. Wie alt war er eigentlich? Sie rechnete. Männer konservieren besser als Frauen, daran lag es. Und ihr Herzinfarkt natürlich. Jetzt blickte er sie an. Ach! hatte er immer schon diese hellen blauen Augen gehabt? Wie merkwürdig. Sie hätte schwören können, er habe – ja, was? Wie lange sie ihn nicht mehr angesehen hatte ... Wenn er sich nun wirklich verändert haben sollte. Sie tastete ...

Es hatte keinen Zweck zu spekulieren. Sie hatte einfach zu wenig Nachricht. Keine Spurengänger im Dienst. Im nachhinein machte sie sich Vorwürfe, daß sie sich diesen Achsel nicht vorgenommen hatte. Er hätte ihr Rede und Antwort stehen müssen. Ach nein, nein, sie brachte es einfach nicht über sich. Mit diesem Schandfleck – dégoutant! Das war doch nun wirklich eine Ausgeburt ... Wie hatte Schneider Pieter gegen ihren Willen ihn ins Haus lassen können. Wie hatte er Pack ins Haus lassen können. Pack. Es hatte keinen Sinn, die Augen vor den Fakten des Lebens zu verschließen. Auch in einer Familie wie der ihren konnte es Pack geben. Bedauerlich, aber wahr. Sich auf dem Boden wälzen mit einem Mädchen – ein Alexander! Genauso hatte sie ihn eingeschätzt. Asozial! Ein kriminelles Element. Ihr Bruder hatte schon recht gehabt, in diesem Fall. Und ihr Großvater hätte kurzen Prozeß mit ihm gemacht, genau wie der Polizeipräsident ...

Jedoch die Erinnerung an den Morgen ermunterte sie in diesem Moment überhaupt nicht. Daß sie sich der Präsidentin anvertraut hatte, wirkte jetzt wie eine Schwächung, wie ein ungeliebter Beweis, daß es möglich war, in ihrem Alter noch – Verrücktheiten! GleisSprünge, Schwankungen ... Wenn es ihr selbst passiert war, konnte sie es für Schneider Pieter nicht gänzlich ausschließen, so anders er war ... Beeinflußbar! fiel ihr anklagend ein. Er hatte ja keinen Charakter, war Ton in der Hand eines jeden – einer jeden.

Ein Gefühl der Bangigkeit überkam sie. Keine Frage, daß sie hervorragend ohne Schneider Pieter zurecht kommen würde – wieso also dieses Gefühl? Als ob sie hinausgedrängt würde. Als ob die Wärme aus ihrem Körper entwiche. Sie setzte sich tapfer zurecht. Nur nicht die Haltung verlieren. Die Minuten sickerten. Wie lange dieser Tag war.

Draußen Geräusche. Aha! Sie setzte sich noch aufrechter.

Da kamen sie, MariAnn und Rosa. Rosa benommen, einsilbig, fast stumm. MariAnn aufgekratzt, sie mußte dem Schampus in sich gerecht werden, dem Whisky, dem Wein – Heiterkeitsstürme und Lachkaskaden –, so lächerig war ihr zumute, sie mußte es rauslassen, die Spottlust – noch die kleinste Kleinigkeit törnte sie an. Erst recht die Erinnerung an Frau Clavera – ho! Und das belämmerte Gesicht von Heinrich – n e i n ! das war ja einfach zu schön gewesen. „Weißt du, ich hätt's genossen, wenn er die Jungs von der Polizei noch mal geholt hätte! Mannomann, die hätten ihm was erzählt ..." Und MariAnn schüttelte sich vor Vergnügen und Schadenfreude und dem Drang, lebendig zu sein. In ihrem Kopf ging es hoch her, diese Fahrt jetzt durch Kölns Straßen, thronend auf dem Anhänger ...

„Ich hab' mich gefühlt wie 'ne Zigeunerfürstin, Rosa. Immerhin besser als Lady Godiva Dingsbums ohne 'nen Faden." Sie konnte sich gar nicht wieder beruhigen. „Hast du gesehen, was für Stielaugen sie machten? Auf der Deutzer Brücke am schlimmsten. Soll ich dir mal was sagen?" *Das Leben war ein einziger Spaß!* „Soll ich dir mal was sagen: Diese Deutzer!" Sie öffnete die Tür. „Die können von Glück sagen, daß wir uns überhaupt mit ihnen abgeben! Hör' zu: ..."

Sie knipste das Licht an, bemerkte dank ihrer vorzüglichen Wahrnehmungsorgane die Generalin auf dem Kanapee im dunklen Wohnzimmer sofort, nickte ihr obenhin zu, „Hallo, da sind Sie ja, machen Sie sich doch Licht!" rief sie und war im nächsten Moment schon selber da, schob der Generalin die Stehlampe näher, zeigte ihr den Schalterknopf wie einer Fremden und drückte selbst drauf, daß die Generalin mit der Hand geblendet nach den Augen fuhr. So hell auf einmal. Sie wollte etwas zu MariAnn sagen, aber die war schon wieder im Flur, wandte sich schon wieder Rosa zu, als ob die Generalin nicht ernstzunehmen wäre, eine kleine, alte Frau im Dunkeln, was soll's. MariAnn dagegen war dabei, sprühend von Leben war sie dabei, eine lächerliche kleine Niederlage auszumerzen. Und sie fühlte sich ganz so, als ob sie damit in diesem Moment absolut unterfordert wäre. Ja, wenn es eine ganze Herde von Niederlagen gewesen wäre, der sie hätte Beine machen können – hach!

Bei Rosa lief fast der umgekehrte Prozeß ab. Irgend etwas wurde ihr angetan. Eine stumme Angst – ein weißer Ochs, der ausscherte und unerklärlich ihr seinen Huf aufs Herz setzte. Alles Schaukeln beendet. Ruckartige AutomatenBewegungen. Roboter Rosa. Vor und zurück. Roboter Rosa. Zurück und vor. Sie registrierte am Rand ihres Sehfeldes die Generalin wie durchs umgekehrte Fernglas. So viele Tage hatte sie auf sie gewartet, hatte sie angepeilt mit ihren Gedanken, war auf sie innerlich losgestürmt. Plötzlich war die Tageslosung geändert. „Çela n'importe" hieß es auf einmal. Ein Mensch ist eine Maschine, hieß es auf einmal. Ein Bündel Redegewohnheiten. „Çela n'importe". In ihrem Bündel klapperte es seltsam, ohn' Ton, nahezu lautlos.

Die Generalin wollte aufstehen, etwas hielt sie zurück. Sie hatte freche Dirnen erwartet. Jedoch MariAnn kannte sie. Irgendwie fühlte sie sich dadurch – wie hieß es – inkommodiert. Ja ... Nun, das würde gleich wieder werden. Nun, nun. Sie blieb noch einen Moment sitzen. Ihr Atem ging ein wenig rasselnd. Gleich würde sie den Kampf beginnen. Diese zweite Frau war so – anders ...

MariAnn spürte zwar auch ... Was spürte sie denn. Ach, sie konnte sich jetzt wahrhaftig nicht damit befassen. Zu sehr waren in ihr die Poltergeister zugange, die Gnomen und Kobolde, die sie zum Lachen brachten, ohne daß sie es wollte. „Hör auf!", sagte sie zu Rosa, in Rosas düsteres RoboterGesicht hinein, und es scherte sie einen Teufel, daß das Leben in Rosa im Moment so lahm stockte, wenn es doch in ihr – aaach, es polterte, es brauste – uuuh. „Soll ich dir mal verraten, was mit Deutz los ist?! Der Stadtteil geht auf Krücken – jawollja! Wenn du mal den Lack von der Messe vergißt und durch die Unterführung hierher ins echte Deutz kommst – Na? Lauter zittrige, alte Tattergreise mit Wackelkopf! Immer feste dranbleiben, sagen sie sich jeden Tag, nur nicht den Kopf verlieren!" und MariAnn tütterte anschaulich den eigenen Kopf, ließ den ganzen Körper lachend mitvibrieren. „Wir sind die einzigen Ausnahmen, Rosa!" und eigentlich meinte MariAnn: Ich ich ich ICH! „Na, ist doch wahr! Das einzige, was sie können, ist saufen und ihre Köter ausführen – ja! im Ernst, Kotzbrocken um die Kneipen und Hundekot. Dir als Putze müßte das doch besonders auffallen. Und so viele Bestattungsunternehmen wie hier ... Ich kann dir sagen, ich verrat' dir mal, was ich gedacht hab', als wir da so über die Deutzer Freiheit gebraust sind. Ich hab' einen Moment die Augen zugemacht und schon hab' ich die Särge förmlich durch die Luft segeln sehen. Du mußt nur genau hinkucken, schon siehst du sie! 'Ne Kundin hat neulich erzählt, die haben 'nen Brautstrauß hier in Deutz bei so 'nem Blumenfritzen bestellt, prompt kam 'n Beerdigungskranz. Die hatten einfach vergessen, daß man Blumen auch noch anders verwendet ... *Meiner teuren Verblichenen – Ewig der Deine* – Mannomann!" MariAnn sah zur Generalin und zu Rosa und gluckste triumphierend, notfalls eben allein: Mannomann ...

Die alte Kämpin auf dem Kanapee hielt sich mit Mühe zurück. Diese Geschmacklosigkeit! Deutz war der schönste Stadtteil Kölns, wirklich gutes Publikum und nicht diese haltlosen Modischkeiten. Oder diese schrecklichen Gebiete am Neumarkt oder um den Zülpicher Platz, wo man Rauschgift auf der Straße finden konnte. Ja, tatsächlich, das hatte ihr persönlich ein Kunde, ein sehr netter, sehr distinguierter Herr vor Jahren einmal erzählt. Auf der Straße hatte er ein Päckchen Rauschgift gefunden, Hasch oder Kokain – das wußte sie jetzt nicht mehr genau. War ja alles dasselbe Teufelszeug. Mitten auf der Straße – das mußte man sich mal vorstellen. Das sagte doch alles: Ein Lust- und Seuchenort! Während man in Deutz noch wußte zu leben. Sonst wäre sie nie hier geblieben. Diesen jungen Frauen fehlte es einfach an jedem Ins-tinkt Ans-tand! Sie dachte an den Major, an seine feine Art. Sie seufzte, unterdrückte das Seufzen, versuchte sich aufzuraffen. Auch wenn ihr hier die Überraschung des Erstschlags irgendwie nicht geglückt war: sie mußte die beiden vertreiben, Haltung est Humanum, es war ihre Pflicht.

Sie zögerte.

Was war das für ein törichtes Gerede von den Särgen. Diese MariAnn war doch sonst eine passable Person, kühl kalkulierend bis in die Fingerspitzen. Wieso drehten plötzlich alle durch. Jemanden wie sie konnte nichts erschüttern, jedoch merkwürdig war es schon. Die taten ja, als ob sie, die Generalin, eine Fremde wäre in ihrer eigenen Wohnung. Das fiel ihr durchaus auf. Und was schleppten denn die da, wie rumorten sie da mit zig riesigen Tüten, als hätten sie gerade für eine ganze Armee eingekauft ... Plötzlich sank die Generalin zurück, ins Zentrum getroffen vom Verdacht, nein, der fürchterlichen Gewißheit, daß diese Leute immer so geschlemmt hatten während ihrer Abwesenheit, daß Schneider Pieter halb Köln durchgefüttert hatte, und zwar mit Delikatessen. Das sah sie ja den Tüten schon von weitem an. LuxusFressalien. Während sie, Luise Piano geborene Paucke, genannt die Generalin, auf dem Totenbett lag, sozusagen.

Der Gedanke gab ihr die nötige Triebkraft, sie erhob sich, stützte sich schwer auf den Stock und begab sich auf den Weg zur Küche. Ihr blieb der Atem weg. Was hatten die denn alles eingekauft. Der ganze Küchentisch reichte nicht aus. Das war ja die sündhafteste Verschwendung! Die waren immer noch zugange, das hörte ja gar nicht auf! Trab trab, die Treppen rauf und runter. Und die Flaschen! Ja, wollten die hier eine Nachtbar eröffnen? Oh nein! Oh nein! Nur über ihre Leiche! Sie stellte sich Rosa in den Weg. Die sah sie gar nicht an, schob sie anonym beiseite. Sie stellte sich quer zu MariAnn. Die nahm sie beim Arm und setzte sie nachdrücklich auf den Stuhl im Flur. „Sonst stehen Sie ja im Weg, Frau Piano!" Und schon hatte sie sie wieder vergessen, als ob sie ein Gegenstand wäre, ein lästiges Kind. Die Generalin zitterte. Sie spürte plötzlich, daß etwas dran war, daß sie wirklich schon ein wenig tatterig war, während diese MariAnn, die stand ja in der – wie nannte man das – Blüte. Auf einmal wirkten ihre MorgenGespräche mit der Präsidentin wie GespensterGeschichten. Sie war dort die Jüngste gewesen. Sie strich den glatten Rock noch glatter, blieb fürs erste wieder sitzen, sammelte Kräfte.

MariAnn hatte sich längst erneut Rosa zugewandt.

„Und weißt du was", rief sie aufgeregt, „ich hab' Sylvester gesehen!"

Rosa sah ein wenig wacher aus für einen Moment.

„Ich hab' von ihr geträumt mit dem Sarg!"

Rosa versank wieder in ihren neuen Robotergewohnheiten. Auspacken Delikatessen ordnen stapeln einräumen stapeln auspacken Delikatessen ord...

MariAnn schwelgte: „Es war so ‘ne aufregende Verfolgungsjagd, verstehst du. Der Sarg sauste durch die Luft, weit geöffnet, na ja, sah aus wie ein HaifischRachen. So von innen heraus bösartig glitzernd. Und machte immer so zischende Geräusche, als ob er ununterbrochen die Luft absaugen würde nach Opfern. Und da stürzt Sylvester auf die Bühne – das war so eine Art Bühne. Sie stürzt aus einer Vorhangsfalte hervor und der Sarg auf sie zu. Der hat förmlich gewedelt vor Freude, daß er jemanden catchen kann – und Anlauf und plop! lag er schon halb über ihr! Aber sie entkam natürlich ...” Jetzt fand sie die Geschichte selbst ein wenig lahm. „Na, das ist ja das Wichtigste, nicht wahr. Daß sie entkam. Und du glaubst gar nicht, wie enttäuscht der Sarg war, die Messinggriffe knatterten so richtig entrüstet ...”

Die Generalin hörte angestrengt zu. Was sollte das mit den Särgen. Sie hatte immer wieder erlebt, wie kühl MariAnn beobachtete, wie genau sie rechnete. Was für eine reelle Person sie war. Was also sollte so eine kindische Phantasterei?

Rosa andererseits blieb mitten in der Bewegung stehen. Was MariAnn heute so alles quatschte. Aber – die Hand mit der KaviarDose noch in der Luft ... Sie sah Sylvester plötzlich auch vor sich, nur anders, eisig, mit weißen Augäpfeln, die Hände flehend. Sie war hinauskatapultiert in den Weltraum. Sie hing in dieser eisigen Einsamkeit. Jetzt schien sie Rosa zu sehen, sie deutete, versuchte zu deuten, verzweifelt. Rosa begriff nicht. Da riß Sylvester den Mund auf, schrie mit weit aufgerissenem Mund, ohne daß ein Ton kam. Nichts nichts.

Rosa fiel zu spät ein: Das All war totenstill, die Schallwellen konnten nicht wandern. Wieso war Sylvester dann da draußen? Was tat sie? Helft ihr – helft ihr ...

„Ich muß doch sehr bitten, Frau Oboe.” Die Generalin hatte sich erneut erhoben, stand am Kücheneingang, schluckte hart beim nahen Anblick all dieser Unerhörtheiten ...

„Nun seien Sie doch mal still, hier versteht man ja sein eigenes Wort nicht mehr”, wehrte MariAnn ab, als ob sie überhaupt nicht wüßte, wer die Generalin war. Und sie schmiß Kalbslendchen in die Butterpfanne, öffnete geschäftig eine Flasche Madeira ...

Ja, wollten die sich hier ewig breitmachen? „Ich muß doch sehr bitten", protestierte die Generalin, aber selbst in ihren eigenen Ohren hörte sich das nicht gerade beeindruckend an. Diese zweite Frau, eine A u s l ä n d e r i n , das konnte sie förmlich riechen, die war ja noch unangenehmer, beachtete sie noch weniger als MariAnn, wenn das überhaupt möglich war. Und jetzt öffnete MariAnn eine Flasche Chablis und schenkte ein, und die beiden tranken!

„Ich möchte, daß Sie mein Haus verlassen ..."

MariAnn sah erstaunt zu ihr hin. „Wir wohnen hier. Ich zahle Miete, verstehen Sie?"

„Ich mache das sofort rückgängig, ich werde das keinen Moment dulden ..."

„Sie brauchen das gar nicht zu dulden. Ihr Mann hat es erlaubt. Ich habe einen Mietvertrag. Möchten Sie ihn sehen?"

„Ich habe ja wohl auch noch ein Wörtchen mitzureden ..." Klang das wie eine Bitte? Irgendwie klang es merkwürdig. Warum nahmen die beiden sie nicht ernst? Sie hatte immer nur mit Leuten zu tun gehabt, die sie ernst nahmen. Das war eine Lüge. Sie ertappte sich. Das Gesicht ihrer Mutter tauchte vor ihr auf, da dürfte sie so alt gewesen sein wie MariAnn ...

MariAnn starrte sie an. „Sie meinen, Sie wollen die Abmachungen Ihres Mannes rückgängigmachen? Sie wollen ihn wohl wie einen Schafskopf dastehen lassen. Ts ts ts, Frau Piano, eine Frau in Ihrem Alter! Ein bißchen Haltung sollten Sie sich schon abverlangen, für's Kindischsein ist es doch noch ein bißchen zu früh – oder?!"

Und MariAnn schüttelte den Kopf wie bei einer lästigen kleinen Unterbrechung und ging auf sie zu mit knappen Bewegungen, führte sie am Ellenbogen zurück zum Kanapee, drückte sie nieder in ihre Sitzecke („Jetzt aber brav, verstanden?!"), kehrte lächelnd und brausend zu Rosa in die Küche zurück.

Rosa saß düster da, ein bißchen überwältigend. Ihr schwarzes Haar bauschte sich (weiße PhantomSchmerzFedern vergeblich gebauscht ...). Sie nahm den gefüllten Teller von MariAnn blicklos entgegen, setzte ihn hart vor sich auf den Tisch, machte sich darüber her in Robotermanier, hob deutlich Messer und Gabel, stopfte deutlich das Essen in sich hinein, einen Bissen nach dem anderen im Akkordsystem, Kalbslendchen in Madeirasoße mit Pilzen aus der Provence – mindestens! – und zart gebutterter Toast (goldengelb) und Chablis (wo blieben die Schneckeneier …).

MariAnn spürte, daß sie an Rosa nicht herankam, daß sie von Rosa ignoriert wurde wie nie, daß ihr Triumph endgültig zu zerrinnen begann, aber da war ja noch die Generalin. Und MariAnn lachte und redete und brachte sogar zum Kanapee einen Teller mit Essen, das Fleisch kleingeschnitten, einen Löffel als Besteck, ein Glas Wein dazu. Typisch MariAnn, die Gastgeberinnenrolle würde sie sich nie abgewöhnen.

Die Generalin beäugte den Teller, kaum war MariAnn wieder in der Küche. Zuerst von weitem, dann wie durchs Lorgnon. Sie kostete gutachtermäßig einen Bissen, nippte am Wein. Ihre Geschmacksknospen legten Zeugnis ab: Das war ja noch besser, als sie befürchtet hatte …

Sie stellte die Beweisstücke auf die Lehne des Sofas. Nein, das war zu unsicher, sie mußte notfalls freie Bahn haben. Mühsam erhob sie sich, um Teller und Glas an sichererem Ort zu verwahren, auf der langjährigen EheKommode aus matt lackiertem Nußbaum, mit karger Einlegearbeit; ein Mahnmal des guten Gewissens. Kaum saß sie wieder, klingelte im Flur das Telefon.

Die Generalin schaffte es nicht, stand noch nicht einmal senkrecht, da war MariAnn bereits dran wie ein Hui.

„Ja, Achsel? WAS ist los? Sylvester?!"

Und MariAnns Aufschrei.

Rosa war schon längst neben ihr. Beide hörten Achsel zu.

MariAnn ging, war schon gegangen. Sie mit ihrer Polizei-Erfahrung würde Shishi unterstützen.

Rosa auf dem Stuhl beim Telefon.

Die Generalin räusperte sich, ihr Kopf ruckte leicht hin und her. Sie hatte begriffen, daß etwas passiert war. Selbst wenn sie nichts gehört hätte, ein Blick auf die beiden, ein Blick jetzt auf Rosa hätte genügt. Anscheinend ein Todesfall, etwas Plötzliches. Und natürlich vermutete sie einen Zusammenhang mit diesen, diesen Eichhörnern, jedoch wußte sie keine Einzelheiten. Ihr Fuß wippte beinahe vor Ungeduld.

Einerseits stand sie natürlich darüber. Was gingen sie diese – Biber? Nein. Ottern. Aber Ottern hatte sie immer besonders geliebt in den Flüssen ihrer Kindheit. Also Nattern! Das war es: Nattern! Was gingen sie diese Nattern usw., dieses Nattern-Gezücht – Was ging sie das an. Mochten sie sich gegenseitig umbringen vor ihren Augen. Sie war Veteranin genug. Der Tod wartete auf jeden, da war es besser, wenn er auf ihre Feinde zuerst traf. Oh Herr, du mähst die Köpfe meiner Feinde vor meinem Schritte und stichst sie ab und segnest meinen Weg mit ihrem Unglück. Das war nun einmal Soldatengebet, da half keine Rührseligkeit. Zu der sie nun allerdings eh nicht viel Begabung hatte.

Diese Ausländerin rührte sich überhaupt nicht, saß da wie ein weiblicher Koloß, in sich zusammengestürzt. Die Generalin wippte mit dem Fuß, fast unmerklich, aber für ihre Verhältnisse nachgerade fürchterlich unkontrolliert. Wenn sie nur ans Telefon gekonnt, wenn diese Fremde nicht ausgerechnet den Stuhl neben dem Telefon besetzt gehalten hätte. Schließlich war es längst Zeit, die Polizei von diesen merkwürdigen Vorgängen hier in Kenntnis zu setzen. Es war BürgerinnenPflicht.

Haltung, Luise!

Sie erhob sich, glättete sich, ging schnurstracks hocherhobenen Hauptes auf das Telefon zu. Die fremde Fülle rührte sich nicht. Tote Erdkruste auf einem Stuhl. Luise Piano war voller Verachtung. Sich so gehen zu lassen ... Sie selbst war jetzt entschieden bei der Sache, ihre Augen funkelten, sie hatte wieder ihre knappen Generalinnen-Bewegungen, ignorierte alles Ausländische, wählte die richtige Nummer:

„Ist dort die Polizei?"

Da wurde die Gabel niedergedrückt, und diese Fremde berührte sie, nahm ihr den Hörer aus der Hand und trug sie, TRUG sie, die Generalin, zum Kanapee. Beinahe hätte sie gezappelt, aber dann hielt sie reglos an sich, ganz still. In ihrem Alter so etwas durchmachen zu müssen. BERÜHRT werden ... Ihr Körper schüttelte sich, wollte sich schütteln, sie beherrschte sich wie nie.

Die Frau setzte sie ab, kehrte um zum Telefon – änderte plötzlich die Richtung. Luise schloß die Augen, blinzelte, es war wahr, sie sah richtig, die Frau machte merkwürdige Bewegungen – und dann:

Die.zog.sich.aus...was.was.was.fiel.der.EIN!

Jetzt kam alles zum Vorschein, platzte hervor, Po und Brüste und diese mächtigen Sch-inken ... Wie kam sie auf das Wort, sie sog hastig die Luft ein, ihr blieb die Luft ständig weg, die Augen traten aus den Höhlen, die Zunge versagte den Dienst. Diese nackte weiße Fülle in Nullkommanix nackt, was hatte die Frau vor. Luise setzte das Herz einen Schlag lang aus, sie würde doch nicht – sie hatte schon gelesen, daß manche vor keinem Alter zurückschrec... Die Frau stand jedoch nur da und stöhnte, und jetzt hob sie die fülligen Arme und schüttelte sich. Es war ... Luise schloß die Augen. Da drang das Stöhnen nur noch stärker in sie hinein, strömte in ihren eigenen Unterleib, sie riß also wieder die Augen mühsam auf und sah diesem Tanz zu, diesem Negertanz, dieser fleischgewordenen Sünde vor ihren Augen, dieser unglaublich weißen Fülle dieser Fremden, die die Beine aufsetzte und spreizte, und das weiße, nackte Fleisch, und vor und zurück, und dazu dieses rhythmische Stöhnen, und jetzt riß sie den Mund auf und schrie in einer Sprache, die Luise nicht verstand, falls es überhaupt eine Sprache war, sang und schrie und hämmerte einen Rhythmus in den Boden ... Alles wirbelte in Luise durcheinander, alle Einteilungen, säuberlichen Trennungen, und da fuhr ihr Großvater polternd aus seinem Kabäuschen und brüllte Kuckuck Kuckuck und fing ein dröhnendes Gelächter an, rülpsend und schenkelschlagend, und zu Luises starrem Entsetzen erschien ihre Frau Mutter und begann sich auszukleiden, obwohl doch der Großvater kuckte – und sie selbst! Jedoch die Frau Mutter ließ sich nicht abhalten, ein Kleidungsstück nach dem anderen, ein Geheimnis nach dem anderen fiel – unsäglich –, und KleinLuise hinter dem Kanapee versteckt, längst hinter dem Kanapee versteckt, wollte die Augen wegdrehen in Scham Seim Schleim watend, untergehend, und qualvoll dennoch die Pupille gezerrt Richtung Mutter. – Gleich mußte der Blitz niederfahren. Gott oder sein Ersatz, oder selbst der Pastor, der Gerichtsvollzieher konnte das nicht zulassen. Die Mutter mußte gewarnt werden – vergeblich – und konnte nicht und tat nicht – und sah zu – Es war v e r b o t e n , es war t a b u , es war u n e r t r ä g l i c h . Ihre nackte Mutter mit Brüsten und beweglichen Hüften und einem Schamhügel, über den sie jetzt mit beiden Händen strich, daß er sich teilte und hervortrat winzig und purpurn – NEIN! TornadoWirbelwind Rostflocken Sturz Lawine Letales Entsetzen ...

Stiche Vernichtungsgefühl Blässe kalter Schweiß Erbrechen.

Sie hatte wenig gegessen.

Sie hatte im Stehen sterben wollen, die Hand in den Eichentisch gekrallt, eine Generalin bis zum letzten Hauch.

Wie ihr Großvater oder auch nicht.

Luise Piano war seitlich weggerutscht, eine krampfige Steife im ganzen Körper, Genick und Hüfte wie abgeknickt, die Hand ins Kleid gekrallt, die Beine nach wie vor streng nebeneinander, ein Objekt mit kalkweißem Gesicht, scharf abgegrenzten Flecken bläulichfahl, ihre sehr weißen Zähne bissen ins Leere, die eingebissene Zungenspitze nahezu vollständig schwarz, an den Seiten das Erbrochene noch dünnfädig in den Mundwinkeln, weiter hinunterrinnend zu einem Häuflein, das Sofa und Schulter wäßrig auflag. Die Augen weit aufgerissen, überquellend in Richtung Rosa. Tot.

Rosa merkte von all dem nichts, sie hatte dicht gemacht, Sterntalerin, die hoffte, wenn sie nur lange genug die Schürze in die Nacht hielt, mit aller Hingabe, aller Leidenschaft der Welt ... Nicht anders konnte ...

Sie hämmerte ihren Tanz – ihren ridikulösen Tanz in den Boden. Alle Sinne blockiert. Obwohl – die Nacktheit tat gut ... Dennoch. Sie raste hinter ihren Gittern, unausgewogen und schamlos, stürzte sich mit einer wahnsinnigen Erwartung konkret auf dieses SchmerzPrimitivgelände, ließ blind Granitblöcke fallen, scheckige, jämmerlich unausgereifte blinde Blöcke, ließ sie fallen und hievte sie grotesk wieder hoch und von neuem, und schüttelte sich, trieb sich atemlos voran, daß ihr Haar flog und ihr Blut sich verfärbte und sie voranfegte, daß ihr Atem zerriß, das brachte sie zum Lachen, zum Abscheu über ihr Lachen staccato zum Abscheu dürrer Vogelruf staccato TrommelTrauer flipflop weinend stöhnend schluchzend mit Klage und Unbegriffenem staccato und Aufschrei und schwer atmend hastig und Schmerz und Zorn staccato und von neuem verzehrend überwältigend überschwemmend überflammend ...

Rosa tanzte Sylvester.

Die natürlichen Stops verlangten ihr Recht. Rosa waren eh schon Überminuten, genau genommen eine fast komplette Überstunde zugebilligt worden. Jetzt taumelte sie vor Erschöpfung. Ihr Inneres leer, alle Gefühle durch und durch und ausgetanzt. Die Idee, sich aufs Sofa sinken zu lassen, war verführerisch. Sie stand davor. Beinahe ... Sie stolperte, stützte sich im letzten Moment mit fliegendem Atem, während ihr die Lider hochfuhren. Irgend etwas stimmte nicht ... Sie fixierte die Generalin mühsam vage wie von weit her, wurde plötzlich vollkommen aufmerksam, beugte sich behutsam zu ihr, um sie zu betrachten. Tot. In Rosa blieb es ganz still, sie hatte kein Entsetzen, nur Sanftes, Zärtliches. Arme kleine Generalin. Was für ein abgeknickter Tod.

Rosa holte Toilettenpapier und einen Waschlappen, den sie mit warmem Wasser gut naß gemacht hatte. Sie säuberte behutsam die Generalin, löste die abgeknickte Haltung, setzte sie aufrecht. Dann fiel ihr ein, daß das nicht mehr nötig war. Sie legte sie also längs, schob ihr ein kleines Kissen unter den Kopf, eine Decke über den Körper, unter die Arme. Was war mit der Zungenspitze? Gar nicht so einfach. Sie drückte auf die Kieferknochen, die sprangen plötzlich auseinander, der Mund klappte auf, die Zunge fiel zurück. Mußte sie das Kinn hochbinden? Ach was. Sie drückte es kräftig nach oben. Es war schließlich ein GeneralinnenKinn! Fast lächelte sie der Toten verschwörerisch zu. Die Hände – sie öffnete sie, glättete sie, richtete sie sanft aus, daß sie über dem Schoß lagen, die Handflächen nach oben, als erwarteten sie etwas. Die Lider geschlossen über diesem Blick.

Rosa ging zur Tür. Wie selber tot, und dennoch oder deshalb seltsam leicht. Schwebendes Vogelgefühl. Etwas trieb sie an ihrem Zimmer vorbei, sie ging nach oben: Sylvesters Zimmer. Das zerwühlte Bett störte sie überhaupt nicht, sie legte sich hinein und war schon eingeschlafen.

16
KÖLN TOI-TOITANIC!

Köln, Bruder, ist in jedem Betracht die abscheulichste Stadt Deutschlands. In ihrem weiten Umfang von 3 Stunden findet man nicht ein sehenswürdiges Gebäude oder Menschen. Manche Straßen sind so öde. Schade ist's um den Platz in der Mitten der schwarzen Stadt, von schlechten Gebäuden umher verfinstert.
Ein gut Dritteil der Einwohner sind ohnedies Arbeitslose. Diese bilden eine förmliche Zunft. Es ist keine Satire, sondern voller Ernst, lieber Bruder: Vor jeder Kirche sitzen sie reihenweis auf Stühlen und folgen einander nach strengem Gesetz. Stirbt der vorderste ab, so rücken die anderen auf, es sei denn, ein Erbe erhebt rechtmäßigen Anspruch. Solchene Plätze verwalten sie nämlich wie regelrecht preußische Pfründen bis in die nächste Generation, so denn ein guter Platz die beste Aussteuer ist für die Tochter oder den Sohn.
An manchen Tagen allerdings ist kein Kirchbetrieb. Dann nehmen die Bankräubereien überhand und die Eierdiebe, und die Vorübergehenden werden angefallen mit unbeschreiblicher Wut und Hartnäckigkeit.

nach Johann Caspar Riesbeck

Ewigkeiten zuvor, d.h. irgendwann am späten Nachmittag – ziemlich finster war der Himmel über Köln bereits gewesen, aber was besagte das schon um diese Jahreszeit – Ewigkeiten zuvor also hatte Herbert die beiden bis fast zum Daddeldu, der berühmten Eckkneipe, gefahren.

„Ahoi, Kameraden, keine Panik!
Auf auf zum Kneipenschiff Köln Toi-Toitanic!"

Sein schmetterndes OperettenTremolo, seine vibrierenden Stirnlocke. Pieter genoß es, während Bodo eisern die Ohren verschloß. Schließlich war er ein musikalischer Stier, bitteschön! [... Gab es das? Brahms- und BeethovenStiere, tänzelnd zu ViolinKonzerten? mit StierWimpern den Takt wedelnd? Das mußte noch recherchiert werden ...]

Herbert war dann selbst zurück über die Brücke. Wahrscheinlich wollte er seinem Feueratem noch einmal den Rachen putzen. Diese Lohen brachen ja schamlos aus ihm hervor. Er hatte sich vielleicht doch ein wenig zuviel seines Braatscheschen HöllenRump mit SoßenBrand einverleibt ... Hua-huaah! man reiche ihm einen Eimer Wasser! Hua-huaah! einen zweiten! ach, gleich ein Dutzend! In diesem Moment gäbe er etliches für eine solide Ausbildung als Feuerschlucker. Nie hatten sie ihm etwas Solides beigebracht in seiner Jugend, nie! Schon linste er sehnsüchtig hinunter in den Rhein: Fisch müßte man sein! Oho! Da tauchten Millionen bleiche Fischgespenster aus den berühmten Fluten und schüttelten traurig die skelettierten Körperchen ... Nun ja, so wörtlich hatte er das ja nun auch wieder nicht gemeint ...

Eigentlich wollte er nur das Taxi brav abgeben, wie versprochen, und seine erste ComputerOrder in Sicherheit bringen, bevor sie ganz zerkrümelte. Ausgerechnet Rosas Ex hatte sich überreden lassen. Das kitzelte ihn, juckte ihn, ließ ihn frohlocken, wenn er nur daran dachte. Sie hatten sich auf der Straße getroffen, nach all der Zeit zum ersten Mal. Erinnerungen steiften sich, peinsam peinsam. Und also hatte er von seinem neuen Job erzählt, aber nur wie nebenbei, um nicht von Rosa zu reden. Nun, vielleicht deshalb besonders überzeugend? Und auch ein wenig prahlerisch? Wir Braatsches sind wieder wer: MiniTower und GigaBytes und ROM-RAM und Plug 'n Play. Und überhaupt diese ganze Faszination, Innovation,

Internationale TechnologieSensation (Drittes Jahrtausend, Cosmonautische Piepser im Büro: „Pieps in concert!"). Aber das alles eben doch nur wie nebenbei, auf der Straße. Schon hatte dieser Plastikmann angebissen. Rosas Mann. Sein VorBuhler ...

Siehie hat ihn nie geliehiebt ...

Wenn er es recht betrachtete, war diese Order nicht nur finanziell ein erster Erfolg. Sie bewies darüber hinaus sein nachgerade teuflisches Verkaufstalent. Schon rundete er den Mund zur berühmten TeufelsArie „Oh süßer HöllenSchluhund ..." Da fiel ihm ein, vielleicht war alles mal wieder viel perverser andersherum, der lief ihm hinterher, um – widerlich!

Moment mal, wo hatte er denn die Order hin – doch wohl hoffentlich nicht beim Kochen versengt aus Versehen?? Aufgestört fingerte er – Nein nein, da knisterte sie weiß und züchtig in seiner InnenJackentasche, behutsam zog er sie hervor, spendete Ehrfurcht diesem EintrittsTicket zu einem neuen Leben: Provision! Stumm lief sein Blick die Straße auf und nieder, forschte nach gelbem Behältnis: Da hing es schon! Still andächtig zog er die Klappe hoch und warf sein Glück hinein. Mann, kein Wunder, daß ihm heute die Arien wie von selbst aus der Brust fuhren. Bei so einer exquisiten Mischung aus Triumph und feuriger Verzweiflung ... Ausgreifend beschwingten Schrittes machte er sich auf den Weg zurück zum Daddeldu, pfiff sich eins, kam voran zu Bodo und Schneider Pieter. D.h., weil er praktisch daran vorbeiging, en passant, stieg er dann doch nochmals hinauf zur SchneiderPieterWohnung in der Kasemattenstraße. Nicht, daß es wirklich nötig gewesen wäre. Ein VerschnaufPäuschen für Herbert, den Luschen. Da läutete es allerdings auch schon. Der Anruf aus dem Sanatorium. Die Verspätung der Generalin. Aha!

Aber im Nebenzimmer liegt sie doch schon, wird jeden Moment kühler und starrer, er könnte fast über ihren Anblick stolpern, ein paar kleine Stunden später –

Was bedeuten Stunden angesichts der Ewigkeit. Winzige ZeitKnitterungen.

Unausweichliche Modalität des Erkennens.

Hier
und jetzt.
Nebeneinander nacheinander durchgestapelt und ineinander.
Bauklötze der Evolution, der Phantasie angenähert.
A) Gefängnis Raum mit gefangener Zeit:
Aerobics, mortale Wirbel, ZeitSprünge über Tisch+Bett,
irreversible Klaustrophobien,
pumper pumper! ...

B) Gefängnis Zeit mit gefangenem Raum:
pulsierende AllSchlange Zeit, Raum im Bauch:
aufblühend hochwölbend welkend vermodernd auf-
blubb blubb
Richtung Ewigkeit – immer hier lang.
Oder alle Richtung zurückgenommen,
onwards to Newton= backwards:
Gelungener Nachweis einer unsterblichen Seele –

Von
wegen!
da
könnte
ja jede
kommen,
auf die
Art
hinge
Christu
s
bereits
am
Kreuz,
während
in
Wahrhei
t(?)
Maria
eben

noch
mit
seinem
Gebären
beschäf
tigt
ist [-
War es
eine
schwere
Geburt?
die
Geburt
des
Himmels
– eine
Zangeng
eburt?
Steißge
burt?
oder
ist er
selig
lächeln
d
herausg
eflutsc
ht in
diese
Welt,
lieblic
h
brüllen
d ...)]

Fakt ist: Das Kanapee war (noch) leer.

Und dann kam Herbert auf seine kleine Idee. Und nach dem Gespräch mit Rosa mußte er noch einen Moment sitzenbleiben und alles überdenken. Herbert, der teuflische Stratege: Wenn das mit der Generalin ... Wenn das mit seiner IrrenFrau ... Wenn das mit Rosa dagegen ... Und das mit den Computern ...

Jetzt aber ahoi! auf auf! zurück zum
KNEIPENSCHIFF:
Eben legt es ab vom LudwigsRiff
Der Rhein braust giftig und schwappt, Möwen
kreischen schrill im Wind, der die Wolken jagt, daß der Dom
schwankt
und das Schiff dazu.
TrudelDaddeldu.

Ein gewaltiger Satz, Bodo mußte nachhelfen, Schneider Pieter wäre beinahe gestürzt. Er war es ja nicht gewohnt, es war ja alles ganz neu für ihn, eine BierSchwemme! NIE wäre die Generalin – oh nimmernie! Ein solides Café war das Alleräußerste, ich bitt' Sie ... Seine milchblauen Augen weiteten sich, die hellen Lider flatterten in einem Anfall von neuer Schüchternheit. Er fühlte sich auf einmal sehr allein, die Wärme des Zwetschen-Schnapses, noch im Auto schützend vorhanden, plötzlich brutal entzogen. Er war wie ein FrischGeschlüpfter, da konnte ja wer weiß was passieren! Aber dann spürte er diesen Schutzwall Bodo neben sich, und seine Schneider-Brust schwoll wieder ein wenig an, seine scheuen O-Beine strafften sich, und, selige Entdeckung: er konnte es noch! Er schaffte es noch über die Schwelle! hicks! genügend Stoff in der Reserve! Ein ganzer Paletot zum Fliegen notfalls! Und schon stand er aufatmend neben Bodo am Tresen im Daddeldu, den MännerPriem von Grienen noch ein wenig tattrig zwischen den Lippen, die Hände noch fahrig, die Blicke einen Moment bleiche Ausschau haltend nach schlimmen Flußschiffern, jedoch fand er keine, zumindest keine mit halb heraushängenden Augen, huuh! Unwillkürlich wuchs er einen glatten Zentimeter, rückte dann allerdings doch lieber näher an Bodo, erst gemeinsam schlugen sie a l l e s in die Flucht, wenn es sein mußte. Obwohl, wenn es nach ihm ging, also, hrmm!, es mußte nicht …

Da wandte sich der blondgelockte junge Kneipenschiffer direktemang an ihn:

„Ja? Bitte?"

Pieter erschrak. So plötzlich angesprochen werden! Bodo jedoch wußte sofort Bescheid.

„Zwei Kölsche mit Musik!"

Schon lichtete der männliche Nymph ganz professionell die Anker. Alles fein säuberlich, die Gläser halbwegs glänzend: Klar Schiff voran auf'm Daddeldu!

Bodo schnappte sich die zwei schäumenden Stangen und bugsierte sich und Pieter in die richtige Richtung, ab in die Ecke. Die Kurzen holte er gleich hinterher.

„Sin' wer unter uns – Prost!"

„Zum Wohl!"

Pieter röselte am Schaum, nippte.

„Sag mal", Bodo nahm einen tiefen Schluck, wischte sich die Oberlippe, ein wenig Schaum blieb zurück. Er lehnte sich vor, Stiernacken fast unsichtbar, Bernhardineraugen dafür treuherzig voll an die Front. Jetzt, wo Herbert weg war, wollte er es wissen! „Das sind doch ziemlich tolle Weiber", er sah Pieters unsicheren Blick, „ich meine deine Damen, deine Frauenzimmer – Herrgott!", er schlug sich gegen die Stirn, „da bin ich sozusagen Experte und weiß noch nicht mal, wie ich die Biester nennen soll … diese kleinen Teufel, Stücker Fotzen – nein? So nennst du sie nicht? Engel?? sag bloß, du nennst sie Engel, Pieter", Bodo stöhnte fast, Pieter zwinkerte, „Mamsellen, Frauen – Mannomann, klingt ganz schön fade, also diese reifen Mädchen da in deiner Wohnung, diese süßen Hexen, diese Ladies", Bodo fuchtelte aufgeregt in der Luft, „diese ParadiesVögel, Unterröcke, LustPfühle …", er verhaspelte sich, „ich komm' ja ganz durcheinander, Pieter, sagst du Matronen? Hört sich an, als wären sie paar Jahrzehnte älter als wir, bzw. als …", er verbesserte sich vorsichtig, streute kaschierendes Räuspern, „als … hrmm! ich."

Pieter hörte gar nicht wortwörtlich, hörte nur die Töne, entdeckte plötzlich still staunend: Bodo beneidete ihn – IHN, den

Schmächtigen, beneidete ER, dieser wilde Kerl! Das traf ihn wie ein kleiner Keulenschlag aus Glück. Er mußte schnell seinen Kurzen kippen – aah – und schnell sein Kölsch heben – oh, er war beschäftigt! Und einen tiefen Zug und Schaum und mit dem Finger dann manierlich über den Mund geflinkt und dabei mit den Augen sanft in der Gegend herumgeblinkert … Gern hätte er leise gepfiffen:

Ach du lieber Augustin,
alles ist noch nicht …

Wenn ihm Bodo professionell untergekommen wäre, dann hätte er natürlich sofort gemerkt, was in ihm rumorte. Schließlich war Intuition seine Spezialität.

Das respektierte sogar die Generalin.

Im Gegenteil, es ermöglichte zu Zeiten der Schneiderei die exakten Verhältnisse, die ihr ein Herz- und MagenBedürfnis – waren. Bis hierher! und keine GrenzZwischenfälle, verstanden!

Denn sie selbst verfügte souverän wie keine über die Strategie des Zuschneidens. Jeder Ballen Stoff ein Schlachtfeld, eine freche Herausforderung, der sie kühne und präzis berechnete Antworten entgegensetzte – napoleonisches Kalkül, durchsetzt mit märkisch-odysseeischen Listen –, und dabei das Kinn hochgereckt, der geblähte GeneralinnenRüssel steif bebend, das vorspringende Weiß ihrer Augen um die Wette mit ihrer zustechenden ZuschneideSchere blitzte und funkelte, die Hände und Ellenbogen perfekte Hilfstruppen, so daß sie vor dem ZuschneideTisch auf und ab schritt wie weiland ihr Großvater in der legendären Schlacht bei L. Perfekte Haltung. Nur noch im Geldeintreiben war sie ähnlich großartig. Und allerdings hatte sie sich auch BravourLeistungen des Feinstichs abverlangt in den Anfängen, die sie dann ihrer Schwiegermutter unter die Augen zwang, damals.

Während also alle diese Gebiete von der Generalin in fliegender Eile besetzt worden waren, hatte Pieter eher unauffällig seine Begabung der Intuition vorangetrieben. Er vermaß die Leute, nahm ihnen die Scheu durch seine eigene, sah ihnen hier unauffällig in die Augen und dort auf die Kniekehlen, maß und tastete sanft und sorgfältig Brustweite, Taille, Hüften. Wie hätten wir es und wo tragen wir es gern. Er löschte sich aus während der Prozedur und nahm sie auf die Art nahezu ungeriffelt wahr, ihre Schwächen, Neurosen, Träume, fast ohne Reibungsverlust. Kein Wunder, daß das Geschäft lief.

Sylvester hatte es eines Abends aus ihm hervorgelockt auf ihre beiläufige Art. „Gib doch ma'n Beispiel!" Die Gruppe war fasziniert. „Eine Art Kunst", murmelte Sylvester und düsterte prophetisch über ihrer Teetasse, „eine AbflugBasis." – „Na na", Herbert wurde es ungemütlich, „wenn du nicht aufpaßt, Pieter, machen die aus dir noch 'nen Tasso Picasso, so einen mit 'nem LorbeerWedel ums Gesicht, ich kann dir sagen, das kitzelt ungeheuer!" – „Heisenbergs UnschärfeRelation", Achsel hatte den Mund zu voll, mußte schnell noch weiter runterschlucken, holte Luft, „also die UnschärfeRelation wäre an dir zuschanden geworden, Opa!" – „Du sollst nicht Opa zu ihm sagen, Achsel!" – „Warum denn nicht? Wenn ich doch wünschte ...!" – „Er ist der schlimme TarnkappenPieter", Rosas Stimme, liebevoller Stolz in den Unterschleifen. „Und was bringt das?? Ich meine ..." MariAnn wie immer eine Spur zu metallisch, wenn es um den RealSchmutz des Lebens ging. Pieter nickte ihr freundlich zu, sie hatte schon recht, danach zu fragen. Ihm hatte diese Fähigkeit nichts gebracht, nichts Großes jedenfalls, sein ganzes Leben lang war er ein unbedarfter Schneidersmann geblieben, hatte sich in seinem ganzen Leben nie nach vorne gedrängt – das heißt ...

Wenn er jetzt seine BerufsRoutine nutzte, in Bodo hinüberglitt, Bodos Sicht übernahm ... Das war ja phantastisch. Da sah er, Schneider Pieter, ja ganz anders aus, als er sich selbst wahrnahm: Schmächtig zwar, aber eine Generalin zur Frau und genügend Ersparnisse fürs Alter und dazu noch eine Wohnung voller Frauen – einen – Harem – voller „Damen!" Seine Augen fingen an zu schummern. GrübchenLöcher erschienen in seinem MilchbartGesicht. Ihm fiel eine Frage ein, die er immer schon hatte stellen wollen. Er beugte sich plötzlich zu Bodo rüber:

„Du hast schon viel ge-b-gebumst, ja?"

Bodo stutzte, na so was! Kramte dann sein AlterLüstling-SchlimmerSchlingel-ExpertenRepertoire hervor, warum nicht ...

„Nun jaha, Pieter, es geht ... Mußte mir ganz schön die Hörner abstoßen, damals, jedem Rock hinterher – oder vielmehr umgekehrt ... Jede Menge Chancen!" Er lachte. „Manchmal mehrere

Puppen nebeneinander – ogottogott. Das saugt dich aus. Wie Hochsprung und Diskus u n d Marathon bei den Olympics auf einmal ... Würd' ich heut' nicht mehr bringen." Er fuhr sich an die gereifte BernhardinerStirn, verbesserte sich staatsmännisch: „Nicht mehr bringen w o l l e n ! Aber damals ... 'ner Frau zulächeln so ma eben, so 'ner Zuckerpuppe mit wirklich was dran, und dann lässig paar Wörter fallen lassen im Vorbeigehen ... Und schon kommt sie hinter dir hergezockelt, und du tust cool, als ob nichts wär', und sie versucht zu kaschieren und kann nicht. Du brauchst ihr nur so 'nen schrägen Blick zu geben, so einen von tief unten – und du weißt genau, daß du sie noch an diesem Abend aufs Kreuz knallst. Das hat schon was ..."

„Wie 'm Kintopp!" Pieter sagte es andächtig. „Wie bei Marlon Brando!"

Jetzt wurde Bodo doch verlegen, strich sich übers Haar, rieb sich am Ohrläppchen.

„Na ja – hrmm ... Wichtig iss man bloß, daß de nich' denkst: Frau gleich Frau. Daßde Erfahrung hast ..."

Pieter griente selig. So ein echtes Gespräch unter Männern hätte er früher nie geführt. Er beugte sich noch weiter vor, flüsterte direkt in Bodos Ohr:

„Ich hab' noch nie 'ne Frau ge-b-bumst."

„Was?!" Bodo fuhr zurück, verschluckte sich fast am Kölsch, runzelte ärgerlich die Stirn: „Du bist verheiratet!"

Pieter nickte bekümmert. „Ja. Das stimmt. Einmal, ich hab' tatsächlich einmal, ein e i n z i g e s Mal in meinem ganzen Leben hab' ich tatsächlich ..."

„Und das war's?"

„Das war's. Luise verträgt's nicht, sie erträgt's nicht, daß ich sie anfasse ..."

„Du bist doch verheiratet, es ist dein Recht!" Er sah Pieters Blick, erwiderte ihn mannhaft. „Es ist ihre Pflicht, weißt du, du mußt sie zwingen ..."

Pieter sah weg.

„Neihein, nein nein, das würde ich nie ... Nie. Nie..." Ein Gedanke tauchte in ihm auf. „Würdest du das bei MariAnn?"

Bodo zögerte, seine BernhardinerFalten verschanzten sich.

„Na ja …" Er gab zu, es war nicht immer so einfach. „MariAnn ist so eigen."

Pieter nickte voller Verständnis. „Genau. Die Generalin …"

Sie seufzten gemeinsam. Weiber! Noch'n Kölsch.

Bodo fing sich, musterte Pieter mit neuem Interesse.

„Wie machste das denn dann?"

„Was?"

„Na irgend was mußte doch machen …"

Pieter wurde knallrot, ruckte den Kopf unwillig. Sah beiseite. Seine Generation war noch anständig. Darüber sprach man nicht. Bodo sah ihm zu, verkniff sich was, kraulte nachdenklich an seinem BernhardinerKopf, suggerierte hilfreich.

„Weißte, das Blödste ist, daß man nicht mehr weiß, für wen man schuftet …"

„Aber ich weiß es doch!" Pieter war ganz empört, starrte Bodo an. „Das sind alles wunderbare Menschen, ganz wunderbare Menschen. Rosa, Sylvester, MariAnn – ganz wunderbare Menschen."

Bodo verzichtete auf die zwangsläufige Zusatzfrage von wegen SorgenMorgen-Generalin. Er blinzelte lieber verschwörerisch:

„Wen haste denn am liebsten von den dreien?"

Pieter überlegte, wiegte den Kopf hin und her: „Gar nicht so einfach …"

„Kann ich mir denken!"

„Wenn ich ganz ehrlich bin …"

„Jaa?"

„Alle drei!"

„Ja schon. Aber wenn du nur eine dürftest …"

„Nur eine?"

„Na, tu doch nicht so! Die meisten Männer müssen sich … Also amtlich dürfen wir in dieser Society immer nur eine auf einmal! Ich muß es wissen, ich war schließlich dreimal, du weißt schon …"

„Was?"

„Hing ich am Ring, Hochzeitsglocken-Pipapo und sofort …"

„Du warst dreimal verheiratet?" Pieter staunte.

„Ja. Aber nacheinander, nicht nebeneinander …"

„Verstehe. Luise wäre sicher dagegen …"

„Laß sie mal aus dem Spiel!"

„Eine von den dreien?"

„Ja!"

„Also am meisten – ich glaube, am großartigsten – sie ist ja einfach eine unglaubliche – eine – überwältigende ..."

„Welche denn?"

„Sylvester. Sylvester natürlich. Ich glaube ..."

Bodos Aufseufzen, unhörbares Räuspern, kaschierendes, nachlässiges Nachfragen (dokumentarischer DünnTon):

„Du würdest sie heiraten."

„Neihein. Sie ist ganz und gar nicht für mich." Als er Bodos Blick sah, fügte er fast drohend hinzu: „Sie würde mich verachten!" Kleine Pause. „Sie verachtet dich auch! Bestimmt!" Er wehrte Bodos Proteste ab, fuhr hastig fort. „Sie zeigt es nie, sie zeigt es nicht einen Moment, aber – sie würde mich doch verachten m ü s s e n ! Sylvester ist etwas ganz Besonderes ..."

„Ich weiß nicht ..." Bodo hielt sich zurück, schnaufte dennoch einen unterdrückten EmpörungsSchnaufer. So weit käm's noch! Nicht nur versetzt zu werden, was doch schon ein starkes Stück war! sondern jetzt auch noch verachtet – ho! als ob sie so eine Art WunderTypin wäre, die sich alles erlauben konnte! Er fuhr sich bedächtig über den nicht vorhandenen Bart.

„Sie macht mir zu viel Wind, Pieter, weißt du, das ist kein gutes Zeichen. Sie überschätzt sich ganz schön gewaltig. Der muß mal einer zeigen, daß gar nicht so viel an ihr dran ist ..."

Pieter sah ihn streng an.

„Habe ich nicht gehört, sie hätte dich auf 'ne Idee gebracht? Kann es sein: Etwas über Köln – ein Buch, ein Filmdrehbuch über Köln?"

Bodo gab zu, „Na ja, Ideen hat sie schon ..."

„Wie du das sagst! Du hast noch gar nichts von ihr begriffen, noch überhaupt nichts!" Pieter setzte mit Genugtuung hinzu: „Übrigens bist du auch nicht ihr Typ ..."

„Das hab' ich heut' gemerkt! eine Unverschämtheit!"

„Hach das! Das hat nichts zu sagen." Bodo wollte protestieren, Pieter jedoch winkte ab, erwärmte sich, wurde nachgerade eifrig. „Du mußt sie verstehen lernen, sonst wird das nichts. D.h. es wird so und so nichts werden, es liegt nicht an dir, wir sind alle noch nicht dahintergekommen, woran es liegt, nicht einmal Achsel und Rosa – aber sie ist ganz bestimmt für dich nicht zu haben. Weil sie nämlich ansonsten nur für alte Männer schwärmt!"

Das sagte er tempo furioso und hob die Stimme an, schrie beinahe seinen Triumph ins Daddeldu und war rot vor Stolz und blinkerte und zeigte mit dem Zeigefinger etliche Male auf die eigene, unbezweifelbar ältliche Brust: „Für mich! Obwohl ich ihr nicht das Wasser reichen kann!" Er brüsselte rosig vor sich hin, sah dann rüber zu Bodo, tröstete: „Nimm's wie 'nen Charakterfehler, sie kann nichts dafür. Wenn sie zu mir ans Bett kommt, zum Beispiel ..."

„Ans Bett?!" Bodos Stimme klang überrascht, als wolle er die Sittenpolizei alarmieren. Was regte er sich so auf? Aber von dieser Sylvester hatte er heute schon übergenug! „Kommt MariAnn auch zu dir ans ..." Er beherrschte sich im letzten Moment. „Was sagst du denn überhaupt zu MariAnn?"

„Sie ist wunderschön, manchmal sieht sie aus wie gemalt." Und traurig: „Sie findet mich alt. Und manchmal verachtet sie mich und z e i g t es."

„Ja", Bodo nickte, das kannte er, das war ihm keinesfalls neu. „Sie zeigt es!"

„Sylvester dagegen ..."

Bodo hörte nicht zu. Seine MariAnn ... Sie mußte doch einsehen! Sie mußte doch gezwungen werden können, endlich zuzugeben, daß sie zu ihm gehörte, daß niemand sonst ...! Eifersucht spitzelte flammzüngig, leckte ordinär. Dieser sanfte Milchbart ihm gegenüber. Ob MariAnn auch – wie nannte er es: einen „Charakterfehler" hatte? Ob sie auch zu dem ans Bett kam?! Ganz schöne Sauerei! Sollte er fragen?

Jedoch Pieter war noch nicht zu Ende.

„Weißt du, diese Sylvester – ist immer einmal wieder einfach unglaublich. Neulich hat sie von Engeln geredet ..." (ein Schattenreflex fiel zwischen sie, unbeachtet) „da hat sie gesagt – wartemal! – wie ging das noch ...", er fuhr mit dem Finger nachdenklich vergeblich über den Bierglasrand, ohn' Ton, „es ging um Eunuchen, weil ich doch ...", er errötete ein wenig, es stand ihm ganz gut, eine engelische Gesichtsfarbe, „es ging also um Eunuchen ..." – tapfer tapfer! – „aber es fing anders an. Daß die Engel die Putzkolonne des Himmels seien, so hat sie gesagt, die die Seelen reinigten, ja, die Grünen Filter Gottes, die den Schmutz auf der Erde neu verteilen. ‘Seid fruchtbar und mehret euch’ – Paß auf! jetzt kommt’s: ‘Seid fruchtbar und mehret euch’, habe der Herr gesagt, und das Wort sei wie ein Bumerang in den Mund – sie sagt dann immer: ins ‘GottesMaul’ zurückgefahren.” Pieter zuckte verschämt, spähte dann in die Runde. Horchte der Kardinal? Nix da, alles weggetaucht. Er konzentrierte sich erneut, memorierte. „So daß nur noch die Engel seine verzweifelte Kurskorrektur hören konnten: ‘Seid selten!’ Und natürlich richteten sie sich danach. Mehreten sich nicht. Engel sind notorisch unfruchtbar, bejubeln Unfruchtbarkeit.” Ein Stöhnen rütterte durch die Luft [ist da wer?°°°°°°°°°° ……..°°°°°°°°°°- keine Antwort::::::::::::::°:::- Und es begab sich …] „Und die Engel betrachteten eher mit Abscheu das Wuchern der Menschen, wie sie sich über den Erdkreis hingossen und aufquollen – und jetzt kommt’s richtig”, er hob den schmächtigen Zeigefinger zur besseren Aufmerke: „Einzig der dünne Gesang der Eunuchen klingt melodisch gottliebschön in den Ohren der Engel: susanni susanni …”, und sein Singstimmchen war klingdünn und hoch und voller Begeisterung …

„Ich hab’s mehr mit der Vitalität.” Bodo seufzte beinahe.

„Ohohoho!!”

Das herzzerreißende Tremolo kannten sie. Da war er ja, da trat er ja schon herzu in ihren Dunstkreis: Herbert, der Lusche:

𝄞 Seid mir gegrüßt! 𝄞

Und er schnippte melodisch nach einem Bier, warf täuschend gastgeberische Blicke, „Habt ihr noch? nein, nicht, na ich stoß diesem Ganymed, diesem blonden Nymph hinterm Tresen stoß ich schon ma schäumenden Bescheid!” Wird doch wohl nicht rechnungsmäßig an ihm hängenbleiben – gelle? so à la „einen Besseren findst du nit!” Wo’s doch bei den Germanen als Schande galt, wenn ein DudelPfeifer seinen CocaCola selber… Jedenfalls erst einmal:

„Stücker drei, und ‘nen Kurzen auch dabei!”

„Ich habe gerade vor mich hingesonnen”, begann dann der Schwarzlockige Barde, „ein wenig vor mich hingesonnen habe ich, was Pieter dir wohl so zuraunen wollen wird. Kombiniere, habe ich zu meinem lieben Watson-Ohrenbeichtiger gesagt, kombiniere, lieber Watson Dr. Oboe, wenn Sie gestatten!", er entbot Bodo eine schwungvolle Referenz, die dieser durchaus stiermäßig entgegennahm, „wie ich Pieter kenne: entweder hymnt er – hymnt! mit 'n'! wenn's beliebt, entweder hymnt er zugunsten von Rosa, die er glaubt, die seine nennen zu dürfen ..."

„Herbi!"

„Ja ja, Pieter, ich habe dich durchschaut! Oder aber er hym -nnn-t für unsere mysteriös-gloriöse Sylvester. Und wenn er 'Susanni susanni' ..."

„Nicht so laut, Braatsche!"

„'Susanni susanni' (hohes Wispern) ... also wenn er diese wundervoll extra-terrestrischen ZirpLaute von sich gibt, dann kombiniert euer verehrter Homebrew-Holmes vom Stamme Sherlock knallhart auf die ÄolsHarfe namens Arfe!"

Pieter lächelte scheu. „Du kennst mich schon ganz gut."

„Aber f r e i l i c h ! Freilich! Bis in die Innereien Ihres Auswurfs, mein Wertester!" Und zischel-drohend: „Bis in den tiefsten Schlund deiner Schambeuge, du infamer Schurrrke!"

Pieter fuhr zurück, Herbert machte natürlich Spaß, aber ... Dieser wunderbare Mensch. Es klang ja fürchterlich. Er sah noch einmal zu ihm hin, entdeckte Liebreiches hinter Finsterbug. Ja ja, er hatte Spaß gemacht! Pieter lachte zögernd, erleichtert, schüttelte sich ein wenig.

„Na?! Ist an mir nichts verlorengegangen? Ein verkannter Caruso! Ein gottverdammtes Genie?!" Herbert leerte gleich zwei Kölsch auf einmal, äck! das war ja Pieters Glas, er bestellte nach: Schnipp!

„Und Sylvester kenn' ich noch viel besser als du."

„Du?? Sylvester??"

„Jawollja! oder willst du etwa behaupten, du kenntest ihre Ode auf den Schweinestall ..."

Pieter schüttelte stumm ungläubig den Kopf. Herbi + Sylvester: n i e ! Bodo negierte desgleichen, zeigte freilich nur mäßiges Interesse. (Diesen Braatsche auch noch aufbauen – ho!)

Herbert holte tief Luft: „Dann lauschet der äolischen Schweinehirtin Sylvester!"

Er positionierte sich zurecht, schräg abgestützt gegen die hölzerne Schankwand des Daddeldu, schloß die Augen, bog ihnen sein gerundetes Gesicht im leuchtenden TranceZustand entgegen, zelebrierte Beschwörung, DruidenGeruch, OpferRauchfahnen, die er mit bloßer, kleiner, weißer Hand geheimnisvoll bändigte. Und schon erhub sich die jungfräuliche Stimme:

„Diese kompakten, feisten Organismen. Jungstiere fast ein Jahr alt, ca. zwei Dutzend, wie sie heranstürmen an die Futtertröge, wie sie nie genug Platz haben und also drängen und rammen und keinen Moment bewegungslos und voller unglaublicher Entschlossenheit sich dazwischen zwängen, und wenn das nicht geht, einfach springen auf und übereinander, und einen Moment sieht es so aus, als ob die imstand seien, auszubrechen nach oben hin drei oder vier übereinander – und Sprung! Vitalität und Drang: eingehüllt in Fleisch, zu Fleisch geworden, inkarniert, und mit Stimmbändern und Lungen versehen ..."

[Heilige Seraphim Ophannim, Gottes Orchester]

„Die quieken sich das Herz aus dem Leib. Selten ..."

„Das ist nie im Leben Sylvester! Herbi! Nie im Leben ..."

„Selten reden Menschen mit soviel eindeutiger Notwendigkeit wie diese göttlichen Säue. Was sie für einen Lärm machen, wie jedes einzelne von ihnen sich fast die Lunge ausbrüllt, die Tonleiter hinauf und hinunter, wenngleich die hohen, quieksenden Obertöne durchaus das entscheidende Klangerlebnis bleiben ..."

Tiefer preßten Herberts Lider, sehnsüchtig rauhbein-heiser flatterte die Stimme wie im Refrain: „Wenn Menschen so gezeugt würden – im Boxring des Lebens – Sieg oder Untergang – Heros oder Nichts. Vielleicht hat es das sogar gegeben, früher, bei den Teutonen oder so. Chlodwig in seiner Höhle –"

„Ha!" Pieter quiekste fast. „Jetzt hast du dich verraten, Herbi! Jetzt hab ich dich! Das mit der Höhle ist eindeutig Rosa!"

Pieter glänzte vor Aufregung. Herbert hielt einen Moment inne, warf sein musikalisches Haupthaar zurück, linste durch das Gehege seiner Wimpern, ob sie auch intensiv genug lauschten, schloß dann schnell wieder die Luken, dirigierte:

„Demohngeachtet die Conclusio:

Fest des Fleisches, wo das Fleisch noch SPRANG, die Muskeln unter der Haut noch HUPFTEN. Wiesel und Biberratten. SCHNEELEOPARDEN und PANTHER ..."

Pieter horchte überrascht auf, gleich wurden seine Augen feucht.
„Das klingt schon mehr nach ihr. Schneeleoparden – damit hat sie's immer sehr." Er wandte sich zu Bodo: „Verstehst du, daß sie über meine Verhältnisse ..., daß sie einfach paar Nummern zu ... Wo ich doch noch nicht einmal gebumst ...", er stieß Herbert an, „ich hab Bodo erzählt, daß ich noch nicht e i nmal geb u m s t hab."
„Ja ja, Pieter, ist ja schon gut."
Bodo winkte ab, Herbi desgleichen. Pieter schüttelte trübsinnigselig den Kopf, blickte in sein Bierglas. Noch nicht e i nm-
Bodo musterte schon viel zu lange Herbi von der Seite, konnte den Blick nicht lösen, wandte ab und starrte schon wieder, aus flachen Stieraugen, wie sie sonst nur in den Ebenen um Toledo zu finden waren. So 'ne BlödelNummer, die zog der wahrscheinlich öfter ab in der PieterKommune ...
Bodos Nacken knisterte.
Herbert wandte sich ihm voll zu, als hätte er das Knistern gehört, spähte ihn überdeutlich aus von oben bis beinahe unten, stupfte ihm mit dem Finger gegen die Brust.
„Na, Meister? immer noch so'n Stier?!"
Und Herbi griente, wippte auf den Fußsohlen vor und zurück und riß die Augen auf und ließ die schwarze Iris im Kreise rollen:
„Äck äck! ähä! Wie sachte de Muttähn su ihre Tochtä:
'Janz ejal, janz ejal!
Hauptsache et issen KardeNAL!'"
Und schlemmte sich die Lache auf die Schenkel und schlägelte sie auf die Ablage, daß die Gläser zu spritzen anfingen.
„S-pritz s-pritz! ss-himpftä dä Eunuch
alles im Läbän ist – Luhuch und – Truhuch!"
„Nich' so laut, Braatsche. Laß doch den Quatsch!"
Pieter kehrte aufgeschreckt aus seinen innigen Träumeleien zurück, spitzte das FeinGehör. Da war doch ... ein Ton war doch da ... Wie Herbert sein drittes Bier laut schlürfte? Neihein. Wie Bodo zusah und dabei irritiert mit den Fingern knackte? Nein nein, das meinte er nicht. Er senkte die Augen, fuhr seine unterirdischen SpähWerkzeuge aus, seine Schnüffelnase à la Humphrey Bogart, seine einzigartige Begabung *divina-toorisch!* Na was sah er denn da – das war ja zum: [peep!]!

In Bodos Zentrum, abgesehen von einem Vakuum, das er anscheinend mit mächtigem Ehrgeiz – beim Heiligen Fingerhut! Pieter staunte: Dunnerlittchen! – der wollte es noch weit bringen, der Bodo! – Hier lag sogar der Kölner Dom langgestreckt wie im Ehebett, bißchen im Negligée, mit WachsKerz' und LochnerSchleiern. Dieses Querhaus ... sollten wohl die ... Brüste – hoj oj! Ziemlich tiefhängend. Er hätte das eher für gleich zwei SchamHügel – ts! – de gustibus ... Aber immerhin: hatte sich's bequem gemacht, der Dom, 'ne Nachtmütz' über den einen Zipfel, die vielen Säulenbeine bequem eingeknickt. Trotzdem. Ob sich der Bodo da nicht eins übernommen hatte ... Und auf dem Podest? Das war doch wohl eins? Pieter schnüffelte ein wenig näher sich ran, ja doch, in früheren Zeiten hätte das sogar als Altärchen passieren können ... Na janz ejal ... Jedenfalls saß da in aller Pracht MariAnn, die kupfergoldene. Pieter brüsselte eifrig, DétailAufnahme, PräzisFoto, wenn er schon ma hier war, nichwanich; und seine Miene sorgelte: Wie gut, daß er so eine diskrete Seele hatte, sonst hätte er doch dem Bodo stecken müssen, in aller Freundschaft, versteht sich, aber Junge Junge, der hatte da vielleicht 'n altes Foto! und retuschiert noch dazu ... So mußte MariAnn vor 10 Jahren im Traum ausgesehen haben! Ob das schön war für de MariAnn? Eine goldene Erinnerung? Er wiegte den Kopf bedächtig: angenommen, du zeigst jemandem dein zahnloses Mündchen – und der geht hin und merkt sich nur das Leuchten vom dritten Gebiß ...

Jetzt aber Klappe. Und Schwenk rüber zu Herbi: Was haben wir denn da?

Ziemlich unangenehme Geräusche. Scharrendes, Kratzendes, wie brüchige Nägel über Metall, rostiges, stellenweise glattes – sirriiiiiieh! Silbergabel auf Zinkplatte tief einritzend: sriiiiiiieh! kr-krssssssrrrriiiiiiiiiieh ... Oh jemine! der gute Herbi konnte das anscheinend gar nicht abstellen. So eine Dauerbeschallung war das. Was sagte denn da die Gesundheit? Er äugelte scharf nach dem Hintergrund. Wo war SIE denn? Ach, da hing SIE, im Finsterwald. Mondblaues Eichhorn, und so bläßlich-feucht, das wär ja auch nich... Da war ihm ja seine Lu-i- Hfhfhfhfhfhf-oorsicht, gleich mußte er niesen. Jetzt Konzentration! Gar nicht so einfach, sich zusammenzureißen, wenn da jemand ununterbrochen sägelte ...

Aach, und das sollte wohl die ComputerAbteilung sein. Na, da ging's ja noch ziemlich neblig zu! Prächtig ausgelegtes Ehrgeizfeld allerdings. Die beiden konnten es miteinander aufnehmen, Bodo und Herbi. Und nun also das Altarbild: Dunnerdunnerdunnerlittchen! Das war wirklich'n Altar! Na ja, war wohl nötig bei dem permanenten Sägekrach. Aha!! S e i n e Rosa! Hatte er sich's doch gleich gedacht! Frechheit! Aber 'ne schöne Aufnahme. Fabelhaft! Sie war eben ein wunderbarer Mensch. So echt. Wie gemalt. Die ganze weiße Fülle. Na, der Busen vielleicht ein wenig zu doll! Aaaah, seine Rosa. Letzte Rose – wie sagte sie immer? Letzte Rose von … wie hieß das? Immer vergaß er so leicht darauf. Chivas. Szabo. Schabadu …

Jetzt aber Stereo, das war am schwierigsten. Überhaupt, er kam ja ganz schön ins Schwitzen, hatte das schon paar Jährchen nicht mehr gemacht. So'n Service lieferte er übrigens auch damals in der Schneiderei nicht gerade jeden Tag. Wo käm wer da hin. Keine Ablenkung, bitte. Alle Kräfte anspannen. Achtung!

Stereo: Taatsächlich, ach nee, kiek ma an … (Bodo berlinerte ab und an, das färbte ab; Herbi ging querbeet, was Dialekte betraf, kannte einfach keine Landsmannschaft, wo sollte das noch hinführen nach der Wiedervereinigung – sch-rekklich!!) Nu, was hätten wir denn da, so etwas hatte er sich fast gedacht: Eine LuftSpiegelung, ein alter KomikerTrick! Beide wähnten im Kopf des anderen ihr eigenes Altarbild. Ts! Dabei hatte Bodo doch noch kaum seine Äuglein auf Rosa – hatte er überhaupt schon ma?

Pieter beugte sich noch eine Spur tiefer, löschte sich aus wie nie: Hoj oj JOJ! da wurde es ja TIERISCH. Ganze Galaxien in Bewegung: Milchstraße Herbi gegen Milchstraße Bodo. Oooch, ließen die ihre Sternmuskeln spielen, schnitten einander Kometen in die Suppe, daß es nur so zischte. Angeschwollene kosmische Kämme, blutrote Schweife, stöhnend, baumelnd, sich blähend an der Leine, der Wäscheleine der Eifersucht. Zolldick, knietief, bis über beide Ohren ein Gehörnter. Und Neues aus dem weißglühenden Feuerofen des Zorns. Gelbe RauchFontänen, blutrünstige Nebelschleier …

Planend die vollständige Liquidation. Der Gegner ins schwarze Loch! Und – haste nicht gesehen! – hervor preschen sie auf ihren SchlachtRössern. Wie'm Mittelalter! auf ihren Steckenpferden:

Meins schlägt das deine!! Werden die nie erwachsen? Nie! möge mir der Schweif abfallen! Und deshalb – der Weißbart persönlich? ER selbst? und wie Brüllender Ozean: „Wenn ihr nicht sofort aufhört, nagel ich euch auf'n galaktischen Grill! Hugh! ich habe gesprochen!" DonnerBlitz auf allen Kanälen. InstantWirkung: Zwei gemürbelte Rote Riesen rülpsen Einsicht, mimen liebliche Sanftmut, reichen einander süße Friedensmilch aus Bierstangen ...

Er tastete nach seinem Bier. Komisch, eben war et doch noch voll jewesen ...

„Pieter!"

„Hmm? Was'n los?"

„Das wollen wir ja gerade wissen, du bist in Deckung gegangen. Solln wir noch 'ne Runde?"

„Klar. Ober! Noch 'ne Runde." Die hatten ihm sein Bier geklaut. Die dachten, er merke das nicht, die hielten ihn für ein stilles Wasser. Er seufzte selig: So war das nun mal unter Freunden. „Ich hab' für 'nen Moment geträumt. Ein Träumelein." Er sah ihren HerabBlick, holte ein wenig entschiedener Luft. „Ich hab' geträumt, ihr wärt zwei Känguruhs -"

„Na hö-"

„Also hö-"

„Zwei Känguruhs! und der Herbi trägt in seinem Beutel die Rosa mit sich rum und der Bodo die MariAnn. Und ich alle drei -"

„Wen alle drei??"

„Na, die Rosa und die MariAnn und die Sylvester."

Die beiden musterten ihn kritisch. Pieter reckte seinen Milchbart, sah sie beinahe bittend an: „Seid ihr jetzt sehr eifersüchtig??"

Die beiden prusteten los, nahmen sich zusammen. Pieter gab empörte Blicke. „Ich weiß gar nicht, was es da zu lachen gibt -"

„Na, hör mal, du kannst ja schlecht mit ihnen gleichzeitig ..."

„Das wär' 'ne Idee: mit ihnen gleichzeitig!"

Pieter sah vom einen zum andern, wiegte den Kopf: „Wer weiß, wer weiß ..."

„Also hör ma", Bodo wurde ganz aufgeregt, allein die Vorstellung, „alle drei gleichzeitig ... Wie willste denn ... Ich meine – rein anatomisch!"

„Pieter!"

„Ausgeschließschlossen, Pieter!"

„Da fehlt einfach was! rein anatomisch!"

„Wie sagt der Barde so trefflich: 'Pferd singt von Woholke!'"

Pieter röselte, plusterte, brüsselte eifrig geheimnisvoll schneidermäßig in seinem kleinen JackettInnentäschchen, wurde triumphpfündig: „Bittesehr!", und reichte farbig zur Anschauung: „Bittesehr die Herren – wenn beliebt!"

Mißtrauisch senkten sich die beiden Köpfe über BildPapier, lokkiges Schwarz und tapfer ausgehendes Blond. Vier Augen hielten skeptische Ausschau, entdeckten, nagelten, fixierten, nahmen ungläubig neuen Anlauf, ründeten den Blick, engten ihn, längten und breiteten und tieften und ründeten ihn erneut: Sechs gleichzeitig – Mannomann! – Dunnerlittchen! Sechs auf einen Streich! Dat iss doch … dat darf doch nicht … ts ts ts ts ts ts ts …

„Woher haste denn dat!"

Und Pieter gab wonnemäßig Auskunft. „Sylvester! So machense et im Himalaya, glaube ich …"

„Dat iss dieses verfluchte TantraZeug", sagte Bodo im Brustton der Verachtung, „ich hab' schon ma …"

Herbert unterbrach ihn, gestelte durch die Luft, hielt sich das Blatt ganz nahe vor die Augen, seufzte tief, tief. „Nee asso! Nee! Da wirrste ja total schwündelig!"

„Sylvester sagt, es sei ganz doll, auch für Damen – also umgekehrt …"

Herbert und Bodo starrten stumm Pieter, dann einander an, öffneten sich die Krägen, schnauften, rieben sich die plötzlich feuchten Stirnen, hinter denen es feuerwerkte. Begriffe kopulierten hemmungslos mit Anschauung, daß die Anatomie quietschte. So herum und dann – und die … Wie müßte denn da die … Wie könnte denn – wie wäre es denn mit …

„Spielen wir es doch spaßeshalber ma ganz nüchtern duich!"

„Zwei-drei-vier …"

„Asso mehr als fünf iss nich' …"

„Nee, iss nich'. Es sei denn …"

„Jaha?"

„Nehmer doch ma an, der könnte rein theoretisch in Wirklichkeit sieben …"

„Sieben? Wie kommste denn auf sieben? aaaah, du meinst, wenn – mit Schuß, sozusagen! Ah ja jaah! verstehe!"

„Dann wären auch bei ihr sechs – theoretisch ..."

„In dem Fall ..."

„Doch dooch! das müßte drin sein!"

„Dooch, das ließe sich machen!"

„Hmm ..."

„Jaha ..."

Brüderlich sinnierten sie. Schüttelten den Kopf. Teilten sich Pieters Bier, als er wieder mal weniger kuckte, klopften ihm auf die Schultern. „Mänsch, Pieter – für einen, der noch nicht einm..."

„... gebumst!", ergänzte Pieter mit leuchtenden SexExperten-Augen und steckte lässig das Wunderbild wieder ins InnenTäschchen. Plötzlich kam Wind auf im Daddeldu, fuhr brausend in ihn ein, Jahrzehnte des schüchternen Beiseitestehens fielen von ihm ab wie nichts, ein nie gekanntes Rebellen- und Stuyvesant-Feeling ließ ihn aufwachsen zu interkontinentaler Größe. Ein wahrer PieterProtz-Mann! Er knallte die sanfte kleine Faust gegen die Wand:

„Und jetzt geh'ma woanders hin!"

„Woanders??"

„Na, wenn Bodo'n Film über Köln macht – machste doch, Bodo – Oder etwa nich'?!"

Bodo nickte voll staatsmännischer Entschlossenheit.

„Dann darfste nicht dauernd in der gleichen Pinte rumhängen, stimmt's?"

Bodo kuckte verblüfft. Wohl wahr, wohl wahr! Infolgedem – oho! Da fuhr Pieter schon fort:

„Wie sagte mein lieber Fetter Schmock: Opfer, sagte er, Opfer müssen gebracht werden –"

Ojoj! Pieter steckte heute ja voller Überraschungen, offensichtlich war ihm einiges in die Glieder gefahren. Herbert rieb sich lautlos die Hände. Wenn das so weiter ging, würde die Generalin ihr Pieterchen einfach nicht wiedererk *[PFUI! – recht behalt... – PFUI! – Leichenfledde...! – Aber er weiß es doch noch nicht! – Keine faulen Ausreden, verstanden!]* Jetzt mußte er nur noch aufpassen, daß Pieter nicht zu viel trank. Oooch, das nahm er schon auf sich, doch doch doch doooch, da wollte er sich und seine Leber schon einsetzen! Und Bodo hielt es für puren Sport und half – hi hi hicks! Jedenfalls nahm er die Herausforderung sofort an, senkte den Kopf, daß die Stierhörner wieder sichtbar wurden:

„Ich bin immer dabei, Pieter! Immer dabei!"

Altes JournailleMotto.

Pieter schob die Unterlippe prüfend vor, begutachtete ihn, seufzte schneidermäßig, das hatte er sich beinahe gedacht, daß er als ausgefuchster alter Kölsche dem Jung' erst mal sagen mußte, wo's lang ging! Bei allem liberalen SanftmutsTralala hatten Kölsche wie er noch allemal überlebt. Er straffte ein wenig die täuschend scheuen Schultern, als wolle er gleich mehrere ausgebuffte Kölsche MafiaKlüngelBosse aus der Stadt auf einmal hinausbugsieren wie weiland seine Vorfahren den Erzbischof.

„Die Welt ist voller Schurken", belehrte er den Staunenden. „Wenn du so einen Film machst, darfste vor nichts zurückschrecken!"

„Aber Pieter!"

„Du mußt mittenmang gehen in die Schiete ..."

„Pieter!"

„... da, wo sie am saftigsten ist ..."

„Pieter!"

„... und außerdem hat es Sylvester auch gesagt!"

„Aha! [ogottogott!]"

„Das Schlimmste wäre, wennde vom Kölschen Klüngel faselst und dann grade büschen Tomatenketchup auf Lager hast, mit 'nem Karnevalsspruch für 'ne Pizza oder so! Nee nee!" Er winkte forsch rüber zum RundTresen: „Ober, zahlen!"

„Alles zusammen?"

„Jawollja!"

Und während der Nymph rechnete, drehte sich Pieter noch einmal zu den beiden, so eindringlich, daß sein mondblaues Auge beinahe dräuenden BlitzCharakter bekam, und er drängte beschwörerisch:

„Du mußt es machen wie der Würger von Köln! Verstanden?! Du mußt der Großstadt an die Gurgel fahren – EISKALT!"

Dann zahlte er.

Cirka vier Stunden später stand er immer noch, hoffnungsgrün in der Patina seiner Jahre, was man von den beiden anderen nicht – oh nein! – ganz sicher nicht behaupten konnte. Zwei traurig rot angelaufene Opfer auf dem FreundschaftsAltar – hicks! –, Märtyrer, Saufklöße, in denen nur noch ab und zu etwas wie Bewußtsein, etwas wie aufflackerte. Ein Lallen umloht von BierdunstQual. Hick! Liebä Pieter (Pietäh-) … Biss'n guutä Mänsch, 'n sähr guutä Mänsch! Hick!

Sie hatten zu viele heroische Opfer gebracht, ja, hemmungslos hingeopfert hatten sie sich in all den Kölschen KneipenschiffSaloons. Da sieht man es einmal wieder: Undank ist der Welt Lohn! Ganze Fässer mannhaft und selbstlos hinuntergeschlabbert, eine Badewanne voller Schaum dazu – und wofür? Bloß um – um … Jetzt war es ihnen doch … Schreiße Schreiße … Janz entfallen war es ihnen … Biss'n sähr guutä Mänsch, Pietäh … Die Augen wurden ihnen feucht. Warum? Aaaah, Herbi fiel es wieder ein: Um Pieter zu schützen, wegen der Generalin! „Laß man, Pieter, ich mach' schon", und schon grabschte er stoisch-selbstlos nach dem nächsten Glas. Aber warum hatte Groß-Bodo mitgemacht, fragte sich Klein-Bodo vergeblich – warum nur …

„Wo geht's bitte zu Hios Hahnhof – bittaschön – Wir möchten zu Hios Hahnhof – Sin' wa nu in Köln odder nich'!"

Jetzt iss abber Schluß.

Die beiden waren ungeeignet für den Fußmarsch nach Deutz.

Wie wäre es denn mit Herbis Wohnung, die Richmodstraße streckte sich doch gleich um die Ecke?

An der frischen Luft jedoch kippten die beiden erst mal völlig aus der Form. *Oh edel hingestürtzte Manneskraft, ein Heros vom Hopfen-Faß – zwei – Herösser …*

Pieter holte tief Luft angesichts der gargantuanischen Aufgabe, sein Herz klopfte, zwei so prächtige StadtHengste, und nun hatte er sie unter den Tisch getrunken. Seine Brust breiterte sich zusehends, nur, daß niemand kuckte. Na, auch egal. Papa Pieter. Laßt man, Jungs, ich werd's schon einbiegen!

Sie hängten sich bei ihm ein, er machte sich noch einmal frei, lehnte sie gegen 'ne Hauswand: Vorsicht! Da war Herbi schon glatt die Wand hinunter zu Boden gesaust. Pieter beugte sich über ihn, drehte ihn mühevoll zur Seite, untersuchte seine Tasche, fand den

Schlüssel. Na und jetzt wieder hochgehievt – Hummph! Nee, iss nich, noch ma: Hummph! unter die Arme gefaßt und Hoch! Hüa! und noch ma: Hummph! alle beide! Hff! und jetzt noch um die Ecke gebracht im tapferen Sinn – Uff! – Huhh! Hfff! Da war ja schon Galerie Dreiseitel. Er schleppte, seine ehemals zarten Nüstern bebten, er schleppte die beiden eisern voran. Das würde morgen 'nen Muskelkater in Schultern und Armen geben, ach was Kater, eine Raubkatze von gigantischem Ausmaß. Einen Schneeleoparden … Er mußte grienen, prompt lockerte sich sein Griff, und die beiden stürzten wie gefällte Rösser in die Mitte der Richmodstraße. Gut, daß kein Verkehr um diese Zeit.

„Jetzt laßt euch ma nich' so hängen, Kopf hoch, Bodo! Bistu nun'n Stier oder nich'?!"

Das half einen Moment. Bodo ruckte mit Kopf und Hals, hilfswilliger Stier, jedoch sein Stiersein weithin betäubt. Uff! Da waren sie ja schon: Richmodstraße 19a. Die beiden rutschten wieder zu Boden, er sperrte erst mal die Tür auf, holte den Fahrstuhl. Und dann einzeln, erst den Herbi – sssssso! – und nu den Bodo: puuuh! Allmählich wurde ihm das … uff! hffff! Ssso! Und nu zu dritt im Fahrstuhl nach oben. Komischer Geruch. Auch egal. Nicht ablenken. Oben angelangt, mußte er erst wieder am Türschloß fummeln, um die Zeit verhedderte sich das alles so, die Dinge gewannen ihr Eigenleben zurück. Er ließ sich nicht beirren, schleifte Herbi bis auf den Teppich im Flur. Komisch roch es, keine Frage. Na, ging ihn nichts an …

Er wischte sich über die Stirn, atmete schwer. In dem Moment kam ein Etwas aus einem Zimmer herangeschwebt, märchenhaft ganz in Weiß, große schöne Mondaugen, zart gebogene Stirn, Liebliches allüberall … Aaah, Sylvesters Tochter. Er erinnerte sich. Was machte die denn hier. Er lächelte ihr zu. Ein nettes Mädel, ein richtig nettes Mädel. Und helle! „Du bist Schneider Pieter", stellte sie zartstimmig fest. Da sagte er nicht nein. Sie trat zu ihm und legte mir nichts dir nichts ihm die Arme um den Hals: „Ich hab von dir geträumt", sagte sie. „Ich mag dich." Und küßte ihn auf die Nase.

Ein wirklich nettes Mädel.

Jetzt sah sie Herbi. Pieter deutete nach draußen Richtung Bodo. Sie krempelte sofort die zarten Ärmel hoch, gemeinsam schleiften sie Bodo in den Flur, gemeinsam sahen sie prüfend auf die beiden hinunter.

„Ob wir sie hier liegenlassen können?"

Er nickte gewichtig, mit der geballten AlkoholikerErfahrung eines bald 70jährigen.

„Oder macht es dir ... Hast du Sorge?"

Sie lächelte ihn an: „Isschon gut."

Schnell holte sie aus dem Zimmer – Wohnzimmer? – holte sie zwei Kissen, verteilte sie fürsorglich unter die zwei Nacken, eine Decke über beide Rümpfe, Pieter kam väterlich zu Hilfe, patschte abschließend den beiden die Backen, zwischen denen es recht friedlich hervorschnorchelte: „Räb rrrräb grrrr...räb rrrräb grrrr...räb rrrräb grrrr..."

„Nu schlaft ma schön."

„MariAnn ist übrigens auch hier."

Er nickte verständnisvoll, mimte Bodos vertrauensvolle BernhardinerFalten auf seiner ungeübten Stirn. Sie zögerte.

„Weißtu schon ...", sie stockte, sah ihm einen Moment ins Gesicht, wischte an der Farce der Falten vorbei. Ach! er wußte ganz offensichtlich nicht.

„Ach was! Morgen ist auch noch ein Tag!"

Das konnte er bestätigen. Obwohl er in dieser Nacht zum Tatmenschen und Philosophen gleichermaßen hochgeschossen war – in diesem Punkt wollte er ihr nicht widersprechen. „Ausnahmen bestätigen die Regel", murmelte er tröstend behutsam, mehr der Form halber. Sie legte den Zeigefinger auf die Lippen, MariAnn sollte nicht gestört werden. Er verstand, verabschiedete sich so leise wie möglich, gerade nur so eben mit dem Handrücken sanft über ihre Wange gestreichelt – und dabei ein bißchen über Bodos Beine gestolpert, der sofort zum Protest anhob: „RRRRR RRRRÄB GRRRR räb rrrräb grrrr ..."

Sie hob die Hand zum Mund, unterdrückte ein Lachen, winkte ihm schöne Träume, zog die Tür zu.

Er fuhr mit dem Fahrstuhl nach unten. Immer noch komische GeruchsHalluzination. Als ob Herbi – anstelle von Bierdunst – seine Apotheke aus alten Tagen hier ausgeschüttet hätte ...

Draußen ...

Erst mal aufatmen …

Und dann – als wäre es Mai. Mitten im Winter. Als hätte er Flügel. Selig durch die Nacht.

Seinem Mondschatten hinterher.

Nie in seinem ganzen Leben nie hatte sich sein Inneres so honigmondig angefühlt, ein einziges Lebkuchenherz voll sanftester Zwitschertöne, Schalmeienklänge. Nüsse und Rosinen und Blütentau, Sternschnuppen, seidige Lämmer … aaaaaaah …

Seit damals, seit er sich von seinem Vater hatte hereinlegen lassen …

Ritsch ratsch! die schrecklich lange ZuschneideSchere seines Vaters, wie sie bösartig im Licht funkelte: Ritsch! und schon riß das Gewebe, lagen seine Träume im Kehricht.

„Laß uns einen Vertrag machen", hatte sein Vater gesagt und den schweren Stoffballen hoch aufgerichtet wie ein Geschütz. „Mit deiner Fiedelei bildest du dir doch nicht ein – kannst du jedenfalls kein Geld verdienen. Laß uns also einen Vertrag machen", und der Vater schleuderte den Stoffballen durch die Luft, daß die Stoffbahn sich höhnisch bauschte und leuchtete, Schere und Nadeln und Fingerhut glitzerten. „Hör gut zu, Junge: Erst deine Schneidermeisterprüfung – und dann – was du willst. Meinetwegen sogar Fiedelmusik!"

Sein eigener Vater – und hatte keinen Moment an ihn geglaubt …

Und seine Mutter immer wie von unten aus grauen Stoffmassen auftauchend. Und jetzt hob sie ihm das bleiche Gesicht entgegen mit den hellen wäßrigen Augen und dem näßlich gekräuselten Mund voller Stecknadeln:

„Tu, was dein Vater sagt."

Sie hatte ebenfalls nicht an ihn geglaubt. Kein Mensch hatte … Schon wurden ihm wieder die Augen feucht: Dieses brutale Lied „Allein gegen Alle". Häßliche Schicksalsmelodie.

Und doch hatte er gekämpft, doch war es ihm gelungen, hatte er Luise für sich eingenommen, hatte Luise erobert … Aber dann starb sein Vater, am Tag der Meisterprüfung, als wollte er ihm einen letzten lustigen Tort antun. Und Luise …

Luise!

Er würde es ihr sagen müssen.

Er würde es ihr sagen!

Sachte glitt die Scheibe des Mondes über den Himmel.

Er hatte einen Umweg gemacht, die Straße seiner Jugend abklappernd. Maternushaus – St. Ursula – die Unterführung nach St. Kunibert.

Jetzt sah er hoch. Unvorstellbare Kühnheiten rieselten in ihm. Schon schritt er schneller aus.

Mit gravitätisch zarten Schritten.

Er würde es ihr sanft sagen, sanft, aber unerbittlich. Er würde ihr endlich die Wahrheit gestehen. Daß er ganz anders war als sie dachte! Daß er sich ihr zuliebe ein Leben lang versteckt hatte! Fassaden gebaut! sich ausgelöscht! in den Untergrund verbannt! Aber – nicht wahr – jetzt würde sie ihm helfen, das wieder gutzumachen – nicht wahr? Was war das für eine Liebe, die sich versteckte, die keine Wahrheit ertrug. Was war das für eine jämmerliche Liebe ...

Und es brauste in ihm sanft und zärtlich und kühn, und er hörte, wie sie lachte, wie alle seine Frauen lachten, und Luise am lautesten, am sichersten. Und sie zog ihn an ihre Brust: „Du mein Pieter – Dummer! Warum erst jetzt!" Und er würde ihr helfen, auf ihn zu schimpfen. Ja, sie würden sich gewaltig lustig machen über seine zögerliche, viel zu bescheidene Art. „Mein Zögerer! Besser spät als nie!" Ja, sie würden gemeinsam lachen. Wie lange er gebraucht hatte, um endlich zu sehen, was in ihm steckte ... Und sie würde den Vorsitz in der SchneiderPieterKommune übernehmen, als wäre sie dafür geboren ...

Pieter im Feenland. Von St. Kunibert zum Rhein hinunter im Märchenschritt. Sein Lieblingsweg.

Silberfähre gleitest leise ...

Am schönsten: von der Bastei ab am Rhein entlang. So weit ging er heute natürlich nicht. Auf schwanken Beinen. Aber an Kunibert vorbei.

Da drüben die Apotheke, wo seine Rosa – arme Rosa ...

Und gegenüber schuftete MariAnn – kupfer-golden ...

All diese wunderbaren Menschen, die auf ihn angewiesen waren. Sie b r a u c h t e n ihn.

Er holte tief Luft.

Er würde sie nicht im Stich lassen. Zusammen mit seiner Frau würde er ihnen das Heim bieten, das sie allesamt verdient hatten. Für Shishi wäre auch noch Platz.

Und honigmondig in ihm ...

Silberfähre gleitest leise ...

Und über der Hohenzollernbrücke die sanfte LichtScheibe selbst ...

Pieter schaute hinauf zu ihr. Was tat das Licht, wenn es müd' war? Und gastfreundlich öffnete er seine Brust:

Mond, willst du jetzt schlafen gehen

Tauch zu meines Herzens Grunde ...

Und sein Herz schien ihm so weit, so herrlich weit.

Wrumm!

Da krachte und dröhnte es.

Wrumm wrumm!

Da knackte entsetzlich sein ganzes inneres Gebälk, als würde es zerschmettert von einer riesigen Eisenbirne, da wurden seine Muskeln und Sehnen schmerzhaft auseinandergerissen und sein Herz verrenkt. Oooooooh, bitte nicht! Und er jammerte große Pein. Ooooooh, liebe Mondin, laß ab, ich beschwöre dich! Nie wieder will ich – und er stolperte die Treppe zum Rhein hinunter, bis er fast im Wasser lag. Ooooooooooooh, das hatte er auch vergessen: das Hochwasser. Köln war am Untergehen, die Sintflut etcetera ...

Oder doch nicht?

Na, schlimm genug, daß es ihn erwischt hatte.

Leise jammernd hob er seinen Fuß samt Schuh wieder aus den Fluten, das quaatschte jetzt bei jedem linken Tritt.

Und sein Kopf brummte wie von gewaltigen Kopfnüssen.

In diesem Zustand landete er vor dem Kanapee.

17
KÖLN

Wenn sie in Ordnung ist, wird die Stadt zum Liebesobjekt ihrer Bürger / Sie ist ein Ausdruck einer kollektiven, Generationen umspannenden Gestaltungs- und Lebenskraft / Sie besitzt eine Jugend unzerstörbarer als die der Geschlechter / ein Alter, das länger dauert als das der Einzelnen, die hier aufwachsen / Die Stadt wird zur tröstlichen Umhüllung in Stunden der Verzweiflung und zur strahlenden Szenerie in festlichen Tagen / In diesem Aufblühen und Stagnieren / in wiederholten Anläufen, ihre Nachbarstädte zu überflügeln / verwirklicht sich im städtischen Leben immer mehr als nur die männliche Potenz / Die Stadt repräsentiert in einer Vielheit ihrer Funktionen eine ältere als die väterliche Welt / In ihren großen Exempeln ist sie unverhüllt eine Mutter-Geliebte / ein Wesen, dem man verfallen ist / von dem man nicht loskommen kann / man bleibt ewig ihr Kind oder ihr zärtlicher Besucher //

Alexander Mitscherlich

In der Mitte der Nacht – oder war es schon gegen Morgen? Jedenfalls war es noch dunkel. Rosa wachte auf in Sylvesters Bett, Achsel lag neben ihr, eng zusammengewinkelt, die Glieder verknäuelt, die Seele noch halb heraushängend vor Trauer und Schock. Rosa sah ihm zu, undeutliche Erinnerungen stiegen auf, Zärtlichkeit, Anatol und ihr eigener Sohn. Sie streichelte Achsels Schulter, strich das verschwitzte Haar aus seinem Gesicht. Er murmelte was, bewegte sich, öffnete beinahe die Augen, schon zuckten die Lider, aber dann krächzte er nur: „Abraxas!" und war wieder weg.

Abraxas! Fast hätte Rosa laut herausgelacht, armer Achsel. Niedergeknüppelt von seinen eigenen Widersprüchen. Das würde offensichtlich eine mystische Phase werden, mit Rücksprüngen in den Diskurs, voraussichtlich. Sie sah schon: SonnenMythen und die kybernetischen Effekte der Sprache gleichzeitig etc. Und sie registrierte halb belustigt, daß er ihr eine SonderRolle dabei zugedacht haben dürfte. Abraxas! Oho!

Sie stieg aus dem Bett, ging hinunter, fand Schneider Pieter kniend vor dem Kanapee, fassungslos.

Sie schob einen Sessel heran, half ihm, sich zu setzen, umarmte ihn. Er sollte spüren, daß er nicht allein war. Lieber Pieter. Sie legte eine Decke über seine dünnen Knie. Er konnte nichts sagen, schüttelte nur den Kopf, die Augen naß und hell und verloren. Immer wieder schüttelte er den Kopf. Sie murmelte Beruhigendes, saß eine Weile neben ihm, den Arm um ihn; ging dann in die Küche, machte Milch heiß. Vielleicht würde sie ihm guttun …

Aber als sie zurückkam, saß er vornübergebeugt in sich zusammengerutscht, sicherlich nicht sehr bequem, aber sein Atem hörte sich an, als ob er schliefe. Sie störte ihn nicht, setzte sich hinüber ans Fenster, trank die heiße Milch, sah hinaus. Immer noch Nacht zum gleichen Tag – langer langer Tag – lange lange Nacht. *Gü-iiii-a* … Eine Möwe stieß beinahe ans Fenster, mitten in der Nacht, sollte wohl ein Hoffnungssymbol sein. Sie winkte ab, schloß die Augen. Besänftigt? *Gü-iiii-a.* Merkwürdige Mischung aus Trauer und Liebe. *Gü-iiii-a. Mond heller Schrei Sturz Grat Klippe – gü-iiii-a.*

Was für ein kaputtes Leben: Pieter und die Generalin. Tot und lebendig und ineinander. Auch von schlechten Gewohnheiten trennen wir uns schmerzhaft, und sie kannte die Generalin nicht genau genug, um sie so zusammenzufassen. War sie das Tor gewesen, durch das er hätte hindurch müssen? Furchtbar gern, aber er hatte es nicht gekonnt? Und also Vermeidung der Metamorphose, wie in der klassischen TürhüterGeschichte. (Etwas regte sich in ihr, rührte sich.) Die einzige Art, sich mit Toten auseinanderzusetzen, ist, sie ernst zu nehmen, notfalls zum ersten Mal, sich auseinanderzusetzen mit dem, was sie getan, gedacht, gefühlt haben. Tod als Chance der Angstfreiheit, so daß wir unsere Liebe zulassen können. Sogar die zur Generalin? Obwohl, wenn sie zu Pieter hinfühlte, spürte sie, daß er noch weit entfernt war von dieser Angstfreiheit. Er würde noch lange brauchen, bis er halbwegs glauben können würde, daß seine Luise nicht jederzeit imstande wäre, ihre Generalinnenhand aus den Wolken sausen zu lassen, ihm eine Ohrfeige zu verabreichen oder sonst einen Hieb …

Rosa seufzte, folgte jedoch der Spur: Sich mit den Toten auseinandersetzen, das hieße zum Beispiel: mit der Generalin? Eine Unmöglichkeit? Zumindest eine Zumutung in jeder Hinsicht? Andererseits: Sich so weit wie möglich mit ihnen identifizieren – das hieße zum Beispiel: mit Sylvester?

Vielleicht fortführen, was sie getan haben? Vielleicht ihnen ein Denkmal setzen? Aus Tönen und Lebendigsein und Licht und Lachen und Farbe? Etwas flackerte, weißrieselte silbrig in ihr, ein Vorsatz, eine unübersehbare LeuchtLaufSchrift:

SYLVESTER –

Aus den Toten eine Kraft schöpfen, so daß wir an ihnen wachsen, daß wir mehr sind als vorher. Oder glaubst du, es wäre ihnen lieber, still vor sich hin zu rotten?! Wir pflanzen sie in uns wie Samen. Und hegen und pflegen und gießen sie, liebevoll, versteht sich. Sie lächelte in Gedanken, spürte in sich hinein, spürte ihre Mutter in sich sprießen, die Mutter ihrer Mutter ihrer Mutter ihrer Mutter, spürte plötzlich dieses weiße Rauschen Zeitlosigkeit/Raumlosigkeit, zurück, zurück, erdachter Koordinatenschnittpunkt: Hallo, hallo, Heva, geschändete Urmutter, Paradiesesmutter. Laß uns den Anfang ins Ende rollen, ja? Es ist die Gottheit selbst, die uns den Apfel reicht. Sie setzt uns an ihren Tisch. Laß uns also lustvoll einen zweiten Biß tun in einen zweiten Apfel – wenn auch vielleicht eine andere Sorte? wie wär's mit einer anderen Sorte? einem Liebesapfel?

nur als Beispiel? Auf daß wir der Gottheit ein wenig ähnlicher würden LIEBHAFTER würden.

Wer spricht hier? Sylvester? Die Muttermuttermutter? Wer immer es ist, die Stimme vibriert, hüpft voran wie winzige Jubeljauchzer, weißglühende winzige Binnensonnen.

„Rosa!" Ein Stimmengewirr steigt auf, entlädt sich. „Das bist in Wirklichkeit du ganz allein, Rosa!"

Rosa ist empört. Wer wagt es, ihr solche lächerlichen Vorwürfe zu machen! Hat sie nicht eine schöne Gewißheit verspürt, eine spontane Überzeugtheit, die noch dazu die Trauer überdeckte? Und außerdem, wer spricht da, sie ist es schließlich, die die Trauer um Sylvester getanzt hat! Gleich verstummen die Stimmen. Es ist wahr, Rosa hat Sylvester getanzt. Rosa erinnert den Tanz. EntÄußerung – *gü-iii-a* – Ekstase … Sie verliert sich für einen Moment und fährt dann auf. Das ist es: Ekstase! Diese äußersten Spitzen des NochBewußten waren der Lieblingsspazier Sylvesters, ebenso wie der ihre! Das macht sie glücklich. Jetzt tanzt ihre Fülle. Jetzt wird sie es doch wohl noch schaffen, sich den Fremdheiten in Sylvester zu stellen! Schon regt sich ihr Inneres, schon probiert es – auf Zehenspitzen? Trauerpfützen steigen unruhig auf und ab, sie wedelt sie ungeduldig beiseite, all diese angedellten JammerTöne desgleichen, dafür wird später noch Zeit sein. Jetzt konzentriert sie sich auf diese flackrig bleiche LeuchtLaufSchrift:

SYLVESTER –

… *ihre Lieblingsideen feiern, als wären es unsere* …

… *ihr ein klitzkleines Denkmal setzen* …

Rosa geht ran. Sie gürtet sich, hüllt sich in Geduld und Erfahrung. *(Ichhabvielgesehn* / vielgesehnoho! /)

Erst einmal all diese ganzen Hemmnisse weg, diese lächerlichen Zwischenwände und Scheidungen. Tod/Leben, Traum/Wachen, die bombastischen Trennplastiken der „Wirklichkeit", da hat eine wie sie notgedrungen wenig Respekt vor. HUI wie der Wind (Oost/ NordOost), ein wahrer Fegewind, und der göttliche Putzeimer schwappt. Rosa reibt sich die Augen, aber es stimmt, wahrhaftig! Der Alte Gott persönlich greift nach dem Feudel und wringt mit Inbrunst, sehr effektiv ist es nicht, aber herzzerreißend, wie er da gebückt steht, zu ihr hochschielt, vor sich hin nuschelt. „Kein Wort steht still – nicht eines …" Rosa nimmt ihm den Putzeimer ab, ein wenig mehr Effektivität verspricht sie sich von sich selbst, vielleicht sind die Götter wirklich am Aussterben, der hier hat ein beachtliches LazarusImage, in Lumpen gewickelt aus dem Melatenfriedhof steigend. Grüftelnd. Rosa erinnert sich, daß die Mutter von Luy sie immer „ungegründet" genannt hat, wenn sie nie mitgehen wollte in die Kirche.

Dabei, wer sagt denn, daß sie ohne Glauben sei. Sie zieht nur – sanfte Bilanz/Schlußfolgerung ihrer menschlichen Existenz – zieht sie eine weibliche Gottheit einer männlichen vor. Für eine Weile. Falls Gottheit überhaupt Geschlecht hat. Was sie eher bezweifelt, wenn sie es recht bedenkt. Galaxien sind nun mal nicht männlich. Oder weiblich. Ein Geschlecht strömend strömend im anderen – Tiefpuls des Universums – *Einpuls*. Eine Milliarde Galaxien pulsierend in *einem* Universum. Solche Größenverhältnise können den Atem nehmen. Ja doch.

– And I worship. –
Allesernährerin Alleserhalterin Allesvernichterin Alleszerstörerin
SCHÖPFERIN
mit dem lodernden Gedächtnis von Jahrmilliarden
dem Tiefenzittern der Atome
den schimmernden Netzen der Erkenntnis
rieselnd flutend triefend hervortreibend verströmend
TANZENDER SCHÖPFERISCHER LICHT-LOTUS
GROSSES TAO
wird wachsen wie Gras wird untergehn untergehn
wird welken wie Gras wird auferstehn auferstehn
GRÜNENDES Weltall blühende Sonne wird untergehn auferstehn –
ja was denn nun –
ja was – ?
gü-iii-a
Metamorphose
in sich in sich lebendig und leuchtend auf Sinn-Spur HoffnungsSpur
GlaubensSpur –
gü-iii-a …

Das ist es, nun sieht sie es für einen Moment. Während für sie Ekstase gewissermaßen das war – das war's dann, war's das dann – bedeutete sie für Sylvester auf merkwürdige Art eine Verpuppung. Nie hatte Rosa ihr beibringen können zu sagen: Raupe – Puppe – Schmetterling. Immer hatte Sylvester nur das Gesicht weißflammend in den Wind gehängt und kaum die Lippen bewegt, aber wenn Rosa ihre Ohren strapazierte, konnte sie durchaus die Botschaft vernehmen: Wurm – Puppe – Chrysalis. Als ob Schmetterling irgendwie zu lächerlich sei, als ob eine zweimalige Verpuppung angezeigt, das Ziel um so ...

Stop! Rosa verliert die Spur.

Und hatte sie doch schon: Metamorphose!

Das war es.

Sylvesters Leib- und Magenlied, ihre kleine fixe Lieblingsidee, jetzt wird Rosa sich dieser Idee widmen. Und während sie den Schauplatz bereit macht, tauchen die ersten Inszenierungspläne auf, nachgerade liturgisch wie flügelnde Fische, schön blitzernd, und sie muß sie nur noch aus der Luft greifen und schon wächst ihnen ein glänzendes, funkenschlagendes LynxFell und vier Beine dazu. Und sie achten auf jeden Wink aus Rosas Augen, versteht sich.

Ihr eines Auge wird von einem anderen Gedanken nach hinten gezerrt, Deutzland Deutzland über alles, die Generalin war eine stolze Kölnerin geworden in all den vielen Jahrzehnten. Zwei Fliegen auf einen Schlag, Schneiderin Rosa, wie wär's, und schon poppt die Idee hervor:

Metamorphose KÖLN! gü-iii-a!

Ja, natürlich. Warum sonst richtet sie bereits den Schauplatz: Es ist das alte römische Amphitheater, das die Kölner immerfort suchen. Sofort sieht sie mit Schneider Pieter zusammen alle Kölner im Gegenlicht und suchend, sie laufen verzweifelt durch die Straßen. Pieter hat neulich von so einem Traum erzählt, alle liefen sie verzweifelt durch die Straßen und trostlos gebückt und weinend und suchten und suchten. Wo hab' ich denn, wo ist denn, wo könnte denn ... Pieter konnte sich einfach nicht erklären, was sie so verzweifelt suchten, es hatte ihn mitgenommen, ihm waren die Augen feucht geworden. Rosa dagegen weiß: sie suchen natürlich das Amphitheater, sie können es einfach nicht finden, während es für eine Römerin wie sie sofort sichtbar gewesen war. Nicht, daß sie das außerhalb ihres Traums irgend jemandem verraten hätte. Sie ist sehr sehr sehr gut im Hüten von Geheimnissen.

Jetzt rüstet sie sich ernsthaft. Nein, vorher steht sie noch einmal auf. Pieters Lage ist gar so unbequem. Sie richtet ihn auf, er stöhnt, sie hievt ihn, Lord, er ist ja schwer, wie bewußtlos, sie schiebt ihn – was für ein Gewicht – schiebt ihn, schafft es kaum, nein doch, es gelingt! Sie streckt ihn aus neben der Generalin: da liegen die beiden eng beisammen wie im Leben nicht. Schnell richtet sie noch eine Wärmflasche, legt sie zwischen ihn und sie, Siegfried und Brunhilde, nicht wahr, die Decke darüber.

Jetzt aber. Mit eiligen TraumZelluloidschritten.

Rosa hüllt sich in die Robe ihrer Verantwortlichkeit.

Sofort sieht sie großartig aus, eine Georgierin, die als Spanierin verkleidet ist, mit italienischer Mitte und Kölschem Couturier (Innovation Strauss am Friesenplatz ...). Sie erhebt sich, eine Letzte Königin von Saba, und intoniert staatsneutral, während die Massen strömen:

„Willkommen, meine Damen und Herren, die Sieben von Köln heißen Sie sehr herzlich willkommen bei den Festspielen zu Ehren Sylvesters (und der Generalin). Wir freuen uns, ja, wir sind trotz des traurigen Anlasses sehr glücklich darüber, daß Sie gekommen sind. Fühlen Sie sich wohl bei uns und nehmen Sie Platz in diesem wundervollen Amphitheater, in dieser herrlichen römischen Tradition, und erschrecken Sie nicht, wenn Ihnen die Sitze zwischendurch ein wenig wegmodern, die Dinge wollen auch ihren Spaß ..."

Die Dinge lassen sich das nicht zweimal sagen, schon tänzeln Zigarettenstummel, Aschenbecher und Feuerzeuge en masse heran, Zündhölzer knistern, Kammerorchester mit Einlage sozusagen, Mülleimer stellen sich als Baß, Becken und Pauke zur Verfügung, eine ganze Fabrikladung Tischlampen mit Knöpfchen segelt hoffnungsfroh heran – Rosa wimmelt ab, nicht gleich jetzt, geht erst mal in den Untergrund links, zu den singenden Steinen von Köln. 'N bißchen proben kann nicht schaden ...

Motzendes Murmeln wandelt sich dann in freudiges Wiedererkennen: „Zette, du?!" – „Ja, Knisti!" – „Laß dich verstümmeln!" – „Mein Eckstein Liebling, auf dir hab ich gezündet einst ..."

Zum zweiten Male hebt Rosa, die Festspieldirektorin an: „Meine Damen und Herren ..."

Im altehrwürdigen Rund des Amphitheaters drängt sich die Menschenwelle, denn Bank an Bank gedränget sitzen / es modern fast der Bühne Stützen / herbeigeströmt von fern und nah / Zehntausende und / luren und / horchen:

Gänzlich unerwartet schwebt ein Ballett von 111 Jungfrauen herein, ein Schwarzgekleideter stellt sie vor: „Dies ist das berühmte Kölner CityBallett, jede City auf dem weiten Erdenrund ist hier durch eine Jungfrau repräsentiert, erst recht, wenn man nur die katholischen zählt! Und ich darf Ihnen gleich verraten: die Siegerin ist die schöne Ursula von – Köln! Alaaf! Ora et deflor..."

Jetzt reicht es aber, diese Ursula gibt sich zu allem her! Rosa wirft ihren Luchsen mehr als einen Wink, prompt stehen sie auf dem liegenden Schwarzgekleideten (christlicher Märtyrer!), bis das Kontingent Ursula abgezogen ist, dann geleiten sie ihn selbst – Adios!

Will noch jemand oder etwas stören, vielleicht möchten ein paar Traumkaninchen durch die Luft schwimmen, mit verschluckten Löffeln? Oder beansprucht der Interessenverband der 4,5 Millionen Hunde der Republik einen effektvollen gemeinsamen Auftritt? Nein?

Rosa blickt in die erwartungsvolle Runde, tiefe Stille, man hätte einen Atem fallen können hören.

„Ich eröffne!"

Und der Blick wird frei auf ein riesiges Tor, das sich nun erhaben erhebt, und heraus – Jack-in-the-Box! – schießt der Kölner Klüngel, von Tremezza von Brentano kräftig bemalt, da kungelklüngelt es grellgelb-scharlachrot-weißblau-grasgrün, daß dem Volk die Augen übergehen. „Wenn die wüßten, wie schön es ist, reich zu sein, Gott sei Dank, daß die nicht wissen, wie schön es ist, reich zu sein!", und der Klüngel freudenhüpft im RumpelstilzchenRhythmus.

Das Volk johlt hin- und hergerissen. Einerseits kann es von den Reichen träumen, andererseits ... In diesem Moment wird das Innenleben der Bastei sichtbar, Herstatt schlingt gerade seinen 13. Gang. Ein Attest seines Leibarztes, das ihn zur Völlerei verpflichtet, hängt deutlich sichtbar an der Wand. Das Volk brüllt auf, schmeißt mit imaginären Tomaten, das wiederum sieht Rosa die Beinahe-Tomatenzüchterin nicht gerne, „paßt doch auf die Tomaten besser auf!" Sie verwickelt sich in kleine Widersprüche, der Klüngel frohlockt, schunkelt nach der Melodie „Melle für's Volk und Gold für die Zehntausend". Sie winkt ihn schnell hinaus. Rettet ihn? Macht sich mitschuldig? Stell' dir vor, die Kölner würden den Klüngel rauswerfen wie weiland den Erzbischof in der Schlacht von Worringen! Im Vakuum wüchse über Nacht ein neuer? Sie ruft ihm tapfer hinterher: „Wir sprechen uns noch!" Kann ja jede sagen.

„Rosa!", (die Stimmen melden sich), „Rosa – wo bleibt die Metamorphose?!"

Rosa geht in sich. Es stimmt. Keine Metamorphose weit und breit. Sie kann sich nicht helfen: den Klüngel zu metamorphieren, hieße, gar zu glatt an der Wirklichkeit vorbei. Oder ist genau das die Aufgabe der Literatur: Revolutionen wenigstens auf dem Papier, das gelobte Land wenigstens gemalt. So daß unsere Seelen hinterher um so besser abschlaffen. „Im Traum war ich kein Fürstenknecht!", demütigst, Ihr Johann von. Puuuuh, Rosa ist voller Verachtung. Eine Römerin hat notgedrungen andere Erwartungen an einen Charakter!

Still ist es geworden, reglos sitzen die vielen, Stille sammelt sich. … *Ob Sylvester mit ihr übereingestimmt – und wenn ja – sich gefreut hätte?* Rosa zögert, sucht …

Von weitem tauchen auf fünf Orchester mit fünf Dirigenten, die anfangen, vollkommen lautlos zu musizieren, während Nijinski seine Hommage à Sylvester tanzt. Oder ist es Merce Cunningham?

Rosa sieht zu, plötzlich fällt ihr ein, daß sie Stockhausen hätte bitten müssen, ja natürlich, er hätte helfen können, seine Weltraummusik, seine Oktophonie hätte ihre Veranstaltung metamorphiert! Sylvesters Lieblingsmusik.

Einzelne Töne sind unversehens – „Illumination, Insonation" – eingetroffen mit scheinbar frei verfügbaren Licht- und Luftwurzeln, wechseln die Klangfarbe, das Volumen, die Gangart, ein Gebäude fällt aus einem Fenster heraus, ein Baum ist eine Blume ein Tetraeder eine Handschelle ein VogelschreiQuerschnitt.

I welcome what happens next.

I welcome 'LICHT'.

... Ob die Gottheit musikalisch ist? Ob das selbstverständlich anzunehmen, selbstverständlich nicht anzunehmen ist? Das sich überraschend öffnende göttliche Ohr? ...

Jetzt betrachtet sie den Tänzer, der sie ein wenig an die Kölner Künstlerin Angie Hiesl erinnert, nein, jetzt metamorphiert die Erscheinung, es ist Ismael Ivo. Tief taucht sie unter, für einen Moment sieht sie den tanzenden geometrischen Nabel ihrer Welt, ein jubilierender, tanzender, weinender NabelMund ...

[-...liebe Sylvester ich wünschte ich könnte dir alle Sinnlichkeit der Welt zu Füßen legen Dir noch einmal gegenüber noch einmal liebevoll im Streit noch einmal dich umarmen als ob ich deine weiße Flamme halten könnte...-]

Wenn sie sich nicht zusammenreißt, fängt sie an hört nicht mehr auf zu weinen, und es wird gar nichts aus ihrem Freudenfest. Schwungvoll beschließt sie als nächstes eine Art Zirkusnummer zum Thema Stadt. Sofort setzt wellenartiges Gelächter ein, dauert an. Oh, wenn *Sie wüßten, wenn Sie wüßten, was ich in Köln gesehen, gehört, gegessen, gelacht und getan habe!*

Qu'est-ce que c'est que ça?

Eine Stadt. Wie lernt man sie kennen? Indem man ihre Einzelheiten auswendig lernt? In ihr wohnt, erst in einem, dann im anderen Stadtteil? Bestimmte regelmäßige Wege macht, zu Fuß, mit dem Fahrrad (Rosa schaudert, also Fahrrad lassen wir weg), U-Bahn und Auto. Fiaker? (Ach!) Rikscha? Nein nein (wir wollen das Internationale nicht übertreiben ...!) Taxi! (für Arbeitslose!)

Verkehrsmittel, Straßen, Arbeitsplätze, Lokale, Kinos, Museen. Theater, Spaziergänge. Kennt man die Stadt, wenn man das kennt? Wenn man weiß, wie man sich zurechtfindet, wo man was einkaufen kann etc.? Muß sich nicht noch außerdem etwas ansetzen? Was? TraumKristalle? Legenden? Vertrautheiten, heimliche Wünsche, erotisches Strömen, das die Einzelheiten umspült, sich an Giebeln, Häusern, Kirchtürmen, Brücken fest macht? Jahrhundertealte Manifestation gegenüber der Unsicherheit der eigenen Spur. „Ich bin eine Kölnerin." Eine Stadt als Schauplatz und Schutzhülle. Überwindung des barbarischen Urzustands. Überwindung der dörflichen Einsamkeit, Scheinheiligkeit, Verlogenheit, Enge, Intoleranz, Tyrannei. Eine Stadt als Illusion. Als geliebter Traum, manchmal selbst Scheußlichkeiten überglänzend.

Rosas Amphitheater, das immer mehr einer Arena ähnelt … *(Hat sie es mit dem Circus verwechselt? – Und sie eine Römerin!)* … Was immer das riesige steinerne Ding ist: es erdröhnt. Aus vier Toren schießen vier Streitwagen mit je zwei wilden weißen Rössern hervor. Und die Rösser schnauben und wiehern, eine ungeheure Bewegung, Aufwirbeln von Staub. Die vier RoßGespanne rasen etliche Male um's Rund, um etwas von ihrer überschüssigen Kraft loszuwerden. Dann jagen sie auf die Mitte zu, auf den Fokus Spotlight, wo ununterbrochen vom Publikum – nolens volens – Köln-Bilder projiziert werden. Sie stürzen sich darauf und beginnen – sobald sie ihrer habhaft werden, was nicht einfach zu sein scheint – beginnen sie sie ungestüm zu zerreißen, indes ihnen die Muskeln und Sehnen wie Stränge hervortreten und ihre Schweife unbeherrscht zischen und der Schaum um die Nüstern fliegt. Plötzlich fällt der Ton aus. Nur die weißen Rösser sind noch sichtbar, auf den Hinterbeinen schrecklich balancierend. Die wilde Bewegung ihrer Körper, wie sie mit den Vorderhufen auf die Luft verzweifelt einschlagen. Das weiße Mondlicht stürzt sich auf sie, fällt über sie her, daß sie ihre Augen verdrehen, die weißen Augäpfel angstverzerrt …

Rosa findet, das ähnelt einem Alptraum, dazu hat sie die Leutchen nicht engagiert. Sie soll sich gruseln – nee nee. Außerdem – warum diese Verzweiflung. Irrtümer sind die Tore zur Erkenntnis, das war ein Lieblingsspruch Sylvesters. Da wollen wir doch mal sehen, was sich global / international tut. Was haben wir denn global / international. Sie winkt die Rösser hinweg, das eine Tor bleibt offen. Eine uralte chinesische Rikscha wird hereingezogen, eine junge chinesische Braut entsteigt. Sie sieht Shishi ein wenig ähnlich. Sie steigt auf einen Kothurn und fängt mit hoher Stimme an:

(Bodo hört alles im voraus, ihm kann man nichts vormachen, diese billigen Gags waren für ihn schon geschmolzener Schnee als er – als noch – noch vor der Geburt jedenfalls … Belühmte Kultul-Metlopole am Lhein / mit gloßen lomanischen Kilchen … Na bitte, wer sagt's denn. D.h. was sagt die denn? Sie sagt:)

„Köln ist die Schönste unter den Städten, die Lieblingin, die Wahre Braut. Wir widmen ihr ein Gedicht:

Köln –
…über alle Maßen …
Köln
im Sonnenlicht
über die Rheinbrücken
Köln spitzgieblig-schmuck mit der DomSilhouette im Gegenlicht

Köln
Tauben und Möwen

Köln
…über alle Maßen …"

Prasselnder Applaus. Die Kölner sind ganz außer sich vor Rührung. Sie wissen ja schon seit paar Monaten aus der Zeitung, daß sie jetzt eine Metropole sind. Angeblich. Statistisch undsofort. Aber so eine international gerühmte Lieblingsstadt …! Übertreiben die Chinesen da nicht bißchen sehr, wollen die hier einen Handelsvorteil, eine Übertünche – oder ist das reine asiatische SchmonzesHöflichkeit??

Shishi ist schon unterwegs. Sie sieht der Chinesin tatsächlich ein wenig ähnlich. Sie umarmt sie und küßt sie auf beide Wangen, dann tritt sie selber auf einen Kothurn und spricht leise eine Hommage auf chinesisch, und das Erstaunliche geschieht: Jeder Kölner versteht auf Anhieb Chinesisch, was alle mit Stolz erfüllt und versöhnt.

FÜR SYLVESTER

„Laut als sähe sie
ihres Käfigs Stäbe nicht
singt die chinesische Nachtigall –"

Achsel stellt sich auf einen anderen Kothurn. Sein Gesicht leuchtet. Hat er an Abraxas gedacht? Rosa zieht es das Herz zusammen. Aber sie hört ihm zu:

Köln
das heimliche Köln
mit Gefühl
das geliebte Köln
– mehr als andere zumindest mehr als andere! –

Das hochgewachsene türkische Mädchen mit dem langen schwarzen offenen Haar steigt vor Achsel in die Straßenbahn mitten im schneeigen Januar und ohne Schuhe, die Nägel leuchtend rot lackiert. Barfuß steht sie da, ein Fuß auf dem anderen, öfter wechselnd. Steht da und sieht allen ins Gesicht. Eine leuchtende Brise Unmöglichkeit flammende Provokation – SYLVESTER!

Es ginge, es ginge – es wäre gegangen! – wenn nur ... Er versucht es noch einmal:

FÜR SYLVESTER

Köln
mit den Unterschlupfen
den Wohnungen dem geteilten Gelächter
den Umarmungen
das geliebte Köln
– mehr als andere
– zumindest sehr sehr sehr viel mehr als andere!

Bodo Oboe schiebt sich nach vorn. Lange genug hat er still gehalten, nur von fern gekuckt, aber das geht ja nun doch zu weit, daß dieser Achsel, diese Windfigur! und vorher diese kleine Person, fast hätte er gesagt BabyNutte, daß die sich so in den Mittelpunkt drängeln. Sylvesters Tochter? Da könnte ja jeder kommen! Er war Sylvesters bester Freund! Wenn man es recht betrachtet, ist er ihr Witwer. Er hat ja nicht gewußt, nicht geahnt ... Er geht auf Rosa zu, die eine Wucht von einer Frau ist, er hat das bislang zu wenig beachtet, jetzt ist er durchaus bereit, seinen Charme für sie voll auszufahren. Und zu seiner innigen Genugtuung, obwohl er sich auch nicht das geringste anmerken läßt, spürt er eine Bewegung seitlich von sich, weiß, das ist MariAnn, die es nicht erträgt, wenn er auf Jagd geht. Merkwürdig, bei Sylvester zeigte sie überhaupt keine Wirkung. Jetzt rückt sie etliche Schritte weg von Herbert, der daraufhin traumwandlerisch hinterherfolgt ...

Soll Bodo Rosa darauf hinweisen, daß dies gar kein chinesisches Dingchen war, vielmehr ein Mischblut oder in Deutschland aufgewachsen. Irgendein Trick, kleiner Betrug. Er kennt sich aus ... Und Gedichte waren das ja auch nicht, nein, nein. Er kramt in seiner Tasche, findet den Notizblock ... wär' ja gelacht ... Er gibt Rosa die Hand.

„Tachchen! Wir kennen uns." Er wirft ihr einen seiner satten BernhardinerGlutblicke. „Ich bin Sylvesters Freund, hab' hier ein KölnGedicht von ihr, von mir natürlich überarbeitet ..."

Rosa hat Tränen in den Augen, es ist alles so schön, sie winkt ihn nach vorn.

Bodo schreitet hinunter ins Rund, verzichtet auf den Kothurn. Dieses Theatron wird er mit seiner eigenen Statur und Stimme füllen.

„Köln", ruft er, als handle es sich um das Pfingstfestival Jazz&Lyrics, „Köln: ein RiesenOrganismus, wenig belüftet, dumpf lagernd zwischen Bonn und Düsseldorf im Kölner Klüngel am Rhein. Kunst, Kirche, Kommerz zwischen Bergischem Land, Eifel und Ruhrgebiet.

Köln: ein RiesenOrganismus, segmentiert und zerschnitten von Asphalt und Beton, Glas, Stein und Kunststoff, eine Million Menschen hierhin und dorthin, hier hierhin dort dorthin, abgeschnitten und isoliert in den MiniWohnungen, Fabriken, AutoSchlangen, im Stau, vorm Fernseher ausgehungert und eingeseift.

Köln: die Proletenstadt mit den gesichtslosen Rändern, den holprigen Straßen von Brück, den industriehäßlichen von Kalk, den zweigeteilten von Deutz, den Fabrikvierteln der Südstadt mit den Schneeresten, den Kotzbrocken, dem eingerissenen, fleckigen Gelächter, den Schmuddeltränen, dem Hundekot, der lustigen Sporthallenmentalität, die allmählich erstarrt." Trauer quetscht sich in seine Stimme. „Der Opernchor ist ohne Nachwuchs, und der Karnevalsverein auch. Es gibt Wirte in der Innenstadt, die machen an Karneval zu und verreisen! Wo soll das enden, ich bitt' Sie!"

Unruhe kommt auf. Zahmer Beifall. Bodo hebt beschwörerisch die Arme und ruft, schreit, brüllt:

„KÖLLE!!!!" – „Alaaf!", respondiert die spontan andächtige Menge.

(Hatte er sich mehr erwartet? Hätte er mehr geben müssen.)

Jetzt drängt Herbi, der Barde, nach vorn. Er hat durchaus gesehen, welchen Blick Bodo auf Rosa warf. Sylvesters Freund nennt er sich, und sie ist noch nicht einmal kalt und im Sarg! Er soll sich eins schämen! Er, Herbert, war Sylvesters Feind, wenn man so will. Aber lieber ein ehrlicher Feind – und fast kommen ihm die Tränen der Entrüstung – lieber ein ehrlicher Feind als so ein Hundsfott von Freund, der glaubt, leichtes Spiel zu haben in einer schwachen Stunde. Und der außerdem von Köln nichts versteht. Da müssen Fachmänner wie er selber ran!

Und schon steht er in der Tiefe und hebt seinerseits an:

„KÖLN: Ein RiesenOrganismus, schnurrend vor Halbkraft, fast autonom, ständig elektrische Stromstöße, heiße Drähte, Telex, Computer, Fotosatz, Informationsvernetzungen hierhin und dorthin, überlappende Organisationen, Ober-, Mit-, Halbwelt, privat und öffentlich, verschwiegene Abmachungen, dunkle U-BahnTunnel, Ein- und Ausgänge, Flugzeuge rein und raus, Züge über die Hohenzollernbrücke, über die Brücke mit Kaiser Wilhelm immer noch hoch zu Roß. Köln: die katholischste Stadt gleich neben Rom, mit dem Dom" *(der sich sofort in Szene setzt, wenn Köln ins Bild kommt)* „Mahnmal der Dauer und der Vergänglichkeit, Kölns bröckelndes Wahrzeichen mit dem Säuregesicht, der Wind heult durch die Schildergasse, pfeift um den WDR, den CityEXPRESS, den Funkturm; schleicht ums SchokoladenMuseum, um Hyatt und Maritim. Colonia Agrippinensis, eine Stadt, von einer Frau gegründet ..."

Shishi fährt dazwischen mit hoher, metallischer Stimme: „Eine Stadt, in der es auch heute noch große Frauen gibt. Alice Schwarzer,

Mary Bauermeister, Rune Mields, Christa Näher, Angie Hiesl und Sylvesters Lieblingsmalerin: Karin Kahlhofer!"

Herbert nickt irritiert. Du lieber Himmel, diese Tochter ist ja noch schlimmer als die – pscht! die teure Verblichene ... Für einen Moment schließt er die Augen, hebt die gefalteten Hände gen Himmel, singt liturgisch: „Requiescat ...!" Und hebt von neuem an: „Es ist wahr, wir, die wir zurückbleiben, werden größer und größer. Es gibt Kölsche Jungs, die sind mit 15 schon fast zwei Meter lang, man nennt es Körperbau zu Babel ..." Verflixt, die kleine Hexe hat ihn aus dem Konzept gebracht. Hoffentlich pfeift ihn das Publikum nicht gleich aus. Er kann nichts sehen vor lauter Spotlight. Er muß erst wieder Fuß fassen, einen Faden finden, ein Fädchen, und er denkt an die Tote, er schnuppert. Eine Wolke 4711 schwebt nostalgisch heran aus dem Exgebäude in der Glockengaß, wird überlagert von einer dichteren, gewichtigeren Wolke Weihrauch, süßer Kirchenduft, schon tritt der Kardinal hinzu, um routiniert dünnlippig zu dozieren. Liebe könne jeder, jedoch sich der Liebe zu enthalten, das sei eine Gnade Gottes, auch wenn es wahrhaftig kein Vergnügen sei, sein eigenes liebloses Herz schlagen zu hören, aber das Muß einer geweihten Berufung zwinge ganz und gar. Und schon setzen sich Abgaswolken fließband-kolonnenmäßig in Bewegung. Ein Wind kommt auf, eine Bahn wird gebrochen. In Nullkommanix ist der Rhein umgeleitet, eine kleine Schleife zum Amphitheater und wieder ins alte Bett zurück ...

... Köln als Lagunenstadt, schwärmt MariAnn, sieht Gondeln und Liebhaber um sich. Und wißt ihr noch, der Adenauer, der wollte immer mit'm Bötchen nach Paris, von Köln aus! Kam aber immer nur bis Bonn ... Joj! ...

Der Wind bläst stärker als je zuvor und reißt dem Kardinal den Hut vom Kopf. Er sieht sich streng um. Sieh da! der Rhein, den hat er vorher gar nicht bemerkt. Der liebe alte gute Vater Rhein, und darauf eine ganze Flottille von Kardinalshüten, purpurne, vergoldete, hermelinbezopfte und noch ein paar wie aus Platin. Schickt doch mal den Meßdiener mit der Fischerausrüstung, schnell! Die Kirche hat's zwar, aber diese Art Licht lassen wir besser unter dem Scheffel leuchten ... Er sieht vorsichtig unauffällig in die Runde, fast immer, wenn solche Pannen passieren, taucht im nächsten Moment wie mit allen Engeln im Bunde Eugen Drewermann oder – noch schlimmer – Heinrich Böll auf, dieser ungetreueste Kirchensohn, der die Wonnen der Unterwerfung wohl nie mehr – ihm fällt Bölls Exitus ein – er preßt die dünnen Lippen noch dünner – nie mehr wird er sie lernen! Er verschränkt die Arme, verkneift sich gewohnheitsmäßig weitere Bewegung, registriert: es ist weder Böll noch Drewermann, es ist dieser Flimm, der immer die Kölner Opern inszeniert, der Kardinal erwägt eine schwach abweisende Geste, erkennt ihre Vergeblichkeit.

Auftritt Flimm – und schon stürzt das Amphitheater zusammen und der Dom dazu, schwarzweiß und rhythmisch wie in CivilWarS AUF wächst der Dom und AUS kracht er zusammen und AUF und wieder AUS kurze Einblendung *eine Sehnsucht pocht an die Welt* zerbricht über dem AdenauerWeiher und wieder zurück AUF wächst der Dom und AUS kracht er zusammen. Wenn das Leben zur Oper gerinnt, gewinnt es ungeahnte Bedeutung.

Das hat Herbert immer schon gedacht, das ist sein Traum: Musikstadt Köln! Soll also Sylvester …

Flimm späht über die Staubfontänen: eine Stadt sich herausschälend aus Rauch … Er späht Richtung Deutz, da kommt er her, da ist das Packeis seiner Jugend begraben, die Festspielkamera schwenkt, die gelackten Signalfarben der Messe werden ausgeblendet, Deutzland Deutzland über alles, nostalgische Stimmung kommt auf: Deutz in früheren Jahrhunderten. Eine Idylle.

Das ruft Pieter auf den Plan. Bisher blieb er unbeteiligt. Schmerz wie eine dünne zweite Haut. Meine liebste Luise. Da capo und Unmöglichkeit. Stumme Zähren über die müden Wangen. Liebste, antworte mir. Luise schweigt ihm. Was will das besagen? Jetzt gibt er sich einen Ruck. Rosa bemerkt das sofort, führt ihn zu einem Kothurn. Pieter setzt sich zögernd, sackt noch einmal in sich zusammen, tastet sich voran:

„Deutz." Er schaut hoch. „Eine Idylle. Eine Graswiese besetzt mit Fröhlichkeit." Seine Stimme gewinnt an Festigkeit. „Wenn die Brücken in Ordnung waren, kamen die Kölner herüber in die jüdischen Kneipen, die berühmt waren für ihre Lustigkeit. Da ging es rheinselig hoch her …" Pieter verstummt für einen Moment – Rosa ist zur Stelle, will ihm hochhelfen. Da kommt es über ihn, da fährt es in ihn, da bricht es aus ihm, da brüllt die Metamorphose – Güiii-A! Seine Trauer für eine Zeit nichts als Energie, Schub, Befeuerung. Er ruft selbstvergessen und wie neu, laut und deutlich: „Aber auch frühere Jahrhunderte hatten ihr Packeis!" Und er steht auf, steht neben dem Kothurn, fängt an und redet leuchtend wie von selbst. „Hier trieb es den Rhein hinunter ...", die Kamera schwenkt sofort gewaltig, das Amphitheater macht selbst ein paar holprige Schritte, um besser kucken zu können. „Die Strömung trieb das Eis weg von Köln, das Eis schnitt sich an Deutz, brach auf, türmte sich hoch, Eisscholle über Eisscholle, die Brücke war längst schon vorher zerbrochen, für die Deutzer gab es keine Rettung, meterhohe Eisschollen, Meter über Meter, und immer mehr kam den Rhein herunter, immer wuchtiger, zerstörerischer, daß längst die ersten Häuser splitterten, daß sich Schutt und Eis voranschob, unerbittlich, die ersten Toten unter den Häusern oder vom Eis überrascht, die Glocken außer Rand und Band, die Panik stieg, das Geschrei, die schiere Angst, von Eisschollen zerquetscht zu werden, zu einer flachen Schicht zu werden, groteske Szenen auf engen Kellertreppen, Gesichter nackt, und die Angst raste, und eiskalt, die Deutzer kauerten in St. Heribert und beteten wie nie zuvor in ihrem Leben mit klammen Fingern, während sich das Eis wuchtig heranschob, immer näher, immer näher und ..."

Ist das Pieter? Bodo traut seinen Ohren nicht. Jetzt steigt der Scheue kühn auf den Kothurn und macht sich breit, als wäre er da zu Hause, legt gekonnt Pausen ein und hebt und senkt die Stimme fast so dramatisch wie ein gereifter Volkstribun von der besseren Sorte! „Dann der Bruch, das Kippen, der lautlose Hoffnungsandrang: Ja doch! Die überraschend einsetzende Schneeschmelze, die Rettung aus dem Nichts, ungläubiges Abwarten, noch zaghaftes Horchen, Horchen, und schließlich Aufstehen mit steifen Knochen, zitternden Knien. Sie betasten ihr nacktes Leben und lachen und heulen in einem, sie läuten die Glocken zum Dankgebet und treten hinaus in die Zerstörung: 30 Jahre meines Lebens umsonst, aber es gibt mich. Die Tochter ist tot. Nun gut. Der Sohn ist lebendig."

Brausender Beifall. Pieter verbeugt sich ein wenig, lächelt fast. Rosa ist glücklich, sie hat doch immer gewußt, was in ihm steckt! Da erzittert das Amphitheatron, erdröhnt im ersten Schrecken eines furchtbaren Gongs. Rosa späht in alle Richtungen, kann nichts erkennen, was immer sich nähert, ist nicht von ihr bestellt, doch es nähert sich unaufhaltsam und riesig laut:

WEHE WEHE

Besinnungsraubend herzbetörend
schallt der Erinnyen Gesang,
er schallt, des Hörers Mark verzehrend,
und duldet nicht der Leier Klang:

Wohl dem, der frei von Schuld und Fehle
bewahrt die kindlich reine Seele!
Ihm dürfen wir nicht rächend nahn,
er wandelt frei des Lebens Bahn.

Doch wehe wehe
wehe wehe
wer verstohlen
des Mordes schwere Tat vollbracht –
Schneider Pieter!
Die Hölle kommt dich holen!
Du hast deine Frau umgebracht!!"

Und triumphierend wie nur je in ihrem Leben rauscht die Präsidentin Wilhelmine Baß in die Arena, ihr Schultertuch wie eine hochfliegende Schleppe, rotes Tuch und Fanfare in einem, gefolgt von Major und Polizeipräsident, die es sich auch nicht haben nehmen lassen wollen.

Wer sind diese Leute?! Rosas weiße Fülle gerät ins Schwingen vor beschützerischer Empörung, in ihren Ohren weißes Strömen. Da erscheint Shishi wie ein jüngster Richter gekleidet (a Daniel comes to judgment, yea, a Daniel!). Der Polizeipräsident hingegen schwingt schon das Seil mit der fürchterlichen Schlaufe, befiehlt wie nebenher im Hintergrund den Aufbau des Galgens, effizient wie in seinen besten Zeiten, obwohl er ein wenig übertreibt. Aus

Nostalgie? Als Abschiedsgeschenk? Jedenfalls zieht er jetzt auch noch ein Hackebeilchen aus der Hosentasche. Rosa starrt darauf wie betäubt … Wie es blitzert! Es ist vielleicht wirklich nicht viel Unterschied zwischen Tod und Leben, aber wie es blitzert!

„Was ist euer Begehr? Fassen Sie sich kurz!" Shishi in Amt und Würden.

„Heute morgen ist meine liebe liebe Freundin Luise Piano, geborene Paucke, gesund und munter, höchst munter, von uns gegangen …"

„Vollkommen munter!"

„Exakt!"

„Sie hatte Sorge vor dem Empfang, den ihr Mann, Schneider Pieter – dieser da! – ihr bereiten würde …"

„Große Sorge!"

„Exakt!"

„Und nun sehen wir ja, welchen mörderischen Empfang er ihr bereitet hat …"

„Mord Mord! an den Galgen sofort!"

„Exakt! an den Galgen! im Rekord!"

„Nun, das wäre ja wohl nicht Ihre Entscheidung, Herr Polizeipräsident." Die Richterin spricht unter hoch erhobenen Augenbrauen.

„Notfalls vollkommen bereit!"

„Ich verstehe nicht …" Die Richterin läßt die Augenbrauen in der Höhe.

„Ich stehe vollkommen zu Ihrer wertesten Verfügung!", und der Polizeipräsident schlägt diensteifrig wie in ältesten Zeiten die Hakken zusammen und macht eine einladende Komplizen-Allround-Geste Richtung Galgen, Schlaufe, Hackebeil …

Da gewinnt die Richterin, parteiisch wie jede Portia, da gewinnt sie einen blitzartigen Einblick in die Vorgänge des Morgens, als wäre sie dabei gewesen, und sie donnert voll gerechter Empörung los: „Wie können Sie es wagen, hierherzukommen. Sie, die Sie selbst Luise Piano mehr als jeder andere auf dem Gewissen haben! Sie, Wilhelmine Baß, insbesondere Sie haben sich schuldig gemacht. Sie sind eingedrungen in diese Frau, eingebrochen in ihr Innerstes, haben sie aufgewühlt und erregt, und sie alle haben dann sogar noch eine Orgie veranstaltet! Sie haben diese Frau ganz klar in den Tod getrieben. Und da wagen Sie es, frech hierherzukommen und Ihr notgedrungen schlechtes Gewissen jämmerlich zu übertünchen, indem Sie diesen armen Schneider, der um seine Frau weint, wie Sie sehen können", Pieter laufen sofort wieder die Tränen herunter, „indem sie ihn mit völlig abstrusen Anwürfen quälen! Pfui über Sie, ich sage nur: PFUI!"

Und wie ein Spuk ist der ganze Auftritt verschwunden. Nur Schneider Pieter hat noch nasse Augen. EchoSchatten wischen zittrig durch sein Inneres, noch getränkt von Angst und Schrecken, aber zwischendurch blitzt Freude auf, sanft energisch, ein Frohlokken: Freunde hat er – Freundinnen! Heute schon zum zweiten Mal! Und sein Blick hängt an Shishi, die wieder sehr weiblich aussieht, eine Spur chinesisch, sehr jung.

Shishi steht da, wehrt alle, alles ab. Ganz konzentriert steht sie da, geschlossene Augen, weißflammige, fast unhörbare Stimme:

... und die Gedanken sind die Vögel die
wegfliegen und nicht wiederkommen, die
unbelichteten Stellen verblühen ... Ich bin's.

... wie von weit her ... gefegter Himmel ... keine Spur von einem Amphitheater ringsum ... weggemodert, weggezaubert ... nur eine Handvoll Nachtvögel ans Brückengeländer gelehnt ... sieben Stück ... dunkel und wie angefroren ...

Rosa breitet die Trauerflügel, überschwemmt von Gefühlen. Bodo und Herbert stützen sie. Sie wendet sich zu Bodo: „Mach du!" Herbert runzelt die Braue. Bodo triumphiert. Zwar hat sie alles ziemlich mies gemanagt, aber daß sie es einsieht, sein Expertentum spürt, das spricht wieder eindeutig für sie! Rosa und er, das wäre gar kein so schlechtes Gespann. Ab und zu könnte er bei MariAnn reinschauen, sie ansonsten dem guten Herbert gönnen, das würde sie zur Weißglut bringen. Großmut wallt in ihm auf. Nicht, daß er seine Augen verschließen wollte! Diese Shishi hat mit ihrer kleinen Amt-und-Würde-Show sein Mißtrauen eher geweckt. Die haben es hier alle faustdick ... Eine Art allgemein amoralischer Windknick hinter den Ohren, eine Amoral ganz ohne Schlüpfer, um es mal nackt auszudrükken … Ein Blick zu MariAnn: ohne Parfüm, zumindest! Aber er ist ein Stier, er wird sich zurechtfinden, seine Stierhufe trommeln ganz unauffällig, seine KeltenAugen recherchieren im stillen. Und angenommen, sie sind schuldig … Plötzlich fühlt er sich fast geständert vor Aufregung – „dies plötzliche Strotzen der Hoffnung!" Angenommen, sie seien schuldig. Das wär' ja für ihn ein noch dickerer Knüller als selbst Köln … Ruhig, Junge, ganz ruhig.

Herbert denkt eben fast dasselbe: Blöder Möchtegern-Journalist, sterziger Idiot, Kelte! oho! mit Eselsohren, Schafshirn persönlich, möchte wetten! ekelhafter, geiler Hai … Seine impotenten, fetten Flossen … Ich kann ihn nicht ausstehen.

Bodo reibt sich die Hände voller Elan.

„Als erstes brauchen wir Musik! Braatsche, wie wär's mit einem kleinen MuntermacherSong? Na komm schon, alter Junge, laß dein Licht leuchten! Wenn du gut bist, preßt Papa Bodo dir 'ne Platte!"

Das ist schon wieder viel zu dick aufgetragen, beinahe verschwindet Herbi endgültig im großen Schmollteich. Da löst sich MariAnn von Bodo und geht auf ihn zu, wärmt ihn, braucht ihn, schmeichelt ihm kupfergolden. Achsel knufft ihn liebevoll, und sogar Rosa schlenkert entschlossen die Tränen weg, putzt sich die Nase und müffelt: „Keins von deinen Operndingern, Herbi, gib's uns nackt!"

Herbi fährt sich über sein Bardenhaar. Und dann bringt er sein Organ zur Geltung, röhrt den Trauerschmutz aus sich heraus, daß Kölns Brücken beben:

Oh Lady Jesus,
I looked o'er the Rhine
and what did I see?
a band of angels
anglin'
anglin' for me –
gee!
Oh but I'm so dirty, Lady,

wash this dirt away
wash it away
then it'll be

– o.k. Lady? –
my brightest day
hey!
Lady Gee!

… die Töne zunehmend verwischt verzerrt aufgesogen annihiliert …

Nebel über Köln

Dünne, weißliche Schwaden, Rauchfahnen verwischweht hierhin und dorthin, sichtbar gewordene, zartwattige Bewegungen der Luft. Kadenzen, Evolutionsschübe; quellender, dichter, dumpftreibender. Feuchtschwebende Wolkenbänke über den Rheinbrücken. Wabernd, wuchernd, massiv, klumpig, geballt. Nebelwände, Nebelumklammerung, stumpfweißgraue Umhüllung aus Nichts. Nebelland.

Köln – Stadt am Fluß. Hudson Bay, Ganges und Tiber. Wenn schon, denn schon, Wolga und Amazonas, Themse und Seine. Tokio am – der die das. Großzügige Hochrechnungen. Was ist schon ein Schauplatz. Was ändert sich hierhin und dorthin. Halali! Dunsthänge sausen herbei. Rachitische Möwen schreien heiser noch einmal auf – gü-iii-a, gü-iii-a. Die Nachrichten sind nie angekommen, die Leitungen gestört, die Telegramme unleserlich. Aber daß eine Stadt sterben kann wie ein Mensch! Pompeiji Troja Ekbatana Atlantis himmlisches Jerusalem Wagadu – tot und untergegangen.

Köln – Auflösung dieses Knäuels aus, dieses Wustes aus, dieses nicht klein zu kriegenden Riesenorganismus, der sich irgendwann doch verwandelt in eine sterbliche Stadt. Eine verletzbare, herzzerreißende Stadt. Köln – Trauer – Tod … *With a whimper, not with a bang – o Lady Jesus – Wenn das so weitergeht, krepieren wir auf die mickrigste Art, im Schmutz ersoffen, an Dreck erstickt …*

Köln – NebelStadt am Fluß. Millionen gehen über die Brücke jahrein jahraus. Nebel kommt auf und verschluckt sie. NebelFries. Hier eine Hand, dort ein Knie, für einen Moment auftauchend, ein

Stück Haut, ein Rumpf, ein bleiches Gesicht, ein Husten, ein Auswurf, eine rauchgraue Verbitterung. NebelAlltag. Die Töne verschlupfen, die Orientierung verkommt, die Schritte verlieren ihre Festigkeit. NebelTanz. Sie heben die Arme – Augenfrust, Ohrenfrust, ein Rest Tastsinn im Nebel. Sie rudern tastend voran. Trippelschritt. Zeitlupengroßer NebelSchritt. Zwischen Bordstein, Schiene und Brückengeländer. Abwehrende Geste, Verwünschung und Selbstgespräch. Leises NebelGezischel. Das darf doch nicht wahr sein. NebelPhantasien. Wie, wenn das Brückengeländer nachgibt? Gummiweich. Kopfüber ins kalte Rheinwasser – huuii! pflatsch! Erst in den Morgenstunden die Findung. Das wären drei Tote auf einen Schlag, an einem Tag. Vier. So weit käm's noch, so weit ist es noch lange nicht. Freut euch im NebelLand. Des Lebens etc. NebelBrückenBühne. Millionen, die über die Brückenbühne hasten, die sich fremd bleiben. Millionen Fremdkörper. Sie gehen umeinander herum, nebeneinander her, gegeneinander an. Sie lernen mühsam, das bißchen Wahrheit, das sie erkennen, zu verschlucken. DreiAffenOrientierung an der Sache. Hie und da fassen sich Fremdkörper, fassen sich an, metallischer Klick, Ehe oder NichtEhe, metallische Beziehungen. Sie liegen auf-über-untereinander. Komm in mich. Wo bist du. Blindheit und NebelTod. Sie entgehen seltsam der Berührung.

Augen tränen, Mägen erbrechen, Kinder drängen aus Mutterbauch. Fremdlingin! Griff ins Leere. Vater gab es nie. Die Maske wächst. Eine Scheide aus Plastik. Eine Gebärmutter aus Glasfiber und Silikon, digital gesteuert. Ein perforiertes Gummi. Die Zeugung des Messias. In vitro. Maria als Leihmutter. Ihre Niederkunft: Im Heizungskeller. Rohrbruch als unhappy ending. NegativPhantasien der zu Tode verwundeten Wahrheit.

Flügel! Flügel!
der Engel stürzt die
Federn fliegen einzeln und blutig –
Dies ist nicht der Ort Dies ist nicht der Ort
wo der Engel geschont geschont wird –

NebelGestammel. NebelHohn. NebelVerwirrungen.

Die Sieben sind voneinander getrennt.

... MariAnn wirft Kupfergoldenes zurück mit trotzigem Schwung. Keiner kann kucken, wozu dann den ganzen schwarzgeränderten Aufwand. Diese Riesenaufregung um Sylvester. Natürlich tut sie ihr auch leid, aber was hätte sie schon viel anderes machen sollen mit einem zerstörten Gesicht. So hatte sie doch noch 'nen schönen Abgang. Um sie, um MariAnn würden die hier alle längst nicht so 'nen Trauerzauber veranstalten, obwohl sie das wirklich nicht versteht. So viel war an Sylvester auch wieder nicht dran gewesen. Jedenfalls ihr gegenüber hätte sie sich ruhig ab und zu ein wenig mehr Mühe geben können. Dann fielen ihr jetzt die Tränchen leichter. Bislang hat sie nur prophylaktisch getupft. Und mit zornbebenden Nasenflügeln registriert, daß Rosa dabei ist, ihr Bodo zu klauen! Das Miststück! kann es nicht lassen, immer an allem rumzufummeln, was Mann heißt.

Sie lehnt sich aus ihrem privaten Traumfenster. Und siehe da, die Wasser steigen, das Meer hält Einzug in der Hansestadt Köln, die lachende, duftende Südsee. So träumt man anständig! würde sie den anderen gerne ins Gesicht sagen. Nicht dieses NegativZeugs und ständig Untergang und Schmutz. Widerwärtig! Seht lieber zu mir! Schon wölbt sich eine schöne Riesenwelle zu einem sonnenglitzernden, durchsichtig hellgrünen Glassturz über Köln, bleibt zitternd stehen. MariAnn sieht sich am lichten Rheinuferstrand, umringt von Tausenden, wie es ihr Herz begehrt. GlassturzGesichter, ihr zujubelnde, angepflockt lämmerweis, fressend aus ihrem gepflegten Händchen. Es knistert, Funken sprühen und stieben, die Luft ist vollkommen elektrisch. Sie aber schenkt ihre schönsten Blicke dem EinzigEinen, dem mit dem stählernen Blick und den aufregenden GladiatorenSchenkeln, den feinen. Der noch dazu jede Menge Moos hat, versteht sich. Und er kauft die Apotheke auf und schenkt sie ihr, wenn sie ihn erhört. Und – und – ja, den Baby-Benz. Oder lieber doch einen ausgewachsenen 560 SL, und 'nen Porsche als kleinen Zweitwagen. Mit dem braust sie dann über den Kölner Strand. „Ich bin ein Parkplatz für das Glück!" Und alles beim Notar und schriftlich! Und dann wird sie Künstlerin. Die beliebteste Künstlerin Kölns! „Unsere liebe MariAnn." Der Applaus so laut, das geht an die Schmerzschwelle. Jedoch tapfer – erträgt sie … Eine Künstlerin ist nun einmal etwas Besonderes – ja ja … So umgeben von einem Hauch, ja, einem Hauch …

… In seiner scheinbar weit entfernten Nebelhöhle ballt Bodo indes die Fäuste. Immer kommt ihm etwas dazwischen! Jetzt, wo er gerade übernehmen = voll einsteigen wollte.

Seine neuesten Pläne für Köln, seine Visionen! Da hätten die anderen die Lauscher gespitzt! MultiMediaStadt, aber richtig! D.h. alles neu aufgebaut, die Stadt als tabula rasa. Und dann alle Kirchen zusammen, also den Dom und die zwölf romanischen, die führen wir zusammen. Eine Art katholisches PhantasiaLand – gigantisch! Vielleicht den Dom in die Mitte, mit Wasser drumherum … Adenauerweiher, genau! mit Weihwasser … Das wäre dann der einmalige WeihwasserDom, die SuperAttraktion der Welt. Vielleicht mit einer schön einprägsamen, barocken Rutsche? Mitten hinein? Und drumherum die zwölf romanischen Dinger, alles ganz leicht zu Fuß … Und wieder drumherum Kneipen und Cafés und Galerien und bequeme Wechselstuben …

Die Stadt selbst aber als FertigProduktion, aus jeder menschlichen Proportion herausfallend. Wohnungen wie Vögel, superleicht und modern. Den Königsforst renovieren wir gleich mit … Straßenrasen in Nullkommanix. Hänge und Gleitvorrichtungen für die Autos, nostalgisch programmierte Hupmusik jeweils am Freitag um vier. Motto: Alles Gewesene in den Schatten! Wohnungen als bewegliche, pulsierende KubenVögel mit Klarsichtfenstern, die eingeschnürt werden können. Schlafende Einheiten des Nachts. Und den Hbf lassen wir als Museumsstück. Ansonsten nur noch Flugverbindungen, das lockt das richtige Publikum. Köln: ein Marathontreffen permanent in Sachen Kommunikation. Jeder Kölner ein Medium, eine Ausstrahlung, ein Sendezentrum … Wir liefern global …

Etwas packt ihn, krallt ihn. Eine schrille Stimme umpfeift ihn:

„Du Verräter, du Lump! an den Dom traust du dich, aber an den Meisner nicht! ‘Arbeitslos’ schimpfst du dich und verrätst deine Kumpel! Genauso wie die romanischen Kirchen, du elender Widerling! MultimediaQuatsch! Während die wirklich Armen – du hast ja keine Ahnung! Hunger und Elend und Abfallkörbe und Lüftungsschächte zum Überleben! Aber deswegen kannste den DOM nicht einfach …", etwas drückt ihm heftig die Gurgel, „Kultur aus dem Fleisch der Armen, du abstoßendes Ekel mit Rutsche!"

Bodo macht sich zornig frei, sieht nichts/niemanden, lächelt dennoch sein diplomatisch kleinstes Lächeln kühl in den Nebel:

„Verehrteste, Sie vergessen: In einer Massengesellschaft kann ein ungewöhnlich neuer Kurs, Reform oder anderes, nur verwirklicht werden durch Terror oder Manipulation. Ich dächte, diese Lektion … Außerdem …"

Nichts rührt sich. Das ermuntert ihn, gleich greift er zur Vertraulichkeit:

„… außerdem war Köln nie auf Krieg aus, die Kölner sind keine Revoluzzer. Wenn du einen Urahn für Köln suchst, dann ist es Odysseus, der Vielgewanderte …"

… „Polütropon", summelt Herbert selbstvergessen in seiner Klause …

„Köln ist seit Urzeiten die Stadt der Vielgewanderten! und meinetwegen …", er späht ergebnislos, fährt dennoch fort, „wir können ja den Dom an Ort und Stelle lassen, wenn es dir so wichtig ist, ich bin da ganz offen, wir können über alles reden …"

… Shishi träumt von Schnee, unaufhörliches, dichtes Schneetreiben, die Stadt begraben, alles Leben erstarrt, weiß in weiß …

„Rosa!"

Rosa hört nicht. Sie träumt von Pieter in seiner NebelHöhle, ihn friert, aber kaum macht er die Augen zu, sieht er das Himmlische Jerusalem.

Die Stadt – sie liegt auf einem hohen und großen Berg, herniedergefahren aus dem Himmel von Gott, sie hat die Herrlichkeit Gottes. Und ihr Licht ist gleich dem alleredelsten Stein, einem Jaspis, klar wie Kristall. Und die Straßen der Stadt sind von lauterem Gold wie durchscheinend Glas. Und sie hat eine große und hohe Mauer und hat zwölf Tore, und die Mauer der Stadt hat zwölf Grundsteine, und die Grundsteine sind geschmückt mit Edelstein, der erste Jaspis, der zweite Saphir, der dritte ein Chalzedonier, der vierte ein Smaragd, der fünfte ein Sardonyx, der sechste ein Sarder, der siebente ein Chrysolith, der achte ein Beryll, der neunte ein Topas, der zehnte ein Chrysopras, der elfte ein Hyazinth, der zwölfte ein Amethyst.

Und die Stadt liegt viereckig und ihre Länge ist so groß wie ihre Breite. Und sie mißt die Stadt mit dem Maß. Die Länge und die

Breite und die Höhe der Stadt sind gleich. Und sie mißt die Mauer hundertvierundvierzig Ellen – und Pieter schreit auf und seine Augen treten aus den Höhlen: „Es ist Luise, ich erkenne sie! Es ist die tote Stadt der Generalin. Kein Funke Leben. Ihre Schere, ihr Maß, ihre Perfektion ..."

„Rosa!"

Rosa hört nicht. D.h. sie ist beschäftigt, denn eben hat sie entdeckt, daß Achsel in ihrer NebenNebelHöhle vor sich hin rudert. Murmelt er immer noch „Abraxas"? Rosa lächelt im Traum, Zärtliches streift durch ihren Kopf, Frühlingswolken. Erst einmal muß sie horchen, was er sagt. Er pustet im Nebel Staub von Wörtern. Von Kenntniswörtern? Von Wissenswörtern! Da, er fängt an, murmelt vor sich hin, wie um's nicht wieder zu vergessen:

... „Sonne?

Entfernung: 150 Millionen Kilometer; Durchmesser: 1,39 Millionen Kilometer; Umdrehungsgeschwindigkeit: 1x in 25 Tagen; Inneres: 15 Millionen Grad. Das Innere der Sonne ist stockfinster. Es ist 12x schwerer als Blei. Es ist trotz der Dichte gasförmig.

Licht: Das Sonnenlicht jetzt und hier auf der Erde ist vor etwa 20000 Jahren im Inneren der Sonne entstanden, es braucht die Zeit, um vom Sonnenkern bis zur Oberfläche der Sonne sich durchzuarbeiten und sich zu „erschöpfen", bis es die milde Form bekommt, die (in acht Minuten) auf uns ausgestrahlt werden kann.

Sonnenatmosphäre: sie dehnt sich aus und „beschützt" auch noch die entferntesten der neun Planeten. Eine unsichtbare Kugel als Schutzhülle, Wände fast immateriell, einige hundert Kilometer tief. Ohne Sonne gäbe es uns nicht ..."

... „Unsere Sonne gehört zur zweiten Sterngeneration, es gibt wesentlich größere Sonnen, jede Galaxie enthält 20 – 100 Milliarden Sonnen, es gibt mindestens einige Milliarden Galaxien im b e o b a c h t b a r e n Teil des Weltraums. Wir sind ein lächerlicher Seitenaspekt, ein winziger unnützer Splitter, Sylvester sagt, wir seien genaugenommen Gespenster ..."

Rosa macht einen Schritt im Nebel – e contrario. Er gerät ihr zum Tanzschritt. Etwas kommt ins Schwingen, aufgrünender Stekken und Stab, Lächeln wellt sich um ihren Kopf, ihren Körper. Sie spürt, daß es Achsel genauso geht. Er dringt zu ihr durch, quietscht fast vor Freude darüber. „Du könntest mein Sohn sein!" – „Und du meine UrOmma!" – „Frechdachs!" – „So what?!" Sie funkeln vor Kühnheiten. Achsel nuschelt: „Der Stern von Bethlehem! Rosa! ein wenig illuminierter Schmutz mit Eis versetzt, ein wenig illuminierter EisSchmutz! So weit müßten wir es doch auch noch bringen können?! ..."

Rosa schüttelt den Kopf, möchte konkretere Träume. Vielleicht Dschungelträume? schlägt Achsel vor. Köln und das Rheinland und Deutschland und Europa werden zum Dschungel? Rosa weiß nicht ... obwohl es schon Spaß macht, sich Köln konkret-grün vorzustellen ... Aber die schönen Glasfenster! Die Pflanzen zerbrechen all die schönen Glasfenster! Achsel tröstet: „Wir lassen einfach alle Kirchentüren offen, das wird sie Manieren lehren, ok? Und Fußmatten zum Abputzen und – und einmal im Monat müssen alle zum Friseur, vor allem die Löwen ... Und sie kriegen einen Mittelscheitel verpaßt dir zu Ehren!" Rosa ist hin- und hergerissen vor schöner Entrüstung: ihm den Kopf abreißen! oder sonstwas! „Lieber sonstwas!" Sie ...

„Rosa!"

Immer will sie etwas aus den Träumen reißen, vor allem, wenn es darin wohliger, traumkuscheliger anfängt zuzugehen. Schade, schon ist ihr Achsel entschwunden. Sie antwortet dennoch nicht, sie hat plötzlich einen Klartraum, das kann man nicht unterbrechen, sie muß doch wissen, wie das ausgeht, das ist ja wie in die Zukunft schauen, selbst wenn die dann ganz anders ...

... Ja, das kennt sie alles, das ist ja Schneider Pieters Wohnung, alles wie in der Wirklichkeit. Und da steht er selbst wie in natura, seine typisch gravitätischen Bewegungen, sein lieber Wichtelkörper, seine freundliche alte Hängenase, sein scheues kleines Lächeln. Die Kleidung allerdings nicht ganz so pellfrisch wie sonst, gewissermaßen den aufgerauhten Umständen angepaßt.

Jetzt kommt der Notarzt, da der Hausarzt der Generalin vor kurzem gestorben ist. Rosa sieht es ganz genau: der Notarzt, ein feiner Herr mit teurem Aktenkoffer und wenig Zeit, und so wirft er nur einen Blick auf Luise wie naserümpfend. Pieter steht daneben und ringt die Hände. Der Notarzt rückt an seiner Brille (eine Art Goldkneifer? sieht aus wie ein Goldkneifer ...) und dann schreibt er „Todesursache unbekannt". Und damit ist nicht alles vorüber, sondern dann kommen – und Pieter wird es nie in seinem Leben fassen können – dann kommt die Polizei in Gestalt zweier blutjunger Bürschchen, und sie machen sich über seine Luise her und ziehen sie nackt aus zwecks Untersuchung auf gewalttätige Einwirkungen. Und er fährt dazwischen, wirft sich dazwischen. Was haben diese Rotzbuben ein Recht, seine Frau anzufassen! Er schlägt ihnen ins Gesicht, merkt, daß ihm das guttut, hört gar nicht wieder auf, vergißt seinen Schmerz darüber – Was, auch Sylvester tot? S e i n e Sylvester? Er möchte sein ganzes weiteres Leben um sich hauen, wenn sie ihn nur ließen ... Sie legen ihm jedoch Handschellen an und führen ihn ab wie einen Schwerverbrecher. Es fällt ihm alles andere als leicht, nicht nach ihnen zu treten, auszukeilen, am liebsten mit beiden Beinen auf einmal. Widerstand gegen die Staatsgewalt. Und auf der Wache erklären sie ihm dann lang und breit, daß die Bürschchen das auch nicht gern machen mit dem nackt Ausziehen und so. Ist das etwa ein Trost? Soll das ein Trost sein, daß sie seine tote Luise nicht gern anfassen, soll ihn das vielleicht beruhigen?! Leichenfledderer alle zusammen! Die Beamten protestieren, sie müssen überprüfen, da könne ja jeder kommen und behaupten, seine Frau sei tot. Das sei ihm doch auch nicht recht, oder? Pieter sieht wild um sich, ist er hier im Irrenhaus? Wie soll er diese Frage beantworten, bitteschön? Soll er sich jetzt vorstellen, wie das wäre, wenn jeder käme und sagte, seine Frau sei tot? Dann gäbe es etwas weniger Frauen auf der Welt, oder?! Nein, die meinen etwas anderes, die wollen sagen – er dreht nochmals beinahe durch ... Die meinen, er habe seine Frau, seine Generalin, seine Luise erschlagen, er habe Hand angelegt und sie erwürgt. Die besudeln seine Erinnerung und ermorden seine Luise auf das häßlichste in ihrer Phantasie. Und das passiert ihm heute schon zum zweiten Male! Er brüllt auf ...

„Rosaaaa!!"

Pieter steht vor ihr verzweifelt, verloren, flehend, hat sie an der Schulter gepackt, so fest er kann – überraschend fest! Er flüstert, daß es ihm fast die Brust sprengt: „Sie ist nicht tot, Rosa – Luise lebt, ich hab' sie angefaßt, sie ist ganz warm!!!"

Rosa öffnet mühsam die Augen, rückt sich zurecht, orientiert sich, nimmt seine beiden Hände in die ihren und sagt:

„Vor dem Tod sollten wir ein wenig mehr Respekt haben, Pieter! Sieh ihr Gesicht an! Und wenn du schon wach bist, dann rufst du am besten gleich den Notarzt an. Jemand muß den Totenschein ausstellen, sonst kommen wir in Teufels Küche."

Er zögert. Sie sagt: „Ich mache indessen Frühstück, Pieter. Kaffee oder Tee – Was möchtest du?"

Ja was denn nun …?

Ja was …?